“广州大学俗文化研究中心”
“广州大学中国语言文学学科”资助研究项目

唐代文学与汉代文化精神研究

杜玉俭　著

商务印书馆
2012年·北京

图书在版编目(CIP)数据

唐代文学与汉代文化精神研究 / 杜玉俭著. —北京：商务印书馆，2012

ISBN 978－7－100－08721－6

Ⅰ. ①唐… Ⅱ. ①杜… Ⅲ. ①中国文学－古典文学研究－唐代 ②文化精神－研究－中国－汉代 Ⅳ. ①I206.2 ②K234.03

中国版本图书馆CIP数据核字(2011)第223452号

唐代文学与汉代文化精神研究

杜玉俭 著

商 务 印 书 馆 出 版
(北京王府井大街36号 邮政编码 100710)
商 务 印 书 馆 发 行
三河市尚艺印装有限公司印刷
ISBN 978－7－100－08721－6

2012年12月第1版 开本 880×1230 1/32
2012年12月北京第1次印刷 印张 11 5/8
定价：32.00元

目录 Contents

序

戴伟华

在世界文化的视野中，汉唐文化可以说是中国文化的代名词。如何从文学的角度阐释两个朝代的关联性，应该是值得深入探讨的课题。杜君玉俭先在南京大学研究汉代文学，后从我治唐代文学，正好可以将汉、唐文学结合起来，故其博士论文选题确定在唐人对汉代文化、文学接受的范围内。玉俭从写论文到现在已有十年，我期待他的博士论文经过修改，能早日问世。现在他来信说论文有了出版机会，并要我写序。高兴之余，我还是答应了他的要求。不过他毕业较久，对其论文具体内容确实有点陌生。今天又重读一遍，觉得该书通过对文献的细读，得出的一些结论为唐代文学研究者注意不够或很少关注，至今仍给人以启发。

这是一部全面研究唐代文学和汉代文化精神关系的专著，颇有开拓之功。第一，作者透过唐人吸收汉代文化的视角对唐代文学的一些现象进行深入解读，如唐诗中以汉代唐的现象，过去的研究者虽然关注过这一现象，但从未进行过认真探讨，本书则对这一现象的各种表现形式、在唐朝不同阶段的演变，尤其是其与唐朝普遍存在的崇汉思潮间的关系进行剖析，指出以汉代唐的中心和重心是在朝廷，给人耳目一新之感；再如辨析唐代试策形式的变化与董仲舒

《天人三策》间的关系，分析合情合理，研究对策和唐代文学的人过去从没有涉及过该问题，本书却很好地解决了。在具体作品的解读方面，本书从该角度入手，也与传统解说不同，如李白著名的《嘲鲁儒》诗，过去都认为是李白讽刺鲁地儒者的不通时务，本书则认为李白所嘲主要是指汉初不追随叔孙通的鲁儒，唐朝鲁地儒者地域色彩并不明显，李白经常把历史和现实混淆。我虽研究过《嘲鲁儒》诗的写作背景，与玉俭所说稍异，但玉俭的分析也是言之有理、可备一说的。唐朝咏侠诗数量众多，但很多并非写实，而是读《史记·游侠列传》或《汉书·游侠传》引起的心理反应。唐朝作家的常见的一些做法，如献赋、谏猎等，都与汉朝作家做法有关。文中新见迭出，对唐代文学的研究起到深化作用。

第二，作者把文学研究和思想研究结合起来，通过对作品解读还原作家的思想观念，补充思想史研究的不足。思想史研究者多是从著名思想家的思想著作入手研究思想的演变，其实，在各种文学作品中，都反映着作家本人或他所生活时代的思想观念，这是研究思想史的重要文献来源，往往比专门的思想著作更鲜活，更能反映现实中的人内心的波动和矛盾，但中国思想史的研究从文学作品直接入手的还不多，本书注重文学和思想观念之间的互动关系，发现一些过去未曾注意的现象，如唐代瑞应出现的几次高潮与现实政治间的关系，唐代对天人感应新现象的解释等，思想史著作中还没有人提到过。

第三，作者对文献的阅读心细如发，常能发现一些不易被人注意的问题。如唐代边塞诗中多把昭君出塞的方向说成朝西北，这明显与汉元帝时呼韩邪单于所处方位不同，唐人把突厥理解为匈奴，故用突厥所处方位理解昭君出塞的方位。再如中唐以后题四皓庙诗大量增多，本书指出这一文学现象与商山路上四皓庙的重建有关。而批判天人感应思想的几位著名人物如柳宗元、刘禹锡、李德裕等人，都写过大量歌颂瑞应的诗文，职务写作所要求的主导思想与作家个人观念不一致时，他们如何处理？这些问题过去研究者少有触及，回答这些问题，对唐代文学研究的深入不无好处。

第四，作者纠正了唐诗注释的某些错误。千年以来人们虽然对唐诗倾注大量精力，进行校勘、注释、评析，但关注的对象主要集中在少数大家和一些名诗上，大多数唐诗从未被注释过，即使是学养深厚的学者，阅读全部唐诗而不遇到一点文字障碍也是不可能的，更不用说普通读者了。针对这种实际情况，陈贻焮先生主编了《增订注释全唐诗》，对现存所有唐诗进行注解，为研究和阅读唐诗提供很多方便，可以说是功德无量的好事。在对一些诗进行解释时，因为前人从未注释过，无法参考前人的成果，也出现过一些望文生义的情况，本书则根据唐人经常把当时社会情况与汉朝相关时期比附的特点，纠正某些误注，如贾至《自蜀奉册命往朔方途中呈韦左相文部房尚书门下崔侍郎》诗，中有“夏康缵禹绩，代祖复汉勋”之句，注释者把句中“代祖”理解成汉文帝，认为汉文帝刘恒做皇帝前曾经是代王。这样理解表面看也可通，但是，文帝虽做过代王，却从来没人称他为“代祖”，若联系到安史之乱爆发后当时诗人把唐肃宗比作汉光武帝刘秀，而刘秀的庙号为“世祖”，唐人避唐太宗李世民的讳，称“世”为“代”，这个误注就不会出现。另如唐玄宗《过晋阳宫》诗，中有“林塘犹沛泽，台榭宛旧居”之句，是把唐朝发迹之地比作汉高祖之家乡沛和光武帝家乡宛，从张九龄《奉和圣制幸晋阳宫》“霸迹在沛庭，旧仪睹汉官”之句可知，注释者根据辞典，把“沛泽”注释为“水草丛生的沼泽地”，就是未懂唐人把唐之开国与汉之开国相比拟的缘故。从这两个例子可以看出，从汉唐之间文化关系入手对准确理解唐代文学作品确有不可忽视的意义。

玉俭读书广泛，与时下为写论文有选择地看书、找资料不同，这自有其好处。但人生的精力有限，在某一时段着力于某一专题数据搜集阅读，可能会更快、更好地出成果。其实研究问题，不断出成果，也是迫使自己认真读书、读更多书的好方法。研究汉、唐文学关系，工作量很大，玉俭在答辩时尚未能完成计划中的全部写作，希望在时间宽裕的时候，能把魏晋南北朝时期汉朝情结的演化情况进行梳理，这样会有助于深化对唐人接受汉文化的认识，其工作是有意义的，它必然为推动唐代文学的研究贡献出更好的学术成果。

2011 年 10 月 9 日于岵岑轩

绪论

唐代文学与其社会文化的关系是近年来唐代文学研究的一大亮点，随着一批优秀论著的发表，我们今天对唐代文学的认识，比以往任何时代都更全面、立体，但在唐代文学和其继承的文化传统关系的研究上，还是薄弱环节。

在唐代文学所接受的传统文化方面，人们较为看重魏晋南北朝文化对唐代文学面貌的影响，原因有二：第一，魏晋南北朝距离唐朝时代较近，历史学家在探讨隋唐制度渊源时，多上溯到南北朝尤其是西魏、北周的制度；第二，从文学自身发展上说，鲁迅先生把魏晋当作文学自觉的开始，则魏晋南北朝和隋唐文学都属于自觉后的文学，魏晋南北朝诗歌的艺术经验为唐诗的繁荣准备了条件，学术界在为文学史分期时，多有把魏晋南北朝和隋唐划为一个时期的。由于上述原因，唐代文学研究界对唐代文学与魏晋南北朝文学和文化关系的探讨较为重视，发表了一批论文，近来还有专著出版，像陶新民《李白与魏晋风度》[1]、吴怀东《杜甫与六朝诗歌关系研究》[2]

---

[1] 陶新民：《李白与魏晋风度》，中国广播电视出版社 1996 年版。

[2] 吴怀东：《杜甫与六朝诗歌关系研究》，安徽教育出版社 2002 年版。

等就是研究唐朝伟大诗人对魏晋南北朝文学和文化的继承，这些论著使我们知道，唐代作家在批评魏晋南北朝的同时，也充分汲取该时期文学的养分以充实自己的创作。

在唐人的精神生活中，汉代文化起着比魏晋南北朝文化更为重要的作用。在唐代文学研究中，有人从文体流变的角度探讨汉乐府对唐乐府诗的影响、唐代古文运动对汉代散文的回归、汉代五言古诗对唐五言诗的示范作用等，这些都属于唐人对汉代文化的继承，但是，汉代文化对唐代文学的深刻作用绝不仅是表现在具体的文体上。汉代文化对唐人精神生活的作用，源于唐人对汉朝盛世的推崇，关于这一点，学术界早已意识到，崔瑞德编《剑桥中国隋唐史》说："作为重新统一的中华帝国的主人，隋唐两代都充分意识到自己是汉代的继承者。在六和七世纪，它们想收复汉朝领土的雄心为中国在越南北部的扩张，为一再发动旨在恢复中国对以前汉朝在南满和朝鲜的领土控制的征战，和为占领通往中亚和西方的丝绸之路上的诸绿洲王国的行动提供了动力。"[1] 这一叙述清楚表明隋唐对汉朝疆域辽阔的向往，该书并多次指出隋朝在意识形态、都城名称等方面对汉朝的模仿。陈飞《唐代试策考述》也指出："唐代制度在历史渊源上是'承隋'的，但在精神实质上则是以'三代之治'为理想目标，以汉魏尤其是西汉为实际取法，以陈隋败亡为切近殷鉴，广泛吸取前代经验教训，而以我为主，融会成为一套高度成熟的'文德'政治。"[2] 这段话精辟概括了唐朝制度建设在精神实质上主要取法西汉而又充分考虑到唐朝时代特点的情况。

---

[1] 〔英〕崔瑞德编：《剑桥中国隋唐史》，中国社会科学出版社 1990 年版，第 32 页。
[2] 陈飞：《唐代试策考述》，中华书局 2002 年版，第 6 页。

研究唐代文学的人也注意到唐人对汉朝的特殊感情，徐伯鸿《唐太宗在唐代诗人汉朝情结形成中的作用》一文把唐代诗人对汉代人事的看重称为“汉朝情结”，并解释说：“所谓‘汉朝情结’，是唐代诗人对过去了的汉朝的人与事进行认同的一种心理现象，是汉朝人与事在唐代诗人心中的一种感情纠葛，是唐代诗人对汉朝的一种深藏心底但却又随时可以呼之欲出的感情。”该文对比“汉家”、“汉朝”、“汉帝”、“汉武”、“武皇”、“汉皇”、“汉将”、“昭君”、“李广”等词在唐以前和唐代诗歌中出现频次的差异，得出结论说：“这不能不说明‘汉朝情结’是唐代诗人普遍的社会心理情结，因而，诗人们才会将之大量地外化在诗歌作品之中。为什么汉朝对唐代诗人具有如此巨大的魅力，使得唐代诗人在诗歌中热衷于汉朝的人与事？笔者在研究中发现：尽管唐代诗人的汉朝情结的形成因素众多，但是最为直接最为主要的诱因却是源于贞观年间唐太宗对汉朝历史的关注而形成的一种创作倾向。”[1] 该文通过统计数据的对比证明“汉朝情结”的存在，用“情结”一词也颇为恰当，作者并表示要继续探讨唐人“汉朝情结”的嬗变，但是把唐代诗人这种普遍心理状况形成的最直接最主要诱因归结为唐太宗的个人因素，则是对历史必然性有所忽略。研究唐朝作家的汉代人物情结的还有一些论文，赵昌平《李白的“相如情结”》[2] 虽不是研究李白如何吸收汉代文化，却是研究李白对汉代重要作家的情结。另外，研究唐诗“以汉代唐”现象的也有几篇论文。这些研究表明，学术界已意识到唐人对汉朝特别重视及对文学创作产生的影响，这是我们进一步研究的基础。

[1] 徐伯鸿：《唐太宗在唐代诗人汉朝情结形成中的作用》，《南都学坛》2002 年第 3 期。

[2] 赵昌平：《李白的“相如情结”》，《文学遗产》1999 年第 5 期。

但是，已有的研究还很不完善，还缺乏唐代文学与汉代文化关系的综合研究，现有研究对于汉代文化作用于唐代文学的途径和机制涉及得很少，除了诗歌中的以汉代唐，汉代文化对唐代文学面貌的生成还有哪些作用，学术界基本没有研究。

不仅文学史界对唐代文学和汉代文化的关系研究不够，史学界对汉唐两朝文化在精神上的内在联系研究也很薄弱。把汉唐放在一起进行研究本是史学界的热点，把汉唐并称命名的著作很多。中国人民大学成立了“汉唐研究中心”，进行“汉唐统一与政治文化综合研究”，把汉唐作为一个整体进行研究，已出版孟宪实《汉唐文化与高昌历史》、黄朴民《汉唐统一战略研究》等专著。比较汉唐盛世共同的文化特性有少数论文，如熊铁基《汉唐文化发展的特点》[1]、王毅《开拓与自信——谈汉唐的闳放风格及其同异》[2] 等文章就是对比汉唐盛世能够出现的文化根源，但还仅是静态的比较，这些文章注重汉唐之间的对比和演变过程，对文化精神的内在联系还有所忽略。

下面从政治理想、典籍阅读和文学的借鉴几个方面探讨汉代文化对唐代文学产生作用的机制。

一、汉代对唐代在政治上的影响

汉代文化能为唐朝提供精神乳汁，在某种程度上说，唐朝文化

[1] 熊铁基：《汉唐文化发展的特点》，《华中师范大学学报》（人文社会科学版）1987 年第 4 期。

[2] 王毅：《开拓与自信——谈汉唐的闳放风格及其同异》，《读书》1987 年第 9 期。

和文学深深地打上汉朝的烙印，主要是由政治因素决定的。汉朝是第一个大一统政权能进行长久统治的王朝，中间虽经过王莽篡权，不久又能恢复汉统，前后共四百年之久，魏晋南北朝长期的动乱，各个王朝都很短命，与汉代的长久形成鲜明对比；汉朝在空间上的拓展也是空前的，和魏晋南北朝多数时候处于分裂状态也颇为不同。这些都为在短暂统一又迅速灭亡的隋朝之后建立的唐王朝建立长治久安体制树立了楷模。唐朝建立之后，除了处理现实政治集团间的利益关系，摆在统治者面前的一项重要任务是摆脱魏晋南北朝短命王朝的命运，唐王朝的创建者又充分认识到一个王朝初期的制度建设对该王朝后继者所起的基础作用，一个王朝能否长久存在，往往是由其初期制度决定的，唐王朝创建者尤其是唐太宗“垂裕后昆”、把一个合理制度留给继承者的意识非常强烈。在对历史的比较中，唐初君臣把汉朝选作自己的理想，在诸多制度创设上模仿汉朝，汉朝人物的风采也是唐初人们学习的榜样。从《贞观政要》中我们知道，唐太宗经常把汉文帝、汉宣帝、光武帝作为自己说理的根据，汉朝这些皇帝的治理其实就是唐太宗本人的政治理想，大臣如杜如晦、王珪、魏征等也是把汉朝尤其是西汉当作理想状态，他们崇拜汉朝曾经有过的清明政治，推崇汉代人才辈出，也正是有这种思想基础，魏征在共同赋诗时才主动《赋西汉》。唐初很多政治措施明显是模仿汉朝的，如凌烟阁图画功臣像、大臣陪陵制度等，还有一些想实行但因现实情况改变不得不放弃的，如唐太宗曾想学习汉朝允许人才自我荐举和实行地方察举的方法、高宗时魏玄同建议像汉朝那样允许各级官员自辟僚属等。在其后的年代里，唐朝廷在政治生活方面模仿汉代的事情还时有发生。如文宗开成二年刻五经于石，置于国学，刘禹锡写有《国学新修五经壁记》，三年以《太学石经诗》为科举考试题目，今存冯涯《太学创置石经》等诗，都认为是模仿熹平石经。唐人在政治文献中，常常把汉代之事作为正面理想，如李百药《赞道赋》[1]全用汉太子事劝谏李承乾，对汉朝的赞美又经常伴随对魏晋南北朝的批判。

当唐朝政权稳固之后，摆脱了魏晋南北朝朝成暮败的梦魇的唐人思考唐朝在将来历史上的地位，把唐和汉并列的倾向越来越强烈，最典型的莫过于萧颖士代笔的《为陈正卿进续尚书表》。陈正卿《续尚书》并无什么学术价值，只是分类选录从汉至唐的政治文献。欧阳修著录时已不存在，所以《新唐书·艺文志》连卷数也不知道，基本上是根据萧颖士表中的介绍进行著录的。[2]萧颖士代笔的表，不仅代表了陈正卿编书的主导思想，也集中体现了当时士大夫阶层主流的历史观念。陈正卿此书编排上模仿据说是孔子所编的《尚书》，伪古文《尚书》有尧舜二典，夏、商、周三代文献都不称“典”，陈正卿认为是孔子对三代政治尤其是他们取得政权的方式有隐微的批评。在陈正卿看来，三代政治不足与尧舜相颉颃，只有汉唐二代才可和尧舜并称，在此表的开始先列出历史上对文明有极大贡献的帝王：“今之言文字者，始于太昊；征训典者，本于唐尧；振颓纲者，孰若汉朝？兴盛言者，莫若圣代。是则太昊朕之，轩辕章之，唐尧祖之，虞舜述之，汉高作之，光武维之，祖宗开之，陛下因之。”这里把唐玄宗开元盛世和文明的开创者相比，当然有吹捧当朝皇帝以求重用之意，但认为尧舜之后，只有汉唐可称则是当时的普遍意识，对我们理解开元年间的

[1] 李百药：《赞道赋》，《全唐文》卷142，中华书局1983年版，第1437页。本书引用《全唐文》皆用此版本，不另注。

[2] 欧阳修、宋祁：《新唐书》卷57，中华书局1975年版，第1428页。

历史观很有启发。

此表接着论证汉代政治为何能与尧舜相比而超越三代："夏之兴也，泣辜殊于政理，殷之兴也，惭德乖于雅乐，周之兴也，谓武微于尽善，其不为帝典宜矣。陵夷僭乱，以暨暴秦，刬乱坟籍，瞽聋兆庶，王者之风殄矣，生人之道穷矣。天之未丧斯文也，故帝道复兴于汉家。数百年中，而宪章具举，夫其推步律历，帝尧分命之典也；增修封禅，帝舜时巡之义也；约三章之法，以正咎繇之刑；班四时之舞，以续后夔之乐。臣窃睹三代之作，贻范垂训，体国绥人，虽载祀绵长，德泽深远，皆因循辙迹，故弗易其事。孔子曰：殷因于夏礼，周因于殷礼，所损益可知也。未有踵七雄交争之末，继六籍焚如之后，帝典缺而更张，淳风醨而载洽，若大汉者也。且义帝之丧，三军缟服，异夫汤武之放弑其君矣；诸吕之乱，浃辰底定，异夫羿浞之篡移其祚矣；中兴之盛，华戎率服，异夫吴楚之僭窃其名矣。夫如是，有汉之美固可以比肩虞后，千载一时之运欤！"对三代的评论可说是从对孔子一句话的误解产生的，孔子本是说三代礼制的因革，有其不变者在，即使百世之后，这些治国的根本之处还是不变，此表却从此得出三代政治缺少独创性的结论，这是为了证明汉代政治在秦破坏人类文明之后的难度，因为难，无从继承，取得成就才显得伟大。此处从历法、封禅、法律、定祭祀之乐舞等方面比较汉在制度建设上的成就与尧舜的关系。对汉唐之间从魏到隋的王朝，该表也有评论："曹马以还，曾何足拟！四分五裂，朝成暮败。其间虽晋平吴蜀，隋举陈国，混并未几，危亡荐及。法令不足以禁齐人，声名不足以垂后裔，其于帝道疎矣，又况乎南迁淮海，北起胡戎者邪？兹又二朝之不若者也。"认为魏晋至隋，只有西晋和隋曾经统一全国，但很短暂，至于南朝的偏安，北朝的多起于戎狄，连西晋和隋也比不上。像这样对魏晋南北朝的贬低在唐朝几乎成了老生常谈，该阶段主要是作为唐人的反面教材而存在的。该表又论证汉唐二代强盛王朝出现的必然性：

> 臣闻乾道运行，否终则泰。上帝有以辅文明之哲后，表光宅之休期，必将乘丧乱之极，继驱除之运。故有周之末，礼乐崩坏，连横合纵，俱非正朔，则秦氏略定，而汉代以兴；在晋之亡，宇县崩折，南吴北虏，各擅名号，则隋氏削平，而圣朝以作。此天意一也。不然，何秦隋二叶而亡也若彼，唐汉一家之盛也如此？于赫盛唐，正百王之阙，思文陛下，光五圣之嗣，启运应期之符，吊人伐罪之义，制礼作乐之本，郊天禅地之位，万庾三登之穰，河海晏清之瑞，舞七旬而殊俗格，歌六律而熏风至。故以腾子姒而绝景，扼妫祁而高议矣。又何东晋后魏梁陈周齐之足道哉？诚宜诏史官，敷帝载，炳唐虞之故实，黜商周之遗制矣。……臣故知有汉之功业，与我唐之化理，俱可以继夫唐虞之盛也。[1]

这一段比较了汉和唐出现条件的近似性，都是经过长久的动乱，先是春秋战国的混乱无序，再是西晋末年到南北朝的分裂无序，长期动乱后都出现过一个统一、强大但短暂的王朝，结束战国混乱局面的是秦，结束南北朝分裂的是隋，取代它们的才是强盛的汉唐。从汉唐盛世出现的历史阶段看，它们有不少共性，从这里可

[1] 《全唐文》卷 322，第 3267—3268 页。

以探求历史发展的规律，但此表对这种共性出现的原因没能作出正确解释，认为主要是天意决定的："何秦隋二叶而亡也若彼，唐汉一家之盛也如此？"把秦隋相比是把汉唐相比的原因之一，这在唐人成了习惯，初唐时就是如此，中唐鲍溶《隋帝陵下》是经过扬州隋炀帝陵墓而作，末句"伤心近似骊山路，陵树无根秋草中"就是把秦始皇和隋炀帝相比。把汉唐盛世出现条件的近似性归结为天意，是当朝统治者愿意听到的，每一个王朝的统治者都宣称自己受命于天，从对历史的分析中得出天对唐朝特别眷顾，皇帝当然喜欢，毕竟该表写于开元二十一年，正是唐玄宗陶醉于开元盛世喜悦中的时候。本绪论不厌其烦地引述该表，是因为其表达的是盛唐流行的历史观。安史之乱后，唐朝再也没有恢复到乱前的国力，但毕竟曾经辉煌过，中唐以后还不断有人进行类似的汉唐之间的比较，如李翱拟写的《唐书》，白居易《策林》中论述圣明帝王出现的时间等。

汉代政策常被用来作为批判现实的根据，中唐以后，对以诗赋取士的科举方式反思较多，很多人主张回到汉朝，如杨绾《条奏贡举疏》，刘秩《选举论》等，刘秩虽也批评汉用章句之儒的缺失，但是又认为魏晋以纯文学取士缺陷更大。在讨论杨绾建议的可行性时，贾至道出回到汉朝的真实原因，也是主张向汉朝学习的人心中共同所想："观三代之选士任贤，皆考实行，故能风俗淳一，运祚长远。秦坑儒生，二代而亡。汉兴，杂三代之政，宏四科之举，西京始振经术之学，东京终持名节之行。至有外戚窃位，强臣擅权，弱主孤立，母后专政，而社稷不陨，终彼四百，岂非学行扇化于乡里哉？厥后文章道弊，尚于浮侈，取士术异，苟济一时，自魏至隋，仅四百载。三光分景，九州阻域，窃号僭位，德义不修，是以子孙速颠，飨国咸促。国家革魏晋梁隋之弊，承夏殷周汉之业……安有舍皇王举士之道，从乱代取人之术？此公卿大夫之辱也。杨绾所奏，实为正论。”[1] 贾至认为，汉代取士制度总结了三代的优点，唐朝是继承三代和汉的，不应该学习魏晋梁隋乱世取人之术。在中唐对现行制度的批评中，本文方法极具代表性。

会昌六年唐武宗改名为李炎，在李德裕拟写的《仁圣文武章天成功大孝皇帝改名制》中有对改名原因的说明：“昔炎汉之兴，洛旁去水，所都名号，犹乃避之。况我国家运昌土德，岂可以王气胜于君名？所以宪宗继明之初，实已舍水，必有冥数，叶于祯祥。汉宣帝柔服北夷，宏宣祖业，功德之盛，侔于周宣，御历十年，乃从美称。朕远惟大汉之事，近禀圣祖之谋，爰择嘉名，式遵令典，敬承天意，永保鸿休，宜改名为炎。”[2] 明确肯定改名是学习汉宣帝和唐宪宗，李德裕《让官表》又把武宗和汉宣帝相比：“伏惟仁圣文武至神大孝皇帝去邪用相，有大舜之功，柔远固存，臻汉宣之理，故得王道正直，海内清和，边朔底宁，干戈永戢。”[3] 此处说武宗像汉宣帝一样“柔远固存”，指黠嘎斯愿意效忠之事。可见即使唐朝到了衰落之时，只要政局稍有起色，人们还是喜欢以汉朝比喻唐朝。

唐朝政治既然要取法汉朝，以汉朝作为理想的政治标准，与此取向互为因果的就是对汉代著作的热衷和阅读。爱汉朝，所以要读关于汉朝之书，关于汉朝的书读得多，对汉朝就更充满感情。唐人最喜欢阅读的汉代著作当然是史书，首先是《史记》、《汉书》，因

---

[1] 贾至：《议杨绾条奏贡举疏》，《全唐文》卷 368，第 3735 页。

[2] 《全唐文》卷 697，第 7162 页。

[3] 《全唐文》卷 700，第 7192 页。

为史书具有某一时代百科全书的性质，除了政治活动的全面记载，凡有关社会风俗、名人风采、思想观念，甚至文学创作等方面的情况都可从史书中得以了解。唐人对《史记》、《汉书》的研究很多，出现很多重要注本，对《后汉书》也有不少研究，人们对西汉历史最为熟悉，按照李翱的说法，西汉事迹“灼然在人口”，刘禹锡提到当时人读史书主要是读三国以前书，他在《送曹璩归越中旧隐诗》讲到曹生为求名而读书的情况：“生闻言，愀然如悔，色见于眉睫。因留止道士院，从余求书以观。居三时，而功倍一岁。读史书，自黄帝至吴、魏间，班班能言之。”[1] 读史书主要是三国以前，晋以后史书一般文学家读得较少并且不熟悉，如《晋书·索綝传》记晋愍帝时，盗发汉霸、杜二陵，“多获珍宝”[2]，说明汉文帝霸陵西晋末已被发掘，但唐诗人多不知此事，如白居易《新乐府·草茫茫》：“骊山脚下秦皇墓……一朝盗掘坟陵破。……奢者狼藉俭者安，一凶一吉在眼前；凭君回首向南望，汉文葬在霸陵原”[3]；鲍溶《经秦皇墓》、《倚瑟行》等亦发挥此意；许浑《途经秦始皇墓》“一种青山秋草里，路人唯拜汉文陵”[4] 亦此意。钱钟书先生云：“诗家兴到落笔，似仅读《三国志·魏文纪》，不读《晋书·索綝传》，故中唐人而为汉文、宣二陵未发前之魏、晋语也”[5]，《晋书》写于唐初，唐朝史臣是知道霸陵曾经被盗的，但诗人们对三国以后的历史并不熟悉，还沿袭三国以前的史料咏史。人们读书有贵远贱近的心理，

[1] 刘禹锡：《送曹璩归越中旧隐诗》，《全唐诗》卷 361，中华书局 1960 年版。本书引《全唐诗》皆据此版本。

[2] 房玄龄：《晋书》卷 60，中华书局 1974 年版，第 1650 页。

[3] 顾学颉点校：《白居易集》，中华书局 1979 年版，第 87 页。

[4] 许浑：《途经秦始皇墓》，《全唐诗》卷 538，第 6138 页。

[5] 钱钟书：《管锥编》第三册，中华书局 1986 年版，第 920 页。

前四史尤其是三史已经被经典化，晋以后史书多为唐人所写，唐人反倒不重视。

皇帝诏书中经常以汉朝事比喻，科举考试设有“三史”科。不仅是汉人的著作，后人写的关于汉代的著作也大受欢迎，唐太宗曾赠李大亮《汉纪》表示奖励，又曾经咏司马彪《后汉纪》。

除了史书，汉朝思想家的很多著作在唐朝都受重视，虞世南能一字不差地背诵《列女传》，《淮南子》的观念在唐朝得到继承，引用此书说理的文章有很多。魏征在一次劝谏唐太宗时，既引用《淮南子》，又引用《潜夫论》，魏征还曾经对贾谊《治安策》有精到的评论，可见其赋西汉之诗不是兴之所至，而是对汉代历史和著作都有深入研究，在其所著《群书治要》中，选汉人著作尤多。陆贾、董仲舒、扬雄等思想家著作常作为说理根据。

唐人讨论礼制问题时，引用经学的注解，郑玄等汉人的解说往往被当成权威，认为魏晋以后无大师。

学术界多注意唐人对《文选》的阅读，研究风气很盛，把这作为唐代文学与魏晋南北朝文学关系的证明，但在《文选》的分类中，汉代作品往往排列在最前面，人们读书的习惯是前面的读得较熟，《文选》也是唐人学习汉代文学的重要途径。

魏晋南北朝还出现一批托名汉人的著作，如《西京杂记》、《汉武内传》、《汉武故事》、关于东方朔的一系列著作等。唐人基本不怀疑这些书的真实性，其原因就在于唐人对汉代事迹感兴趣，而史书不能完全满足人们要了解汉代社会生活的愿望，这些杂史的出现使人们在正史那里得不到的信息能得以满足，故人们宁可信其有，也不信其无。

二、汉代优秀文学作品对唐代文学创作的影响

(一)唐人对汉代文学的总体评价

认为文学艺术是政治治乱的反映，是孔子以来文学与现实生活关系的主导观念，孟子讨论《诗经》时也对该观念做进一步发挥，认为诗经的产生跟“王者之迹”有关，“王者之迹息而诗亡，诗亡然后《春秋》作”[1]；《毛诗序》对文学与政治的关系阐述得更加清楚：“治世之音安以乐，其政和；乱世之音怨以怒，其政乖；亡国之音哀以思，其民困”[2]。《文心雕龙·时序》用历代文学发展的事实证明“文变染乎世情，兴废系乎时序”[3]的观点。唐人对这些观念是基本接受的，其时对文学发展和政治社会发展的不平衡性尚未有深入研究。唐人因为推崇汉代政治，对汉代文学的评价很高，因为对魏晋南北朝政治的否定，对该时期尤其是齐梁以后的文学也多持批判态度。唐人也时常把唐代文学的成就与汉代文学相比。古文运动的先驱梁肃多次谈到文风和政风的关系：“文章之道，与政通矣。世教之污崇，人风之厚薄，与立言立事者邪正臧否皆在焉。”[4]又论述唐朝建立以后文风随世风的变化：“文之兴废，视世之治乱，文之高下，视才之厚薄。唐兴，接前代浇漓之后，承文章颠坠之运，王风下扇，旧俗稍革，不及百年，文体反正。其后时寖和溢，而文亦随之。天宝中作者数人，颇节之以礼。洎公之为之……故其文宽而简，直而

[1] 《孟子·离娄下》，见张少康、卢永璘编选：《先秦两汉文论选》，人民文学出版社1996年版，第109页。

[2] 《毛诗序》，见郭绍虞主编：《中国历代文论选》第一册，上海古籍出版社1979年，第63页。

[3] 《文心雕龙·时序》，见陆侃如、牟世金：《文心雕龙译注》，齐鲁书社1995年版，第542页。

[4] 梁肃：《秘书监包府君集序》，《全唐文》卷518，第5259页。

婉，辩而不华，博厚而高明，论人无虚美，比事为实录，天下凛然复睹两汉之遗风。……肃仰公犹师，每申之话言，必先道德而后文学。且曰：'后世虽有作者，六籍其不可及矣。荀孟朴而少文，屈宋华而无根，有以取正，其贾生史迁班孟坚云尔，唯子可以共学。当视斯文，庶乎成名。'肃承其言，大发蒙惑。"[1]认为文章随世运兴替，道德先于文学，是颇为普遍的观念，南北朝因政治失败，所以文学也不足取。独孤及认为处理文质关系最恰当的是贾谊、司马迁、班固三人，连孟子、荀子、屈原、宋玉也不能比。卢藏用《右拾遗陈子昂文集序》为了说明陈子昂对文学史的贡献，把孔子以后一直到唐朝文学风气的转移进行梳理："昔孔宣父以天纵之才，自卫返鲁，删《诗》、《书》、《易》道而修《春秋》，数千百年文章粲然可观也。孔子殁二百岁而骚人作，于是婉丽浮侈之法行焉。汉兴二百年，贾谊、马迁为之杰，宪章礼乐，有老成之风；长卿、子云之俦，瑰诡万变，亦奇特之士也。惜其王公大人之言，溺于流辞而不顾。其后班、张、崔、蔡、曹、刘、潘、陆，随波而作，虽大雅不足，其遗风余烈，尚有典型。宋、齐之末，盖憔悴矣，逶迤陵颓，流靡忘返，至于徐、庾，天之将丧斯文也。后进之士若上官仪者继踵而生，于是风雅之道，扫地尽矣。"[2]卢藏用最推崇西汉贾谊和司马迁，司马相如和扬雄也有过分注重文辞的成分，不是文章的最高境界，东汉到西晋，还有可取之处，宋齐到初唐沈宋，风雅之道彻底丧失。我们从此序文所列作家看，此处所论并不只是指散文文体，而是包括所有文学样式，卢藏用最看重风雅之道。陆希声对文学的变化也有

[1] 梁肃：《常州刺史独孤及集后序》，《全唐文》卷518，第5260—5261页。

[2] 《全唐文》卷238，第2402页。

类似看法，他在《唐太子校书李观文集序》中说："夫文兴于唐虞，而隆于周汉，自明帝后，文体寖弱，以至于魏晋宋齐梁隋，嫣然华媚，无复筋骨。唐兴，犹袭隋故态。至天后朝，陈伯玉始复古制，当世高之，遂博雅典实，犹未能全去谐靡。至退之乃大革流弊，落落有老成之风。"[1] 陆希声的文学史观明显受韩愈影响，认为东汉明帝以后文学逐渐走下坡路，到魏晋南北朝到了无筋骨的地步，唐代陈子昂、韩愈才振起颓风。

把汉代文学尤其是西汉作为标准进行模仿，是中唐以后相当流行的做法。古文运动的领袖韩愈和柳宗元都推崇西汉文学，这是大家公认的。韩愈称赞时人文章写得好，就说是学习西汉，如向陆贽介绍侯喜时说："然则愈之知者，亦可言已。文章之尤者，有侯喜者，侯云长者……喜之文章，学西京而为也。"[2] 侯喜学习西汉文章，韩愈就称之为"文章之尤者"。韩愈《荐士》向郑余庆推荐孟郊，先从诗歌演变谈起："周诗三百篇，雅丽理训诰。曾经圣人手，议论安敢到。五言出汉时，苏李首更号。东都渐弥漫，派别百川导。建安能者七，卓荦变风操。逶迤抵晋宋，气象日凋耗。中间数鲍谢，比近最清奥。齐梁及陈隋，众作等蝉噪。搜春摘花卉，沿袭伤剽盗。国朝盛文章，子昂始高蹈。勃兴得李杜，万类困陵暴。"[3] 在韩愈看来，诗歌气象的凋耗是从晋宋开始的，齐梁陈隋互相模拟，含花弄草，徒然热闹而无意义。韩愈《答杨子书》说杨氏所示五篇文章"比于东都"[4]，应该说是对对方文章不完全满意的委婉说法。柳宗

---

[1] 《全唐文》卷 813，第 8550 页。

[2] 韩愈：《与祠部陆员外书》，《全唐文》卷 553，第 5597 页。

[3] 韩愈：《荐士》，《韩昌黎全集》卷 2，中国书店 1991 年版，第 40 页。

[4] 韩愈：《答杨子书》，《韩昌黎全集》卷 14，第 234 页。

元对西汉的推崇也是众所周知，其弟柳宗直曾纂《西汉文类》，柳宗元为之作序，对西汉文学极力推崇，在《与杨京兆凭书》中谈到居永州期间与年轻文士的交往时说："去年吴武陵来，美其齿少，才气壮健，可以兴西汉之文章，日与之言，因为之出数十篇书。庶几铿锵陶冶，时时得见古人情状。"[1] 柳宗元对吴武陵寄予很大希望，就是"兴西汉之文章"。

把唐代文学的成就与汉代相比的也不少，王定保总结唐朝的文学政策时说："我唐没隋法汉，孜孜矻矻，以事华泽。"[2] 就是对汉唐文学政策在传承方面很好的说明，许孟容《穆公集序》把唐代文学的成就与汉代相比说："孟坚谓有汉文章，与三代同风，巨唐化成稽古，斯文配炎灵之盛。浸息淫靡，归于正声。由是业文之士，蓄灵含粹，光价时独者，往往间出。"[3] 权德舆《答杨湖南书》说："汉庭亦云：文章尔雅，训辞深厚，其重如是。而鄙人忝焉，使盛圣之文明，不登于典谟训诰，罪在菲薄，岂敢逃责于多士耶？"[4] 权德舆曾经掌管进士考试，他把不能使唐朝文学与前代相比看作耻辱之事。刘禹锡在为柳宗元文集作的序言中说："八音与政通，而文章与时高下。三代之文，至战国而病，涉秦汉复起，汉之文，至列国而病，唐兴复起。"[5] 很明显认为文学发展与政治治乱密切相关，他又把柳宗元放在汉朝作家群中比较，认为"雄深雅健似司马子长，崔蔡不足多也"。

唐代作家不仅总体上评论汉代文学的成就，还对汉代一些著名

---

[1] 《全唐文》卷 573，第 5792 页。

[2] 王定保：《唐摭言》卷 1《统序科第》，上海古籍出版社 1978 年版，第 1 页。

[3] 《全唐文》卷 479，第 4898 页。

[4] 《全唐文》卷 489，第 4993 页。

[5] 刘禹锡：《唐故尚书礼部员外郎柳君文集序》，《全唐文》卷 605，第 6111 页。

作家的文学创作和人格进行评价。唐人评价前人的文学创作功利色彩很重，评价汉代作家时亦是如此。过去对文学的自觉有错误理解，似乎魏晋南北朝以后文学走向自觉就是文学的独立，其实，文学是很难真正独立的，至少在唐代并不独立，唐人始终看重文学的政治教化作用。唐人评论汉代作家，往往从政治教化的角度入手。不过因为所处时代的不同和评论者审美观念的差别，唐人对汉代作家的评论颇不统一。唐太宗对汉代文化充满崇敬，但他考虑问题喜从建立长治久安的体制出发，认为司马相如和扬雄之赋不应载在史传，也拒绝为自己编辑文集，这跟王朝建立之初需总结教训有关，也是太宗时大量撰写的史书的编写原则。我们只需看看唐代著名人物对汉朝作家看法有多么分歧，就知道视角有多么不同。

梁肃把汉代文学分成两派："文之作，上所以发扬道德，正性命之纪；次所以财成典礼，厚人伦之义；又其次所以昭显义类，立天下之中。三代之后，其流派别，炎汉制度以霸、王道杂之，故其文亦二：贾生、马迁、刘向、班固，其文博厚，出于王风者也；枚叔、相如、扬雄、张衡，其文雄富，出于霸涂者也。"[1]霸道、王道并用本是汉宣帝教育太子时对汉初政治的一种总结，从汉元帝开始，王、霸杂用的情况有所改变，汉儒的理论在政治实践中逐渐占上风。梁肃借用汉宣帝的说法把汉代文学的风格分成"博厚"和"雄富"两种，并认为两种风格分别代表王道和霸道，梁肃把汉宣帝指汉初政治的"王霸杂用"推广到整个汉朝未必恰当，但我们从这种评价可看出其实质是认为文学是政治的反映，有什么样的政治，就有什么样的文学。

---

[1] 梁肃：《补阙李君前集序》，《全唐文》卷518，第5261页。

裴度在写给李翱的信中批评韩愈以文为戏的态度，并回顾文学发展的历史作为论证的根据："厥后周公遭变，仲尼不当世，其文遗于册府，故可得而传也，于是作周孔之文。荀孟之文，左右周孔之文也。理身、理家、理国、理天下，一日失之，败乱至矣。骚人之文，发愤之文也，雅多自贤，颇有狂态；相如、子云之文，谲谏之文也，别为一家，不是正气；贾谊之文，化成之文也，铺陈帝王之道，昭昭在目；司马迁之文，财成之文也，驰骋数千载，若有余力；董仲舒、刘向之文，通儒之文也，发明经术，究极天人。其实擅美一时，流誉千载者多矣。"[1] 裴度对文学史的概括主要是针对汉代文学的，他把汉代文学分为四类，即谲谏之文、化成之文、财成之文和通儒之文。如此细致的分析，说明裴度对汉代文学了解的程度之深。

柳宗元曾对战国至汉代重要文学家分别用一个字进行概括："诚使博如庄周，哀如屈原，奥如孟轲，壮如李斯，峻如马迁，富如相如，明如贾谊，专如扬雄，犹为今之人，则世之高者至少矣。"[2] 在所举八位文学家中，有四位是汉人，这不仅表明柳宗元对汉代文学的重视，也可看出在汉代文学中，又特别看重司马迁、司马相如、贾谊和扬雄。

韩愈《送孟东野序》说："汉之时，司马迁、相如、扬雄，最其善鸣者也。"[3]《答刘正夫书》谓："汉朝人莫不能为文，独司马相如、太史公、刘向、扬雄为之最。"[4] 在对汉代成就最高的文学家的认定上，韩愈和柳宗元不完全一致，柳宗元看重贾谊而韩愈看重刘向，

[1] 裴度：《寄李翱书》，《全唐文》卷 538，第 5461 页。

[2] 柳宗元：《与杨京兆凭书》，《全唐文》卷 573，第 5792 页。

[3] 《全唐文》卷 555，第 5613 页。

[4] 《全唐文》卷 553，第 5600 页。

从这种不同入手可探讨韩柳文学观的细微差别。

孙樵对扬马评价很高，认为是秦汉以后公认的文学成就最高之人："秦汉已降，古人所称工而奇者，莫如扬马。"[1] 事实上唐朝对司马相如和扬雄的评价很有分歧，孙樵作为古文运动后期的重要人物，拈出"工而奇"评价作家，他把古文家的观点当成理所当然。

裴延翰转述杜牧观点说："文章与政通，而风俗以文移。在三代之道，以文与忠敬随之，是为理具，与运高下。采古作者之论，以屈原、宋玉、贾谊、司马迁、相如、杨雄、刘向、班固为世魁杰。然骚人之辞，怨刺愤怼，虽援及君臣教化，而不能沾洽时论。相如、子云，瑰丽诡谲，讽多要寡，羡漫无归，不见治乱。贾、马、刘、班，乘时若君之善否，直豁已臆，奋然以拯世扶物为任，纂绪造端，必不空言。言之所及，则君臣礼乐，教化赏罚，无不包焉。"[2] 裴延翰是杜牧外甥，此议论直接得自杜牧本人。在杜牧认为的"为世魁杰"的八位文学家中，除了屈原、宋玉，另外六位都是汉人，而西汉有五人，在汉代六人中，杜牧对司马相如和扬雄的评价比较低，而对贾谊、司马迁、刘向和班固有较高评价。

主张文学教化论最力的是柳冕，对屈原以下都是否定的，对西汉文学学习屈原颇为不满，认为楚辞是亡国之音，而扬马处盛世而唱亡国之音："至于屈宋，哀而以思，流而不反，皆亡国之音也。至于西汉，扬、马以降，置其盛明之代，而习亡国之音，所失岂不大哉？然而武帝闻《子虚》之赋，叹曰：'嗟乎！朕不得与此人同时。'故武帝好神仙，相如为《大人赋》以讽之，读之飘飘然，反有凌云之志。了

[1] 孙樵：《与友人论文书》，《全唐文》卷 794，第 8325 页。
[2] 裴延翰：《樊川文集后序》，《全唐文》卷 759，第 7881 页。

云非之曰：‘讽则讽矣，吾恐不免于劝也。’子云知之，不能行之，于是风雅之文，变为形似；比兴之体，变为飞动；礼义之情，变为物色，诗之六义尽矣。何则？屈宋唱之，两汉扇之，魏晋江左，随波而不反矣。故萧曹虽贤，不能变淫丽之体；二荀虽盛，不能变声色之词；房杜虽明，不能变齐梁之弊。是则风俗好尚，系在时王，不在人臣明矣。故文章之道，不根教化，别是一枝耳……至若荀孟贾生，明先王之道，尽天人之际，意不在文，而文自随之。此真君子之文也。然荀孟之学，困于儒墨，贾生之才，废于绛灌，道可以济天下，而莫能行之，文可以变风雅，而不能振之，是天下皆惑，不可以一人正之。”[1]“盖文有余而质不足则流，才有余而雅不足则荡；流荡不返，使人有淫丽之心，此文之病也。雄虽知之，不能行之。行之者惟荀、孟、贾生、董仲舒而已。”[2]柳冕对《诗经》的“六义”评价最高，这也是他批评后世文学的原则，认为屈原开始违背《诗经》的精神，司马相如和扬雄却模仿屈宋，这实际是受汉人把屈原作品叫做赋的影响，柳冕把汉赋和楚辞当成同一种文体，在汉代文学家中，柳冕只肯定贾谊和并不以文学名家而主要是思想家的董仲舒。

从上列唐人对汉代文学的评论可知，唐人对现实的文学创作表达意见时，常追溯到汉朝文学的状况，用对汉朝文学的评论发表对当下文学创作的看法。汉代文学是唐人观照现实文学创作的重要参照。在唐人对汉代文学的评论中，认为文学是政治治乱的反映占主导地位，这虽是先秦以来对文学和政治关系的传统表述，在唐人那里不需论证而当作常识，却是我们认识唐代文学状况的重要基础。

[1] 柳冕：《谢杜相公论房杜二相书》，《全唐文》卷 527，第 5354 页。
[2] 柳冕：《与徐给事论文书》，《全唐文》卷 527，第 5356 页。

（二）以汉代人事为内容的诗文数量庞大

唐人对汉代典籍特别关注，他们在阅读有关著作时，会产生一些感触，往往形之于文字，所以唐文中对汉朝人物、事件的吟咏、评论特别多，《全唐文》中关于汉朝人事的专文有二百五十多篇。

数量最为庞大的是读后感，如皮日休《读韩诗外传》、《题叔孙通传》、《题安昌侯传》（《全唐文》卷799），司空图《题东汉传后》（《全唐文》卷808）等明确标明是读书后的感想，还有很多是以人物论、赞形式出现的读后感，如李白《朱虚侯赞》、李华《四皓赞》（《全唐文》卷317），李翰《三名臣论》、《汉祖吕后五等论》（《全唐文》卷431），权德舆《酷吏传议》、《世祖封不义侯议》（《全唐文》卷488）、《两汉辩亡论》、《二疏赞》（《全唐文》卷495），张彧《汉史赞桑弘羊评》（《全唐文》卷516），李观《晁错论》（《全唐文》卷534），韩愈《后汉三贤赞》，柳宗元《梁丘据赞》，白居易《李陵论》。李德裕写了大量汉代人物的评论，如《张辟疆论》、《袁盎以周勃为功臣论》、《汉昭帝论》、《汉元帝论》、《荀悦论高祖武宣论》、《荀悦哀王商论》、《张禹论》等，另外《豪侠论》、《英杰论》、《臣友论》、《宾客论》等也是以汉代人物为论述对象的，《旧唐书》本传说李德裕精通《汉书》，大概是根据他本人的这些汉代人物论。

唐人又喜为其所推崇的汉代人物立碑、建庙宇祠堂，也留下大量碑铭、祠堂庙宇记等，如史仲谟《后汉溧阳侯史崇墓碑颂》（《全唐文》卷162）、卢藏用《纪信碑》、《纪信碑阴》（《全唐文》卷238）、张九龄《后汉征君徐君碣铭并序》（《全唐文》卷292）、史承节《郑康成祠碑》（《全唐文》卷330）、颜真卿《东方先生画赞碑阴记》、《项王碑阴述》（《全唐文》卷338）、贺兰进明《西楚伯王庙颂并序》(《全唐文》卷346)、陈兼《梅先生碑》(《全唐文》卷373)、李栖筠《济州谷城黄石公祠记》(《全唐文》卷370)、柳识《新修四皓庙记》(《全唐文》卷377)、齐嵩《谷城黄石公碑阴记》(《全唐文》卷459)、梁肃《圯桥石表铭并序》、《汉高士严君钓台碑》、《梁高士碣》(《全唐文》卷520),柳宗元《沛国汉原庙铭》(《全唐文》卷584),李观《汉受降城铭》、《项籍碑铭并序》、《周苛碑并序》、《赵壹碑并序》(《全唐文》卷535)、韦瓘《修汉太守马君庙记》(《全唐文》卷695)、石光赞《请修万石君庙疏》(《全唐文》卷852)等。

也有经过汉人遗迹的祭文,如陈子良《祭司马相如文》(《全唐文》卷134)、李观《吊汉武帝文》、《祭伏波神文》(《全唐文》卷535)、李商隐《为中丞荥阳公祭全义县伏波神文》(《全唐文》卷781)、陆龟蒙《祭梁鸿墓文》(《全唐文》卷801)等。

唐人大量以汉代人物的事迹作赋,作家通过想象仿佛置身于汉朝事件发生时的情景,对事件的过程进行铺张的描绘。某些事件又是唐人集中写到的,这与阅读时的心理状态有关,也与唐朝本身的社会状况有关。王昌龄、杨谏、李琚、韩液都有《公孙弘开东阁赋》,表明他们对宰相重视人才特别是对贫贱士人的接济的赞美,也是对当时当政者的希望和委婉劝谏;晚唐康僚、陈山甫都有《汉武帝重见李夫人赋》,谢观有《招李夫人魂赋》,人们反复赋汉武帝与李夫人事,与中唐以后人们对唐玄宗与杨贵妃事的兴趣不无关系;另外汉文帝却千里马、汉武帝经过缑氏山听到山呼万岁、鲁恭王坏孔子宅时听到乐声、汉武帝为戾太子所筑望思台、后汉时珠还合浦等事也不断入赋。

有些题目中虽看不出与汉代人事有什么关系,但却假托汉朝人物的语气,文中主人公是汉朝人,如徐彦伯《登长城赋》以班固随窦宪北伐经过长城为背景,李德裕《黄冶赋》假托董仲舒与汉武帝的对话，这种写法在汉赋中本来就屡见不鲜。

唐诗中关于汉代人事的歌咏更多，其中有些是乐府旧题，魏晋南北朝以来模拟不断，如《少年行》、《相逢行》等，关于汉代宫廷妇女命运的诗也不少，主要是歌咏陈皇后、王昭君、班婕妤、赵飞燕等。唐诗中歌咏汉代人事的诗过去被研究者通称为“咏史怀古诗”，其实在所有咏史怀古中，汉代是被歌咏最多的时代。中唐以后对南朝灭亡感叹的多起来，实际是对汉朝赞颂的另一方面。诗中表明读汉朝史书而作诗的也不少，如刘知几《读汉书作》、李嶷《读前汉外戚传》、张谓《读后汉逸人传二首》、韩愈《读东方朔杂事》、陈羽《读苏属国传》、白居易《读汉书》、李山甫《读汉书》等，直接咏汉代人物的诗也很多，如王珪《咏汉高祖》、《咏淮阴侯》、王元竞《咏汉武帝》、王维《李陵咏》、李白《苏武》、韦应物《汉武帝杂歌三首》、刘湾《李陵别苏武》、贾至《咏冯昭仪当熊》、钱起《汉武出猎》、吕温《望思台作》、李贺《李夫人歌》、《金铜仙人辞汉歌》、《汉唐姬饮酒歌》、白居易《李都尉古剑》、《李夫人》等大批歌咏汉代人物的诗作。行经汉人庙祠、墓、故居等能触发情思之处的诗作更多，尤以汉高祖、韩信、严子陵、商山四皓等最多。岑参在蜀地做官时曾遍访成都周围古迹，写有《文公讲堂》、《扬雄草玄台》、《司马相如琴台》、《严君平卜肆》、《升仙桥》等汉代人物活动遗迹诗，其实扬雄草玄并不在成都。唐诗中除了边塞诗以汉代边境战争为背景外，还有五百多首直接咏汉代的诗，数量之多，其他任何时代都无法相比。从大量的关于汉代的诗文就可知唐人对汉朝的重视。

唐人不仅对汉朝真实的历史感兴趣，对汉代文学作品中出现的人物，也喜欢坐实。如《陌上桑》中秦罗敷只是乐府诗中的人物，但唐人却认为实有其人，并把华阴敷水当作从罗敷之名而来，留下很多诗歌，如岑参有《敷水歌送窦渐入京》、权德舆《敷水驿》、白居易《过敷水》、《罗敷水》等；《淮南子》中塞翁失马的故事家喻户晓，唐人也认为实有其人，陈子昂《吊塞上翁文》就是为此而作，据陈子昂说："居延海南四百余里，有古城焉，土人云：是塞上翁城。今为戍，其基扃趾跡，盖数千年也。"[1]

颇有争议的褚遂良《故汉太史司马公侍妾随清娱墓志铭》(《全唐文》卷149)，钱钟书先生断言是明朝人作伪[2]，程章灿先生《司马迁真有侍妾隋清娱吗》[3]也否认该文的可靠性，其实，司马迁有没有侍妾与褚遂良是否作该墓志铭是两回事，有过做梦经验的人都知道，长期思考某一问题，往往会在梦中出现与所思考问题有关的梦境，与现实并不符合，甚至有较大距离。褚遂良因为参与史馆工作，司马迁是他素所推崇，梦中出现与司马迁有关人物，即使完全没有现实根据，都是可能的。如果真是明朝人伪造墓志铭，伪造者对唐史臣崇拜司马迁的心理也把握得比较准确。

唐人既然如此推崇汉王朝的政治治理，对汉代著作的阅读又普

---

[1] 陈子昂：《吊塞上翁文》，《全唐文》卷216，第2189页。

[2] 《管锥编》第三册第939页论《报任少卿书》："明季伪造褚遂良撰书《故汉太史司马公侍妾随清娱墓志铭》(《全唐文》卷149)，当时钱希言《戏瑕》卷3早云：'近新安丁云鹏得此碑……甚可疑'；后来平步青《霞外攟屑》卷5嗤其赝古之手甚拙，竟省'太史公'官衔为'太史'。窃谓不足深究，聊供词章点缀可也（参观钱谦益《牧斋初学集》卷17《次韵茅四孝若七夕纳姬》之二、杭大宗《道古堂诗集》卷22《观查明府开所藏宋搨褚河南书〈汉太史司马公侍妾随清娱墓志铭〉》七古）。其托为鬼神示梦（'若有若无，犹梦犹醒，见一女子，高髻盛妆'），明是偎子捣鬼，以向痴人说梦。揣作伪者用意，不过欲示马迁原有室家之好，稍为湔此《书》所叹'刑余无所比数'之辱耳。"按：钱希言甚无见识，根据《汉书》公卿表，司马迁父子官名应为"太史令"，唐时俗称太史，称公乃司马迁对其父之尊称，《史记》之"太史公曰"未必是司马迁本人所写。以此作为否认此碑之理由，殊为无学。

[3] 程章灿：《司马迁真有侍妾隋清娱吗》，《中国典籍与文化》1996年4期。

遍成为风气，对反映汉代现实的汉文学又有着高度评价，浸淫于汉代氛围中的唐代文学受汉文化影响之深是可以想见的。若对唐人接受汉文化的广泛深入程度缺乏认识，单纯从唐代现实的各种问题出发研究唐代文学，对唐代文学之所以形成如此面貌的原因是不可能准确把握的。汉文化是唐人重要的精神乳汁，是唐代文学发展的重要源泉。研究唐代文学和魏晋南北朝文学继承关系的是有感于唐人对魏晋南北朝的表面批判而实际上有继承，这是十分必要的，但若因此忽视唐人更加重视的汉文化对唐代文学的滋养，则是矫枉过正了。唐诗成就辉煌，律诗的形式又形成于南北朝时期，为唐诗的繁荣积累了艺术经验，但汉诗对唐诗也有不容忽视的影响，杜甫就明确宣称“李陵苏武是我师”，汉古诗、乐府对唐人艺术经验也有重大启示，不特等到新乐府运动也。

唐初骈文盛行，但汉代散文对唐代散文也不是等到韩柳等人提倡古文运动之后。钱钟书先生《管锥编》论《全汉文》和《全后汉文》对此已有精到揭示，唐人文章的遣词命意与汉文尤其是西汉文有密切关系，钱先生所举有邹阳《上吴王书》“饰固陋之心，则何王之门，不可曳长裾乎？”句对萧颖士《赠韦司业书》“铤而走险，何公之门，不可曳长裾乎？”李白《上安州裴长史书》“黄鹄举矣！何王公大人之门，不可以弹长剑乎？”的影响，其实唐诗中也常用“曳裾”一词；又引枚乘《七发》以文辞疗病对李华《送张十五往吴中序》“风病目疾，家贫不能具药，爰以言自医”之句的影响，即枚文“要言妙道说去”之意。东方朔《上自荐书》高自称誉对唐文员半千《陈情表》、李白《与韩荆州书》、《上安州裴长史书》、韩熙载《上睿皇帝行止状》(《全唐文》卷165、348、877)、王泠然《与御史高昌宇书》、《论荐书》(《唐摭言》卷2、卷6，《全唐文》卷294)、袁参《上中书姚令公元崇书》（《全唐文》卷 390）等的影响，几乎形成上书中一体。以上所举仅为钱先生指出的唐文直接模仿汉文处，至于魏晋南北朝人已经模仿而唐人又跟着模仿的尚不在内。《全后汉文》卷 43 刘广世《七兴》言骏马之快时“影不及形，尘不暇兴”之句，后人模仿有唐太宗《骨利幹名马叙》“尘不及起，影不暇生”（《唐文拾遗》卷 1），系袭刘广世语，钱先生并评论道：“奇文共赏，赏之不足，斯力仿之，仿之不如，则迳攘取之矣。”[1] 实际上唐太宗攘取汉文之处还有不少，如太宗贞观八年论李弘节事：“造次不思，遂有此语，方知谈不容易。”[2] 就是模仿东方朔《非有先生论》“谈何容易”之意。阅读唐人文章，感觉到文句仿自汉人处甚多，不胜枚举。

三、本书的章节安排

因为唐人对汉代文化广泛深入的学习和接受，唐代文学深深地打上汉朝文化的烙印。汉代文化对唐代文学的塑造，不仅表现在某一具体的文体如五言古诗等的模拟上，还表现在汉人思想观念、知识结构对唐朝作家思想观念、知识结构方面的塑造，汉人精神风貌对唐代作家人生理想、行为方式的影响，本书不企图对汉代文化精神进行全面阐释，而主要从影响唐代文学面貌的三个重要方面进行把握，即从知识结构、文学形态、人物风采方面把握汉代文化精神对唐代文学状态的塑造：

---

[1] 钱钟书：《管锥编》第三册，第 1004 页。

[2] 《贞观政要》卷 5，上海古籍出版社 1978 年版，第 155 页。

第一方面，汉代典籍是汉人思想观念的反映，他们对历史、自然、社会等问题的看法蕴涵其中，长期浸润其中的唐人，会受其影响，这些观念成了唐人知识结构的重要组成部分，成为他们认识历史、观察社会的思想方法，像天人感应、阴阳五行、对边疆的认识、对风俗的重视与各地风土人情等，就深受汉人影响。这一方面分成两章：第一章，“天人感应观念在唐代文学中的表现”，主要从瑞应、灾异、封禅、对天人感应的反思四个方面论述唐人如何接受汉人系统化的天人感应观念以及如何表现在文学创作中，反对天人感应的人又是如何反思该观念并进行文学创作的；第二章，“汉代边疆民族知识与唐代边塞诗”，探讨唐代边塞诗以汉朝边塞问题为话语背景与唐代诗人边疆知识多来自汉人的关系。

第二方面，汉代文化精神与唐代文学的表现形态，主要从两个方面进行论述：“唐诗以汉代唐的方式、演变及原因”研究唐诗中大量存在的以汉代唐现象，“天人三策与唐代对策”研究汉武帝元光元年之策问和董仲舒天人三策对唐代科举考试中应用最为广泛的策问和对策在形式和方法方面的影响。

第三方面可谓之人物论，唐人读书喜史传，了解历史并不是唯一目的，尤其是早年读书，易受书中描写人物精神风貌之影响，唐代作家的行为方式与汉代有密切关系，如好任侠、喜边功、漫游、献赋等，“唐代作家漫游、任侠、献赋之风的汉代渊源”即论述该问题；汉朝有些人物是唐朝作家不断回顾的对象，像商山四皓、二疏、严子陵等，“唐代文学中的商山四皓”以商山四皓为例探究唐人行为方式、思想意识与汉人的关系。“唐代作家的扬雄观与文学创作”研究唐人对扬雄评价分歧的原因及韩愈对扬雄形象的重塑，对扬雄文学作品对唐朝作家的启示也有阐述。

上编

第一章　天人感应观念在唐代文学中的表现

从汉代开始，人们把在先秦就肇其端的天人感应观念理论化，并把它纳入定于一尊的儒学体系，成了士人知识系统中的重要组成部分。汉代以后，魏晋南北朝到隋，这一观念广为流传，到了唐代，因为唐人自觉以汉代为楷模，天人感应观念对社会生活的影响比草创时期的汉更为深广，李渊等人起兵时，已利用符应观念，所谓“膺箓受图”。唐朝立国不久，武德年间所编《艺文类聚》就对这一观念进行较全面的总结。在该书的分类中，符命、祥瑞、礼部中的封禅、灾异等把这一观念的演变、各种瑞物和灾异现象所代表的天意以及前代的有关文学作品进行了梳理。天人感应观念是唐人精神生活的重要内容，它影响了人们的生活方式和思维方式，牵动着许多人的喜怒哀乐，深化着人们的情绪体验。有的政治事件与之有关，如影响晚唐甚巨的甘露之变，不少年号来自祥瑞。很多军事著作也充满这一观念，如易静《兵要望江南》，收词 722 首，其中有很多天人感应内容。这一观念也突破儒学领域，为佛教、道教所接受，与它们结合又有新的表现。这一观念甚至超越唐王朝统治区域，影响到周边国家，如敦煌地区的金山国、东北的渤海国，都有这一方面的作品，南诏年号有元封、天瑞景星等，海外也接受这一观念，日本年号中的朱鸟、庆云、宝龟等也是这一观念的反映。这一观念深刻地影响了文学创作，诗歌、散文（包括各种应用文体）、辞赋、小说，甚至刚刚产生的词，都有很多以之为题材的。以《全唐文》为例，完全为这一观念所写的文章今存六百篇以上，占总数的百分之三，这是任何别的题材都无法比拟的。就诗歌而言，《全唐诗》及其《补编》中收集的也在四百首以上，至于涉及这一观念而整篇不是为之而作的，数目就更为庞大。可是，这么一种重要的观念，研究唐代文学的人却少有顾及，关于唐代的文学史、文学思想史很少论及这一观念对文学创作的影响。也许研究者觉得这一观念与唯物主义不符，是落后的，从落后的观念出发产生不了进步的文学作品。程蔷《唐人巫术观的文学表现》[1]提到了这一观念，但天人感应绝不是巫术所能概括。因这一观念非唐代原创，思想史研究者只注意唐代少数进步思想家对这一观念的批判，对唐代天人感应观念与前代的不同表现缺少具体分析，更不用说这一观念与文学的关系了。它对唐人的精神生活影响如此之广，又有大量作品传世，若对唐人这一知识结构缺乏了解，对很多作品将无法解读，对唐代文学的研究就难以彻底深入。笔者不揣浅陋，对天人感应观念与唐代文学的关系做一探讨。

本章所说的"天人感应"，是指在汉代完成的一种思想体系，它认为人的活动和上天可以相通，帝王的政治若搞得好，上天会表现出一些瑞应，改朝换代之际，受命之君能找到代表自己的符瑞，受命之后要登封告成；若政治没搞好，导致阴阳失调，上天就会谴告，表现出一些灾异，如日食、地震等，上古巫术的一些做法，像求雨、

---

[1] 程蔷：《唐人巫术观的文学表现》，《中国文学研究》1995 年第 1 期。

止雨，因被董仲舒等人赋以天人感应的解释，本章也一并考虑在内。本章主要从瑞应、封禅、灾异、对天人感应观念的批判等四个方面论述天人感应与唐代文学的关系。

一、瑞应与文学

瑞应是指皇帝或大臣政治清明，上天给予的一些奖励。这是天人感应诸观念中，对文学创作影响最大的一个方面，是贯穿唐代始终的观念。正像李觐所说："君生人者，在乎宝位，守宝位者，在乎灵符。"[1] 灵符就是指证明帝王在位正当性的符瑞。因即位方式特殊，唐朝形成几个符瑞的高潮，一在武则天时，一在唐玄宗时，后来在表现出中兴气象的顺宪之时，也有一番高潮。总的来说，这种观念伴随王朝始终，围绕着它创作了大量的文学作品。

唐人对瑞物的解释，多是依据两部现成的书：孙氏《瑞应图》和熊氏《瑞应图》，汉代出现的纬书象《孝经援神契》、《春秋元命苞》、《礼含文嘉》等也常被用来解释瑞应，另外像《鹖冠子》、《汉书》、《白虎通德论》、《南越志》、《晋中兴书》、《马经》等也可作为解释瑞物的根据。若前代典籍无载，他们会认为是大瑞，如权德舆《中书门下贺兴庆池白鸬鹚表》，白鸬鹚于前代关于瑞应的书中没有提到，权文谓："瑞牒所无，蒸人何幸，伏望宣付史册，昭示将来。"[2] 唐人的瑞应观与汉人不同处在于加进了佛教和道教的内容，

[1] 李觐：《咸阳获宝符赋》，《全唐文》卷436，第4444页。

[2] 《全唐文》卷484，第4949页。

如对莲花较重视，经常有瑞莲出现，老子也经常显灵，尤其是在玄宗时。

唐代出现的瑞物可分为几类：一是自然天象，如五色云（庆云）、日抱戴、月重轮、日五色、景星、老人星、甘露、求雨止雨成功等；二是自然界中的植物，如芝草、瑞麦、木连理、李树冬实、桑葚冬熟等；三是某些动物的出现，如龙、麟、白鹿、白兔、白狼、白鼠；四是一位神圣人物的显灵，如老子。对这些现象，唐人有比较固定的解释，这些解释与唐朝政治发展的走向密切相关。如武则天时出现很多瑞石，上面的文字多是证明她改朝换代的正当。玄宗因不是长子，很大程度上是靠诛诸韦才被立为太子的，他总觉得在即位的合法性上有所欠缺，即位之后，曾派使者外出征求符瑞，潘观《使者征祥记》、元承征《上符瑞封事》[1]就是这种征求的记录。当时有一些瑞应都说明其即位的正当性，如张说有十九章颂咏玄宗在潞时出现的瑞应，频繁出现的老子显灵，其目的也是为了证明玄宗即位的合法性：连自己的祖宗都属意自己，"时上尊道教，慕长生，故所在争言符瑞，群臣表贺无虚月"[2]。肃宗刚即位时，更渴求符瑞，因其是通过先即位才报告的方式当上皇帝的，又处于安史叛军的进逼之下，他想用符瑞证明自己的合法，李觐《咸阳获宝符赋》说："圣上愍兹符之阙遗，恒寤寐以求之。"很好地点出肃宗当时的心情。当时对瑞物的解释也多是朝中兴的可能性上说。臣下对瑞应的解释多揣摩皇帝心理，多为歌颂皇帝功德，祝愿唐朝兴旺发达，享祚久长，皇帝本人长寿等。当唐朝在东北与西方与外族发生战争

[1] 元文见《全唐文》卷 304，第 3088 页；潘文见《全唐文》卷 397，第 4050 页。
[2] 司马光：《资治通鉴》卷 216，中华书局 1956 年版，第 6900 页。

时，在战场上捉到的白鼠，也被用来作为敌人行将失败的征兆。

瑞物的发现有的在各地，有的在都城周围甚至皇宫以内，围绕瑞物的发现、上报、认定、宣布等，会有一系列的文学作品问世。地方官热衷于上报瑞应，这是拍皇帝马屁的好机会，同时也可表明自己治理地方得法。包括一些遭贬的官员，贬到边远之地也向皇帝奏报瑞应。皇帝对发现瑞应的官员有时会给予奖励，如高祖时提拔最早上报瑞物的孔善乐为朝善大夫[1]，武则天赏赐进瑞牛的李元素好马等[2]。发现瑞应，地方官要逐层上报，对不可捕捉的东西如龙、麟，则强调多人看见，对较小的动物，如捕捉得到，一般画图并原物进呈，植物一般是画图进呈。这些实物和画图到了中书省、门下省，大臣们会具表称贺，要求皇帝宣付史馆。有的瑞物出现在宫中，如甘露、芝草、孝乌在朝堂筑巢等，皇帝也会欣喜地通过宦官告诉大臣，宰臣们也会上表称贺。《全唐文》中这样的诏、表、状、赋、判、颂为数甚多。对瑞应的认定，有时会经过一番反复，据《唐会要》卷44载："长寿三年三月，大雪，凤阁侍郎苏味道以为瑞，修表将贺，左拾遗王求礼止之曰：三月降雪，此灾也，乃诬为瑞。若三月雪是瑞雪，腊月雷为瑞雷乎？乃止。"这还只是私下的讨论，有时在朝廷会有争执，《资治通鉴》载：代宗大历十三年六月戊戌，"陇右节度使朱泚献猫鼠同乳不相害者以为瑞；常衮帅百官称贺。中书舍人崔祐甫独不贺，曰：'物反常为妖。猫捕鼠，乃其职也，今同乳，妖也。何乃贺为！宜戒法吏之不察奸，边吏之不御寇者，以承天意。'"[3]元稹不同意对一次天象的认定而具表上奏，其《辨日旁

[1] 高祖：《献嘉禾教》，《全唐文》卷1，第17页。

[2] 李峤：《为凤阁李侍郎进瑞牛蒙赐马表》，《全唐文》卷245，第2480页。

[3] 《资治通鉴》卷225，第7251页。

瑞气状》云："右奉宣，某日日上有横赤气，五色鲜明黄润，日两边各有嘉气，内赤外青，宰臣称贺，云是五色云，不知是否者。谨按《乙巳占》：有赤气横在日上谓之戴，其分当有益土进爵推戴人君之象，又人君当立王侯，封建亲戚，以为福佑之征……亦可谓陛下凡有举措，尽合天心，微臣所引占书，悉皆明验，伏乞亦以抱珥宣付史官，不可误书五色云见。以前件图籍作载如右，伏以五色庆云，盖是小瑞，戴气抱珥，所谓殊祥。宰臣忽遽之间，未暇精究其事。"[1]瑞物在从地方向朝廷进奉的过程中，往往郑重其事，若中途死亡，还得上表说明，韩愈见到进奉白鹳鸰的，"东西行者皆避路，莫敢正目焉"[2]，倒引起身世之感，写了《二鸟赋》。祥瑞引起身世之感的还有一些，如元稹《遣兴十首》其十说："河清谅嘉瑞（是岁黄河清），吾帝真圣人。时哉不我梦，此时为废民。光阴本跳掷，功业劳苦辛。一到江陵郡，三年成去尘。"[3]黄河清本为大瑞，可是元稹本人被贬江陵已经三年，对不能有所作为而虚度光阴只能感慨系之。

皇帝把瑞应公布出来，皇帝会有诗作，大臣会有庆贺活动，会有大量诗作、和作。如肃宗有《延英殿玉灵芝诗三章》(《全唐诗》卷 4)，德宗有《麟德殿宴百僚》、《中春麟德殿会百僚》(《全唐诗》卷 4) 等诗，这些诗都是根据天人感应观念写出的。如德宗《中春麟德殿会百僚》有"乾坤既昭泰，烟景含氤氲，德浅荷玄贶，乐成思治人"之句，"烟景含氤氲"就是指庆云，他这里谦虚地表示自己德浅尚荷皇天眷顾。皇帝既然因瑞物大宴群臣，群臣当然有和作，如王维有《大同殿生玉芝龙池上有庆云百官共睹圣恩便赐宴乐敢书即

---

[1] 冀勤点校：《元稹集》卷 35，中华书局 1982 年版，第 400 页。
[2] 韩愈：《二鸟赋序》，《韩昌黎全集》卷 1，中国书店 1991 年版，第 1 页。
[3] 冀勤点校：《元稹集》卷 3，第 34 页。

事》(《王维全集》卷10),宋若昭《奉和御制麟德殿宴百僚应制》、宋若宪《奉和御制麟德殿宴百官》、鲍君徽《奉和麟德殿宴百僚应制》(均见《全唐诗》卷7),常衮《奉和圣制麟德殿燕百僚应制》(《全唐诗》卷254)李义府《宣政殿芝草》(《全唐诗》卷35)都是用瑞物颂扬皇帝。蒋防《望禁苑祥光》,该诗《文苑英华》卷180目录作张聿诗,《全唐诗》又在无名氏出之,小异,蒋诗曰:"嘉瑞生天苑,葱茏几效祥。树摇三殿侧,日映九城旁。仙雾今同色,卿云未可章。拱汾疑鼎气,临渭比荧光。当并春陵发,俄同圣寿长。微臣时一望,短羽欲翱翔。"

有些皇帝写有喜雪喜雨诗,并有不少大臣奉和,如太宗、玄宗都写过《喜雪》、文宗写过《暮春喜雨诗》(《全唐诗》卷4),都有很多和作。若把这些诗作仅仅看成是对自然现象的歌咏,就大错特错。这些皇帝所写的雪、雨并不是一般的雪雨,从大臣们大量的贺雨雪表可知,一般是长久无雨雪,皇帝会做出一些祈雨雪的行为,皇帝和大臣们都解释为皇帝与天心相通,然后才有诗作,如苏颋《为政事贺雨状》说:"顷者西郊不雨……知天人之合符,非土龙之可致,德音朝降,才出于岩廊,膏泽晚飞,已周于城阙。"[1] 作为皇帝,是表示谦虚,而作为大臣,则尽量吹捧。如太宗《喜雪诗》说"怀珍愧阴德,表瑞伫丰年"(《全唐诗》卷1)。玄宗《对温汤雪》有"表瑞良在兹,庶几可怡悦"之句,《校猎义成喜逢大雪率题九韵以示群官》有"既欣盈天兆,复忆石番溪便,岁丰将遇贤,俱荷皇天眷"(《全唐诗》卷3)之句。文宗《暮春喜雨诗》有"荐币虚陈礼,动天实精思"之句。皇帝的这些喜雪喜雨诗都强调是感动皇天,大臣

[1] 《全唐文》卷255,第2589页。

们的和诗更是从此着眼。如宗楚客《奉和圣制喜雪应制》(《全唐诗》卷46)，张九龄《奉和圣制喜雨》、《奉和圣制瑞雪篇》(《全唐诗》卷47)，李峤《游苑遇雪应制》(《全唐诗》卷61)，张说《奉和圣制义成校猎喜雪应制》、《奉和圣制喜雪应制》(《全唐诗》卷86、88)，徐安贞《奉和喜雪应制》(《全唐诗》卷124)，白居易《贺雨》等都是从瑞应观念出发对皇帝的吹捧。在唐代求雨止雨不单是皇帝做，地方官、巫师、民众也做。官员祈雨往往有诗作，如张九龄《和崔尚书喜雨》、《洪州西山祈雨是日辄应因赋诗言事》(《全唐诗》卷49)，耿湋《贺李观察祷河神降雨》(《全唐诗》卷269)、费冠卿《九华山谢雨诗》(《全唐诗补编》第405页)、李绅《登禹庙回降雪五言二十韵》(《全唐诗》卷481) 等都是写祈雨雪有灵应之事，李绅在该诗序中并说只有自己管辖的地方降雪，邻近的杭州并无受惠。有时祈雨有应，会有大批同题之作，如长安二年五月卫州不雨，下辖诸县祈雨，六月一日降雨，父老温光古、赵不为、王坚、王铉、成公简、李大宝等人都有诗句刻在《卫州共城县百门陂碑铭》之碑阴。[1] 祈雨不应有时也会留下记录，如张祜《忧旱吟》谓："引领望甘雨，倾城祷桑林。匹夫动天地，奚俟暴巫尫。浃旬竟弗验，神明果茫茫。"[2] 对祈雨不应表示一种怅然。

唐代科举考试常以瑞应为题，这也影响了文学创作。武则天圣历元年策进士以瑞应为题，对策者也大讲符瑞。科举考试考诗赋后，诗赋常有以瑞应为题者。据徐松《登科记考》考证，科举诗赋中以瑞应为题者主要有：开元四年进士试《丹甑赋》，今存薛邕、史翽之

---

[1] 《全唐诗补编》，中华书局1992年版，第121页。

[2] 同上书，第408页。

作；开元十一年进士试《黄龙颂》；天宝四载进士试《玄元皇帝应见贺圣祚无疆诗》，今存殷寅、李岑、赵铎诗；宝应二年进士试《日中有王字赋》以题为韵，郑锡、乔琛有作品传世；大历四年博学宏词科《五星同色赋》以“昊天有成命”为韵，张叔良、崔淙有作品传世；大历十年上都试《五色土赋》，以“皇子毕封，以色建社”为韵，东都试《日观赋》，以“千载之统，平上去入”为韵，东都试《龟背图诗》；大历十四年进士试《寅宾出日赋》，以“大明在天，恒以时授”为韵，王储、周渭、袁同直、独孤绶有作品传世；贞元七年，进士试《珠还合浦赋》，以“不贪为宝，神物自还”为韵，尹枢、陆复礼、令狐楚有作品传世，《青云干吕诗》，林藻、令狐楚、王履贞、彭伉有诗作；贞元十二年进士试《日五色赋》，以“日丽九重，圣符土德”为韵，李程、湛贲、崔护有作品传世；贞元十三年进士试《西掖瑞柳赋》，以“应时呈祥，圣德昭感”为韵，今存郭炯、陈诩之作；长庆三年进士试《丽龟赋》；乾宁二年进士试《内出白鹿宣示百官诗》，今存黄滔诗，同年录取的王贞白有《宫池产瑞莲诗》，题下原注：“帖经日试。”徐松在卷12“贞元六年进士二十九人”条下说：“按《柳宗元集》有《省试观庆云图诗》，考子厚举进士于贞元五年，省试自六年始，七年以后题皆可考，则《庆云图》为六年试题矣。”[1]《全唐诗》卷368有李程《观庆云图》，李行敏《省试观庆云图》，李程贞元十二年登进士第，李行敏该年博学宏词科，他们的《庆云图》诗不知作于何时。科举考试中的瑞应题目可反复出现，如贞元十二年的《日五色赋》，以李程为状元，《唐摭言》载，后李程出镇大梁，闻浩虚舟应宏词科又赋此题。《北梦琐言》也说：

[1] 徐松：《登科记考》中册，中华书局1984年版，第455页。

“李程以《日五色赋》擢第，为河南尹日试举人，又浩虚舟卷中行《日五色赋》，程相大惊，虑掩其美。伸览之，次服其才丽，至末韵‘侵晚水以芒动，俯寒山而秀发’，程相大咍，曰：‘李程赋且在，瑞日何为到夜秀发！’由是浩赋不能陵迈。”[1] 两书对浩虚舟《日五色赋》的写作背景交代略有不同，但我们从这里可知，同一题目可一再出现在考试中，行卷中也有以瑞应为题者。另据《容斋续笔》考证，《蓂荚赋》以“呈瑞圣朝”为韵，《六瑞赋》以“俭故能广，被褐怀玉”为韵，《信及豚鱼》、《日再中射己之鹄》等也都是唐代以瑞应为题的取士之赋。《全唐文》中还有一些以瑞应为题的限韵的同题之赋不在上例，如《天晴景星见赋》，以“有道之邦德星昭见”为韵，今存李子简、夏方庆之作（分别见《全唐文》卷374、615），《五色露赋》以“率土康乐之应”为韵，今存王起、贾悚、袁允等人作品（分别见《全唐文》卷642、731、732），这些赋作即使不是试题也是私试时的模拟之作。

瑞应主要在朝廷，但这一观念远远超出朝廷，朝廷以外的官员、被贬者，甚至农民都接受这一观念。知识分子间的来往诗文有很多以瑞应为题，用以作为同僚或上下级间的赞扬，如王维《为相国王公紫芝木瓜赞》（《王维全集》卷20）、岑参《尹相公京兆府中棠树降甘露诗》、钱起《京兆尹厅前甘棠树降甘露》（分别见《全唐诗》卷198、236）、韩愈《贺徐州张仆射白兔状》（《韩昌黎全集》卷15）。地方官用瑞应炫耀自己的政绩，典型的如杜楚宾《雷乡县白石鹿记》（见《全唐文》卷374）记录一件异事：亲眼见到两只白鹿逃到山中化为石头，此文写作目的在于歌颂自己勤政爱民，“不

[1] 孙光宪：《北梦琐言》第7卷，上海古籍出版社1981年版，第54页。

使循吏传中专美于前”。李绅在离开霍山后写的诗，回忆自己做官的地方本来虎害严重，他来之后虎不为害了。被贬者要通过上瑞应重新回到朝廷，如韩愈《贺庆云表》：“臣所领州，今月十六日，有庆云见于西北，至暮方散。臣及举州官吏百姓等无不睹，五彩五色，光华不可遍观，非烟非云，容状讵能详述。抱日增丽，浮空不收。既变化而无穷，亦卷舒而莫定。斯为上瑞，实应太平……微臣往在先朝，以论事得罪，身居贬黜之地，目睹殊常之庆，抃跃欣幸，实倍常情。伏乞宣付史官，以彰圣德所至，瞻恋阙廷，心魂飞驰。”[1] 韩愈通过瑞应表达他对朝廷的依恋。有人知道皇帝喜欢祥瑞，就以能带来瑞应作为打动皇帝的突破口，如李翺《论事疏表》夸口说：“臣窃惜陛下圣质，当可兴之时，而尚谦让未为也。臣谨条疏兴复太平大略六事，别白于后。若行此六者，五年不变，臣必知百姓乐康，蕃虏入侍，天垂景星，地涌醴泉，凤凰鸣于山林，麒麟游于苑囿。此无他，和气之所感也。”[2] 很多判文的写作是为瑞应而起，很多瑞应的原因究竟该归谁，往往有争论，判文往往是把百姓个人的孝行与皇帝的德政相结合。姚合《咏南池嘉莲》“自知政术无他异，纵是祯祥亦偶然。四野人闻皆尽喜，争来入郭看嘉莲”表示谦虚，但也有抑制不住的喜悦。佛教徒也受这一观念影响，玄奘有《贺赤雀止御帐表》（《全唐文》卷 906）。

瑞应对文学的作用不单表现在题材上，瑞应的解说方式对唐人思维有影响，让唐人对某些自然现象有特殊感受，甚至是神秘感受，启迪了唐代的浪漫思潮和文风，像赵居贞《云门山投龙诗》序中谓

---

[1] 《韩昌黎全集》卷 39，第 463 页。

[2] 《全唐文》卷 634，第 6401 页。

为玄宗皇帝祈祐，“礼拜焚香，投龙礼毕，有瑞云从洞门而出，五色纷郁回翔，空中声曰：皇帝寿一万一千一百岁”[1]。李筌《黄帝阴符经疏序》记自己奇异的经历，类似游仙。这些在唐代都是屡见不鲜的，有浪漫情怀的作家一般都有天人感应作品，如李白《南陵五松山别荀七》中“相逢太史奏，应是聚贤人”[2]。

瑞应在音乐上也有表现，据《唐会要·诸乐》载：贞观十四年，有景云见，河水清，“协律郎张文收，采古朱雁天马之义，制《景云河清歌》，名之燕乐，奏之管弦，为诸乐之首”。天宝十三载七月七日，太乐署供奉曲名，及改诸乐名，“太簇宫时号沙陁调，龟兹佛曲改为金华洞真，因度玉改为归圣曲，承天、顺天、景云、君臣相遇、九真、九仙、天册永昌乐、永代乐、庆云乐、冬乐、长寿乐、紫极万国乐、封禅曜日光、舍佛儿胡歌改为钦明引，河东婆改为燕山骑……罗刹末罗改为合浦明珠”[3]。此处很多音乐名为瑞应内容，而音乐对唐代文学尤其是对新起的词的影响，学术界言之已多。

二、封禅与文学

以天人感应的观点，封禅是最高典礼，是人间帝王与上天沟通的最直接方式。只有受命之君政治清平、符瑞并见之时，才可登封泰山，禅梁父或别的小山。若政治不清明而封禅只能贻笑后人。战国后期所传的上古帝王有七十二君封禅，皆邈远无据，秦始皇统一

[1] 《全唐诗补编》，第 153 页。
[2] 同上书，第 361 页。
[3] 王溥：《唐会要》卷 33，中华书局 1955 年版，第 614 页。

天下后，曾巡狩并封禅。汉文帝时大臣鼓吹封禅文帝不敢当，武帝时才在众人鼓吹下实行。魏晋南北朝因政治动乱、南北分裂一直没有举行过这一典礼。唐代君臣把它当成千年盛典，因为看重，牵动着全社会的神经，在相当长的时间内是社会的热点话题，对文学创作有不小影响。

早在高祖时期，兖州刺史薛胄就上《封禅图》、《封禅仪》，鼓吹封禅，太宗时鼓吹的人更多，如贞观五年正月，朝集使王孝恭等请封禅，太宗没有答应，但说："如得雅颂形于金石，菽粟同于水火，反朴还淳，当如来仪。"十一月，利州都督武士彟等又上表请封禅，太宗心动，但认为"丧乱之后，民物凋残，惮于劳费，所未遑也。"贞观六年，群臣又上言请封禅，太宗说了一段颇耐人寻味的话："议者以封禅为大典。如朕本心，但使天下太平，家给人足，虽阙封禅之礼，亦可比德尧舜；若百姓不足，夷狄内侵，纵修封禅之仪，亦何异于桀纣。……《礼》云：至敬不坛。扫地而祭，足表至诚，何必远登高山，封数尺之土也！"应该说太宗对封禅的作用有理性的认识，但他还是顺应大臣之意，派中书侍郎杜正伦赴泰山观封禅遗址，为封禅做准备，该年"诣阙请封禅者首尾相属"[1]。贞观十一年群臣又劝封禅，朝廷开始制定礼仪，太宗曾几次下诏准备封禅，但都因灾异而取消。到了高宗时期，终于登封泰山并改元乾封，并准备封华山、嵩山，武则天则登封中岳，盖泰山太远了。玄宗开元十三年封禅，后又多次准备封西岳，因灾异未果。

封禅是当时人极看重的一件事，典礼举行时，不仅文武百官浩浩荡荡地前往，连四夷君长的代表也陪同前去，队伍绵延数百里，

---

[1] 《唐会要》卷7，第79、80页。

到了泰山，皇帝和大臣又处于一种神秘气氛中，达到“天人合一”的境界。如唐玄宗开元十三年的封禅，据《旧唐书·礼仪志》载：登封之后，玄宗对群臣表示慰劳，中书令张说跪言：“圣心诚恳，宿斋山上，昨夜则息风收雨，今朝则天清日暖，复有祥风助乐，卿云引燎，灵迹盛事，千古未闻，陛下又思慎终如初，长福万姓，天下幸甚。”在此之前，在泰山西的来苏顿，有东北风“裂幕折柱”，大家正在惊恐，张说却说：“此必是海神来迎也。”“及至岳下，天地清晏，玄宗登山日，气和煦，至斋日，日入后，劲风偃人，寒气切骨，玄宗因不食，次前露立，至夜半，仰天称某身有过，请即降罚，若万人无福，亦请某为当罪，兵马辛苦，乞停风寒。应时风止，山气温暖，时从山上布兵，至于山坛，传呼辰刻，及诏命来往，斯须而达，夜中燃火相属，山下望之，有如连星，自地属天。其日平明，山上清迴，下望山下，休气四塞，登歌奏乐，有祥风自南而至，丝竹之声，飘若天外。及行事日，扬火光，庆云纷郁，遍满天际，群臣并集于社首山帷宫之次，以候銮驾，遥望紫烟，憧憧上达，内外欢噪，玄宗自山上便赴社首斋次，辰巳间至，日色明朗，庆云不散，百辟及番夷，争前迎贺，辛卯，享皇地祇于社首之泰折坛，睿宗大圣贞皇帝配祀，五色云见，日重轮，藏玉策于石，如封坛之仪。”[1]

1. 因封禅典礼史无明载，关于封禅仪式，朝廷反复讨论，有很多著作专门议论这一问题。据《新唐书·艺文志》记载，有令狐德棻《皇帝封禅仪》六卷，韦述《东封记》一卷，孟利贞《封禅录》十卷，裴守真《神岳封禅仪注》十卷，其书不传的尚多。

2. 封禅之前大臣和士人往往反复上书要求封禅，当皇帝表示谦

[1] 刘昫：《旧唐书》卷 23，中华书局 1975 年版，第 889 页。

虚时，上书人常强调封禅是上天意旨，如乾曜说玄宗：“臣等考天人之际，稽亿兆之情，以为治定功成，登封告禅，鸿名盛则，属在圣明。陛下让德冲深，未允群议，神祇阙望，臣等惧焉。今四海和平，百蛮率职，莫不含道德之甘实，咀仁义之馨香，是以上帝聿怀，名山望幸，珍符荐至，年谷屡登，开辟以来，未之有也。”[1]这里的“神祇阙望”、“上帝聿怀，名山望幸”等是以神灵的名义要皇帝接受。这是颂扬皇帝的好机会，封禅也有现实好处，所有官员均可提拔，如《酉阳杂俎》载：旧例封禅后，自三公以下皆迁转一级。而封禅所经之处可免租税，士人们可表达生活在盛世的自豪感，开元时期诗风的基调受此情绪影响。

3. 从太宗开始，准备封禅就已决定让被举荐人同去泰山，贞观二十一年正月丁酉诏中说：“仍令天下诸州，明扬侧漏，其有学艺优洽，文蔚翰林，政术甄明，才膺国器者，并宜总集泰山，庶令作赋掷金，不韫天庭之掞，被褐怀玉，无溺屠钓之间。务得英奇，当加不次也。”[2]高宗麟德三年拟封泰山，二年就下令诸州，“明扬才彦，或销声幽薮，或藏器下僚，并随岳牧举选”[3]。《册府元龟》说玄宗封禅前“儒生墨客献赋颂者数百记”。《旧唐书·礼仪志》谓：“上书请修封禅礼并献赋颂者，前后千有余篇。”[4]随同前往的文学之士往往也要有作品献上。封禅的帝王登封之际会有文章，如武则天封中岳自制《升中述志碑》，玄宗作《纪泰山铭》。张说撰《封祀坛颂》，源乾曜撰《社首坛颂》，苏颋撰《朝觐坛颂》，神童刘晏进《东

[1] 《唐会要》卷 8，第 106 页。

[2] 《唐会要》卷 7，第 94 页。

[3] 同上书，第 96 页。

[4] 《旧唐书》卷 23，第 891 页。

封颂》。

4. 除诏、表、颂、铭外，与封禅有关的活动也促进诗歌创作。贞观年间预备封禅，高士廉《五言春日侍宴次望海应诏》有“深仁苞动植，神武詟遐荒。愿草登封礼，簪绂奉周行”。郑仁轨《五言奉日侍宴望海应诏》有“御龙称曩载，仙驾纪前皇……荡秽符神略，安流表会昌”之句，许敬宗有《五言辽东侍宴山夜临秋同赋临韵应诏》有“方怀草封禅，陪礼泰山阴”之句，这些诗句都表明近臣们渴望为封禅礼仪的制定做贡献。玄宗《喜雪诗》有“登封何以报，因此谢功成”之句，表示拟以封禅报答上天。与封禅活动有关的诗有卢照邻《登封大酺歌四首》(《全唐诗》卷 42)，萧楚材《奉和展礼岱宗途经濮济》，薛克构同题之作（皆《全唐诗》卷 44)，宋之问《扈从登封告成颂》(《全唐诗》卷 52)、《扈从登封告成颂应制》(《全唐诗》卷 53)，张九龄《奉和圣制登封礼毕洛城酺宴》(《全唐诗》卷 49)，张谔《东封山下宴群臣》等，从这些诗的题目就可知道登封之后曾大宴群臣，以此为题应有大量诗作。李义府龙朔三年（663）流配嶲州，乾封元年（666）正月，高宗封泰山，李义府有《在嶲州遥叙封禅》(《全唐诗》卷 35）以未能亲自参加封禅为遗憾，诗末以司马谈自喻。

安史之乱以后，唐朝国势大衰，人们对封禅远没有初盛唐时期热情那么高了，但只要形势略有好转，就不断有人提出封禅的建议。武元衡在德宗时曾经趁着庆贺祥瑞的机会鼓动封禅：“臣闻至德有感，嘉瑞必呈，非汪洋霶霈，不能动神灵，非葳蕤合遝，无以彰明盛。伏惟陛下登建皇极，二纪于兹，情无忘于一日，德弥新于万载，怀徕反侧，优容直谅。至仁所渐，潜销于毒螫，大赉所及，无间于忽荒，故得正祥荐臻，策简填委，迨于今日，不可胜书。此实上天所以丁宁，俟登封告成也。”[1] 在武元衡看来，大量的瑞应是上天对德宗的肯定，上天也正等着进行封禅活动。但德宗时藩镇割据局面较为严重，吐蕃对唐王朝也构成很大威胁，北庭都护府在贞元六年被吐蕃攻破，武元衡的上表很明显是粉饰太平，响应此议的不多。宪宗平定藩镇，当时的人们看到中兴的希望，鼓吹封禅的声音很大，宪宗准备在元和十四年举行封禅大典，鲍溶元和十三年作《读淮南李相行营至楚州诗》，末句云“来年二月登封礼，去望台星扈日轮”，次年平定淄青后又作《闻国家将行封禅聊抒臣情》。刘禹锡《平齐行二首》也是写于此时，其二说：“泰山沉寇六十年，旅祭不享生愁烟。今逢圣君欲封禅，神使阴兵来助战。妖氛扫尽河水清，日观杲杲卿云见。开元皇帝东封时，百神受职争奔驰……当今睿孙承圣祖，岳神望幸河宗舞。青门大道属车尘，共待葳蕤翠华举。”（《全唐诗》卷 356）泰山在强藩之手时，皇帝也无法前去封禅，现在淄青平定，皇帝又跃跃欲试。在刘禹锡看来，此次能平定淄青是有天助，天知道宪宗有封禅打算故帮助朝廷军队，现在泰山之神正盼望皇帝前去登封。刘禹锡又有《为裴相公进东封图状》，是替裴度所拟，裴度在平定藩镇割据方面功劳很大，他也极力鼓动封禅，并且亲自绘制玄宗东封的图画，状中以裴度的口气说：“臣谨案开元十三年，玄宗皇帝以天下太平，登封东岳，声名文物，振耀古今。伏惟陛下丕承耿光，再阐鸿业，祖宗盛事，绍复有期。臣所以写成此图，辄敢上献。至于绘画，躬自指㧑，征史氏之文，纂礼容之要，山川气象，悉拟真形；羽卫威仪，咸稽故实。所冀睿情一览，遐想玄踪。臣叨荣过深，抱疾已久。望陛下告成之日，心必

[1] 武元衡：《贺连理棠树合欢瓜白兔表》，《全唐文》卷 531，第 5387 页。

前知；嗟老臣将谢之年，身恐不见。”[1]从此状中可知，裴度之所以画东封图并进献给皇帝，其目的在于为宪宗的封禅提供礼仪上的蓝本。宪宗此次封禅虽然最终并未实现，但牵动当时社会的神经，连因谏迎佛骨被贬潮州的韩愈到潮州之日也劝宪宗封禅：“高祖创制天下，其功大矣，而治未太平也；太宗太平矣，而大功所立，咸在高祖之代：非如陛下承天宝之后，接因循之余，六七十年之外，赫然兴起，南面指麾，而致此巍巍之治功也。宜定乐章，以告神明，东巡泰山，奏功皇天，具著显庸，明示得意，使永永年代，服我成烈，当此之际，所谓千载一时不可逢之嘉会。”韩愈不仅劝宪宗封禅，他自己还想利用自己的特长：“臣于当时之文，亦未有过人者。至于论述陛下功德，与《诗》、《书》相表里；作为歌诗，荐之郊庙；纪泰山之封，镂白玉之牒；铺张对天之闳休，扬厉无前之伟绩；编之乎《诗》、《书》之策而无愧，措之乎天地之间而无亏，虽使古人复生，臣亦未肯多让。”[2]韩愈希望在宪宗封禅时能跟随前往，并作封禅文，这其中有想尽早离开被贬之地回到朝廷的意图，但把封禅作为大典也代表了一般士人对盛世再临的渴望。封禅对文学的影响不全在于这一典礼本身，更重要的是对著名文人心态的影响，著名文人希望在这种少见的仪式中能承担作封禅文字的任务，把这当作很大的荣耀。与韩愈关系密切的侯喜作有《唐高宗天皇大帝封禅文》、《唐玄宗明皇帝泰山玉牒文》（《全唐文》卷732）两文，唐高宗封禅文和唐玄宗封禅时玉牒文都是外人不得而知的，只有大臣的纪封禅碑铭，侯喜作此文章，盖为练习之文，正像韩愈自认为可

[1] 《全唐文》卷603，第6090页。
[2] 《韩昌黎文集校注》卷8，第619页。

写封禅文字。

李德裕在武宗时运筹帷幄，很好地处理回鹘问题，在皇帝任命李德裕为太尉时，他反复推让，在《让太尉第三表》中，李德裕说："臣伏念齿发虽雕，心力犹壮，实愿赞陛下升平之运，见万方仁寿之期，东封告成，大典咸备，然后散金娱老，归守丘园。"[1]这里李德裕也表示愿帮助武宗达到可以封禅的政治状况。其实，当时形势虽有好转，但离人们理解的封禅需要的条件还相差很远，人们不断提议封禅，实际是对盛世的呼唤。比李德裕更晚的王棨有《阙里诸生望东封赋》(《全唐文》卷769)，以赋的形式写孔子故乡的儒生盼望皇帝封禅，该赋构思可能受玄宗封禅的影响。玄宗封禅之后曾经亲临孔子家乡，但此时提出封禅，肯定会遭到人们的反对，孙樵作于宣宗大中五年的《读开元杂报》说，初读时因材料不全不知何时朝报，认为是当时事，报中有"某日安北诸蕃君长请扈从封禅"，后遇从京城来的人针对这一点说："吾尝背华走洛，遇西戍还兵千人，县给一食，力屈不支，国家安能东封？"[2]可见当时局面相当紧张，处于内忧外患的境地，何言封禅？林简言《汉武封禅论》(《全唐文》卷790）认为汉武帝不该封禅，也不是一篇单纯的史论，实际是有感而发。或许玄宗封禅依然出现安史之乱，让后人反思此类活动的意义了。

封禅这一与天人感应息息相关的仪式终唐之世人们都在讨论，虽然真正成为现实并没有几次，但它长期使士人保持兴奋，对唐代文学的影响是不容忽视的。

---

[1]《全唐文》卷700，第7193页。

[2]《全唐文》卷795，第8336页。

三、灾异与文学

灾异观念是天人感应理论的重要方面，也就是所谓的“天谴”。汉文帝开始，当有日食、地震等自然灾害发生时，皇帝往往下诏求直言极谏，要臣下上封事批评政治。董仲舒开始，把灾异观念的理论形态和现实政治相结合，他在解释建元六年高园殿火时批评武帝身边近臣。《春秋繁露》及“天人三策”中对灾异与失政的关系有详尽的阐述。西汉后期，用灾异解释政治的还不少，根据《汉书》的总结，重要的有十位，其中刘向颇为著名。西汉后期每当有重大自然灾害发生，执政者总要负上责任，有的丞相因此自杀。唐人对汉人灾异观念基本接受，从初唐开始，人们就经常把自然灾害和政治联系起来进行解释，连民间也会有一些谚语，如中宗时京师人谓“杀郑愔，天必阴”[1]。

《贞观政要》有“灾祥”类，就是记录唐太宗和大臣们对用天人感应观念如何解释当时的自然天象，此处录出其中讲灾异的例子：

> 贞观八年，陇右山崩，大蛇屡见，山东及江淮多大水。太宗以问侍臣，秘书监虞世南对曰：“……汉文帝元年，齐、楚地二十九山同日崩，水大出，令郡国无来献，施惠于天下，远近欢洽，亦不为灾。后汉灵帝时，青蛇见御座；晋惠帝时，大蛇长三百步，见齐地，经市入朝。按蛇宜在草野而入市朝，所以为怪耳。今蛇见山泽，盖深山大泽，必有龙蛇，亦不足怪。又山东之雨，虽则其常，然阴潜过久，恐有冤狱，宜断省系囚，

[1] 《全唐诗补编》，第1701页。

庶或当天意。且妖不胜德，修德可以销变。”太宗以为然，因遣使者赈恤饥馁，申理冤讼，多所原宥。[1]

贞观八年，有彗星见于南方，长六丈，经百余日乃灭。太宗谓侍臣曰：“天见彗星，由朕之不德，政有亏失，是何妖也？”……太宗曰：“吾之理国，良无景公之过，但朕年十八便为经纶王业，北剪刘武周，西平薛举，东擒窦建德、王世充，二十四而天下定，二十九而居大位，四夷降伏，海内乂安。自谓古来英雄拨乱之主无见及者，颇有自矜之意，此吾之过也。上天见变，良为是乎？秦始皇平六国，隋炀帝富有四海，既骄且逸，一朝而败，吾亦何得自骄也？言念于此，不觉惕焉震惧！”魏征进曰：“臣闻自古帝王未有无灾变者，但能修德，灾变自销。陛下因有天变，遂能戒惧，反覆思量，深自克责，遂有此变，必不为灾也。”[2]

贞观十一年大雨，榖水溢，冲洛城门，入洛阳宫，平地五尺，毁宫寺十九，所漂七百余家。太宗谓侍臣曰：“朕之不德，皇天降灾，将由视听弗明，刑罚失度，遂使阴阳舛谬，雨水乖常。矜物罪己，载怀忧惕。朕又何情独甘滋味？可令尚食断肉料，进蔬食。文武百官各上封事，极言得失。”中书侍郎岑文本上封事曰：“……臣之愚昧，惟愿陛下思而不怠，则至道之美与三、五比隆，亿载之祚与天地长久。虽使桑榖为妖，龙蛇作孽，

[1]　《贞观政要·灾祥》，第288页。

[2]　同上书，第289页。

雉雊于鼎耳，石言于晋地，犹当转祸为福，变灾为祥，况雨水之患，阴阳横理，岂可谓天谴而系圣心哉？臣闻古人有言：‘农夫劳而君子养焉，愚者言而智者择焉。’辄陈狂瞽，伏待斧钺。”[1]

从以上三例可知，虞世南解释贞观八年陇右山崩屡见大蛇时认为不足奇怪，对山东大水则推测为“冤狱”所致，认为冤狱会导致阴阳失调是汉人的观念。对付灾异的办法，虞世南强调“修德”；同年的彗星，太宗自己理解成因为自己“颇有自矜之意”而导致天变，魏征也是强调“但能修德，灾变自销”；贞观十一年大雨太宗认为是自己刑罚失度造成皇天降灾，要大臣言得失，岑文本认为只要政治措施得当，即使有灾也可变而为祥，雨水不属于灾异。唐太宗的言行对唐朝制度建设的影响很是深远，《开元礼》就规定，一旦出现灾异现象，皇帝要做一些禳救的活动，如避正殿、减膳、向天请罪等，与汉代不同的是，宰相不需要负那么大的责任，不用自杀以应灾异了，不过宰相辞职倒是常见，李德裕《为星变陈乞状》提出辞职，他在列举历代因灾异辞职的事例时说：“伏以谪见天文，以警在位，稽于前史，皆有明征。臣某中谢。臣才非时须，量乖公器，因缘门荫，遂忝华资，出入藩宣，已逾三纪。早负素餐之责，常愧周行，老无黄发之谋，空窃高位，夙夜思省，冰炭在心。近伏见荧惑顺行，稍逼上相，实惧天谴，以致身灾。武德七年，荧惑犯左执法，右仆射萧瑀逊位；贞观十五年，荧惑犯上相，左仆射高士廉逊位。国史之内，此例至多。”[2] 李德裕举萧瑀和高士廉为例，另外武则天时唐

[1] 《贞观政要·灾祥》，第 290 页。
[2] 《全唐文》卷 704，第 7227 页。

休璟曾因灾异请求离职。

唐代有灾异发生时用灾异解释现实政治的文章数量颇多，灾异观念流行甚广，灾异出现后皇帝往往要群臣上封事，极言直谏，范围甚广，还是留下了一些作品。《贞观政要》的作者吴兢有《大风陈得失疏》，用灾异解说政治的方法既受汉人影响，又受其所编《贞观政要》中岑文本说灾异的影响："自春以来，亢阳不雨；乃六月戊午，大风拔树，坏居人庐舍。传曰：欲德不用，厥灾旱，上下蔽隔，庶位逾节，阴侵于阳，则旱灾应。又曰：政悖德隐，厥风发屋坏木。阴类大臣之象，恐陛下左右，有奸臣擅权，怀谋上之心……夫天降灾异，欲人主感悟，愿深察天变，杜绝其萌……愿斥群小不为慢游，出不御之女，减不急之马，明选举，慎刑罚，杜侥幸，存至公。虽有旱风之变，不足累圣德矣。"[1]其中两次引用"《传》曰"，此处的"传"指《汉书·五行志》引用的京房《易传》，而其结尾又是模仿岑文本。权德舆《论旱灾表》说："伏见自春三月不雨，连夏涉秋，田里嗷嗷，农收无望。陛下斋心减膳，悯恻元元，告于宗庙，祷于天地。一物可祈者，必致其礼；一介有请者，必诚其言。忧人闵雨，可谓至矣。而甘泽未降，众情如焚，公私窘迫，日月以甚。臣闻水旱之沴，阴阳之变，前哲王之所不免，但有备之之术而已。销天灾者，莫若修政事；感人心者，莫若流惠泽。人和浃洽，则天地之和应矣。……臣伏以今年饥旱，京师艰食，圣心忧轸，臣下何安。臣谓救之者不在于祷求，乃在于事实；有备者不止于公廪，亦在于编人。"[2]应该说权德舆对灾异有较为理性的认识，他从皇帝祈雨不应

[1]《全唐文》卷298，第3026页。
[2]《全唐文》卷488，第4980页。

入手，指出政事的重要，此文实际上是一篇披着天人感应外衣的政论文。唐人说灾异着重点在于如何从政治上进行补救。

也有通过解说灾异批评权臣的，李中敏《太和六年大旱上言》把矛头指向皇帝本人和郑注，认为皇帝在处理华封儒杀人和李秀杀平民事件时对罪犯太宽容，而宰相宋申锡被杀冤情很大："宋申锡位宰相，生平馈致一不受，其道劲直，奸人忌之。陷不测之辜，狱不参验，衔恨而没。天下士皆指目郑枉。臣知数冤必列诉上帝。天之降灾，殆有由然。汉武帝国用空竭，桑弘羊兴筦榷之利，然卜式请烹以致雨。况申锡之枉，天下知之。何惜斩一注以快忠臣之魂，则天且雨矣。"[1] 李中敏论致旱之由，以汉朝东海孝妇被杀大旱三年为根据，要求杀郑注，又以卜式请烹桑弘羊为根据，可见对灾异的解说受汉人影响之大。盛均《人旱解》是就越地大旱地方官反复求雨不应论述地方政治与灾异的关系，该文假托求雨术士之口把旱分为三种："旱有三：曰天旱、国旱、人旱。曷为天旱？蹇阳肆凶，下土祇慎，虽六七年，黎人不饥。曷为国旱？君道炽灾，德涸仁枯，贪风暴气，蒸为时疠。曷为人旱？邦燬其政，吏贼其行，千里人心，燥不为阴。夫天旱求诸仁，仁洽而时丰；国旱求诸德，德润而泽流；人旱求诸政，政清而俗阜。"[2] 对旱的详细分类是对天人感应理论的发展。钱珝《荧惑退舍宰相请复常膳表》（《全唐文》卷 834）替宰相所拟，认为灾异已经结束，皇帝不必再减膳。

不仅朝廷政治生活中用到灾异观念，在科举考试中，也有以皇帝口气的策问问到对当时灾异的解释，对策者只有熟悉天人感应观

[1] 《全唐文》卷 716，第 7363 页。
[2] 《全唐文》卷 763，第 7935 页。

念并且深入研究前人对灾异的解释才能完成对策。

彭殷贤《应文辞雅丽科对策》作于开元九年，策问中并没有明确关于灾异的问题，而彭殷贤对策却说："赐愚臣制策云：朕以不德，袭号乘时，而皇极之道未敷，谟明之轨尚阙者。微臣何以识陛下之深远，而辄欲议之？或恐日月有遗照，圣智所不及，故略陈其愚，伏惟陛下留听。臣闻《书》云：惟先格王，正厥事。言灾害之起，事有不正者也。去岁水旱不时，咎征屡作，匈奴侵轶，边将气沮，天其或者正训我也，欲令陛下知爵禄之虚授，冗散之职多欤？乐荡志欤？服失度欤？何皇极之不建，遂至于此也？"[1] 从彭殷贤引用的相应部分的策问看，虽是说政治尚有不完善之处，但并非是指灾异，而彭的对策却从水旱说起，并进而论到政策的失误。

穆质《对贤良方正能直言极谏策》策问由陆贽撰，中间问到灾异："自顷阴阳舛候，祲沴荐兴。仍岁旱蝗，稼穑不稔。上天作孽，必有由然，屡为凶灾，其咎安在？"[2] 穆质对策中说："臣闻旱蝗者，稽诸《洪范》，为言不乂之罚也。言之不乂，令之不信也。言者西方金也，金失其性，为木所伤。木东方少阳，古云阳腾，所以为旱。阳既亢极，气又嚣蒸，是则介虫为孽，螽斯为害。臣见比年旱魃为害已甚矣，则《洪范》之征亦明矣。无乃陛下诏令不信乎？抑又闻军旅之后，必有凶年。其握兵者，不本乎仁义，贪于残戮，人用愁苦，怨气积下，以伤阴阳之和也。则国家兵先于河北，河北旱蝗随之，次及河南，河南旱蝗亦随之，次及关中，关中又蝗旱。旱既仍岁，蝗亦比年。无乃陛下用兵者不详其道也？臣谨稽古典，参于历

---

[1] 《全唐文》卷 307，第 3119 页。

[2] 《全唐文》卷 524，第 5325 页。

代，禳除异术，祈祷多门。至若贬食省用，稼穑圭璧，求邪于幻术，觊福于释流，土龙矫首于通衢，群巫分袖于鼓舞，此又从人之欲也。至若两汉旧仪，三公当免；卜式著仪，弘羊可烹。此又一时之事也。然俱非救旱之本，去灾之道。则有一郡一邑，一宰一牧，勤恤人隐，精达神明。或以身禳，或以心祷，蝗且出境，旱不为灾。牧宰之微，尚或臻此，况陛下尊为天子，德为圣人，神动而天从，气使而时变。至诚所感，何往不通？臣伏见陛下去年八月二日所下德音，避正殿而不居，损常膳而不御，议狱缓死，掩骼埋胔，诏文始书，害气将究，诏书始下，和气自生。故不旬朝之间，凶渠歼殄，兵革偃息，甘雨荐降，氛灾自销，天之监人也，明矣速矣。然则陛下之德，有以动天，天且不违，况于鬼神乎？”[1] 穆质对策从《尚书·洪范》和《老子》中寻找理论根据，把旱蝗灾与当时的对内征伐联系起来。而提到的禳救之法，如土龙、群巫等，多来自汉人著作，汉人免三公等方法在穆质看来并不能解决根本问题，根本还得依靠皇帝对天的至诚。唐人科举对策中还有一些就灾异问题讨论现实政治问题的，但一般不直接批评皇帝本人，而是把矛头对准其下属。

除了政论文章，唐诗中也有一些与灾异有关的诗，元稹《旱灾自咎贻七县宰（同州作）》就是元稹在同州时因长期大旱祈雨不应而写给属下七位县令的诗，对同州的久旱不雨，他也曾经从自己身上找原因：“吾闻上帝心，降命明且仁。臣稹苟有罪，胡不灾我身？胡为旱一州，祸此千万人？”[2] 在各种祈雨方式用尽而无效验之时，元稹提出注重人事，实际就是要下属县令们与他一起反思在治理民众

[1] 《全唐文》卷 524，第 5328 页。
[2] 冀勤点校：《元稹集》卷 4，第 37 页。

时有无失误，最终归结为政治问题。杜牧《李甘诗》用天人感应观念批判李训、郑注："岂知祸乱根，枝叶潜滋莽。九年夏四月，天诫若言语。烈风驾地震，狞雷驱猛雨。夜于正殿阶，拔去千年树。吾君不省觉，二凶日威武。"[1] 在杜牧看来，文宗太和九年四月的烈风、地震、猛雨正是上天对文宗重用李训、郑注的警告，但文宗没有觉悟，终于酿成甘露之变。

但这一方面对文学创作的影响，远没有瑞应和封禅两个方面大，留下的作品要少得多。这主要有以下几个原因：

1. 皇帝虽然相信灾异，但灾异易用来对当政者和皇帝进行批判，把皇朝和天命对立起来，所以唐朝把对灾异的解释控制在严格的范围内，主要是太史局、司天监，《唐会要》卷 44 载："武德九年八月诏：私家不得辄立妖神，妄设淫祀，非礼祈祷，一切禁断。龟易五兆之外诸杂占亦皆禁止。载初元年六月敕，相书及朔计家书，多妄论祸福，并宜禁断。开元十六年六月敕，百姓不得与卜祝人交游往来。"[2]

2. 以灾异解说现实政治是从董仲舒开始的，董仲舒本人因此险遭杀身之祸，还被认为"大愚"，西汉说灾异的十位著名人物总的来说仕途都不顺利。说灾异容易得罪皇帝和大臣，即使皇帝问到，有人也不朝灾异的方向去解释。如贞观八年有星孛于虚危，虞世南答太宗；永徽四年八月二十日，冯翊陨石，于志宁之回答；贞观十一年大雨，岑文本安慰太宗等，姚崇《对太庙屋坏奏》用理性解释太庙的倾塌。

---

[1]　《樊川诗集注》卷 1，上海古籍出版社 1998 年版，第 64 页。

[2]　《唐会要》卷 44，第 797 页。

在天人感应的氛围中，人们对自然灾害出现的原因往往从政治不够清明因而得到上天的谴告角度去理解，对解救之法，除了祈祷，也多从刷新政治入手。在农业为主的社会，统治者最关注的是气候问题，也就是风调雨顺，如果风雨失调时，大涝或大旱，会对社会稳定构成威胁，从而危害统治基础，所以对水旱问题议论最多。蝗灾在大旱之后很容易出现，唐代诗文中讨论蝗灾的作品较多，很多人根据《后汉书·卓茂传》的记载认为地方官的善政可避免蝗虫侵扰，白居易新乐府《捕蝗·刺长吏也》说："我闻古之良吏有善政，以政驱蝗蝗出境"（《全唐诗》卷426），就是指卓茂事。在文学创作方面，关于灾异的作品数量虽然没有瑞应和封禅多，但作为作家的思维方式，对文学创作的影响是不能忽视的。

四、对天人感应观念的批判

唐人虽然大多相信天人感应观念，但也有矛盾的看法，一些思想家对天人感应观念进行反思甚至批判，其中尤其以刘知几、柳宗元、刘禹锡、李德裕为突出。

唐太宗深信天人感应观念，前引《贞观政要》文太宗与群臣讨论灾异就可证明，但他对瑞应观念也有过一番反思，对与天人感应有关的阴阳禁忌并不在意。贞观五年，皇太子行冠礼，本来定在二月，可太宗以为二月妨碍农时，要求改在十月，虞世南引阴阳家语，认为在二月吉，太宗也不以为然；贞观六年四月（《通鉴》系为六年，《贞观政要》卷6系为七年）参加张公谨葬礼时在早晨痛哭有违阴阳家之忌，《贞观政要》卷10记载贞观六年太宗对侍臣所说的话：

“朕比见众议以祥瑞为美事，频有表贺庆。如朕本心，但使天下太平，家给人足，虽无祥瑞，亦可比德于尧、舜。若百姓不足，夷狄内侵，纵有芝草遍街衢，凤凰巢苑囿，亦何异于桀、纣？尝闻石勒时，有郡吏燃连理木，煮白雉肉喫，岂得称为明主耶？又隋文帝深爱祥瑞，遣秘书监王劭著衣冠，在朝堂对考使焚香，读《皇隋感瑞经》。旧尝见传说此事，实以为可笑。夫为人君，当须至公理天下，以得万姓之欢心。若尧、舜在上，百姓敬之如天地，爱之如父母，动作兴事，人皆乐之；发号施令，人皆悦之；此是大祥瑞也。自此后诸州所有祥瑞，并不用申奏。”[1] 太宗此言是针对众多上报的祥瑞和贺表而发，他认为真正的祥瑞是民心，有些太重视自然祥瑞的帝王成了后世的笑料，太宗虽然深信天人感应观念，但作为开国英主，他觉得人心向背才是更为根本的，祥瑞不需上报皇帝了。事实上他的这一想法没有成为现实。

文宗太和元年十一月有人上《请令有司勿进祥瑞奏》，对太宗的祥瑞观有一定继承：“伏以陛下勤求治本，澄清化源，不以灵芝白雁为瑞应，方将时安人和为嘉祥。宸翰昭宣，睿情斯属。伏请自今已后，祥瑞俱申有司，更不令进献。”[2] 该奏疏写于文宗即位之初，这时唐朝国力与太宗时相比已不可同日而语，该奏疏是根据文宗的祥瑞观写的，可见文宗即位之初励精图治的意识甚为强烈。在浓厚的以祥瑞为政治清明表现的氛围中，统治者中的某些人一直有人对此有清醒的认识。

有的人对天人感应观念深信不疑，对祥瑞也不反对，但对当时

[1] 《贞观政要·灾祥》，第 288 页。

[2] 《全唐文》卷 965，第 10028 页。

公认的一些祥瑞现象却表现出相当理性的认识，如张鷟《朝野佥载》卷3记："河东孝子王燧家猫犬互乳其子，州县上言，遂蒙旌表。乃是猫犬同时产子，取猫儿置狗窠中，狗子置猫窠内，惯食其乳，遂以为常，殆不可以异论也。自连理木、合欢瓜、麦分歧、禾同穗，触类而长，实繁有徒，并是人作，不足怪也。"[1] 这里对王燧家中猫犬互乳其子原因的揭示，把时人认为特异的现象给予合理的解释，并且指出当时不断上报的被当作瑞应的"连理木、合欢瓜、麦分歧、禾同穗"等现象很多是人为的，并非感动了上天。

对灾异现象也有人做出理性认识，如李吉甫《对素服救日蚀仪疏》说："日月运行，迟速不齐。日凡周天三百六十五度有余，日行一度，月行十三度有余，率二十九日半而与日会；又月行有南北九道之异，或进或退，若晦朔之交，又南北同道，即日为月之所掩，故名薄蚀。"这一节解释日食原因，认为是太阳被月亮所遮，很接近现代科学，他接着又说："虽自然常数，可以推步，然日为阳精，人君之象，若君行有缓有急，即日为之迟速稍逾常。为月所掩，即阴侵于阳，亦犹人君行或失中，应感所致。"[2] 李吉甫知道日食可以计算出来，但他还是把太阳运行的速度和人间帝王相联系，当时科学知识被装在天人感应的框架之内了。

以上所举仅为对天人感应的某一方面产生反思，唐朝还有些思想家对天人感应本身进行怀疑。唐初编写前代史书，刘知几对这些经验进行总结，在《史通》中，他对天人关系进行深入分析，主要集中在《书志》、《书事》、《汉书五行志错误》、《五行志杂驳》等篇。

---

[1] 张鷟：《朝野佥载》卷3，中华书局1979年版，第27页。
[2] 《全唐文》卷512，第5204页。

刘知几对天人感应也没有彻底否定，甚至认为灾异可为后人提供借鉴，但他对汉人说灾异的方法批评颇为深刻，其《书志》认为自然天象的吉凶有些并不关乎人事，《春秋》记异当时人不以为灾，“洎汉兴，儒者乃考洪范以释阴阳。其事也，如江璧传于郑客，远应始皇；卧柳植于上林，近符宣帝；门枢白发，元后之祥；桂树黄雀，新都之谶。举夫一二，良有可称。至于蜚蜮蝝螽、震食崩坼、陨霜雨雹，大水无冰，其所证明，实皆迂阔……况彼《春秋》之所记也，二百四十年行事，夷夏之国尽书，而经传集解，卷才三十。则知其言所略，盖亦多矣。而汉代儒者，罗灾眚二百年外，讨符会于三十卷中，安知事有不应于人，应而人失其事？何得苟有变而必知其兆者哉？”[1] 刘知几批评的直接对象是《汉书·五行志》，但他对汉儒解释天人感应尤其是灾异的方法进行揭露，汉儒的方法是唐人学习的主要对象，刘知几虽是为编写史书而发，但对当时普遍的天人感应信仰也有冲击作用。

唐人最明确表示反对天人感应观念的是柳宗元，在上奏皇帝的《贞符》诗序言中柳宗元说，其为尚书郎时就开始起草而未就，被贬远窜，与吴武陵讨论天人感应问题，他认为董仲舒回答汉武帝“三代受命之符”的问题不正确，并且对汉代信奉天人感应的很多人物进行批判，他说：“何独仲舒尔！自司马相如、刘向、扬雄、班彪、彪子固，皆沿袭嗤嗤，推古瑞物以配受命。其言类淫巫瞽史，诳乱后代，不足以知圣人立极之本，显至德，扬大功，甚失厥趣。”在用历史进化论解释历史演变中德的作用后，他评论汉朝之德与汉人的认识能力：“稽揆典誓，贞哉惟兹德，实受命之符，以奠永祀。后之

---

[1]　浦起龙：《史通通释》卷 1，上海书店 1988 年据商务印书馆 1937 年 3 月版影印，第 41 页。

妖淫嚚昏好怪之徒，乃始陈大电、大虹、玄鸟、巨迹、白狼、白鱼、流火之乌以为符，斯为诡谲阔诞，甚可羞也，而莫知本于厥贞。汉用大度，克怀于有氓，登贤庸能，濯痍煦寒，以瘳以熙，兹其为符也。而其妄臣乃下取虺蛇，上引天光，推类号休，用夸诬于无知氓。增以驺虞神鼎，胁驱纵臾，俾东之泰山、石闾，作大号，谓之封禅，皆《尚书》所无有。莽、述承效，卒奋骜逆。其后有贤帝曰光武，克绥天下，复承旧物，犹崇《赤伏》，以玷厥德。魏晋而下，尨乱钩裂，厥符不贞，邦用不靖，亦罔克久，驳乎无以议为也……是故受命不于天，于其人。休符不于祥，于其仁。惟人之仁，匪祥于天。匪祥于天，兹惟贞符哉！未有丧仁而久者也，未有恃祥而寿者也。"[1]应该说柳宗元此序对天人感应的批判是最有力的，他对汉代用天人感应观念解释历史和现实的思想家和文学家都给予严厉指责。柳宗元本人写作此诗和此序文，有通过夸耀唐朝之德取悦皇帝从而离开贬谪之地回到朝廷的意图，但也确实代表了他本人的真实思想。

欧阳詹《珍祥论》以汉武帝和东方朔对话的方式对天人感应表示不赞同，该对话虽为作者想象之词，但文中东方朔的议论就代表作者的观点："珍祥不必利，妖怪不必害"[2]，其主张接近柳宗元。刘禹锡《天论》三篇（《全唐文》卷 607），对天人感应学说进行了深入批判，李德裕《祥瑞论》（《全唐文》卷 710）举了很多例子证明瑞应并不能给人带来好运。这些在思想史上都被人给予很高的评价，可是，这里除了刘知几，别的几位都写有不少瑞应的文章，如柳宗元曾写有《御史台贺嘉禾表》、《礼部贺嘉禾及芝草表》、《京兆府贺

---

[1] 《柳宗元诗笺释》卷 4，上海古籍出版社 1993 年版，第 377 页。
[2] 《全唐文》卷 598，第 6043 页。

嘉瓜白兔连理棠树等表》、《礼部贺甘露表》《礼部贺白龙并青莲花合欢莲子黄瓜等表》、《礼部贺白鹊表》、《礼部贺嘉瓜表》、《为王京兆贺嘉莲表》(《全唐文》卷570)、《为王京兆贺雨表》四篇、《及大会议国子祭酒韩洄请历数近日征应祥瑞故又改其文如后表》(《全唐文》卷571)、《为广南郑相公奏百姓产三男状》、《为薛中丞浙东奏五色云状》(《全唐文》卷572)等十多篇表状，虽是代笔，但都运用天人感应观念，另有《甘露述》(《全唐文》卷598)，贞元六年《省市观庆云图诗》是命题诗，后来他还写有《韦使君黄溪祈雨召见从行至祠下口号》。刘禹锡也写有《为京兆李尹贺雨表》、《为京兆韦尹贺元日祥雪表》、《为京兆韦尹贺春雪表》、《为京兆韦尹贺雨止表》(《全唐文》卷600)等代笔之文，诗中有《和河南裴尹侍郎宿斋天平寺诣九龙祠祈雨二十韵》、《观云篇》、《太和戊申岁大有年诏赐百僚出城观秋稼谨书盛事以俟采诗者》、《楚州开元寺北院枸杞临井繁茂可观群贤赋诗因以继和》等含有天人感应内容的诗，李德裕作有《进瑞桔赋状》(《全唐文》卷703)，既写《桔瑞赋》，又以之呈献皇帝，诗中也有《奉和圣制南郊礼毕诗》(《全唐诗》卷475)含有天人感应内容。从理论上怀疑甚至批判天人感应的人，也不得不写天人感应内容的诗或者说在不知不觉间就写下这类诗，也可见该观念深入人心的程度。这三位也都是在被贬后才正式对天人感应进行批判的，在朝廷时，都没有公开提出。

中晚唐时期出现的反对天人感应的思潮，是汉代王充等人反谶纬思想的进一步发展，也与中晚唐的社会形势密切相关。王朝面临内外交困的危机，清醒的政治家和思想家知道，只有通过政治改革，树立朝廷威望，重拾人心，才能挽狂澜于既倒，依靠祥瑞解救不了唐王朝面临的困境。

对天人感应观念的反思，对唐代文学的影响亦复不小。前举柳宗元《贞符》是诗歌，欧阳詹《珍祥论》实际是赋，卢群《淮西席上醉歌》作于平定蔡州之后，诗中说："祥瑞不在凤凰麒麟，太平须得边将忠臣。卫霍真诚奉主，貔虎十万一身。"(《全唐诗》卷314)这是对当时将军的称颂，意谓忠臣即为国家祥瑞，也正是从这类事实中，人们更认识到天人感应的不可靠。

本章只是对天人感应观念与唐代文学关系做一粗浅描述，其中的很多问题未来得及深入，但笔者深切感到唐代文学的研究要想更进一步，就必须对唐人的知识结构有全面了解，否则，对他们的情感世界就无法把握。几十年来，研究者多是用今天的知识结构理解古人，难免有不准确之处，而天人感应就是无论如何都不该忽略的。

小结

一、天人感应观念在汉代被理论化、系统化，经过魏晋南北朝至隋的演变，成了唐人知识结构的重要组成部分。天人感应观念影响下很多作品被创作出来。其中瑞应对唐代文学影响最大。因即位方式特殊，在武则天、唐玄宗早期和肃宗即位之初，曾出现瑞应文学的高潮。围绕瑞物的发现、上报、认定、宣布有大量诗文，科举考试也以瑞应为题。

二、鼓吹封禅贯穿唐王朝始终，高宗、玄宗时并成为现实。讨论封禅仪式、封禅大酺等会激发文学创作，大文豪以撰写封禅文自任也影响文学创作。

三、灾异指失政后天的谴告，因朝廷限制对灾异进行解说，对文学创作的影响要小于前二者。但科举考试中的策问、批评政治失误等情况下用到灾异观念。

四、对天人感应的反思和批判主要有刘知几、柳宗元、刘禹锡、李德裕等，有人对其中一方面进行反思，有人全面批判该观念。即使批判者也写有天人感应观念的文章，证明天人感应观念影响之大。反思的内容有时以诗赋的形式表现。

第二章　汉代边疆民族知识与唐代边塞诗

最近几十年，人们对唐代边塞诗的研究呈现出别的题材少见的繁荣局面，对边塞诗的研究是个长盛不衰的热点。人们对边塞诗从很多方面进行探索，如对唐朝作家的边境之游进行考证，对唐朝发生在边疆的战争进行研究，对边塞诗在唐朝的发展进行分期，并从不同角度进行评价，对边塞诗的艺术特色也进行深入研探。因为研究边塞诗的需要，还对与边塞诗有关的制度作了深入探索，如对幕府问题。对唐代边塞诗的研究虽然取得了不小成绩，但还存在一些缺憾，如唐代边塞诗很多放在汉代背景中，对其原因的研究还比较少见，本章即研究唐代边塞诗与汉代关于边疆民族知识之间的关系。

一、文学作品中汉代边疆知识的表现

唐代边塞诗普遍存在一种现象，就是边塞诗中的叙事背景很多是在汉朝，唐代边塞诗是以汉代边境战争情况为话语背景的。不论是传统的乐府体裁还是写现实的边疆情况，这种倾向都明显存在。

唐诗中牵涉到域外情况指称唐朝时，很少直接出现“唐”字。

送新罗人回国的诗中有个别直接称“唐”的，如章孝标《送金可纪归新罗》诗中“登唐科第语唐音，望日初生忆故林”（《全唐诗》卷506）之句的“唐科第”、“唐音”是指金可纪在唐朝进士及第并能与唐人进行直接的语言交流；刘得仁《送新罗人归本国》中“到彼星霜换，唐家语却生”（《全唐诗》卷544）句，把汉语称为“唐家语”，顾非熊《送朴处士归新罗》诗中“学得中华语，将归谁与同”（《全唐诗》卷509）句，则把汉语称为“中华语”。顾非熊又有《出塞即事二首》，其二说：“贺兰山便是戎疆，此去萧关路几荒？无限城池非汉界，几多人物在胡乡。诸侯持节望吾土，男子生身负我唐。回望风光成异域，谁能献计复河湟？”（《全唐诗》卷509）诗中汉、唐并用，指疆域时用“汉界”，沦陷区男儿辜负的是“我唐”。伯五〇〇七《敦煌三首》其一：“万顷平田四畔沙，汉朝城垒属蕃家。歌谣再复归唐国，道舞春风杨柳花。”[1]“汉朝”、“唐国”并用，都是指唐朝。唐诗中在把唐朝和域外对举时，直接把当时所处的朝代称为“唐”只是极个别的例子，大多数都是“汉”、“胡”对举。换言之，边塞诗是以汉代边疆情况为话语背景的。

传统乐府题目的边塞诗以汉代边境战争为叙事背景是容易理解的，魏晋南北朝到隋，除了《关山月》等题目的时代性不明显，多数带有边塞色彩的乐府诗内容渐渐集中在秦汉尤其是汉代北方战事上。今存最早的《雁门太守行》是东汉时期的作品，内容并不是写边塞生活，而是写官吏的贤能，可齐梁以后，该题目也把描写对象转换到边塞战争方面。隋朝杨素有《出塞》二首，薛道衡、虞世基都有和作，明余庆有《从军行》，这些诗都是描写汉代边境战争的。

[1] 《全唐诗补编》，第84页。

综观魏晋南北朝到隋的边塞诗，在唐代边塞诗中常见的一些方法，如用汉代地名、民族、人物等在该时期边塞诗中已经形成，所咏的边境战争并不是某一次具体的战争，而是把秦汉时期中原王朝与北方民族尤其是匈奴的对抗当成一个整体来考虑，是高度概括的、抽象的边境战争。一首诗中时间跨度可以很长，涉及的人物很多，但主要是霍去病、李广、班超、王昭君等。地名主要是阴山、燕支山、燕然山、辽河等。该阶段除隋以外与草原民族的冲突较少，而北朝政权本身就是从草原壮大起来的，故此时期边塞诗很少写现实边疆问题，基本上是乐府题目，描写边境战争的乐府诗在该时期比例也不高。

唐朝北方战争较多，以旧的乐府题目写作边塞诗的数量激增。魏晋南北朝至隋的乐府边塞诗规定了乐府旧题的边塞诗主要是以汉代边境战争为内容的。唐代乐府边塞诗比前一时期的乐府边塞诗有更深的开掘，其中牵涉到的汉朝人物、边疆地名、民族等都比前一时期为多，用汉代边境人事发表对处理边境问题的意见、影射现实的边境战争等现象都是魏晋南北朝至隋的乐府边塞诗中没有的。唐代乐府边塞诗的题目主要有《从军行》、《出塞》、《入塞》、《塞上》、《塞下》、《陇头水》、《凉州行》、《关山月》、《陇西行》、《饮马长城窟行》、《燕歌行》、《出自蓟北门行》、《雁门太守行》等。诗中常汉、胡对举，汉武帝时对匈奴的战争是诗人们印象最为深刻的。不过唐朝乐府边塞诗中有一矛盾的现象，对汉武帝出于好大喜功而开疆拓土一般是持否定态度的，但是对执行汉武帝政策的将军们则赞扬有加。边塞诗中出现的汉武帝时的将军主要有卫青、霍去病、李广、李广利、李陵、苏武、张骞等，值得注意的是，汉人评价颇低、作为李广比较对象的其堂弟李蔡，在唐人诗中常常成为歌颂对象。其后汉代抗击外族将领中，班超和窦宪最经常被提到，班超主要是其投笔从戎、燕颔之相、要求生入玉门关几项被人称道，窦宪则是燕然山勒功事件。赵充国和辛庆忌也偶尔被提到。与这些人物相关的是汉代边疆常见的武官官阶，如都尉、校尉、都护、轻车等。

至于乐府边塞诗中的汉代地名，“三边”经常用到，三边是汉代概念，指并州、蓟州、幽州，唐朝北部边疆的州郡建制不同于汉朝，但唐边塞诗中“三边”一词出现频次颇高。具体地名，天山、阴山、狼山、交河、燕支山、燕然山、卢龙、龙城、云中、金微山、榆关、青冢、单于台等，这些地名都是汉朝与匈奴关系中相关的地名，“黑山”并非汉朝与匈奴作战之地，《汉书》中甚至没出现这一地名，《后汉书》虽然出现这一地名，是东汉后期造反者所在地。张燕所部被称为“黑山贼”，在唐代历史文献中“黑山”是实有所指的，裴行简就曾指挥大军在此地大破突厥，可见乐府边塞诗的时代感增强了。

边塞诗中的作战对象，基本上是汉代北方边境民族，除匈奴、胡及其首领单于的称呼外，汉朝称呼匈奴的一些叫法如“天骄”、其部落领袖“贤王”、“名王”、“呼韩”、“郅支”等，在乐府边塞诗中都是常见的，楼兰、月支、条支、乌孙、丁零等与汉匈同时对抗的小民族也是乐府边塞诗中常见的，其中乌孙多作为和亲的对象。

乐府边塞诗以汉代边疆事为咏叹对象，所谓边塞诗实多是咏史怀古诗，其中“汉”字不是以汉代唐，今人注释这类诗时遇到“汉”就说是指唐是不对的，所写在今古之间，诗中提到“羽林”、“都护”、“受降城”等汉唐都有的名物制度时，注释者常以唐朝之情况释之，是不准确的。既然把汉朝边疆战争作为对象，所写就是汉朝。

唐朝乐府边塞诗与前代不同之处在于借用乐府旧题影射现实边疆问题的诗增加了。如中唐以后多借用汉边将未能解除边患却被封侯来表达对当时政策的不满。翁绶《陇头吟》把叙事背景放在汉朝，其中说：“横行尽是封侯者，谁斩楼兰献未央。”（《全唐诗》卷600）官高爵显的武将虽多，却无人像傅介子一样把叛乱的民族首领刺杀，他又有《雨雪曲》“一自塞垣无李蔡，何人为解北门忧”（《全唐诗》卷600）之句，则把在《史记》和《汉书》评价都不高、认为属于“下中”的李蔡当作向往的对象，感叹边塞无可用之带兵者。胡曾《咏史诗·汉宫》以昭君出塞为咏叹对象，诗中说：“明妃远嫁泣西风，玉箸双垂出汉宫。何事将军封万户，却令红粉为和戎？”（《全唐诗》卷647）作者对于被封侯的将军们不能为国解除边患却指望女人和亲的方法深表不满，这与唐人普遍的、一贯的反和亲是一致的。王贞白《塞上曲》也用强烈对比手法：“岁岁但防虏，西征早晚休？匈奴不系颈，汉将但封侯。夕照低烽火，寒笳咽戍楼。燕然山上字，男子见须羞。”（《全唐诗》卷701）边患未能解决，但并不妨碍将领们受到朝廷特殊的优待。晚唐张蠙《塞下曲》也说：“边事多更变，天心亦为忧。胡兵来作寇，汉将也封侯”（《全唐诗》卷702），表达的同样是边患未除而边将已贵的状况。汉代军功封爵有着严格的规定，要求“中率”才行，李广虽然骁勇善战，但历次都不中率，所以一直未能封侯，甚至成了李广本人的心结，其最终的自杀与此不无关系。中晚唐时期诗人们借乐府题目反复表达边将们无功受禄，是对现实朝廷政策的一种委婉反对。

唐代咏史怀古的边塞诗中，昭君出塞和苏武牧羊是经常被提及的，昭君所嫁的呼韩邪单于在长安北方，昭君死后葬身的青冢在今日的内蒙古呼和浩特，从长安来看略在东北方向，而苏武牧羊的北海在今贝加尔湖，从长安出发基本上是正北方向，可在唐代边塞诗中，涉及昭君出塞和苏武牧羊的方位问题，唐人一般认为在西北，大致是朝天山方向，有人认为苏武牧羊所在的北海是居延海。张文琮《昭君怨》把昭君去向认为经过天山，诗中说："戒途飞万里，回首望三秦。忽见天山雪，还疑上苑春。"（《全唐诗》卷39）其中"天山雪"即为想象的昭君出塞所经之地，上官仪《王昭君》说"玉关春色晚，金河路几千"，也是说昭君出塞从玉门关，方向也是向西北。卢照邻《昭君怨》说："合殿恩中绝，交河使渐稀。肝肠辞玉辇，形影向金微。"此处交河、金微山也都在汉时西域方向。李白在几首诗中都认为昭君所嫁的呼韩邪单于在西北，如《于阗采花》说："明妃一朝西入胡，胡中美女多羞死。"《王昭君二首》其一："汉家秦地月，流影照明妃。一上玉关道，天涯去不归。汉月还从东海出，明妃西嫁无来日。燕支长寒雪作花，蛾眉憔悴没胡沙。"李白诗中"西入胡"、"西嫁"都与昭君所在的呼韩邪单于王庭方位不合。王建《塞上梅》说："天山路傍一株梅，年年花发黄云下。昭君已殁汉使回，前后征人惟系马。"许浑《听琵琶》说："欲写明妃万里情，紫槽红拨夜丁丁。胡沙望尽汉宫远，月落天山闻一声。"两诗都把昭君和天山联系起来，这在唐人是流行的观念。

认为苏武牧羊在天山附近的诗数量也不少，李白《奔亡道中五首》其一："苏武天山上，田横海岛边。"《苏武》诗想象苏武的出使经历说："苏武在匈奴，十年持汉节。白雁上林飞，空传一书札。牧羊边地苦，落日归心绝。渴饮月窟冰，饥餐天上雪。东还沙塞远，北怆河梁别。泣把李陵衣，相看泪成血。"诗中"月窟"、"东还"都表明李白认为苏武牧羊之地在西北。司空曙《夜闻回雁》有"还将今夜意，西海话苏君"，此处"苏君"指苏武，而西海则表明司空曙认为苏武牧羊之地在西方。陈羽《读苏属国传》说："天山西北居延海，沙塞重重不见春。肠断帝乡遥望日，节旄零落汉家臣。"陈羽认为居延海在天山西北，而居延海正是苏武牧羊之处，陈羽并未亲到其地，只是读《汉书》的有关传记受到感动。胡曾《咏史诗·居延》："漠漠平沙际碧天，问人云此是居延。停骖一顾犹魂断，苏武争禁十九年。"体会胡曾诗中之意，他认为此处就是苏武牧羊的北海。在唐人心目中，居延海就是汉人所谓的"北海"。张仲素《塞下曲五首》其五："阴碛茫茫塞草肥，桔槔烽上暮云飞。交河北望天连海，苏武曾将汉节归。"交河在西域，"交河北望"意谓苏武牧羊之地还在交河之北。唐人以为北海在西北，与天山相近，与《汉书·西域传》对北海地望的一次交代不无关系："夫康居西北可二千里，有奄蔡国。控弦者十余万人。与康居同俗。临大泽，无涯，盖北海云。"[1] 在今中亚地区的奄蔡所临的北海绝不可能是苏武牧羊的贝加尔湖，两地相距太远了，班固引用一种说法，也不敢十分肯定，而唐人则受此暗示，说明唐人对北海为贝加尔湖并未认识。

除了乐府边塞诗和咏史怀古诗以汉代边疆战争为背景，唐代大量写现实边疆生活的边塞诗也把当代边疆事务置于汉代话语背景中。这又可分成几种情况：其一，作者写自己在边疆的所见所闻所感；其二，写当时边疆发生的事件；其三，送人赴边疆和塞外而作的送别诗。这些诗几乎囊括了唐朝边塞诗的全部内容，其中很多是把叙述背景放在汉代的。

唐朝有大量诗人游边，进入边塞幕府或出使塞外，他们在用诗歌记录自己的行踪时，自觉把自己的经历和汉代人物相比，有的在

[1] 《汉书·西域传》，中华书局 1962 年版，第 3893 页。

边疆追寻汉代遗迹，陶翰《出萧关怀古》："驱马击长剑，行役至萧关。悠悠五原上，永眺关河前。北虏三十万，此中常控弦。秦城亘宇宙，汉帝理旌旃。刁斗鸣不息，羽书日夜传。五军计莫就，三策议空全。大漠横万里，萧条绝人烟。孤城当瀚海，落日照祁连。怆矣苦寒奏，怀哉式微篇。更悲秦楼月，夜夜出胡关。"（《全唐诗》卷146）陶翰诗名为怀古，因为萧关是汉代与匈奴交战的重要关塞，该诗带有浓重的悲凉意味，作者经过此关，联想到历史上与北方游牧民族的战争，尤其是汉与匈奴的战争，"五军"、"三策"都是指汉朝之事。

岑参曾两度入西域，因善于描写边境奇异风光而备受赞誉，被普遍认为是唐代边塞诗创作成就最大的人。岑参在写眼前所见的景象时，也喜欢回到汉朝。汉武帝时期最早经营西域，汉朝在西域统治的巩固也是汉王朝强大的标志，岑参到西域时，汉朝虽然灭亡五百多年，东汉撤离西域已经六百年，魏晋南北朝时期西域经过很多变化，汉朝所留遗迹很少，但岑参还是极力寻访汉代在西域的遗迹，如《登北庭北楼呈幕中诸公》："尝读西域传，汉家得轮台。古塞千年空，阴山独崔嵬。二庭（指汉车师前王庭和后王庭）近西海，六月秋风来。"（《全唐诗》卷198）这是登北庭北楼时所想，他认为汉之轮台就在唐之北庭附近，汉时轮台遗迹已荡然无存。岑参《轮台即事》又说："轮台风物异，地是古单于"（《全唐诗》卷200），也是把眼前所见与历史沿革相结合。有人甚至假想通过汉朝遗留下来的战壕作为路标，如郎士元《送杨中丞和蕃》说："汉垒今犹在，遥知路不迷。"（《全唐诗》卷248）郎士元本人没有到边疆，只是想象能用汉人遗迹辨别方向。

唐人经过边塞时，很容易想到也曾经出塞的汉代人物，如骆宾王《夕次蒲类津》:“龙庭但苦战,燕颔会封侯。莫作兰山下,空令汉国羞。”(《全唐诗》卷 79)蒲类海是汉代通西域的重要标志性水域,骆宾王在此住宿,想到的是汉时与匈奴的战争,想到独力经营西域的班超,并追昔抚今,联想到自己的遭遇,略有伤感。他又有一首《边夜有怀》,是写他在塞外行进时的所思所想,诗中有:“汉地行逾远,燕山去不穷。城荒犹筑怨,碣毁尚铭功……苏武封犹薄,崔骃宦不工。惟余北叟意,欲寄南飞鸿。”(《全唐诗》卷 79)其眼中所见与心中所思皆与汉代有关。陈子昂在居延古城写有多首诗作,其《居延海树闻莺同作》是与同僚的同题之作,陈子昂主要抒发思乡之情,他却把乡思和汉朝出塞的女性王昭君和蔡琰相提并论:“明妃失汉宠,蔡女没胡尘。坐闻应落泪,况忆故园春。”(《全唐诗》卷 84)张说《将赴朔方军应制》是与唐玄宗的唱和之作,张说被委派到北方巡边,皇帝和大臣有大批送行作品,张说诗中有:“汉保河南地,胡清塞北尘……从来思博望,许国不谋身。”(《全唐诗》卷 88)他把张骞作为自己的楷模,决心全身心投入到国家的边境事业而不顾及个人私利。杜牧《边上闻笳三首》之一:“何处吹笳薄暮天,塞垣高鸟没狼烟。游人一听头堪白,苏武争禁十九年”(《全唐诗》卷 525),写自己在边塞听到胡笳的感受,把自己的一听头白与苏武的十九年所承受的心理压力作对比,突出苏武的难能可贵。刘沧《边思》想到王昭君:“汉将边方背辘轳,受降城北是单于。黄河晚冻雪风急,野火远烧山木枯。偷号甲兵冲塞色,衔枚战马踏寒芜。蛾眉一没空留怨,青冢月明啼夜乌。”(《全唐诗》卷 586)汉朝夺取阴山后匈奴故老过之而泣给唐人留下深刻印象,有边塞经历的诗人往往反复提到此事,如李益《拂云堆》:“汉将新从虏地来,旌旗半上拂云堆。单于每近沙场猎,南望阴山哭始回。”(《全唐诗》卷 283)此诗完全把叙述背景放在汉代，简直难以区分究竟是写眼前所见所想还是现实的折射。武元衡《单于罢战却归题善阳馆》也联想到匈奴哭阴山之失：“单于南去善阳关，身逐归云到处闲。曾是五年莲府客，每闻胡虏哭阴山。”（《全唐诗》卷 317）

唐朝虽有很多诗人游边塞，入幕，但直接写边境战争的作品却不多见。亲自参加战争的武将不知是没有写诗还是诗作散佚，保留下来这方面的作品很少，文士们在边疆幕府，主要从事文字工作，极少亲临战场，真正文武双全的人是不多的。即使像岑参这样在边疆逗留较久的人，自己得意于边疆经历使自己颇具武人风范，也没有直接参加战争，他所写的战斗也多为送主将出师之作。在唐代边塞诗为数不多的诗人于边塞近距离观察战将和战争的诗中，把当时将帅和汉代将帅的功业相比，和汉代边塞战争相比，是相当常见的现象。岑参《北庭西郊候封大夫受降回军献上》是等候封常清接受敌人投降归来的时候所写，预设读者是封常清本人，诗歌把封常清与汉代经营西域的将领相比：“胡地苜蓿美，轮台征马肥。大夫讨匈奴，前月西出师……却笑霍嫖姚，区区徒尔为！……前年斩楼兰，去年平月支……自逐定远侯，亦著短后衣。近来能走马，不弱并州儿。”（《全唐诗》卷 198）把当时面对的主要敌人理解成“匈奴”是汉代话语背景的重要表现形式，因为敌人还是匈奴，就把唐朝所处的国际局势等同于汉朝了。“楼兰”、“月支”都是汉代西域国名，这里又把封常清比成班超，觉得霍去病亦不值得推崇。岑参又有两首送封常清出征的诗以汉代为话语背景，其一是《轮台歌奉送封大夫出师西征》：“羽书昨夜过渠黎，单于已在金山西。戍楼西望烟尘黑，汉兵屯在轮台北。”（《全唐诗》卷 199）诗中不单是把封常清率领的军队称为“汉兵”，把北庭节度使驻节之地当成是汉朝西域屯田中心轮台，渠黎也是汉西域国名，不管是敌人还是自己的军队，都是汉时的，若无诗题的提示，认定是写汉朝西域之事也未尝不可。再有一首是《走马川行奉送出师西征》，诗中有“匈奴草黄马正肥，金山西见烟尘飞。汉家大将西出师……虏骑闻之应胆慑，料知短兵不敢接，车师西门伫献捷”（《全唐诗》卷199）之句，不仅继续把封常清称为“汉家大将”，把敌人称为“匈奴”，汉人理解的匈奴喜在草黄马肥之时犯边也被用来指敌人的进犯，“车师”是汉西域国名，岑参所在之地未必是古车师之地，把当时发生的战争与汉代西域战争相比拟，是岑参的思维方式。《献封大夫破播仙凯歌六首》是写天宝十三载（754）十一至十二月间封常清破播仙的事，这一组诗是一个整体，很明显是放在汉代西域背景来写的，第一首为整组诗定下基调：“汉将承恩西破戎，捷书先奏未央宫。天子预开麟阁待，只今谁数贰师功。”写的是汉朝将军，捷报首先传递到汉朝宫殿，麒麟阁是汉朝宫中图画功臣之处，第一首诗已经把整组诗的背景揭示出，第二首继续在汉朝经营西域的背景下展开：“官军西出过楼兰，营幕傍临月窟寒。”楼兰又是汉代西域国名，后改称鄯善。别的各首也是若明若暗地叙述汉代经营西域之事，第五首又明确点出蕃汉对决：“蕃军遥见汉家营，满谷连山遍哭声。”（《全唐诗》卷201）严武《军城早秋》（《全唐诗》卷261）、戎昱《泾州观元戎出师》（《全唐诗》卷270）、刘商《行营即事》（《全唐诗》卷304）、张籍《渔阳将》（《全唐诗》卷384）等近距离写战争的诗都是把当时将领与汉朝将领相比较、比拟。

以上所说都是文人从内地去边疆的情况，真正对边地生活感受最深的还不是他们，而是长期生活在边境的居民和文士，在吐蕃占领以后，成了“没蕃人”，他们被吐蕃俘虏，远离家乡，在长距离的迁徙中体验家人的分离、国家的衰落、文化的差异。他们的所见所感是边塞生活的真实写照，他们的作品过去传世文献中很难见到，敦煌卷子中有一些，应该说保留得也不完备，有的字迹不清，难见全璧，作者的情况也不被我们所知。这些没蕃人的作品主要是写实，录目前所见，抒发爱国之情，思乡念家，用汉胡对立的观念观察当时的现实，把唐王朝统治区域称作“汉”而把外族称为“胡”，是没蕃人爱用的表现方式。殷济是大历、贞元间人，北庭陷吐蕃后被俘，其《忆北府弟妹》二首是吐蕃沦陷后所作，第二首有“胡笳宵听心长共，汉月宵看意自迷”[1]之句，用“汉月”和“胡笳”对举，表明他所理解的民族对立关系。伯二五五五《被蕃军中拘系之作》的作者今日学术界还有不同看法，王重民以为是马云奇诗，柴剑虹、潘重规认为与署名马诗的《怀素诗草书歌》不是同一作者，应是陷蕃者所作，可能是落蕃人毛押牙（衙）。诗中“何事逐漂蓬，悠悠过凿空”[2]之“凿空”就是《史记》对张骞通西域历史贡献的说法，此处代指西域。敦煌遗书伯二五五五还有《晚次白水古戍见枯骨之作》，其中“汉家封垒徒千所，失守时更历几春”中的“汉垒”是指唐军的战壕，《晚秋》其三：“缧绁戎庭恨有余，不知君意复何如？一介耻无苏子节，数回羞寄李陵书”[3]，是抒发被俘后不能自裁的内心苦闷，把自己的心情和苏武、李陵相比。敦煌无名氏《敦煌古迹二十詠》序中交代：“仆到三危，向逾二纪”，可见无名氏作者在敦煌时间之久，在他所咏的二十件古迹中，属于汉代的是《贰师泉詠》、

[1] 敦煌遗书伯三八一二，见《全唐诗补编》，第 923 页。

[2] 《全唐诗补编》，第 63 页。

[3] 见王重民、刘修业：《补全唐诗拾遗》，引敦煌遗书伯二五五五，见《全唐诗补编》，第 74 页。

《渥洼池天马咏》和《阳关戍咏》，对于汉朝将军的评价相当高，贰师将军李广利在汉代的评价就不高，被认为是靠裙带关系，并且后来投降了匈奴，我们看唐朝长期生活在敦煌的人面对贰师泉时对李广利是如何评价的："贤哉李广利，为将讨匈奴。路指三危迥，山连万里枯。抽刀刺石壁，发矢落金乌。志感飞泉涌，能令士马苏。"[1]这里对李广利一点点批评都没有，不仅用孔子称赞颜回的"贤哉"称颂李广利，还用带有传奇色彩的事件歌颂李广利，像"发矢落金乌"、"志感飞泉涌"等都是史书中没有记载的，而在敦煌地区广泛流传。可见边疆人民并不完全依据史书的记载评价历史人物，他们对曾经与外族作战立有战功的人给予高度评价，甚至夹杂有神话色彩，哪怕这人后来做了叛徒。在敦煌等边地，汉代人物尤其是汉朝有边境战争经历的人物成为民间文学的题材。《捉季布变文》末唱："具说《汉书》修制了，莫道词人唱不真"[2]，说明《汉书》在敦煌曾广为流传，民间艺人常以《汉书》为本进行故事改编。

有的未必亲自到过边疆，即使曾经有过边塞经历，进行诗歌创作时也不在边疆，对当时边疆发生的重大事件进行评论，也常与汉代进行类比。典型的如杜甫《兵车行》，本是写当时对吐蕃和云南的战争，可诗中却说成是汉武帝时期发生的对外战争："边庭流血成海水，武皇开边意未已。君不闻汉家山东二百州，千村万落生荆杞。"（《全唐诗》卷216）其《留花门》诗写帮助平叛的回鹘的跋扈和和亲公主在回鹘的思家情绪，也是用汉匈关系为比："花门天骄子，饱肉气勇决。高秋马肥健，挟矢射汉月……公主歌黄鹄，君王指白日。"（《全唐诗》

[1] 《全唐诗补编》，第80页。
[2] 黄征、张涌泉：《敦煌变文校注》，中华书局1997年版。

卷 217）白居易没有边塞生活经历，可他所处的中唐时期西部和北部边疆并不太平，关注现实的白居易用诗歌的形式反映了当时边疆发生的一些事件，如其《缚戎人·达穷民之情也》写陷没吐蕃的边境居民虽然心怀中原，但几十年在吐蕃高压下生活，外貌具有吐蕃的特征，本想重新投奔唐朝，不料被边疆游骑当作吐蕃人抓了起来，并被流放到南方。白居易在诗中把唐朝服装称为“汉仪”，把唐朝统治区域称为“汉土”，向往唐朝称为“汉心”，中原语言已被称为“汉语”：“自云乡管本凉原，大历年中没落蕃。一落蕃中四十载，遣著皮裘系毛带。唯许正朝服汉仪，敛衣整巾潜泪垂。誓心密定归乡计，不使蕃中妻子知。……昼伏宵行经大漠，云阴月黑风沙恶。惊藏青冢寒草疏，偷渡黄河夜冰薄。忽闻汉军鼙鼓声，路傍走出再拜迎。游骑不听能汉语，将军遂缚作蕃生……没蕃被囚思汉土，归汉被劫为蕃虏……自古此冤应未有，汉心汉语吐蕃身。”（《全唐诗》卷 427）在“不使蕃中妻子知”后白居易自注说：“有李如暹者，蓬子将军之子也。尝没蕃中，自云：‘蕃法，唯正岁一日，许唐人之没蕃者服唐衣冠。由是悲不自胜，遂密定归计也。’”可见，用散体记录实际生活中的语言，还是把当时称为“唐”，但在诗中就把唐称作“汉”了，诗和现实生活的不同就在于诗歌讲究比兴，但唐人在牵涉到与外族关系时，基本上是以“汉”自称的。李商隐《娇儿诗》结尾表达他对自己儿子将来的希望，是从当时边疆面临的威胁出发的，李商隐说：“况今西与北，羌戎正狂悖。诛赦两未成，将养如痼疾。儿当速成大，探雏入虎穴。当为万户侯，勿守一经帙。”（《全唐诗》卷 541）此处所用为班超之典，李商隐希望自己的儿子能像班超那样树立远大志向，不要像自己一样只做一个文士。

汉武帝在埋葬霍去病时把霍去病墓做成打仗经过的祁连山的模

型，唐太宗也把在边疆立下功勋的大臣的坟墓做成打仗所经之山的形状。唐人在写到立有边功的人物死后，多用霍去病坟墓的形状作为比喻，如薛逢《君不见》写功臣之后的零落，感叹朝廷对功臣后人的冷落，以马燧和韦皋为例："君不见，马侍中，气吞河朔称英雄。君不见，韦太尉，二十年前镇蜀地……碑文半缺碑堂摧，祁连冢象狐兔开"（《全唐诗》卷548），其中祁连冢指像对霍去病一样对待功臣之埋葬。温庭筠《伤温德彝》："昔年戎虏犯榆关，一败龙城匹马还。侯印不闻封李广，他人丘垄似天山。"（《全唐诗》卷579）诗中以李广比温德彝，而以别人受到皇帝重视表达因朝廷用人不公使温德彝受到的委屈。唐人在叙述到边疆问题时，联系汉朝情况是非常普遍的方式，甚至可说是一种思维方式，此处所举，只是极少的一部分。

唐朝以公主名义赴外族和亲总共有十五位，唐诗中有不少关于和亲公主的作品，也属于边塞诗。在众多关于和亲的边塞诗中，把唐朝和亲公主和汉朝和亲者相比较的比例很高，而较为集中的是中宗时皇帝和大臣送金城公主以及中唐时太和公主的出嫁和回宫。金城公主本为雍王守礼之女，景龙四年如吐蕃，中宗亲自相送，并有诗作，中宗之诗虽已不存，群臣应制之作还保存不少，崔日用《奉和送金城公主适西蕃》把当时对外政策和汉时相比："圣后经纶远，谋臣计画多。受降追汉策，筑馆计戎和。"其中"追汉策"之"汉"并非以汉代唐，而是认为朝廷在处理对外关系时以汉朝对外政策为楷模，"俗化乌孙垒，春生积石河。六龙今出饯，双鹤愿为歌"（《全唐诗》卷46），则是把金城公主和蕃比成汉朝远嫁乌孙和亲的刘细君，"双鹤"则指刘细君在乌孙因为孤独思家所唱的歌，《汉书·西域传》本为"愿为黄鹄兮还故乡"，但《艺文类聚》中"鹄"字作

“鹤”，崔日用可能受类书影响。阎朝隐《奉和送金城公主适西蕃应制》：“卤簿山河暗，琵琶道路长”（《全唐诗》卷69），即以汉嫁乌孙公主时弹琵琶慰其乡思为比，沈佺期《送金城公主适西蕃应制》：“那堪将凤女，还以嫁乌孙”（《全唐诗》卷96），也以刘细君赴乌孙和亲喻金城公主。确实，金城公主和刘细君有一些共同之处，都是宗室之女，都因为朝廷团结边疆民族的需要而以公主的身份远嫁异乡，这种比方不难理解。李峤、韦元旦、刘宪、苏颋、张说、武平一、郑愔等的同题应制之作也都是把叙述背景放在汉朝，有“汉帝”、“汉年”、“汉月”、“汉家亲”、“汉国”、“汉礼”等用语，这些并非简单地以汉代唐，而是唐人自觉地以汉代边疆政策为取法对象的结果。

安史之乱前，唐朝和亲具有主动性，因国势强盛，对大局尚能把握，安史之乱爆发后，形势发生了变化，和亲具有无奈性质，肃宗之女悲痛地表示理解，因为国难当头。安史之乱后，写和亲的诗不像送金城公主那样乐观，而委婉表示和亲无用的诗却多了起来。穆宗长庆元年（821）五月癸亥，穆宗妹太和公主嫁回鹘，七月辛丑，公主从长安出发。今存王建和张籍的送行诗。王建《太和公主和蕃》说：“塞黑云黄欲渡河，风沙眯眼雪相和。琵琶泪湿行声小，断得人肠不在多。”（《全唐诗》卷301）其中“琵琶”是用刘细君赴乌孙和亲相比。张籍《送和蕃公主》：“塞上如今无战尘，汉家公主出和亲。邑司犹属宗卿寺，册号还同虏帐人。九姓旗幡先引路，一生衣服尽随身。毡城南望无回日，空见沙蓬水柳春。”（《全唐诗》卷385）张籍该诗称太和公主为“汉家公主”，可理解为以汉代唐的一种特殊方式，而“九姓旗幡”则是唐时西北民族情况，该诗的现实性也很强。这两首诗的共同之处是都强调公主在出塞途中的悲苦，王建想象途中的泪，张籍则想象公主到回鹘之后翘首南望而不得归的苦恼。让张籍想不到，也出乎当时很多人预料的是，太和公主在回鹘二十余年，因回鹘的内乱衰败，再加上黠戛斯对回鹘的进攻，太和公主竟然有机会回到唐朝，这是初出和亲时不曾预料的。因为回鹘的衰落，唐王朝对太和公主的归来很是兴奋了一阵，这也说明当初和亲是出于无奈。当时文坛上不少作品与此有关。顾非熊《武宗挽歌词二首》之一说“静塞妖星落，和戎贵主回”（《全唐诗》卷509），以此事颂扬武宗，刘得仁《马上别单于刘评事》（时太和公主还京，评事罢举起职）（《全唐诗》卷545）也写此事，张祜《投河阳石仆射》（《全唐诗》卷513）写给石雄，主要写迎回太和公主功劳。李德裕《离平泉马上作》，傅璇琮年谱据《南部新书》谓诗为仇家伪作，从诗中“黑山永破和亲虏，乌岭全坑跋扈臣”（《全唐诗》卷475）之句可知，无论作者是德裕本人抑或仇家，皆看重处理回鹘迎回太和公主事。在众多歌咏此事的诗中，不少把太和公主的和亲与汉代和亲公主相比，李敬方《太和公主还宫》有“二纪烟尘外，凄凉转战归。胡笳悲蔡琰，汉使泣明妃”（《全唐诗》卷508）之句，把太和公主和王昭君、蔡琰比较，许浑《破北虏太和公主归宫阙》中说：“毳幕承秋极断蓬，飘飖一剑黑山空。匈奴北走荒秦垒，贵主西还盛汉宫。”（《全唐诗》卷538）作者把回鹘比成匈奴，把唐回关系理解成汉匈关系。李频《太和公主还宫》：“天骄发使犯边尘，汉将推功遂夺亲”（《全唐诗》卷587），用匈奴自称的天骄指回鹘，用汉宫指唐宫，很明显把时事放在汉代汉匈对抗的背景中。白居易《河阳石尚书破回鹘迎贵主过上党射鹭鸶绘画为图猥蒙见示称叹不足以诗美之》：“塞北虏郊随手破，山东贼垒掉鞭收。乌孙公主归秦地，白马将军入潞州……他时麟阁图勋业，更合何人居上头。”（《全唐诗》卷460）诗中“乌孙公主”本指解忧公主，因解忧在七十余岁时回到内地，而把率兵打败回鹘乌介可汗，迎回太和公主的石雄比喻成可图画麒麟阁的汉朝功臣。可见唐人在叙说公主和亲时，喜欢说成汉朝的公主和亲。

以上是歌咏较多的两位和亲公主，其实，唐朝还有些和亲公主当时没能引起人们太多注意，但零星的评论也使我们知道当时人对和亲的看法，如杜甫《即事》是写宁国公主事，宁国公主乾元元年嫁回鹘英武威远毗伽可汗，第二年可汗去世，回鹘人计划以公主殉葬，公主据理力争才得以返回，诗说：“闻道花门破，和亲事却非。人怜汉公主，生得渡河归”（《全唐诗》卷225），把宁国公主说成汉公主，杜甫本人也明确反对和亲办法。咸安公主为德宗女，贞元四年嫁回纥可汗，孙叔向《送咸安公主》：“卤簿迟迟出国门，汉家公主嫁乌孙。玉颜便向穹庐去，卫霍空承明主恩”（《全唐诗》卷472），既把咸安公主说成汉武帝时远嫁乌孙的和亲公主，又批判边将们的无能。崇徽公主本为仆固怀恩女，大历四年嫁回鹘可汗，李山甫《代崇徽公主意》是假托崇徽公主的口气，其实诗并不写于崇徽公主刚去和亲时，而是表达对边境政策的一种看法：“金钗坠地鬓堆云，自别朝阳帝岂闻。遣妾一身安社稷，不知何处用将军。”（《全唐诗》卷643）“朝阳”是“昭阳”之误，昭阳宫是汉宫殿名，依然把和亲放在汉代背景中，以公主的口气谴责将军们的无所作为。苏郁《咏和亲》是有感于现实，用对历史人物的评价表达对政策的议论：“关月夜悬青冢镜，塞云秋薄汉宫罗。君王莫信和亲策，生得胡雏虏更多。”（《全唐诗》卷472）表面是说王昭君事，极有可能是针对咸安或太和事。

唐代与边塞有关的诗数量最多的是送别诗，要远超亲自赴边者所写的诗，被送的人所留下的诗作却很少，不少能考出准确姓名的被送赴边之人并无在边塞的创作。是根本没写还是没流传下来难以肯定，但根据很多被送之人没能留下作品的情况看，没有创作的可能性更大。为什么那么多有边塞经历的人不写边塞诗？这一现象颇耐人寻味。亲至边塞之人接触的是具体的边地景物，往往肩负特殊的使命，即使有很多奇特的感受，也不容易进行典型化，通过诗歌的形式表示出来。参与送行的人倒不然，因为没去过边疆，或者说写诗时多在内地尤其是长安，能调动的知识主要是史书中对边塞的描述和历史上在边塞活动的个性鲜明的人物，最多的当然是汉朝的人事，送人到边疆的作品多联系汉朝人物、事件。

朝廷重臣有时被委派到北方边境，进行边防视察或担任边疆节镇之职，因地位特殊，肩负着重大的国防使命，朝廷往往相当重视，重臣出行多有送行活动，甚至皇帝本人也会参加。在这样的送行诗中，皇帝和同僚们表达的是对赴边者寄予的厚望，而表达希望的方式，多与汉朝边疆问题有关，有的联系汉代立功边疆的人物，有的把敌人比成汉代敌人，有的用汉代对边境的称呼来称呼当时的北方边疆。如景龙三年（709）八月乙未，中宗亲自送朔方军总管、韩国公张仁亶于通化门外的望春宫，中宗又为之赋诗并作序，中宗之序及诗今已不存，流传至今的几首应制诗如李峤、李乂、郑愔的作品很明显可以看出把张仁亶的赴边置于汉代将军赴边的时代背景中。李峤《奉和幸望春宫送朔方总管张仁亶》诗中说张仁亶“辞第还忘身”（《全唐诗》卷61）就是以霍去病国而忘家形容张仁亶的爱国精神。李乂之诗“勿谓公孙老，行闻奏凯归”（《全唐诗》卷92），则是以东汉开国功臣冯异比张仁亶。郑愔诗“长杨夸武骑，细柳接戎轩”（《全唐诗》卷106）两句都是说汉代之事，上句说向外族炫耀武力，下句说张仁亶像汉代曾经扎驻细柳的周亚夫。

保存最多的送大臣赴边的诗是开元十年（722）唐玄宗送兵部尚书张说往朔方军巡边，玄宗本人的《送张说巡边》诗把张姓的历史追溯到汉代张良和张衡作为张说的祖先，把张说和西晋著名的张华相比，认为在博物方面张说更超过张华，但还没有把张说和汉代立边功者相比，但是，大臣们的应和之作就不同了，多数把张说往朔方巡边说成汉朝汉与匈奴对立时的情况，如崔日用《奉和圣制送张说巡边》有："拟清鸡鹿塞，先指朔方城。列将怀威抚，匈奴畏盛名。"（《全唐诗》卷46）诗中"鸡鹿塞"是汉朝与匈奴战争屯兵之处，匈奴则指当时面临的最大威胁突厥，源乾曜《奉和圣制送张尚书巡边》说："匈奴迩河朔，汉地须戎旅"（《全唐诗》卷107），则直接把唐突对立说成是汉匈对立，卢从愿《奉和圣制送张说巡边》有："占星引旌节，择日拜坛场……伫闻歌杕杜，凯入系名王。"（《全唐诗》卷111）此处"拜坛场"用韩信典故，而名王也是对匈奴有权势者的称呼，该诗实质还是把唐突关系说成汉匈关系，这其实是送行者们共同的理解，有的虽没把敌人说成匈奴，却用东汉抗击匈奴立有大功的窦宪勒石于燕然山的事期许张说，崔泰之《奉和圣制送张尚书巡边》说："南庭胡运尽，北斗将星飞……伫勒燕然颂，鸣驺计日归。"（《全唐诗》卷91）其中"南廷胡运尽"指东汉时期南北匈奴分裂后漠南无匈奴王庭事，"伫勒燕然颂"则是说朝廷和大臣们肯定可以等到张说到朔方能立像窦宪那样的大功。徐坚诗句"燕山应勒颂，麟阁伫名扬"（《全唐诗》卷107）、许景先诗句"伫看铭石罢，同听凯歌声"（《全唐诗》卷111）、席豫《奉和圣制送张说巡边》"已勒封山记，犹闻遣戍篇"（《全唐诗》卷111）等都是以窦宪期许张说。王翰则以初通西域的张骞相期许："宁如凿空使，远致石榴花。”(《全唐诗》卷156) 一方面张说和张骞同姓，唐人喜用汉代人名指代当时同姓之人，同时也是希望张说在中外物质文化交流方面能有新开拓。还有些诗则是把唐朝直接说成汉朝，如张九龄诗：“宠锡从仙禁，光华出汉京”(《全唐诗》卷49)，贺知章诗：“遣戍征周牒，恢边重汉功。”(《全唐诗》卷112) 都是把张说服务的对象说成汉王朝，这是以汉代唐的特殊形式，其与一般以汉代唐不同之处在于这种以汉代唐的“汉”往往或明或暗地与“胡”对举，有时“胡”字出现在诗中，有时不出现，但暗含对比在其中。

朝廷重臣赴边送行诗在唐玄宗时期还有一些，别的如开元十一年(723) 玄宗《饯王晙巡边》(《全唐诗》卷3)、张说《奉和圣制送王晙巡边应制》(《全唐诗》卷88)。赵颐贞任安西副大都护时，张说、张九龄、孙逖、卢象都有送行之作。张九龄《送赵都护赴安西》有“自然来月窟，何用刺楼兰”(《全唐诗》卷49) 之句，是把赵颐贞和西汉傅介子相比，认为根本不需用暗杀手段，敌人自然归顺。孙逖《送赵大夫护边》中“已佩登坛印，犹怀伏奏香”，都是用汉代故实把人物时代拉回汉代，其“关山瞻汉月，戈剑宿胡霜”(《全唐诗》卷118) 则又具体到汉代汉匈对立的环境中。卢象《送赵都护赴安西》“汉使开宾幕，胡笳送酒卮”(《全唐诗》卷122) 之句则直接“汉使”、“胡笳”对举，把眼前的送行与汉代出使者相比拟。代宗大历三年(768) 王缙赴幽州，领幽州、卢龙节度，钱起、韩翃、皇甫冉送行之作都把王缙与汉朝丞相相比。钱起《送王相公赴范阳》有“幕开丞相阁，旗总贰师营”(《全唐诗》卷238) 句，韩翃《奉送王相公赴幽州巡边》有“黄阁开帏幄，丹墀拜冕旒。位高汤左相，权总汉诸侯”(《全唐诗》卷245) 句，其中黄阁本是指汉朝丞相办公之处，“权总汉诸侯”更点明王缙地位之高，皇甫冉则把王缙任节镇与汉朝萧何、曹参相比："自昔萧曹任，难兼卫霍功"（《全唐诗》卷250），王缙则以宰相之位兼有卫霍之功。

朝廷除了委派重臣赴边疆巡边、镇守，也派人出使周边国家，主要是到吐蕃、回鹘和新罗。这些民族政权与唐王朝的关系在不同时期有过波动，但互派使者进行聘问始终没有停止，新罗与唐王朝是藩属关系，唐朝委派的使者多是吊唁并册封新君。出使外国是颇为艰巨的任务，路途遥远，交通不便，再加上关系不好时出使任务不易完成，很多人视出使为畏途，有的千方百计逃避出使。送金城公主入吐蕃时，有的人就试图找借口、开后门不去执行任务，其实送和亲还是较易完成的任务。也正是因为出使域外不容易，每当有人出使，同僚、朋友们往往郑重其事，多有赠别之作，出使者要远赴不同民族不同文化区域，要经历地域、文化、风俗的落差，送行者常把这种差异理解为汉代汉匈之间的差异，出使之人常被称为"汉使"、"汉节"等，"汉"字从朝代名逐渐发展出具有民族标记的意义。送行者不单抽象地把出使者称为"汉使"、"汉节"，还把出使者与班超、张骞、苏武等汉使相联系，如杜审言《送和西蕃使》："拜手明光殿，摇心上林苑……宁独锡和戎，更当封定远。"（《全唐诗》卷62）"明光殿"、"上林苑"皆为汉朝殿苑，此句已把背景置于汉朝，班超被封为定远侯，杜审言鼓励出使之人能不辱使命，像班超那样立功异域。张说《送郭大夫元振再使吐蕃》："犬戎废东献，汉使驰西极……知君万里侯，立功在异域。"（《全唐诗》卷86）把吐蕃理解成周代的犬戎，"万里侯"也指班超。耿湋《奉送崔侍御和蕃》："无论善长对，博望自封侯"（《全唐诗》卷269），则是把出使之人比成汉博望侯张骞。顾况《送从兄使新罗》："封侯万里外，未肯后班超"（《全唐诗》卷266），也是以班超期许。赵嘏《送从翁中丞奉使黠戛斯六首》为会昌四年（844）送赵蕃出使黠戛斯所作，其三曰："虽言穷北海云中，属国当时事不同。九姓如今尽臣妾，归期那肯待秋风。"（《全唐诗》卷550）与苏武迟归相比，表达回鹘破亡后唐王朝的喜悦之情。总之，送出使之人，唐人喜用汉朝立功绝域的人物比拟。

唐朝有很多文人入边疆幕府，是唐代边塞诗繁荣的原因之一，这几乎可以说是学术界的共识。在众多送行诗题目中，有的直接标明送某人赴某一幕府任何职务，有的泛谓之"从军"，其实送文人从军，一般也不是在最前线被坚执锐的普通士兵，多数也是利用文人的特长在将军幕府中担任文职工作，也就是入幕。在这些送别诗中，留在内地的诗人在诗中把当时发生的边境战争说成是汉朝和北方民族尤其是与匈奴的战争，以汉朝在边疆立功的人物鼓励眼前赴边之人。如刘长卿《赠别于群投笔赴安西》中"汉境天西穷，胡山海边绿"（《全唐诗》卷150）之句，就是把"汉境"和"胡山"对举，表示唐朝疆域和突厥管辖之地的界限。李白《送程刘二侍御兼独孤判官赴安西幕府》中"胡塞清尘几日归，汉家草绿遥相待"（《全唐诗》卷176），"胡塞清尘"和"汉家草绿"相对，也是把安西当成胡汉对立的前哨。李白又有一首《送族弟绾从军安西》，其中说："汉家兵马乘北风，鼓行而西破犬戎。尔随汉将出门去，剪虏若草收奇功。君王按剑望边色，旄头已落胡天空。匈奴系颈数应尽，明年应入蒲萄宫。"（《全唐诗》卷176）不仅把唐朝安西节度称作"汉将"，把周边敌人称作"匈奴"，而"蒲萄宫"为汉武帝经营西域后所营造，把现实赴安西幕府的李绾置身于汉代开拓西域的时代氛围中，韦应物《送孙徵赴云中》"匈奴破尽看君归，金印酬功如斗大"（《全唐诗》卷189）句，虽未出现"汉"字，但诗中"阴山"为汉朝汉匈争夺之地，依然是汉匈对峙的局面。晚唐杜荀鹤《送李先辈从军塞上》

有“好随汉将收胡土，莫遣胡兵近汉疆”（《全唐诗》卷692）之句，其中“汉将”、“汉疆”、“胡兵”、“胡土”则分明是胡汉对立的形势，我们知道，“胡”本是匈奴的专称，胡汉对立也就是汉匈对立，这种把当时的边境战争理解成汉代汉匈战争的情况在唐代边塞诗中可谓屡见不鲜。

诗人们把从军之人即将面临的战争叫做汉匈战争，用汉代立功边塞的人物表达期望理由就很充分了，有的把从军之人和汉朝窦宪相比，如陈子昂《送魏大从军》说“勿使燕然上，惟留汉将功”（《全唐诗》卷84），希望魏大所立功勋能和窦宪媲美，有的把从军所跟随的主将称为霍去病。李益《送柳判官赴振武》：“边庭汉仪重，旌甲事云中。虏地山川壮，单于鼓角雄。关寒塞榆落，月白胡天风。君逐嫖姚将，麒麟有战功”（《全唐诗》卷283），把振武主帅称为“嫖姚将”，也就是霍去病。也有的用霍去病“匈奴未灭，何以家为”，鼓励从军者，如卢纶《送刘判官赴丰州》：“策行须耻战，虏在莫言家。”（《全唐诗》卷276）用班超鼓励从军者的如钱起《送张管书记》：“班超封定远，之子去思齐。”（《全唐诗》卷238）总之，送人赴边塞基本上想起的是汉代人物、汉代边疆知识，汉以前和以后的都较少，汉以前的偶尔会提到晋国魏绛，汉以后被提到的是自许长城之人。

唐代边塞诗把叙述背景置放于汉朝的原因，学术界尚缺乏深入研究，胡大浚《边塞诗之涵义与唐代边塞诗的繁荣》[1]一文对南朝文人歌咏汉代边境战争胜利的原因作过分析，认为是两汉经营西北边疆和对外战争胜利所造就的大一统局面的光荣与魏晋南北朝四百年大分裂大动乱痛苦现实相撞击的结果。对从北方南迁的人来说，驱

[1]　胡大浚：《边塞诗之涵义与唐代边塞诗的繁荣》，《西北师院学报》1986年第4期。

逐入主中原的少数民族，恢复两汉秩序，是他们的渴望，魏晋南北朝尤其是南朝的乐府边塞诗以汉代边境战争为话语背景是这种心理的折光。唐代边塞诗是在魏晋南北朝边塞诗的基础上进行创作的，其乐府边塞诗以汉代边境战争为背景的原因就可解释。商伟《论唐代的古题乐府》[1]认为边塞乐府如梦幻般长久萦绕在南朝诗坛的原因是由古题乐府拟古的性质决定的，诗人通过回到汉朝寻求精神上的慰藉。这些论点对理解唐代乐府边塞诗的汉代话语背景是有启发的，但唐代边塞诗中大量表现现实边境情况的诗也以汉代边境为话语背景，就不是乐府边塞诗为其提供艺术表现手法所能解释的。本章将从唐人边疆知识的来源来解释这一问题。

二、唐人了解边疆知识的途径：典籍和实践

《尚书·尧典》所记疆域四至具体所指难以训解，《穆天子传》也迷雾重重，最早较准确记录边疆和域外情况的是司马迁根据张骞向汉武帝陈述所著的《史记·大宛列传》以及同书的《匈奴列传》、《西南夷列传》、《朝鲜列传》、《南粤王列传》等，这是汉武帝拓展疆域使人们视野扩大的直接后果，其后班固在《汉书》中又根据西汉中后期对边疆和域外的了解对司马迁的记载加以补充。东汉继续经营四夷，《后汉书》有关传记中对四夷情况也有补充。魏晋南北朝时期，中国总体上处于分裂状态，无论南北国力皆不足继两汉之盛，统治者关注的焦点主要是巩固内部统治，但对域外的探索和了解也

[1] 商伟：《论唐代的古题乐府》，《文学遗产》1987年第2期。

从没有停止过。向达《汉唐间西域及海南诸国古地理书叙录》[1] 只著录上篇，未为完帙，对魏晋南北朝关于域外著作进行钩稽。史念海先生《隋唐时期域外地理的探索及世界认识的再扩大》[2] 一文对魏晋南北朝对域外的探索进行了回顾，主要有孙权委派朱应和康太前往海南诸国，分别著有《扶南异物志》和《扶南土俗》，北魏太武帝太延年间先后派使节前往西域，先期成行的王恩生、许纲始及流沙被蠕蠕所执，又派董琬、高明等出鄯善招抚乌孙之南九国，《魏书·西域传》即吸收董琬等人的所见所闻而撰成。同时期僧侣颇多西游，留下著作的有法显《佛国记》。北魏宋云和惠生西行归来著有行记，《洛阳伽蓝记》略有征引。外国使人、贾客的陈述对中国人了解域外情况也有助益。

隋唐时期，因国家的统一，中外交通更为方便，边疆经营非分裂时期可比，朝廷了解边境民族和地理状况的自觉意识加强，可使用的手段比分裂时期也丰富一些，所以隋唐两朝对边疆民族和地理的认识达到前所未有的高度，著作甚夥。就隋而言，其荦荦大者，有隋裴矩《西域图记》三卷，裴矩的材料主要得自各国胡商，他又有《高丽风俗》，常骏《赤土国志》，《隋书·经籍志》尚著录有不知撰人的《大隋翻经婆罗门法师外国传》、《西域道里记》、《诸蕃国记》等。

唐贞观年间玄奘西行，根据亲身经历撰《大唐西域记》，其弟子又撰《三藏法师传》；义净从海道入印度，撰有《南海寄归内法传》，另又著《大唐西域求法高僧传》记述六十多位西行求法的高僧；新

---

[1] 向达：《汉唐间西域及海南诸国古地理书叙录》，见氏著《唐代长安与西域文明》，河北教育出版社 2001 年版。

[2] 史念海：《隋唐时期域外地理的探索及世界认识的再扩大》，见氏著《唐代历史地理研究》，中国社会科学出版社 1998 年版。

罗僧人慧超著有《往五天竺国传》，王玄策数次出使摩揭陀国，并曾率兵平定中天竺之乱，撰有《中天竺国行记》。高宗分别派遣使者往中亚康国、土火罗等地，了解当地风俗、物产，由史官进行汇总，显庆三年以许敬宗名义撰成《西域图志》。天宝十载高仙芝在中亚怛逻斯败于大食军队，数万人被俘，杜环作为被俘人员稽留中亚西亚十年以上，归来著有《经行记》，对中亚、西亚、南亚国家皆有记述。德宗时宰相贾耽著有《皇华四达记》、《古今郡国县道四夷述》，贾耽《古今郡国县道四夷述》对唐人了解域外情况帮助很大，唐人对之评价颇高，司空图《议华夷》评论中唐以后宰相们对国事的关注时说："而近朝有心于经制者，杜司徒之治道，李安邑之地志，元中书之安边，不谓不驰骋于古今成败之数也。唯贾仆射耽并包华夷，绵络山川，披图摘要，繁而不瘠，可谓勤而至精者矣。"[1] 对贾耽此著的推崇是很高的，李德裕《黠戛斯朝贡图传序》引用贾耽对黠戛斯族源的认识："谨按故相魏国公贾耽所撰《古今四夷述》，黠戛斯者，本坚昆国也，贞观二十一年，其酋长入朝，授以将军印，拜坚昆都督。"并且还转述唐武宗对贾耽该著的评价："天旨以贾耽有陈平镇抚之才，得充国通知之敏，其所述作，该明古今，乃诏太子詹事韦宗卿、秘书少监吕述往莅宾馆，以展私觌，稽合同异，觇缕阙遗，传胡貊兜离之音，载山川曲折之状，条贯周备，文理洽通。"[2] 李德裕该序明确表明当时人对域外的认识是文献和采访相结合。《新唐书·艺文志》还著录有顾愔《新罗国记》、戴斗《诸蕃记》、达奚通《海南诸蕃行记》、李繁《北方君长录》、高少逸《四夷朝贡录》、吕

[1] 司空图：《议华夷》，《全唐文》卷 808，第 8500 页。
[2] 李德裕：《黠戛斯朝贡图传序》，《全唐文》卷 707，第 7262 页。

述《黠戛斯朝贡图传》等。从这些著作撰写的情况看，有的出自亲身经历和域外耳闻，有的利用特殊政治地位搜集域外资料，唐朝了解边境和域外情况的愿望异常强烈，据《唐六典》卷 5“兵部”载，中央官制中设立专门负责掌管天下地图和域外地理、民族、风俗的官员：“职方郎中员外郎掌天下之地图，及城隍、镇戍、烽候之数，辨其邦国都鄙之远迩，及四夷之归化者。凡地图委州府，三年一造，与板籍偕上省。其外夷每有番客到京委鸿胪讯其本人本国山川风土为图以奏焉。”[1] 很多时候并不单纯出于求知欲，而是现实政治的需要，所以担任宰相者往往注意对边境情况的搜集和整理，元稹有《进西北边图经状（京西京北图经四卷）》、《进西北边图状（京西京北州镇烽戍道路等图一面）》（《全唐文》卷 651），李德裕对边境来京人员也亲自询问，并主张绘制《王会图》。另外，参加边境战争的将士对边境情况也多亲身体验，虽然记录不多，但口耳相传，影响到未去过边境的人对边疆的了解，也是经常之事。

即使身在边疆，对了解边境和境外情况有一定便利的人，通过传闻获得的边境地理知识，也难免失实，如岑参《热海行送崔侍御还京》描写传闻中的热海说：“侧闻阴山胡儿语，西头热海水如煮。海上众鸟不敢飞，中有鲤鱼长且肥。岸傍青草常不歇，空中白雪遥旋灭。蒸沙烁石然虏云，沸浪炎波煎汉月。”岑参听阴山胡儿所说的热海情况是极度夸张的，可说是对“热”的望文生义。“水如煮”、“沸浪炎波”分明把热海的水理解成滚烫的水，这与海中生长赤鲤是矛盾的。在岑参到西域之前，玄奘经过热海，并且有记录，弟子慧立、彦悰《大慈恩寺三藏法师传》称为“清池”，自注云：“清池亦云热海，

[1] 李隆基撰、李林甫注：《大唐六典》，三秦出版社 1991 年版，第 125 页。

见其对凌山不冻，故得此名，其水未必温也。”永淳初（682），王方翼破西突厥十姓之叛曾至热海，应该说初唐人对热海并不陌生，而岑参诗中与事实相去如此之远，差不多和岑参同时在西域的杜环说在碎叶川东头“有热海，兹地寒而不冻，故曰热海”[1]，也是写实的说法，诗人对唐人的探索记录不重视，对域外有好奇的期待，甚至带有神秘色彩。典型者如张说为郭元振作的传记《兵部尚书代国公赠少保郭公行状》对西域有很多传说，如“初，安西南有毒河源，远在葱岭西北河岸百步，人畜踏之者辄死。公威振西域，所向无不从者，因验图经，知其源，率兵三万人，历于阗、康居、大食等十余国，所过之国，令供资粮，仍署其国王为左右总管，率兵前进，北至葱岭，牙帐前十二国王兵百余万。其河源上有大树，高千余尺，垂荫数顷，大军至日，有黄龙绕树，以口吐毒气而拒官军，三军悉睹焉。公手书操檄文，令左拾遗张宣抗声读之毕，黄龙解树而下，公率诸军诛之，数日方倒。聚而焚焉，河源且绝。数十里内悉为良田”[2]。

隋唐时期对边疆和域外地理、民族情况比起前代有更多了解，不少并形成著作，可我们阅读唐人边塞诗却发现，这些诗对当时的新开拓、新认识反映的很少，仿古的乐府体裁不论，即使反映当代边塞生活的诗，也很少涉及唐人对边疆新的认识成果，而阅读汉代史书中有关传记的材料在诗中却经常出现，如岑参《登北庭北楼呈幕中诸公》：“尝读西域传，汉家得轮台。古塞千年空，阴山独崔嵬。二庭近西海，六月秋风来。”（《全唐诗》卷 198）岑参是通过读《汉书·西域传》了解边疆情况并凭吊古迹的。王建《酬柏侍御闻与韦处士同游

[1] 张一纯：《经行记笺注》，第 34 页。
[2] 《全唐文》卷 233，第 2355 页。

灵台寺见寄》有“西域传中说，灵台属雍州”（《全唐诗》卷297）之句，查《汉书》、《后汉书》的《西域传》，皆无“灵台属雍州”的说法，可能是王建误记。一个人的记忆总可能失实，但王建敢于调动关于《西域传》的记忆写诗，说明他对两汉书《西域传》的熟悉。贯休《灞陵战叟》说：“剑刓秋水鬓梳霜，回首胡天与恨长。官竟不封右校尉，斗曾生挟左贤王。寻班超传空垂泪，读李陵书更断肠。今日灞陵陵畔见，春风花雾共茫茫。”写曾戍边战士读汉人传记之感受，应为写实。将士们经常以汉代边疆战争情况观照现实中的边疆战争。

三、唐代边塞诗汉代话语背景的原因

1. 唐人讨论现实边疆问题时，常以汉朝事为说理根据，以汉之对外政策作为处理民族关系的依据。

汉代悠久的历史中积累了丰富的与边疆少数民族打交道的经验，很多手法在汉朝被使用过，以汉朝为取法对象的唐朝，在处理边疆民族问题时，自然会把汉朝的方法反复研究。唐人在讨论有关现实的边疆问题时，不断回顾汉朝在近似情况时的举动和政策，对汉朝的对外政策也多有评论，作为现实施政的参照，如太宗时凉州都督李大亮认为太宗耗费财力招慰边疆民族白白使中国消耗而于事无补时说：“是以周室爱民攘狄，竟延八百之龄；秦王轻战事胡，故四十载而绝灭；汉文养兵静守，天下安丰；孝武扬威远略，海内虚耗，虽悔轮台，追已不及。”[1]李大亮从周、秦说起，作为对待边疆问题

[1] 《贞观政要·安边》，第276页。

的两种相反典型，而汉朝文武二帝不同的处理边疆问题的政策所导致的不同结果，尤其是唐人热衷援引的。对汉武帝时抵抗匈奴的著名将军们表示很崇敬，对汉武帝本人的战略安排又有所批评，是唐人讨论边疆问题时主导的观念，唐太宗也以汉武帝的开边和奢侈为戒。贞观四年，李靖击突厥颉利，败之，其部落多来归降者。诏议安边之策，中书令温彦博议："请于河南处之。准汉建武时，置降匈奴于五原塞下，全其部落，得为捍蔽，又不离其土俗，因而抚之，一则实空虚之地，二者示无猜之心，是含育之道也。"太宗从之。温彦博又说："且光武居河南单于于内郡，以为汉藩翰，终于一代，不有叛逆。"[1]这是以东汉初光武帝为处理边患的理想状态。提出以汉武帝为戒的不少，典型者如李观《上宰相安边书》说："汉孝武承业之盛，负才之雄，隘函夏，鲜黎蒸，将郛穷荒而宇不邻。扬威四邻，霆发电溢，历载五六而功患相俦，訾诎虑殚，兵老衅仍。于时乃交和亲之问，还奔命之勤，然已天下悬磬，君臣与谋，遂有盐铁、车船、榷酤、六畜之租兴，危矣哉！不居之地，不牧之人，何苦如是哉？矧乃乘秋之虏常存，讨虏之赋不除，汉之事，亦万祀镜哉！"[2]这是以汉武帝对付匈奴导致内部赋税沉重、盗贼不断出现为反面教材，来说明现实该如何避免该现象的发生。

唐朝该怎样解决边患，唐人经常从对汉朝的总结中得出结论，苏颋《谏銮驾亲征吐蕃表》："臣闻北狄西戎，自古而有。虽夏殷之强，轩农之盛，未息其患也……及乎汉代，则烽火至于甘泉，朝那丧其都尉，亦止屯兵细柳，天子但安于上京。何者？戎狄荒服，忽

[1] 《贞观政要·安边》，第274页。
[2] 《全唐文》卷532，第5403页。

慌之义也。来则拒之，去则勿逐。……昔蒯城侯泣谏汉祖曰：‘主上常自苦，岂无人使？’汉祖以为爱我，良史书为美谈。今朝廷将相之众，岂无与陛下尽力哉？何劳圣躬之遽行也？”第二表谓：“昔周师困于祝聃，汉祖厄于平城。安可谓吐蕃无祝聃耶？河右无平城耶？”[1]唐玄宗要亲征吐蕃，苏颋连上二表反对，在历数从古以来对夷狄的处理方法时，对汉朝的特别注意，把有被敌方围困的危险与汉高祖平城之围相提并论，而把汉文帝时防备匈奴的办法作为楷模。杜佑《论边将请击党项及吐蕃疏》反对边将轻起边衅，也以汉朝为根据：“汉武因文景之富，命将兴师，遂至户口减半，竟下哀痛之诏，罢田轮台。前史书之，尚嘉其先迷而后复。盖圣王之理天下也，唯务绥静蒸人……淮南王请息师于闽越，贾捐之愿弃地于珠崖，安危利害，高悬前史。昔冯奉世矫汉帝之诏击莎车，传其王首于京师，威震西域，宣帝大悦，议加爵土之赏。萧望之独以为矫制违命，虽有功效，不可为法。”[2]杜佑《御夷狄论》论关中安全问题，也以汉朝有郑渠、白渠的灌溉又注意边防设施才使长安安全为据：“秦汉郑渠溉田四万顷，白渠溉田四千五百顷，永徽中，两渠灌浸不过万顷，大历初，减至六千亩……欲求富强，不可得也。汉时长安北七百里，即匈奴之地，侵掠未尝暂息，计其举国之众，不过汉一大郡。晁错请备障塞，故北边妥安。今潼关之西，陇山之东，鄜坊之南，终南之北，十余州之地，已数十万家。吐蕃绵力薄财，食鲜兵拙，不及中国远甚。诚能复两渠之饶，诱农夫趋耕，择险要，缮城垒，屯田蓄力，河陇可复，岂惟自守而已。”[3]

---

[1]《全唐文》卷 255，第 2586 页。

[2]《全唐文》卷 477，第 4872 页。

[3] 同上书，第 4879 页。

白居易《策林》四十八《御戎狄·征历代之策陈当今之宜》假设皇帝之问对汉朝所有的对付边患的方法进行总结："问：戎狄之患久矣，备御之略多矣。故王恢陈征讨之谋，贾生立表饵之术，娄敬兴和亲之计，晁错建农战之策。然则古今异道，利害殊异，将欲采之，孰为可者？"[1] 该问题是白居易为应付策试时的押题，尽量符合当时策问题目的要求，把备御边患的方法归纳为四种，并且充分意识到汉唐两代情况的变化，形势已经不同了，该如何斟酌古今采用御边之策。

回鹘在唐武宗时被黠戛斯打败，其乌介可汗偕太和公主率领残部辗转边地，要求借唐边城安置，朝廷没有应允，嗢没斯投降唐朝，唐朝后派兵击溃乌介，寻回太和公主，在一系列的折冲樽俎中，时任宰相的李德裕起了重要作用，他拟定了很多与此有关的文件，有时代替皇帝，有时代替边将，有时也以本官的身份。在一系列文件中，李德裕主要以汉朝处理边疆事务的先例作为依据，不仅以此指挥唐朝的将领，在写给少数民族领袖的信中，也以汉时匈奴首领的做法启发当时的回鹘。为皇帝所拟《授嗢没斯可特进行左金吾卫大将军员外置仍封怀化郡王制》中说："敕：昔秩訾献筹，归忠于大国，日逐避祸，纳款于明庭。宣帝嘉其一心，宠以优礼，或存故王之印绶，或赐归德之美名，爰举旧章，式崇新命。"[2] 以汉宣帝时匈奴秩訾和日逐归顺受封为授嗢没斯职位的根据，《授嗢没斯改姓李名思忠制》说："昔项伯归义，奉春建策，赐之刘氏，列在汉宗……朕以汉北平太守李广，北狄避之，号为飞将，顾其苗裔，颇在龙庭。

[1] 《全唐文》卷671，第6840页。
[2] 《全唐文》卷697，第7160页。

美瓜瓞之所兴，因而命氏，念棣萼之方铧，当使同荣。”[1]《遣王会等安抚回鹘制》说：“昔匈奴乖乱，呼韩款塞，汉宣帝转粟赈救，权时施宜，故得三代称藩，北边罢警。前代令典，可不务乎？”[2]《授刘沔招抚回鹘使制》以皇帝口气说：“昔东汉中夏既宁，匈奴饥馑，臧宫请命，将临塞，图刻石之功。光武报云：‘柔能制刚，弱能制强，且传闻之事，常多失实，虽灭大寇，不如息人。’朕每览前史，为之兴叹。”此处提到东汉光武帝拒绝乘匈奴饥馑而伐之的建议，读史至此，能为之“兴叹”，可见对光武帝处理匈奴问题的肯定并深有向往之意，该文说到黠戛斯乘回鹘衰乱而倾覆回鹘时说：“既焚老上之庭，尽剪名王之族。”把回鹘的败亡说成是汉朝时匈奴的败亡。谈到对回鹘可汗的处理时说：“谕以呼韩款塞，汉氏旧章，戎不乱华，国之大典。”[3]《赐缘边诸镇密诏意》以皇帝口气总结夷狄气运的兴衰与备御之道时说：“昔汉武帝命将出师，轻赍深入，耗中国三十余年，竟不得臣伏匈奴，荡定沙漠，此未得其时也。至宣帝值匈奴百年之运，因坏乱危亡之机，单于稽道，三代称藩，锋燧不设，连城晏开，此遭遇其时也。”[4]接着以当时回鹘和吐蕃的衰落为例证明该观点。

李德裕为皇帝代拟文件中，有些是以边疆民族的领袖为对象的，往往要求他们以汉代某些匈奴首领为借鉴，如《讨回鹘制》说：“於戏！昔汉宣帝值匈奴乖乱，推亡固存，呼韩单于携国归命，入朝保塞，汉后所以有拥护之恩；郅支单于叛礼义，伤毁威重，汉史所以

---

[1]《全唐文》卷 697，第 7161 页。

[2]《全唐文》卷 698，第 7164 页。

[3] 同上。

[4]《全唐文》卷 699，第 7179 页。

明可诛之罪。二虏祸福，皆自取焉，四夷百蛮，宜以为鉴。”[1]《赐回鹘可汗书》拒绝回鹘借振武城的请求，其理由是：“又得宰相颉干伽思等表借振武一城，权与可汗、公主居住。中国之制，与外蕃不同，须守前代规模，祖宗法度。昔汉朝单于乖乱，呼韩款塞，宣帝送单于出朔方鸡鹿塞，唯赈以米粟。国初太宗皇帝命李思摩建牙于汉南，遗趾并存，事皆可验。未有深入汉界，借以一城，与退浑、党项微小杂种，同为百姓，实亦屈可汗之尊贵，乱中国之旧规。”[2]《赐回鹘可汗书意》不同意乌介可汗要求唐朝把嗢没斯押送回回鹘的要求，其理由是：“况前代以来，尽有故事：汉朝呼延邪单于款塞，其下大将乌厉屈、乌厉温敦并来降附，汉宣帝封以列侯；又国初颉利可汗之破败也，降者甚众，酋豪首领，至朝廷皆拜将军，仅百余人，无不抚纳。”[3]

李德裕不仅替皇帝草拟诏书、敕、制等，在这次解决回鹘事件中，还以边将的名义与回鹘交涉，如《代刘沔与回鹘宰相颉干伽思书》就是会昌三年八月二十日替时任河东节度使检校右仆射的刘沔所拟的与回鹘宰相的书信，其中批评回鹘军队骚扰唐朝边境时以汉宣帝时呼韩邪单于为比较对象：“昔呼韩单于亦以离乱，归附汉廷，定计之初，则遣子入侍，款塞之后，又来朝京师，即得为臣之义，实展外藩之敬，然后汉家拥护出塞，救恤加恩。”以之对比回鹘可汗既不自已入朝，又不遣太和公主入朝。然后又以汉朝匈奴首领不同的对待汉朝态度导致截然相反的结果为例要回鹘当政者思考该如何对待唐朝：“前代郅支单于，不事大汉，寄命坚昆，寻又远托康居，

[1] 《全唐文》卷 698，第 7166 页。
[2] 《全唐文》卷 699，第 7181 页。
[3] 同上书，第 7182 页。

自成夷灭。往事之戒，得不在怀？昔呼韩之败也，其臣伊秩訾劝呼韩称臣事汉，从汉求节，呼韩纳用其策，竟保安全。”[1]

李德裕以自己身份所写的《请赐回鹘嗢没斯等物诏状》总结汉朝两种御戎方法的不同后果说：“伏以自古御戎，只有二道，一是厚加抚慰，二是以力驱除，此事利害较然，前古皆有明效。汉宣帝厚抚呼韩，代享其利，边境六十年无事；汉武力制匈奴，海内疲弊，生人减半。”[2]《谢宣示嗢没斯等冠带讫图状》也对汉朝对北方民族在文化上的影响赞扬有加：“伏以汉宣帝时，呼韩单于来朝京邑，然待以客礼，未备汉仪。至后汉建武二十六年，单于慕先人之义，归义中国，光武候祖宗之业，柔服北边，因其称藩，始加冠带。厥后绵历五代，仅及千年，惟闻征伐之勤，莫睹来廷之盛。”[3]

从六世纪中叶起，原来臣服于柔然的突厥迅速崛起，建立了横跨漠北的强大汗国。其时正当北朝西魏与北齐对峙之时，魏收所撰《魏书》未为突厥立传，只因魏收书成之时，突厥刚刚战胜柔然，此前对突厥部落并不清楚，对北魏政治没有影响。今本《魏书》有几处提到突厥，应该是该书散佚之处后人从《周书》、《北史》、《隋书》相关部分所补。最早为突厥立传的是唐人，在唐初修史高潮中，《周书》、《隋书》以及《北史》都为突厥立传，后杜佑《通典·边防》对突厥来历也有交代，从这些文献中可知，唐人对突厥的来源并不清楚，各书记载大同小异，都有几个相互不同的传说，把突厥说成狼的后代，《周书》说突厥祖先是“平凉杂胡”，余书也都不敢十分肯定地提到突厥有可能与古时匈奴有关。汉唐之间漠北民族关系发生

[1] 《全唐文》卷 707，第 7251 页。
[2] 《全唐文》卷 701，第 7200 页。
[3] 《全唐文》卷 704，第 7227 页。

过很大变化，匈奴衰落之后鲜卑、柔然先后兴起，后起之突厥缺乏准确的民族起源史料，所以唐人史书叙述皆模棱两可。但我们阅读唐代史籍却发现，在现实政治生活中，唐人常明确无疑地把突厥看成匈奴后裔，把唐突关系理解成汉匈关系的继续。

《贞观政要》中记载唐太宗时处理与突厥关系，多次把突厥称为“匈奴”。如武德九年（626）冬，突厥颉利、突利二可汗率众二十万，至渭水便桥之北，时太宗即位不久，大臣反对太宗亲自前去与二可汗对话，太宗说：“朕将独出，以示轻之，且耀军容，使知必战；事出不意，乖其本图。制服匈奴，在兹举矣。”[1] 贞观四年（630），李靖率军把颉利可汗赶向碛北，突利投降，太宗对李靖说：“昔李陵提步卒五千，不免身降匈奴，尚得名书竹帛。卿以三千轻骑，深入虏庭，克复定襄，威振北狄，实古今未有，足报往年渭水之役矣。”这里是肯定李靖的功劳，相信李靖会名垂青史，而得出这一结论的参照依据是汉朝兵败投降匈奴的李陵，李陵投降还能流传后世，李靖就更能被人传颂了。不久颉利可汗被抓获，突厥部落很多都投降唐朝，唐太宗跟大臣说：“朕闻主忧臣辱，主辱臣死。往者国家草创，突厥强梁，太上皇以百姓之故，称臣于颉利，朕未尝不痛心疾首，志灭匈奴，坐不安席，食不甘味。今者暂动偏师，无往不捷，单于稽颡，耻其雪乎！”[2] 此处把突厥称为匈奴，把突厥领袖叫做单于，朝廷讨论如何处理突厥余部时，中书令温彦博建议学习汉光武帝把投降的匈奴人置于五原塞下的方法把突厥安置在黄河之南，“一则实空虚之地，二者示无猜之心，是含育之道也。”太宗听

[1] 《贞观政要·征伐》，第 259 页。
[2] 《贞观政要》卷 2，第 38 页。

从了温的建议，时任秘书监的魏征反对说："匈奴自古至今，未有如斯之破败……匈奴人面兽心，非我族类，强必寇盗，弱则卑伏，不顾恩义，其天性也。秦、汉患之者若是，故时发猛将以击之，收其河南以为郡县。"[1] 同书又记载太宗时人们劝太宗封禅的情况说："贞观六年，匈奴克平，远夷入贡，符瑞日至，年谷频登，岳牧等屡请封禅。"[2] 从这些记述可知，唐初君臣都把突厥当成匈奴，太宗、魏征都是如此，他们不仅在口头上这么说，甚至还表现在实际的政治措施上。突利可汗死后，太宗曾封阿史那思摩为乙弥泥孰俟利苾可汗，赐姓"李"。又诏左屯卫将军阿史那忠为左贤王，左武卫将军阿史那泥孰为右贤王，辅佐李思摩。左、右贤王之称都是匈奴官名，唐太宗是把可汗当作汉时匈奴单于的，所以才设突厥根本没有的左、右贤王。正是基于这种认识，唐初所修史书的《突厥传》中叙述到突厥首领可汗时，要加上"犹古单于也"，可汗之妻可敦"犹古阏氏也"，都是把突厥理解成匈奴后裔的直接证据。作为史家的吴兢，在记录史事时，就径直用匈奴代替突厥了。

张鷟《朝野佥载》主要记录武周时事，多处把突厥称为匈奴，如："龙朔以来，人唱歌名《突厥盐》。后周圣历年中，差阎知微和匈奴，授三品春官尚书，送武延秀娶成墨啜女，送金银器物、锦彩衣裳以为礼聘，不可胜纪。突厥翻动，汉使并没，立知微为可汗，《突厥盐》之应"[3]；"仪凤年中，有长星半天，出东方，三十余日乃灭。自是土番反，匈奴反，徐敬业乱，白铁余作逆，博、预骚动，忠、万强梁，契丹翻营府，突厥破赵、定，麻仁节、张玄遇、王孝

[1] 《贞观政要·安边》，第 274 页。

[2] 《贞观政要》卷 2，第 70 页。

[3] 张鷟：《朝野佥载》卷 1，《隋唐嘉话朝野佥载》合印本，中华书局 1979 年版，第 8 页。

杰等皆没百万众。三十余年，兵革不息”[1]；“周默啜之陷恒、定州，和亲使杨齐庄敕授三品，入匈奴，遂没贼”[2]；“隋炀帝巡狩北边，作大行殿七宝帐，容数百人，饰以珍宝，光辉洞彻。引匈奴启民可汗宴会其中，可汗恍然，疑非人世之有。识者云，大行殿者，示不祥也。亦是王莽轻车之比，天心其关人事也欤”[3]；“周右拾遗李良弼自矜唇颊，好谈玄理，请使北蕃说骨笃禄。匈奴以木盘盛粪饲之，临以白刃，弼惧，食一盘并尽，乃放还。人讥之曰：‘李拾遗，能拾突厥之遗。’”[4]此五段记载都把突厥称作匈奴。

这种对突厥的认识在张鹜、吴兢所处的唐玄宗时期成了人们的共识。玄宗《封郭虔瓘郭知运制》称赞被封的将领说：“遂能摧日逐之遗种，斩天骄之爱息。岂耿恭班超，独高前史，将廉颇李牧，与朕同时。”[5]此制中“廉颇李牧”为战国时赵国将军，其中李牧也以抗击匈奴著称，而前面的比喻都是把被封将领的军功放在汉匈斗争的背景中，实际也就是把突厥当成匈奴。张说《举陈光乘等表》评论当时军事形势说：“今者塞北有屈强之胡，汉南屯不羁之马，使边郡忧患，朝廷旰食，此天下士君子饥待虏馘，渴待虏血，决命于匈奴之时也。”[6]苏先颋《命吕休璟等北伐制》是替唐玄宗草拟的军事命令，完全把对突厥的战争当成汉对匈奴的战争，制文说：“默啜举其种类，来相抗拒，近殪于锋镝之下，已若乱麻，远虑于庙堂之上，将同破竹，坚昆在右，犄角而东，并累献封章，请屠巢穴……

[1] 《朝野佥载》卷1，第18页。
[2] 《朝野佥载》卷2，第35页。
[3] 《朝野佥载》卷3，第70页。
[4] 《朝野佥载》卷4，第94页。
[5] 《全唐文》卷20，第242页。
[6] 《全唐文》卷223，第2250页。

吕休璟心坚铁石，气横风雷，始则和戎之利，先得晋卿，终而逐虏之功，方邀汉将。可为金山道行军大总管，北庭副都护郭虔瓘安处哲等，怀才抱器，蓄锐俟时，惯习军容，备知边要，并可为副大总管，领瀚海北庭碎叶等汉兵及骁勇健儿五万骑……与副大总管右监门卫大将军鲁受信等领蕃汉兵募健儿等领当军及当界蕃汉兵募健儿七万骑……刈谷蠡之庭，拔扶渠之垒，不遑渭桥之拜，已见阴山之哭。”[1] 其中“刈谷蠡”、“拔扶渠”、“渭桥之拜”、“阴山之哭”等都是汉代与匈奴斗争时汉朝胜利的典范。李邕《左羽林大将军臧公神道碑》记述郭怀亮任安北副都护时与突厥的战斗：“匈奴以地阙援孤，士寡粮绝，蚁附城下，两射城中。公乃偃旂麾，匿金鼓，悬门不发，衿甲不陈，匈奴且夕却军，迟明出塞。以功迁单于都护，借紫金鱼袋。公以北鄙御寇，中道扼候，生门以携之，死地以诱之，觇其西也，将惊其前；察其东也，将袭其后。匈奴进退歧路，回旋二年，议者以为约之不以长绳，固之不以陷阱，非公用智全胜，按甲养兵，安能预于此？”[2] 此处根本没出现敌人的真实族类，唐玄宗时人们干脆就用匈奴作为突厥的代称了。吕思勉先生《中国民族史》第三章“匈奴”推测匈奴文字与中国同，并自注曰：“《说文》控字下曰：‘匈奴引弓曰控弦。’《一切经音义》引作‘匈奴谓引弓曰控弦。’案《一切经》引是也，今本盖夺谓字？观此，则匈奴之语，亦有与中国同者矣。皆其久与汉族杂居之证也。《一切经》又一引作突厥。汉时无突厥，必误也。”[3] 匈奴语言与汉人关系姑且不论，吕先生断言慧琳引作突厥是错误的，就是不理解唐人时常把突厥看作匈

---

[1] 《全唐文》卷 253，第 2562 页。

[2] 《全唐文》卷 265，第 2692 页。

[3] 吕思勉：《中国民族史》，东方出版社 1996 年版，第 56 页。

奴，自然也就把匈奴看成突厥了。

中唐以后，突厥破亡，回鹘代之而兴，西部吐蕃也是唐王朝的巨大威胁，突厥不再是唐人关注的焦点，但把来自边境的威胁当成匈奴的延续，依然是唐人喜欢使用的思维方式。对于吐蕃的民族来历，至今学术界意见不统一，但因方位的不同，很少有人把吐蕃当成匈奴后裔。李观《上宰相安边书》却说："且周曰猃狁，秦曰胡，汉曰匈奴，然实非二，盖随国而名之，于今则曰吐蕃。"[1] 李观关于吐蕃来历的观点少有人信服，他本人也未作论证就很自信地敢向当政者提出，他在《吊韩弇没胡中文》还是称吐蕃为匈奴，韩弇是韩愈之兄，据《资治通鉴》载，贞元三年，吐蕃尚结赞请盟于清水，朝廷派浑瑊主盟，吐蕃设伏，浑瑊逃归，从人多陷。《新唐书·吐蕃下》谓"判官韩弇、监军宋凤朝死之"[2]，可见韩弇当时就死了，但李观不知道。吊文作于五年之后，文中说："维唐贞元元年，匈奴上款乞盟，天子以其言诚，乃命上将往墠于阴山，而听其誓言，监察御史韩君载笔而随焉。我上将仗九庙之信，而首盟其间，以戎人心为心。戎乘我不虞，而有诡谋，我计无素成，而奸以宿萌；故勇者死，奔者追，而韩君为之擒矣。呜呼！有备无患，军志也。戎人安所暴其诈？千虑一失，圣人也。韩君是以为之虏。天其或者将用警我，非福戎也。韩君之为擒，其系命欤？五年于兹，生死不寻。谓之生，岂复还期；谓之死，永永湮沈。或曰死矣，切伤我心。"[3] 此处贞元元年乃三年之误。李观把吐蕃称作匈奴，当成匈奴后裔，虽没有什么根据，若放在唐人把自己所处时代与汉人所处时代相比的

[1] 《全唐文》卷 532，第 5404 页。
[2] 《新唐书·吐蕃下》，第 6096 页。
[3] 《全唐文》卷 535，第 5436 页。

背景中，就不难理解。

唐人把兴起于北方的一切民族都与匈奴拉上关系，如鲜卑族，皇甫湜《东晋元魏正闰论》断言说："而拓跋氏种实匈奴，来自幽代。"[1]

唐人把突厥当成匈奴的后代并无什么坚实的根据，不过，初唐时北方边境面临突厥的威胁与汉初北方面临匈奴的侵扰确实有相似之处。匈奴与突厥都是横贯东西的以游牧民族为主的政权，唐人自觉所处周边环境与汉时相似，本就推崇汉朝的唐朝，为了把自己比成汉朝，也就相当主观地把突厥当成匈奴了。唐人对域外的探索成果比汉朝时为大，接触的境外民族也比汉朝时多，但唐人在取得这些新成果时，常把新成果放在汉朝已有的认识系统内，以汉朝的认识观照对边疆民族认识的新成果。唐朝与黠戛斯交往时，与这一民族攀同宗，就典型地说明这一点。

《汉书》李陵本传说李陵在匈奴中总共生活二十几年，根据该传交代，李陵天汉二年（前99）兵败投降，元平元年（前74）病死，在匈奴有二十五六年的时间，单于曾把女儿嫁给李陵，封他为右校王。李陵在匈奴生过儿子，同书《汉书·匈奴传下》载匈奴内乱时，五单于分立，五凤元年，被屠耆打败的乌藉去单于号，五凤二年（前56），呼韩邪打败屠耆单于和车犁单于，"是时，李陵子复立乌藉都尉为单于，呼韩邪单于捕斩之"，可见李陵在匈奴所生之子在匈奴内乱中被杀，有无后裔难以断言。匈奴内乱时，地处中亚的坚昆不在匈奴管辖范围内，与呼韩邪对抗的其兄郅支单于鉴于呼韩邪有汉朝支持难以消灭，遂居匈奴右地，打败杀其使者的乌孙，"因北击乌揭，乌揭降。发其兵西破坚昆，北降丁零，并三国。数遣兵击乌孙，

[1] 《全唐文》卷686，第7031页。

常胜之。坚昆东去单于庭七千里，南去车师五千里，郅支留都之。”[1]从这段记载看，开始时匈奴右地不包括乌揭、坚昆和丁零，郅支为扩大势力而兼并三国，并以坚昆为都，后又向西移居康居，并在康居被西域都护甘延寿发兵杀死。汉时对坚昆情况不明了，《西域传》中没有为之立传。《三国志·魏书·乌丸鲜卑东夷传》卷33裴注引《魏略·西戎传》：“坚昆国在康居西北，胜兵三万人，随畜牧，亦多貂，有好马。丁令国在康居北，胜兵六万人。”[2]《晋书》、《宋书》、《南齐书》、《梁书》、《陈书》、《魏书》、《北齐书》、《周书》、《隋书》、《南史》、《北史》记录从晋到隋历史的史书都没有关于坚昆的记载，《通典·边防九》谓：“坚昆，魏时闻焉。在康居西北，胜兵三万人。随水草畜牧。多貂，有好马也。”[3]杜佑这段话是对《魏略·西戎传》的改写。《魏略》和《通典》对坚昆方位的描述是一致的，认为坚昆在康居西北，《汉书·匈奴传下》从坚昆西行至康居，似乎康居在坚昆之西，可能《汉书》出现错简或者班固笔误，根据现代学者的研究，其地望坚昆应在西北。杜佑对坚昆的记述仅此而已，在唐人是很严谨的，可见他著《通典》的态度。在杜佑之前和之后，都有关于坚昆的不实材料流传，就是黠戛斯的族源问题。

新旧《唐书》的黠戛斯传都是按照唐人对该民族的认识记载的，《旧唐书》没有专门为该民族立传，只在《回纥传》中说黠戛斯乘回鹘内乱以十万骑兵破回鹘城，得太和公主，“黠戛斯自称李陵之后，与国同姓，遂令达干十人送公主至塞上。乌介途遇黠戛斯使，

[1] 《汉书·匈奴传下》，第3800页。
[2] 《三国志》卷30，中华书局1982年版，第862页。
[3] 《通典》卷193，中华书局1988年版，第5268页。

达干等并被杀”[1]。其后没有关于黠戛斯的记载，《新唐书》在回鹘传附有黠戛斯传，其中介绍该民族族源时说：“黠戛斯，古坚昆国也。……其种杂丁零，乃匈奴西鄙也。匈奴封汉降将李陵为右贤王，卫律为丁零王。后郅支单于破坚昆，于时东距单于廷七千余里，南车师五千里，郅支留都之。……人皆长大，赤发、皙面、绿瞳，以黑发为不祥。黑瞳者，必曰陵苗裔也。……贞观二十二年，闻铁勒等已入臣，即遣使者献方物，其酋长俟利发失钵屈阿栈身入朝，太宗劳享之……帝以其帝为坚昆府，拜俟利发左屯卫大将军，即为都督，隶燕然都护。高宗世，再来朝。景龙中，献方物，中宗引使者劳之曰：‘而国与我同宗，非它蕃比。’”[2]《新唐书》对黠戛斯的记载比《旧唐书》为多，认为黠戛斯是古坚昆国出自贾耽《古今郡国四夷述》（见李德裕为黠戛斯朝贡图传所作序言），《唐会要》“结骨国”条载：“贞观六年，遣王义宏将命镇抚，二十二年，结骨国君长遂身自入朝云：臣已一心归国，望得国家官职，执笏而还。遂授左屯卫大将军坚昆都督。开元中，安西都护盖嘉运撰《西域记》云：坚昆国人皆赤发绿睛，其有黑发黑睛者，则李陵之后，故其人称是都尉苗裔，亦有由然。今有改称纥扢斯者，亦是北夷旧号。臣按国史叙铁勒种类云：伊吾以西，焉耆以北，旁白山则有契弊、乌护、纥骨子。其契弊即契苾也，乌护即乌纥也，后为回鹘，其纥骨即纥扢斯也。由是而言，盖铁勒之种，尝以称回鹘矣。其转为黠戛斯者，盖夷音有缓急，即传译语不同。其或称戛戛斯者，语急而然耳。访于译史云：黠戛是黄头赤面义，盖回鹘呼之如此，今使者称自有此

[1]《旧唐书》卷 195，第 5213 页。
[2]《新唐书》卷 217 下，第 6129 页。

名，未知孰是”[1]。《会要》所引盖嘉运《西域记》谓黠戛斯人自称是李陵后裔，而按语则通过文献所记铁勒分支名称之译名变化，并考证黠戛斯族名本意，认定黠戛斯乃铁勒之种类。据《会要》、《西域记》，黠戛斯人体格不类汉人，“身悉长大，皙面绿睛朱发”，少数黑发黑睛者，在黠戛斯不占主导地位，当地人认为该类人为不祥，正是这类被认为不祥者自称李陵之后。因为这部分人外表不同于其他黠戛斯人，盖嘉运才说他们自称李陵之后为“有由”，但其主体绝不是这些自称李陵之后者，把黠戛斯理解成与唐皇室同出一源，没有任何根据。为了证明黠戛斯确是李陵之后，《新唐书》说李陵降匈奴后被封为“右贤王”，应该也是根据唐人说法，今难以确指唐人何人持此种理由，明显与《汉书》记载不同。《汉书》说李陵被封为“右校王”，曾因刺杀李绪躲到匈奴北部，唐人为了证明黠戛斯确实与唐皇室同宗，不惜改变历史记载，因为只有右贤王才可能把李陵安放到匈奴西部与坚昆之地相合。

唐人对域外地理与民族的了解要比汉人丰富，但是唐人一定要把新知识纳入汉人已有的边疆民族知识之内才可安心，要尽量找到可比附的材料以深化对新的民族的认识。黠戛斯族为过去所不知，唐人把该民族与坚昆国相联系，又与李陵相联系，重要目的是为了利用所谓同宗关系解决边疆问题，慎重的学者并不相信黠戛斯就是古之坚昆，认为黠戛斯出自李陵只是有意利用，李德裕在武宗时处理回鹘问题的文件就透露了这些信息。李德裕《与纥扢斯可汗书》以武宗口气回顾唐与黠戛斯关系说：“暨贞观六年，太宗遣使臣王义宏至可汗本国，将命镇抚。贞观二十一年，可汗本国君长身自入朝，

[1] 《唐会要》卷100，第1784页。

太宗授左屯卫将军坚昆都督。至天宝末年，朝贡不绝。则可汗祖先，已受我国家恩德，计可汗国中遗老，必自流传。”此处说黠戛斯贞观二十一年朝贡，与他书二十二年之说不同。恐怕黠戛斯没有这方面记录，推测黠戛斯老人应该有有关传说，说到唐和黠戛斯的亲缘关系，信中说：“闻可汗受氏之源，与我同族。汉北平太守材气，天下无双，结发事边，控弦贯石。自后子孙，多习武略，代为将门。至嫡孙都尉，提精卒五千，深入大漠，单于举国来敌，莫敢伉威，身虽陷没，名震蛮貊。我国家承北平太守之后，可汗又是都尉苗裔，以此合族，尊卑可知。昨闻太和公主为可汗兵众所得，可汗以同姓之国，使遣归还，有以见可汗秉礼义之心，重亲邻之好，朕深用感叹，至于涕零。……当诸部服从，皆怀健羡，知我两国，永为宗盟。想可汗明智，自有良算。”[1] 唐皇室自称李广之后，所谓“陇西李氏”即此意，而以听说的黠戛斯为李陵之后攀同宗关系，并征询册封黠戛斯的意见，其目的是要合作把回鹘消灭。在安史之乱后，回鹘对唐王朝的物质要求成为严重的负担，唐朝想乘机摆脱此一难以对付的盟友，又考虑到回鹘破灭后，黠戛斯可能取代其地位，预先以同宗关系拉近距离。当黠戛斯派温仵合带马匹和鹘及书信到唐朝后，李德裕又替武宗拟与黠戛斯首领的信，准备封他为坚昆国王，并以汉时向汉朝称臣的匈奴首领为例劝导黠戛斯王接受唐王朝封号的重要性，信中说：“但以惜可汗宗盟之国，愿保先名，为可汗宏远之谋，须除后患，所以具古今祸福，往谕至怀。昔呼韩邪单于以郅支尚存，国难未靖，称蕃事汉，福及子孙；后汉单于比以大父，依汉而安，继袭其号，上书款塞，永愿藩蔽漠南，遂致朔塞底宁，烽

[1] 《全唐文》卷 700，第 7184 页。

燧永息……朕以可汗先祖，往在贞观，身自入朝，太宗授以左卫将军坚昆都督。朕思欲继太宗之旧典，彼亦宜遵先祖之明诫，便以坚昆为国，施于册命，更加美号，以表懿亲。况坚者不朽之名，昆者有后之称，示不忘本，岂不美欤？”[1] 用汉时边疆民族的做法启发当时的边疆民族，是唐人惯常的做法，前文已有论及，其目的是劝诱黠戛斯接受与唐朝保持一种近似呼韩邪与汉的关系。值得注意的是，唐朝要封黠戛斯首领为坚昆国王，其理由一是太宗曾授其先祖坚昆都督，更主要的是认为黠戛斯是古坚昆国，汉时坚昆之名应是音译，不可分开解释，而此信中却说“坚者不朽之名，昆者有后之称”，之所以如此说，李德裕在草稿让武宗审阅时作了说明，其《进所撰颉戛斯可汗书状》说：“右，奉宣，令臣于书内添坚昆事者。缘未审知颉戛斯的是坚昆之后，恐须粗言梗概，未可明书。今已依宣，添改其间，有词意未尽处，亦更加添。”[2] 李德裕认为黠戛斯究竟是不是古坚昆国之后，是有疑问的，恐怕黠戛斯不理解坚昆之意，才拆开解释，不明言真实意图。认为黠戛斯是坚昆之后的观点出自贾耽，李德裕为吕述《黠戛斯朝贡图传》作的序言说：“谨按故相魏国公贾耽所撰《古今四夷述》，黠戛斯者，本坚昆国也，贞观二十一年，其酋长入朝，授以将军印，拜坚昆都督。”[3] 可见贾耽很肯定的事，李德裕只是存疑。在当时的外交文件中，称黠戛斯为同族的还有一些，甚至把黠戛斯领袖阿热列入宗正属籍。然以利用为目的，其实唐朝朝廷对遥远的黠戛斯民族并不关心，乾元元年肃宗嫁咸安公主与回鹘可汗，回鹘派人谢婚时并告破坚昆功，可见回鹘强盛时打败坚昆

[1] 《全唐文》卷 700，第 7185 页。
[2] 《全唐文》卷 706，第 7250 页。
[3] 《全唐文》卷 707，第 7262 页。

还认为是值得向唐王朝报告的大事，唐王朝也绝不会对坚昆施以援手。武宗准备册封黠戛斯首领为“宗英雄武诚明可汗”，使者未行而帝死，宣宗即位后欲申前约，而多人反对，理由是“黠戛斯为小种，不足与唐抗”，黠戛斯在唐人的心目中并没有真的被当作唐朝在西北的一个同宗国家。

2. 唐人对汉代抗击匈奴人物兴趣大，常渴望汉代卫霍李似的人物出现。

汉代抵抗匈奴的政策。其策划是靠一些著名思想家，如贾谊、晁错等，而具体执行是靠一些著名将领，最著者莫过于卫青、霍去病、李广等，两汉经营西域者如张骞、赵充国、陈汤、辛庆忌、班超父子等也做出重要贡献，并且扩展了人们对域外地理和民族的认识，其中尤以张骞具有开创之功。出使匈奴最著者为苏武，和亲最出名者是王昭君。唐人要解决现实的边疆问题，汉朝经验教训是他们首先要汲取的，唐人在讨论边疆问题时，除了回顾汉朝边境政策，对汉朝从事边疆工作有巨大贡献的人物颇感兴趣。读史时常形之于歌咏，唐赋中不少篇目以汉代抗匈英雄为对象，或是唐代作家到边塞游历时寻访汉朝英雄人物的遗迹而发出感慨。

唐人不仅回顾汉朝如何处理匈奴问题，对汉朝朝廷对待抗匈名将的做法也刻意模仿，典型者如汉朝卫青、霍去病死后坟墓做成他们出击匈奴时曾经到过的大山形状，霍去病墓像祁连山，卫青墓像卢山，唐朝对抗击突厥的英雄也用同样方法，如对李靖和李勣都是如此。李靖在擒获突厥颉利可汗和吐谷浑首领的过程中起过重要作用，唐太宗有过高度评价，李靖死后，“有诏许坟茔制度依汉卫、霍故事，筑阙象突厥内燕然山、吐谷浑内碛石二山，以旌殊绩。"[1] 高宗时李勣去世也是如此："英公既薨，高宗思平辽勋，令制其冢象高丽中三山，犹汉霍去病之祁连云。"[2] 在唐人以汉匈关系理解唐与边疆民族的思维惯式中，把当代抗敌英雄和汉朝抗匈英雄比较，渴望汉朝卫霍李似的英雄人物出现就是自然而然的事情。太宗就曾把李靖的声名和汉朝投降匈奴而能获取大名的李陵相比，认为李靖的历史名声应远大于李陵。苏颋《右仆射太子少师唐璿神道碑》记述唐璿的理想时说"尝欲屠郅支，刺楼兰，执浑邪，逐呼韩"[3] 就是以汉代一系列抗匈英雄为偶像的。李邕《左羽林大将军臧公神道碑》以韩国公张仁愿的口气评价墓主的安边才能"此子才经文武，气盖华夷，逸翮将搏，巨鳞必纵。虽赵有李牧，汉有卫青，练彼朔方，剿于犹虏，无以居其右也"[4] 就是把当时人物与汉文帝推崇的战国李牧和大将军卫青相比。林蕴《上安邑李相公安边书》也把当时形势与汉朝相比，并对汉朝出现的民族英雄深表向往："国家有西土，犹右臂也。臂之附体，岂不固欤？臂之不存，体将安舒？愚以此辄敢重臣利病，思相公念而行之。当昔汉室，彼为内府，囊赊走马，曾不虚日。咫尺万里，烟尘不动。是以司马迁班固得弄刀笔，夸大汉功德，炳然与三代同风。……愚尝出国，西抵于泾源……化之之术，在相公暂回顷刻之思虑思之，思之得人，则如班超之俦，不难得也。"[5] 李德裕在筹划解决回鹘问题时，替皇帝所拟文件中常常以卫霍为例鼓励当时将领，如《授张仲武东面招抚回鹘使制》："昔卫

[1] 《贞观政要》卷 2，第 38 页。
[2] 刘悚：《隋唐嘉话》中，《隋唐嘉话朝野佥载》合印本，第 34 页。
[3] 《全唐文》卷 257，第 2605 页。
[4] 《全唐文》卷 265，第 2692 页。
[5] 《全唐文》卷 482，第 4926 页。

霍之袭荤狁，异道而行，辛赵之击罕羌，两从其志，成予庙胜之策，在举髦杰之臣。”[1]《赐张仲武诏》又说：“昔去病深入大漠，方殄獯戎；近李靖再袭穹庐，始擒颉利。况卿伐谋制胜，才出古人。”[2]前者以卫青、霍去病出击匈奴和赵充国、辛庆忌解决羌人叛乱来期望张仲武，后者以霍去病和李靖为例说明须深入敌人腹地才能彻底打败敌人。

3. 对外关系中常自称“汉”及汉民族之命名。

唐朝中央政府在对内文件中，称呼自己的王朝都是“唐”或“大唐”，只有在文学作品尤其是诗中才称唐王朝为汉，但在与边疆民族交往时，不仅是文学作品中常称唐王朝为汉，在正式的官方文件中也常把唐朝称为汉，并且多是在把唐朝和外族相对应的情况下，甚至还影响了史家的记录方式，把唐朝面临的外部压力等同于汉朝时所面临的外部压力。这是唐王朝用汉代对外关系理解当时对外关系的结果，官方文件中自称汉对唐诗中以汉代唐也是有启发的，并最终影响了华夏主体民族的以汉命名。李一氓先生《试释汉族》一文中认为，东晋十六国时期，对中国的称谓很混乱，一般根据所处朝代而变，约在南北朝时，“汉”已被赋予“汉族”之义，北方鲜卑统治者对治下的北方居民称为“汉人”或“汉儿”[3]。实际上，南北朝时以“汉”指华夏民族还是极个别的现象，以魏收《魏书》为例，鲜卑族在西晋时称南方为“南夏”、

[1] 《全唐文》卷698，第7165页。

[2] 同上书，第7173页。

[3] 李一氓：《试释汉族》，原载《文史知识》1984年第8期，收入氏著《存在集（续编）》，三联书店1998年版，第6页。

“晋人”，东晋建立后，亦称之为“南夏”，同为鲜卑族政权的北周也把南方称为“夏”、“华夏”，对华夏主体民族命名为汉起决定作用的还是唐人在与外族发生关系时自称汉，此类事例多不胜举，今简单梳理之。

先看朝廷政治文件，常衮为皇帝所拟《喻安西北庭诸将制》说：“敕：天下既定，万里宁一，岂王者独运，而臻此耶？实赖文武将守，腹心之臣，宣力强任，捍御于外也。往以蕃戎并暴，纵毒边表，乘衅伺隙，连兵累年，城门昼闭，王师遐阻，遮杀汉使。盗取节印……河西节度使周鼎安西北庭都护曹令忠、尔朱某等，义烈相感，贯于神明，各受方任，同奖王室，率辛李之将，用甘陈之谋……微三臣之力，则度隍逾陇，不复汉有矣。”[1]对边将称唐为汉，把唐朝使臣称作“汉使”。陆贽为德宗拟很多处理边境事务的文件把唐称为汉，如《慰问四镇北庭将吏敕书》讲到唐与吐蕃关系说：“朕嗣守洪业，君临宇内，思安兆庶，以绝战争，遂与赞普，约定和好，集蕃汉士庶，告天地神祇，设坛会盟，永息边患。疆场罢警，于今六年。……已共西蕃定议，兼立誓约，应在彼将士官吏僧道耆寿百姓等，并放归汉界，仍累路置顿，供拟发遣。待卿等进发，然后以土地隶属西蕃。”[2]这是对唐朝将领而言，对吐蕃也是自称为汉，如陆贽《赐吐蕃将书》：“赞普天资仁德，好生恶杀，与朕同心，重修旧好，会蕃汉将相，告天地神祇，约誓之言，至严至重。”[3]《赐尚结赞第三书》：“蕃军早已越疆，或称欲自赴朝，或云更定言誓。既亏盟约，且失礼仪。言与事乖，将何取信？夫人君立

[1] 《全唐文》卷 414，第 4239 页。
[2] 《全唐文》卷 464，第 4738 页。
[3] 同上书，第 4739 页。

国，必不徒然，惟汉与蕃，各受天命，胜负固有定分，强弱宁由力争？”[1]李德裕所拟处理回鹘问题文书中对回鹘、皇帝、将领、太和公主都有称唐为汉的情况，如《代忠顺报回鹘宰相书意》警告回鹘：“若只务侵扰汉界，劫夺牛羊，以此为强，实所不惮。”[2]写给皇帝的《驱逐回鹘事宜状》称唐军为汉军（《全唐文》卷705），《赐太和公主敕书》以武宗口气说：“想姑见旧国之城邑，能不销魂，望汉将之旌麾，必当流涕。”[3]

当然不只是朝廷文件自称汉，在唐人很多文章中也有此类记载，根据《新唐书·薛仁贵传》记录的军中歌谣“将军三箭定天山，壮士长歌入汉关”[4]可知，戍边将士已把边塞之内称为汉，张说《兵部尚书代国公赠少保郭公行状》记郭元振事，时边疆民族已称中原为汉，武后时元振始为奉宸监丞，与吐蕃赞普在边境相见，“宣国威命，责其翻覆，长揖不拜，瞋目视之。赞普曰：汉使多矣，无如公之诚信”，景隆年中任骁骑大将军兼安西大都护四镇经略使金山道大总管，与乌质勒在雪中对话，乌病发而死，其子娑葛集合部下说：“汉使杀我君父，今须报仇”[5]，但元振主动吊唁，娑葛又谓护卫汉使。张鷟《朝野佥载》记录武后时与外族关系，多次把华夏主体民族称为汉，如“天后中，契丹李尽忠、孙万荣之破营府也，以地牢囚汉俘数百人”[6]，“周春官尚书阎知微庸琐驽怯，使入蕃，受

---

[1] 《全唐文》卷464，第4741页。
[2] 《全唐文》卷707，第7252页。
[3] 《全唐文》卷699，第7183页。
[4] 《新唐书·薛仁贵传》，第4141页。
[5] 《全唐文》卷233，第2355页。
[6] 《朝野佥载》卷1，第7页。

默啜封为汉可汗”[1]，“广平宋察娶同郡游昌女。察先代胡人也，归汉三世矣”[2]等，在所举第一例中，“汉俘”与契丹相对，第二例中，阎知微被突厥封为汉可汗，此二例称汉的原因有其特殊性，因武后已改唐国号，称唐肯定是不合适的，该书著录时唐已复国，直接称周对唐朝统治者而言恐怕不合适，事实上这两条都具有讽刺性，国号可变，而人民被称为汉似乎已经固定，第三条则胡汉对举，此种用法更多。汉已俨然具有民族的意义了。晚唐陈黯《代河湟父老奏》也很能说明汉演变为民族称呼的情况，文中说：“臣等世籍汉民也。虽地没戎虏，而常蓄归心。时未可谋，则俛俛偷生。既遭休运，讵可缄默……周汉讨边之事，臣知之矣，请较而论之，以为国朝比。且周之伐猃狁也，以斥逐为心，不常事之，故进则遄征，退则息兵，致其边鄙无备，壁垒不营，此乃周之谋失于不固矣。汉之讨匈奴也，乘时之丰，恃兵之雄，深入穷荒，莫计远迩，故雪山青海，皆为内封，其后财匮力殚，厥功不就，遂交和亲之好。自浼帝属，延法后时，斯为汉之谋失于太广矣。唐有天下，迈于周汉之道，一家其六合，一心其兆人。”[3]既把唐与周汉相比较，认为唐的统治要超过周汉，又自称“汉民”，可见此处汉民不是比喻的称呼，不是把唐称为汉，而汉已具有汉民族的意义了。唐人把唐时面临的边境问题理解成汉时的边境问题，对汉民族的最终命名具有重要意义。

唐时，域外对中国的称呼颇为复杂。义净《南海寄归内法传》卷 3 考证印度译名时说：“且如西国名大唐为支那者，直是其名，

[1] 《朝野佥载》卷 4，第 94 页。

[2] 《朝野佥载》卷 5，第 121 页。

[3] 《全唐文》卷 767，第 7983 页。

更无别义”[1]，可见西方诸国称唐朝还是根据秦时名称转成的“支那”一词。向达先生谓：“中国国威及于西陲，以汉唐两代为最盛；唐代中亚诸国即以‘唐家子’称中国人，李唐声威之煊赫，于是可见也。”[2]沙畹《西突厥史料》谓：“案 Taugast 或 Taugats，乃突厥称华人之称”，冯承钧注曰：“考长春真人西游记（一二二一至一二二四）丘处机行抵固勒扎附近之阿里马城时，记有云：‘桃花石诸事皆巧，桃花石谓汉人也’，即此字之对音，和硕柴达木之突厥文碑亦名中国人为 Tabgatch，钧案有人以其为唐家子之对音，然颇牵强，盖此名曾见于唐以前之西方著作，近伯希和又以其为拓跋之对音。”[3]关于“唐家子”一词的原始对音，中外学术界颇有争论，岑仲勉等先生也有考证。外人对中国的称呼多样，据两《唐书》记载，也颇有称唐为汉者。但在对外关系中，唐王朝自称除了本身的国号“唐”以外，如玄奘《大唐西域记》就直接称唐，把唐朝称为汉的情况明显增多，多数是在官方文件中把唐称为汉，也有少数具有汉民族的含义。

唐朝时人们以汉朝边疆民族状况处理当时所面临的问题，与汉代边疆民族知识在唐人知识结构中的地位密不可分。新知识虽多，但不是士人共有的，共有的部分来自大家都读的经典历史著作，尤其是《史记》和《汉书》，现实生活中通过亲身考察或传闻得来的知识是人各有别的，在文学作品中很少表现。文学作品表现新生活方面颇有成就，但表现新知识似乎还有所欠缺。

---

[1]　义净著、王邦维校注：《南海寄归内法传》，中华书局 1995 年版，第 141 页。

[2]　向达：《唐代长安与西域文明》，河北教育出版社 2001 年版，第 5 页。

[3]　沙畹著、冯承钧译：《西突厥史料》，中华书局 2004 年新版，第 205 页。

小结

一、唐代边塞诗不论是乐府题材还是写现实边疆事件，多把叙事背景置于汉代边疆事务中。唐人对域外地理、民族的认识比汉人更为丰富、深刻，但新知识很少在边塞诗中表现出来。

二、唐人处理边疆事务时，常以汉代边疆事务为根据，对汉代边将颇为推崇。

三、唐人把北方边患理解成汉时所面临的边患，把突厥等边疆民族当成匈奴，把黠戛斯当成李陵之后，为使该观点具有文献基础，唐人不惜改变《汉书》的有关记载。

四、唐人对边疆民族常自称“汉”，决定了华夏主体民族最终以“汉”命名。

中编

第三章　唐诗以汉代唐的方式、演变及原因

唐诗中存在大量“以汉代唐”现象，唐代诗人说到时事，很多时候不说唐而说汉，牵涉到当代官制、地名、人物时，也主要以汉代官制、地名、人物为比。因为从《诗经》开始的比兴诗歌传统，人们把唐诗的以汉代唐现象也当作普通的比兴手法运用，学术界对该现象虽多有注意，但缺少深入研究。龚杏根《唐诗中的以汉代唐》[1]是最早发表的关于该问题的论文，对这一现象进行了初步描述。李子广《“以汉代唐”与〈长恨歌〉的命意》[2]把“以汉代唐”的方式具体分为代唐、喻唐、拟唐，刘明华《唐代诗人“以汉喻唐”的表现手法及政治内涵——以杜甫诗歌为中心》[3]对“以汉喻唐”的原因作了推测，认为“唐人在诗中不自称唐，却多称‘汉’，这既是一种习惯，又是一种委婉的表达方式。用强大的汉朝来代指本朝，可以表达多方面的意思”，并对杜诗中“汉”字的含义作了分类。徐伯鸿《唐太宗在唐代诗人汉朝情结形成中的作用》[4]不是直接研究“以

[1]　龚杏根：《唐诗中的以汉代唐》，《宜春师专学报》1985 年第 3、4 期。

[2]　李子广：《“以汉代唐”与〈长恨歌〉的命意》，《内蒙古社会科学》1998 年第 4 期。

[3]　刘明华：《唐代诗人“以汉喻唐”的表现手法及政治内涵——以杜甫诗歌为中心》，《杜甫研究学刊》2000 年第 3 期。

[4]　徐伯鸿：《唐太宗在唐代诗人汉朝情结形成中的作用》，《南都学坛》2002 年第 3 期。

汉代唐”，而是研究以汉写唐、讽唐的心理因素，认为唐太宗在唐朝诗人汉朝情结的形成中起重要作用。这些论文对这一现象的命名不尽一致，但研究对象是同一的。这些论文对该现象出现的原因及表现手法都试图进行探索，但是甚为简略，对其原因的分析都是浅尝辄止，对唐诗甚至整个唐代文学中数量庞大的以汉代唐现象还缺少整体研究，而对这一现象的深入分析，有助于解析唐代作家的文化心理结构，对唐代文学的面貌也会有新的认识。因为关于边疆、民族知识多来自汉代，边塞诗中的以汉代唐现象已专门讨论，本章主要研究朝廷与内地的以汉代唐现象。

一、唐诗以汉代唐现象的表现方式

唐诗中的以汉代唐，在时间和空间分布上是不均匀的，从空间上看，与都城长安相关的地理、中央官制、人物等方面被指代的比率远比发生在其他地方的为多。

最直接的以汉代唐方式是把唐说成汉，这种比喻方式学术界多有注意，很多注本在注释这种现象时即已指出，已有的研究论文中，刘明华和徐伯鸿的文章都通过计算机检索的方法统计并对比《全唐诗》中“汉”出现的频次，只是统计结果略有出入。像苏颋《扈从温泉奉和姚令公喜雪》中“清道丰人望，乘时汉主游”（《全唐诗》卷73），把唐玄宗说成汉主，张说《岳州赠广平公宋大夫》中“传节还闽嶂，皇华入汉京”（《全唐诗》卷87）把唐都长安说成“汉京”，沈佺期《饯高唐州询》“还从汉阙下，倾耳听中和”（《全唐诗》卷96）把唐朝朝廷说成“汉阙”。以汉代唐的核心是把唐朝廷比成汉朝廷，李白多有此种用法，如《寄王屋山人孟大融》"中年谒汉主，不惬还归家"，《酬坊州王司马与阎正字对雪见赠》"阎公汉庭日，沉郁富才力"，《流夜郎闻酺不预》"汉酺闻奏钧天乐，愿得风吹到夜郎"。值得注意的是，"汉"有时与"周"或"秦"对举时，表示关中或畿辅之意，如沈佺期《扈从出长安应制》"汉宅规模壮，周都景命隆"（《全唐诗》卷97），《三日独坐驩州思忆旧游》"禊堂通汉苑，解席绕秦楼"（《全唐诗》卷97）。萧至忠《奉和九日幸临渭亭登高应制得余字》"朱旗巡汉苑，翠帟俯秦墟"（《全唐诗》卷104），王维《奉和圣制上巳于望春亭观禊饮应制》"渭水明秦甸，黄山入汉宫"，《奉和圣制从蓬莱向兴庆阁道中留春雨中春望之作应制》"渭水自萦秦塞曲，黄山旧绕汉宫斜"等，诗中的"汉苑"、"汉宅"、"汉宫"都是泛指长安附近之地。即使不是地理概念而是指汉朝，也并不都是用来指代唐朝，很多是咏史，或者分不清是写现实还是写历史，直接用汉朝指代唐朝的，《全唐诗》中四百余首，更大量的以汉代唐，不是用"汉"字，而是用汉代官制、地名、人物来指代唐朝官制、地名、人物，现对这种用法进行一些分析。

与"汉"字多用来指唐朝朝廷相一致，与汉代都城长安有关的地理及人事被用来指代唐朝相应地理及人事是以汉代唐的重要手法，如以汉代宫殿、苑囿代唐朝宫殿、苑囿，以汉朝中央官制指代唐朝中央官制，以汉朝皇帝、太子、公主指代唐朝皇帝、太子、公主等。

在唐诗中，有一些直接写唐朝都城长安和宫殿的作品，如提到大明宫、太极宫、兴庆宫等，及其中的宣政殿、勤政殿、紫宸殿、延英殿、麟德殿、两仪殿等，并无对宫殿的细致刻画，只是作为某些事件发生的背景出现。但此类作品总体上数量较少，其中应制和奉和之作又占相当比重，如写大明宫的作品，中宗景龙四年写有

《人日重宴大明宫》（已佚），应制之作今存有崔日用《奉和人日重宴大明宫恩赐彩缕人胜应制》（《全唐诗》卷46），李峤、韦元旦、李适都有题为《人日侍宴大明宫恩赐彩缕人胜应制》，苏颋、李乂、沈佺期、郑愔分别有《人日重宴大明宫恩赐彩缕人胜应制》（《全唐诗》卷73、92、96、106），马怀素有《奉和人日宴大明宫恩赐彩缕人胜应制》（《全唐诗》卷93），赵彦昭有《人日侍宴大明宫应制》（《全唐诗》卷103）等，这十余首诗是在同一次宫廷宴会中所写；开元初年张九龄《奉和吏部崔尚书雨后大明朝堂望南山》（《全唐诗》卷49）和苏颋《敬和崔尚书大明朝堂雨后望终南山见示之作》（《全唐诗》卷74）都是酬崔日用之作，崔原作已经不存，从诗题看，大明宫只是视点；贾至《早朝大明宫呈两省僚友》诗王维、岑参、杜甫都有和作；在写现实生活的诗中，唐诗有十余首写到大明宫，如杜甫《野人送朱樱》"忆昨赐沾门下省，退朝擎出大明宫"；有十多首诗写到延英殿。关于麟德殿和两仪殿，多数是应制之作，德宗李适有《麟德殿宴百僚》和《中春麟德殿会百僚观新乐诗，一章，章十六句》两诗，对前一首诗的和作今存宋若昭、宋若宪、鲍君徽、常衮之作，对后一首诗的和作今存权德舆之作，至于在诗中提到麟德殿的，仅有杜牧、贾岛和贯休等寥寥数首；与两仪殿有关的几首诗，除了李世民在此模拟柏梁体的一首，其他全是应制之作；有三首诗提到宣政殿，分别是杜甫《宣政殿退朝晚出左掖（掖门在两旁如人之臂掖）》、韩愈《和水部张员外宣政殿赐百官樱桃诗》、薛逢《宣政殿前陪位观册顺宗宪宗皇帝尊号》。唐诗中"紫宸"一词出现频率稍高，但明确指紫宸殿的并不多，很多只是泛指宫廷，因为这一词从《史记·天官书》的观念而来，很久就已流传。唐诗中也有少数几首专门写当时宫殿的诗，如戎昱《秋望兴庆宫》、杜牧《过勤政楼》等，主要是感叹开元盛世的不再。赋中有宫殿大赋，如李华《含元殿赋》等。据《旧唐书·地理志》记载，太极宫有三十五处宫观亭台，大明宫也有三十余处，史籍中出现的很多唐代宫殿名，在唐诗中找不到踪影。总观唐诗，提到当时宫殿的作品仅有一百多首，这和以反映现实见长的风格有些不协调。实际上，唐诗中有很多诗提到宫殿，但是多数不是直接说当时的宫殿，在说到当时的宫殿时，很多是用汉朝宫殿名代替的。过去一般把该现象理解成用典故，其实，只以汉代宫殿名指代唐朝当时的宫殿，蕴涵着唐人很重要的文化心理。作为行宫的华清宫在中唐以后被反复咏叹，是因为安史之乱带给唐人的震动实在太大。

在唐诗中，汉代宫殿名出现的频次比唐代宫殿名要高得多。不过这些汉代宫殿名并不都是以汉代唐，有一些非现实的题材，或者是咏史，或者沿用乐府旧题，这些汉宫殿名就是指汉代宫殿，这种情况相对较少，更多是以比喻的方式指代唐朝宫室。

唐诗中的以汉朝宫殿代指唐朝宫殿一般分成两种情况：一种是确指唐朝的某一宫殿，一种是泛指唐朝宫殿。前述写现实题材的交代唐宫室名的作品中，有一部分是以汉代宫殿名喻唐代宫殿名的，如苏颋《敬和崔尚书大明朝堂雨后望终南山见示之作》“清晨朝未央”句“未央”明显指大明宫；王维《左掖梨花》“黄莺弄不足，嗛入未央宫”，此“左掖”指当时门下省所在的宣政殿正门东边的日华门，“未央宫”所指唐宫殿也就大致可知；贾至《早朝大明宫呈两省僚友》“千条弱柳垂青琐，百啭流莺绕建章”，此处用“建章”喻大明宫。因为是比喻，具有一定随意性，并没有形成固定的比喻模式，用汉某一宫殿指代唐某一具体宫殿，苏颋用未央宫喻大明宫，贾至则用建章宫喻大明宫，其共同之处是用汉的重要宫殿喻指唐的重要宫殿。用汉代宫殿名泛指唐朝当时宫殿，而并没有专指的情况颇为多见，在唐诗中约有四五百首。

对用来比作唐朝宫殿的汉代宫殿名做些分析是必要的。实际上，唐诗中经常把唐代长安比作汉代长安，“九陌”、“九衢”这些描述汉代长安城情况的用语时常用以指唐都长安，“双阙”、“北阙”这些本指汉代未央宫的名词在唐诗中常指唐朝宫室，如卢宗回《登长安慈恩寺塔》“东方晓日上翔鸾，西转苍龙拂露盘”，其中“翔鸾”是大明宫前阙，而“苍龙”、仙人承露盘皆是汉宫阙宫殿名。汉朝宫殿未央宫、建章宫、明光宫、桂宫、储胥宫、承明庐、金华殿、温室、宣室、猗兰殿、长乐宫、昭阳殿、柏梁殿、鳷鹊观等常用来指唐朝宫殿。值得注意的是这些汉代宫殿名在唐诗中出现的频次，其中承明庐被用到最多，大约在七十几首诗中被用到，唐人在用到该词时，并不仔细区分究竟是宫还是殿，或者是庐，诗中有时称“承明宫”，有时称“承明殿”，有时又称“承明庐”，和这一宫殿名相连的动词中，“厌”和“谒”最为常见，说明诗人们在用这一宫殿指称唐朝宫廷时，想到的是汉武帝时武帝与严助的对话中提到的“君厌承明之庐”，曹植《赠白马王彪》中“谒帝承明庐”也是参照的对象，但曹诗是实指，不是比喻。唐诗中的“未央”一词在指宫殿时，只有一处作为宫殿的泛称，即崔颢的《江上老人行》诗中指梁陈的宫阙，其他基本是指代唐宫，因未央宫在汉朝的特殊地位，唐诗中也主要用来指唐朝的重要宫殿大明宫或太极宫。“宣室”用到的次数也较多，该词常和“召”、“征”连用，说明和贾谊受召于宣室有关。金马门是汉代未央宫北门，刚到朝廷尚未授予官职的士人常“待诏金马门”，唐诗中常用“金马”指科举考试，“金闺籍”指有资格出入朝廷。以上可见，用来指代唐朝宫殿的汉代宫殿，主要来自汉代史书，尤其是《史记》、《汉书》中提到的一些宫殿名，还有一些是《两都赋》、《二京赋》中提到的宫殿，当然有的与史书重合。建礼门并没在汉代史籍中出现过，只是在沈约《宋书》中提到，谓汉代尚书在建礼门，唐诗中“建礼”也多次用来指唐宫廷门（与尚书有关）。西汉长安北宫也是重要宫殿之一，但在唐诗中出现不多，大概因为南北朝时北魏洛阳有北宫，为不引起误解，唐诗中很少用北宫。中央官制多被用到，与作家身份之郎官、校书有关，中央文馆文士如集贤院正字、校书等互相唱和，多联系到汉朝宫廷中的校书机构，石渠、天禄、东观、延阁等常用来指代唐朝中央文馆，以皇宫之地名指官职。唐太宗曾画功臣像于凌烟阁，这是模仿汉宣帝画功臣像于麒麟阁，唐诗中多用麒麟阁指代凌烟阁，凌烟阁出现的次数要少得多。南宫指尚书省，《尚书·洪范》孔颖达疏：“南宫，星座名，包含井、鬼、柳、星、张、翼、轸七宿，总称朱鸟星座”，汉尚书省象列宿之南宫，后因以为尚书省之称。东汉尚书令郑宏、南齐尚书右丞丘仲孚均著有《南宫故事》。杜甫《七月一日题终明府水楼二首》“不去非无汉署香”指终的尚书省郎官身份（《全唐诗》卷231）；《潭州送韦员外牧韶州》“炎海韶州牧，风流汉署郎。”（《全唐诗》卷233）说明韦之身份。

唐诗中大量以汉代宫殿指代唐朝宫殿的现象，与用“汉”字指代“唐”字的作用是一致的，其重心在于把唐朝廷比成汉朝廷，不是因为两朝的宫殿建筑有什么相似。用来指代唐宫室的宫殿名，基本上出自西汉，其他朝代甚至东汉都很少用到。有的宫殿名与“汉”字在同一首诗中出现，如钱起《过李侍御宅》（一作《过故吕侍御宅》）：“不见承明客，愁闻长乐钟。马卿何早世，汉主欲登封。”（《全唐诗》卷239）韩翃《送王光辅归青州兼寄储侍郎》：“几回奏事建章宫，圣主偏知汉将功。”（《全唐诗》卷245）独孤及《奉和中书常舍人晚秋集贤院即事寄赠徐薛二侍郎》：“汉家金马署，帝座紫微郎。图籍凌群玉，歌诗冠柏梁。阴阴万年树，肃肃五经堂。挥翰忘朝食，研精待夕阳。晴空露盘迥，秋日琐窗凉。……石渠遗迹满，水国暮云长。早晚朝宣室，归时道路光。”（《全唐诗》卷247）李端《送王羽林往秦州》：“秦州贵公子，汉日羽林郎。……直扫三边靖，承恩向建章。”（《全唐诗》卷285）刘禹锡《寄杨八拾遗》：“闻君前日独庭争，汉帝偏知白马生。忽领簿书游太学，宁劳侍从厌承明。”（《全唐诗》卷361）白居易《吴七郎中山人待制偶赠绝句》：“金马东门只日开，汉庭待诏重仙才。”（《全唐诗》卷442）《早朝》：“鼓动出新昌，鸡鸣赴建章……双阙龙相对，千官雁一行。汉庭方尚少，惭叹鬓如霜。”（《全唐诗》卷448）上所举诗，把唐帝和唐庭比成汉帝与汉庭，再把唐朝宫殿比成汉朝宫殿，是以汉代唐的具体化，其目的是为了把唐朝和汉朝联系起来；有时诗中并没有出现“汉”字，却有系列汉宫殿名，或者汉朝人物、官名等，如白居易《行简初授拾遗，同早朝入阁，因示十二韵》中的“听钟出长乐，传鼓到新昌……待漏排阊阖，停轲拥建章”（《全唐诗》卷442）中“长乐”、“建章”都是汉宫名，阊阖虽是从神话中来，最早作为宫殿门，也是在汉代，白居易写现实中的早朝，可他通过一系列汉代宫殿的排列，让人想起汉代早朝，很明显把唐朝与汉朝相比。李德裕《雨中自秘书省访王三侍御知早入朝便入集贤，侍御任集贤校书及升柏台又与秘阁相对，同院张学士亦余特厚，故以诗赠之》诗中“梧桐迥齐鸡鹊观，烟雨屡拂蛟龙旗……金门待诏何逍遥，名儒早问张子侨。王褒轶才晚始入，宫女已能传《洞箫》。应令柏台长对户，别来相望独寥寥”（《全唐诗》卷475），其中“鸡鹊观”、“金门”、“柏台”都是汉宫观官署名，张子侨、王褒又是汉代著名文学家，把唐朝朝廷人物及其活动的环境与汉朝联系起来。即使诗中只出现单独的汉代宫殿名，也具有把唐朝朝廷比成汉朝朝廷之意。

以汉代唐不仅在宫廷上，都城长安别的地名也有被指代的，其中“青门”就很典型，研究唐诗的人，多没注意此问题，今试辨之。

根据《三辅黄图》的记载，西汉长安城东面最南的城门叫“霸城门”，民间俗谓“青城门”，或谓之“青门”、“青绮门”。南北朝时，长安东出北头第一门改名为“青门”。《后汉书·逢萌传》章怀太子注：“《汉宫殿名》：东都门，今名青门也。”[1]唐诗中“青门”一词出现一百四十余次，“青绮门”也出现几次，有一部分是用邵平典故，但从很多诗的内容看，青门是现实中的一座城门，不是用典，而是以汉代唐的一种表现。研究者把青门都解释为汉霸城门，对有些诗是不通的。唐诗中这部分青门究竟指唐代哪座城门？汉代霸城门和宣平门唐朝时都在禁苑中，臣下是不能自由出入的，但在不少唐诗中，青门是一座可以自由出入的城门，可见并不是指汉代霸城门和宣平门，应是唐代长安城的一座门。

以汉代唐的中心是朝廷，不单表现在宫殿上，也表现在对唐朝皇帝及其家族的称呼上，对皇帝、皇后、太子、公主等常以汉代同类人物为比，今以挽歌词为例，对这四类人物的指称进行分析。

唐诗中经常把当朝皇帝称为“汉主”、“汉皇”、“汉帝”，与汉武帝创作《秋风辞》有关的“横汾”一词常作为皇帝出行的代词。

在皇帝挽歌词中，也偶尔有以尧舜为比的，有时会比成周代的某位天子，但最多的还是被比为汉朝皇帝。皇帝的去世最经常联想

[1] 王仲殊：《汉长安城考古工作收获续记》，《考古通讯》1958 年第 4 期。

到黄帝的鼎湖炼丹和乘龙飞去，这一说法出自汉朝方士劝汉武帝封禅时的游说辞，《史记·封禅书》中有记载，属于司马迁说的“百家言黄帝，其文不雅驯”的内容，唐朝作为皇帝逝世的委婉语。汉武帝和汉文帝是被比附的对象，如武元衡《德宗皇帝挽歌词三首》之三“岁岁秋风辞，兆人歌不足”（《全唐诗》卷316）之句用汉武帝《秋风辞》称唐德宗的文学创作，《顺宗至德大圣皇帝挽歌词三首》之一“鼎湖仙已去，金掌露宁干”（《全唐诗》卷316）之句中“鼎湖”用《史记·封禅书》中方士所说的黄帝升仙事，“金掌露”用汉武帝仙人承露盘事；权德舆《奉和郑宾客相公摄官丰陵扈从之作（时充卤簿使）》“不堪程尽处，呜咽望文园”（《全唐诗》卷325）中“文园”本指汉文帝陵园，《德宗神武孝文皇帝挽歌词三首》其三“常时柏梁宴，今日縠林归”（《全唐诗》卷327）用汉武帝柏梁殿联句指唐德宗；刘禹锡《德宗神武孝文皇帝挽歌二首》其二有“汉仪陈秘器，楚挽咽繁声……唯应留内传，知是向蓬瀛”（《全唐诗》卷357）句，不仅直接用“汉仪”表明唐朝帝王丧礼之渊源，又用《汉武内传》把德宗与汉武帝相比，《敬宗睿武昭愍孝皇帝挽歌三首》其一“事亲崇汉礼，传圣法殷家”（《全唐诗》卷346）之句是说敬宗孝亲的文化根源是“汉礼”，其二“长杨收羽骑，太液泊龙舟。惟有衣冠在，年年怆月游”（《全唐诗》卷357）中长杨、太液本都是汉代宫观池苑名，其三“讲学金华殿，亲耕钩盾田。侍臣容谏猎，方士信求仙。虹影俄侵日，龙髯不上天”（《全唐诗》卷357）中“金华殿”本是汉宫殿名，谏猎也是汉文人之事，龙髯则是用《史记·封禅书》中黄帝乘龙升天时大臣攀龙髯随之上天喻敬宗之死，《文宗元圣昭献孝皇帝挽歌三首》其一中“调露曲常在，秋风词尚新”（《全唐诗》卷357）句“秋风词”是用汉武帝之文学创作代文宗之作品；

白居易《德宗皇帝挽歌词四首》之一有“文高柏梁殿，礼薄霸陵原”之句，是把德宗皇帝和汉朝文帝、武帝相比较，之二“初辞铸鼎地，已闭望仙宫”中“望仙宫”是汉武帝所修，之四“因山有遗诏，如葬汉文时”（《全唐诗》卷441）则是说学习汉文帝薄葬，《开成大行皇帝挽歌词四首，奉敕撰进》是唐文宗的挽歌辞，其二“晏驾辞双阙，灵仪出九衢”句中“双阙”是西汉未央宫前的建筑，“九衢”是对西汉长安城的称呼，诗句把文宗遗体运出长安的情景置放于西汉的长安，其四有“帝与九龄虽吉梦，山呼万岁是虚声”之句，“山呼万岁”本是汉武帝行幸缑山时所听到，此处反用该典故，指山呼万岁并不能真的长生不老，该诗中又有“老病龙髯攀不及，东周退傅最伤情”（《全唐诗》卷458）之句，又是用《史记·封禅书》中方士言黄帝事；顾非熊《武宗挽歌二首》之一有“龙髯不可附，空见望仙台”句，之二有“冕旒辞北阙，歌舞怨西陵。惟有金茎石，长宵对玉绳”（《全唐诗》卷509）句，两首都用汉武帝为比；姚合《敬宗皇帝挽词三首》之一有“从谏停东幸，垂衣宝历昌。汉昭登位少，周代卜年长”（《全唐诗》卷502）句，把年少早逝的敬宗比为汉昭帝。类似的还有张祜《宪宗皇帝挽歌词》、李商隐《昭肃皇帝挽歌词三首》等，这些挽歌中，称颂皇帝文学创作才能的联想到汉武帝祭祀汾阴后土时创作的《秋风辞》和柏梁联句，刘禹锡德宗挽歌之二联想到《汉武内传》，很多时提到汉武帝的求仙，金茎承露盘常被提到，与唐朝皇帝多误食丹药不无关系。

所谓太子挽歌，真正被立为储君的很少，多数只是追赠太子。庄恪太子李永是文宗长子，太和六年被立为皇太子，开成三年十月薨，谥庄恪，姚合《庄恪太子挽词二首》之一中“凄凉望苑路，春草即应生”（《全唐诗》卷502），“望苑”即望思台，把庄恪太子比为戾太子。唐朝不少太子是追谥太子，从没有被立为储君，仅是王子身份，可挽歌中为了表明逝者与皇帝的特殊关系，也有用戾太子为比的，如恭懿为肃宗之子李佋，是追谥太子，王维《恭懿太子挽歌五首》之二“白云随凤管，明月在龙楼”，之四“心悲阳禄馆，目断望思台”（《全唐诗》卷126），就是用与戾太子有关的铜龙楼和望思台指代恭懿太子，挽歌中多用淮南王刘安和梁孝王刘武比喻这类太子，如张说《惠文太子挽歌二首》之二“梁国深文雅，淮王爱道仙”（《全唐诗》卷87），上句以梁孝王好交结文士为比，下句以刘安好神仙之术为喻；袁瓘《惠文太子挽歌（睿宗之子岐王范也，开元十四年卒赠太子）》中“羽化淮王去，仙迎太子归”（《全唐诗》卷120）之句用刘安成仙喻李范之逝世，唐诗中此类诗作很多。[1]

皇太后、皇后去世后也被与汉朝太后、皇后相比，朱子奢《文德皇后挽歌》“今日泉台路，非是濯龙游”（《全唐诗》卷38），武元衡《昭德皇后挽歌词》“国门车马会，多是濯龙亲”（《全唐诗》卷316），此两诗中的“濯龙”用东汉明德马皇后典，窦叔向《贞懿皇后挽歌三首（今存二首）》之二“纵有迎仙术，终悲隔绛纱”（《全唐诗》卷271），把贞懿皇后和汉武帝李夫人相比，权德舆《大行皇太后挽歌词三首（王氏）》其三有“哀笳出长信，宝剑入延津”（《全唐

[1] 像卢僎《让帝挽歌词二首》之一“还闻汉明主，遗剑泣东平”，之二“西园有明月，修竹韵悲风”（《全唐诗》卷99），分别以汉东平王和梁孝王喻李成器；岑参《成王挽歌》“漫作琉璃碗，淮王误合丹”（《全唐诗》卷200）则以淮南王喻李琦；皇甫冉《故齐王赠承天皇帝挽歌》“旧居从代邸，新陇入文园。鸿宝仙书秘，龙旂帝服尊”（《全唐诗》卷250）既以汉文帝之子比李倓，又把李倓喻为淮南王；权德舆《赠文敬太子挽歌词二首》之一“雁沼寒波咽，鸾旌夕吹翻”以梁孝王喻文敬太子，之二“方外留鸿宝，人间得善书”（《全唐诗》卷327）又以淮南王作比；白居易《赠悼怀太子挽歌辞二首（奉诏撰进）》之一“竹马书薨岁，铜龙表葬时”用戾太子为喻，之二“笙歌辞洛苑，风雪蔽梁园”（《全唐诗》卷449）用梁孝王为喻，唐诗中类似挽歌还有一些。

诗》卷327)，“长信”宫为西汉太后所居宫殿名，此处代太后。李商隐在《华清宫》把杨玉环比成赵飞燕：“朝元阁迥羽衣新，首按昭阳第一人。”

在公主的挽歌中，为了说明该公主与皇帝的亲密关系，常以汉代受宠的平阳公主和馆陶公主为喻，如李乂《高安公主挽歌二首》之一“平阳百岁后，歌舞为谁容”(《全唐诗》卷92)，窦常《梁国惠康公主挽歌》“早加于氏对，偏占馆陶恩”(《全唐诗》卷271)，以汉之馆陶公主喻宪宗长女。唐诗中此类挽歌亦复不少。[1]

挽歌辞只是以汉代唐的一种方式，唐诗中还有另外的方式。

李端《送铜泽王归城》“身承汉枝叶，手习鲁诗书。尚说无功德，三年在石渠”(《全唐诗》卷285)，以汉枝叶喻唐宗室。

把唐朝皇帝比为汉朝皇帝，具体比为汉朝哪一位皇帝，与作品强调的方面有关，有相当的不确定性。总起来说，汉文帝、汉武帝、汉宣帝、光武帝被比的机会最多。值得注意的是，唐玄宗被比为汉武帝却相对固定。作为知名度甚高的一位皇帝，唐人经常以汉武为感叹对象，在某些场合，也有别的皇帝被比为汉武帝的某一方面，但唐玄宗被比为汉武帝是最集中的。对这一现象，历来研究者也多有注意，并力图对其原因进行解释，但至今还没有令人满意的说法。唐诗中最早把唐玄宗比为汉武帝的是杜甫《兵车行》“武皇开边意未

---

[1] 如王建《故梁国公主池亭》“平阳池馆枕秦川”(《全唐诗》卷300)，权德舆《赠郑国庄穆公主挽歌二首》其二“旧馆闭平阳，容车启寿堂”(《全唐诗》卷327)都是用平阳公主喻唐朝公主，刘禹锡《经东都安国观九仙公主旧院作》“将犬升天路，披云赴月宫。武皇曾驻跸，亲问主人翁”(《全唐诗》卷357)用汉武帝幸其姑家事喻九仙公主与皇帝非同寻常的关系。司空曙《故郭婉仪挽歌》“一日辞秦镜，千秋别汉宫”(《全唐诗》卷292)，权德舆《赠魏国宪穆公主挽歌词二首》“汉制荣车服，周诗美肃雍”(《全唐诗》卷327)则直接把当时宫殿称为“汉宫”，制度称为“汉制”。

已”之句，整首诗是放在汉代背景中叙述的，取唐玄宗早年的边疆战争与汉武帝边疆战争之间的相似性。安史之乱以后，这种比法更多了，它们跟杜诗之间有一定继承关系，更多的是一种复杂的感情和评价。顾况《宿昭应》：“武帝祈灵太乙坛，新丰树色绕千官。那知今夜长生殿，独闭山门月影寒。”（《全唐诗》卷 267）中唐差不多同时的几位诗人都有把唐玄宗比为汉武帝的诗，如窦庠《陪留守韩仆射巡内至上阳宫感兴二首》之一：“武皇弓剑埋何处，泣问上阳宫里人。”（《全唐诗》卷 271）此武皇指玄宗，《增订注释全唐诗》李浩注谓先天二年上尊号“开元神武皇帝”，后五次加尊号皆有“神武”，此注意在说明唐人何以把玄宗说成“武皇”。其实唐朝皇帝尊号加“武”字的很多，只有唐玄宗在唐诗中多次被称为“武皇”：王建《温泉宫行》“武皇得仙王母去”（《全唐诗》卷 298），《赠阎少保》“问事爱知天宝里，识人皆是武皇前”（《全唐诗》卷 300），《霓裳词十首》其六“武皇自送西王母，新换霓裳月色裙”（《全唐诗》卷 301），《晓望华清宫》“武帝自知身不死，看修玉殿号长生”（《全唐诗》卷 301）[1]，杨巨源《寄昭应王丞》“武皇金辂碾香尘，每岁朝元及此辰”（《全唐诗》卷 333），刘禹锡《经东都安国观九仙公主旧院作》“将犬升天路，披云赴月宫。武皇曾驻跸，亲问主人翁”（《全唐诗》卷 357），刘禹锡《三驿乡楼伏睹玄宗望女几山诗小臣斐然有感》“天上忽乘白云去，世间空有秋风词”（《全唐诗》卷 356），张籍《华清宫》“温泉流入汉离宫，宫树行行浴殿空。武帝时人今欲尽，青山空闭御墙中”（《全唐诗》卷 386），李涉《寄河阳从事杨潜》“汉家天子

[1] 《增订注释全唐诗》第 1051 页贺松涛注：“汉武帝，喻指唐玄宗。汉武帝与唐玄宗均好神仙方术。”此注意在说明何以唐诗中经常把汉武帝和唐玄宗相比。

不东游，古木行宫闭烟月。洛滨老翁年八十，西望残阳临水泣。自言生长开元中，武皇恩化亲沾及”（《全唐诗》卷 477）。白居易《长恨歌》也把唐玄宗与汉武帝相比，这些诗多感叹安史之乱后唐王朝的衰落，李涉之诗尤为明显，通过年逾八十的洛滨老翁之口对比安史之乱前后人民生活的变化，有一种对现实的批判和对盛世的向往及盛世不再时的怅惘心情。鲍溶《霓裳羽衣歌》：“遂令武帝厌云韶，金针天丝缀飘飘。五声写出心中见，拊石喧金柏梁殿。”（《全唐诗》卷 485）此武帝也指唐玄宗，他又有《温泉宫》诗，其“忆昔开元天地平，武皇十月幸华清”（《全唐诗》卷 486）之句就是以汉武帝比唐玄宗。张祜《华清宫四首》其四“武皇一夕梦不觉，十二玉楼空月明”（《全唐诗》卷 511）也是以汉武帝指唐玄宗。杜牧《华清宫三十韵》“月闻仙曲调，霓作舞衣裳。雨露偏金穴，乾坤入醉乡。玩兵师汉武，回手倒干将”，杜牧《过勤政楼》“千秋令节名空在，承露丝囊世已无”（《全唐诗》卷 521），以承露盘之武帝指唐玄宗。杜牧称唐玄宗“玩兵师汉武”是对玄宗开天之际战争的批判，也在某一方面解释了把唐玄宗比为汉武帝的原因。要正确理解把唐玄宗比成汉武帝的原因，必须清楚唐人心目中的汉武帝是什么样的。西汉时对汉武帝的评价就颇为分歧，有人赞扬他雄才大略，文治武功，也有人批评他多欲，好大喜功，消耗了父祖们积累下来的财富，使得民困财穷。唐人在评论汉武帝时，依然是这种二元论。从唐诗中大量的咏汉武帝的作品看，较集中关注其求仙、好色、好战等。关于好色，唐人的知识不单来源于《史记》、《汉书》的有关记载，《汉武内传》、《汉武故事》也是重要的渠道。在唐玄宗即位之初，就有人用灾异方式批评他学习汉武帝，如张廷珪《因旱上直言疏》：“皇天之意，将恐陛下春秋鼎盛，神圣在躬，不崇朝而建大功，自藩邸而至元后。或简下济之道，独满雄图之志。轻虞舜而不法，思汉武以自高。是以昭见咎征，载加善诱。”[1] 中唐以后人们对玄宗有一些无法直接表达的看法，就借助汉武帝来表达。这里实在有很丰富的历史潜台词。

以汉代唐的中心和重点是都城长安和皇族，诗人们不单以汉代长安理解唐代都城的建筑结构，也以汉代长安的风俗、人物活动理解唐代长安的相关内容。譬如对京城的权贵人物，唐人常以西汉后期的五侯为比。像武元衡《长安春望》“绿杨中禁路，朱戟五侯家”（《全唐诗》卷 316），《畴谈校书长安秋夜对月寄诸故旧》“莫怪孔融悲岁序，五侯门馆重娄卿”（《全唐诗》卷 317），《同诸公夜宴监军玩花之作》“五侯门馆白花繁，红烛摇风白雪翻。不似凤凰池畔见，飘扬今隔上林园”（《全唐诗》卷 317）等，都是用五侯指唐朝长安的权贵，而杨巨源《长安春游》“桂壁朱门新邸第，汉家恩泽问酂侯”（《全唐诗》卷 333），则以萧何家族喻唐朝功臣之后。

送别酬唱是唐诗的重要内容，只要牵涉到人物，诗人们就喜欢以前代人物为比，这是由中国文学的比兴传统决定的。至于以哪些人物为比，则是由诗人们的人生理想和共同的知识背景决定的。从先秦到南北朝，很多人物被用来指当代人物，魏晋南北朝时的曹植、刘桢、谢安、谢灵运、谢朓、王羲之父子等也被喻当代人物，但相比而言，汉代人物是他们使用最多的，这也是以汉代唐的重要手法之一。

唐诗中指称不同类型的人物往往从汉代同类人物中寻找比喻的喻体，对地位较高的人，如宰相，最常用的比喻对象是汉武帝时的

[1] 张廷珪：《因旱上直言疏》，《全唐文》卷 269，第 2738 页。

丞相公孙弘，唐诗中经常用“孙弘”或“东阁”指代公孙弘，因为公孙弘在位时注重与贫贱知识分子交往，丞相客馆即所谓“东阁”是他招待士人的地方，唐诗人以之为喻，实包含期望被比者援引之意。酂侯萧何、富民侯田千秋也偶尔被指当代宰相，但出现的频次要远远少于公孙弘。在称呼武将时，也喜欢用汉朝著名将军为比，如韩信、李广、卫青、霍去病等。唐人不单在中央官制方面以汉代唐，在地方官的互相酬赠和送别诗中，以汉代地方官尤其是循吏为比的例子简直不胜枚举。汉代尤其是汉宣帝时的吏治是唐人十分推崇的，以至于《旧唐书》的作者在回顾历代吏治情况时，也以汉代吏治为理想状态，这其实是以唐人的眼光看问题。值得注意的是，循吏中不少出自东汉，如张堪、刘宠、郑弘、贾琮等。总体上说，黄霸、龚遂、汲黯、文翁等被提到较多。汉朝对地方官的某些称呼也被唐诗人们用来指代当时的一些地方官，如行春。唐人对中央官职甚为重视，在送别地方官时，不单以循吏为比，汉朝在地方治理上有突出贡献后被征召到朝廷甚至做丞相的黄霸是这类诗中常出现的人物，“征黄”一词反复出现。

诗人们交往最多的当然还是与自己身份地位近似的文士，汉代著名文人如司马相如、扬雄、东方朔、枚皋、严助等是常在唐诗中出现并被比为当时文人的。对被贬谪之人，一般联想到贾谊。称自己的妻子，一般称“孟光”或者“细君”，如窦群《初入谏司喜家室至》“一旦悲欢见孟光，十年辛苦伴沧浪。不知笔砚缘封事，犹问佣书日几行”（《全唐诗》卷 271）之句中，以孟光比自己妻子。韩愈《岳阳楼别窦司直》“细君知蚕织，稚子已能饷”（《全唐诗》卷 337）一句中，以细君指妻。

汉唐同姓指代甚多，白居易《赠楚州郭使君》说：“黄金印绶悬腰底，白雪歌诗落笔头。笑看儿童骑竹马，醉携宾客上仙舟。当家美事堆身上，何啻林宗与细侯”（《全唐诗》卷448），就是以汉代郭伋和郭林宗喻楚州郭姓刺史，《和杨郎中和杨仆射致仕后杨侍郎门生合宴席上作》“业重关西继大名，恩深阙下遂高情……范蠡舟中无子弟，疏家席上欠门生”（《全唐诗》卷448），则是联系到汉朝杨彪。陈羽《送戴端公赴容州》“还将小戴礼，远出化南方”（《全唐诗》卷348）句，则是用汉朝戴圣喻被送的戴端公，权德舆《送张仆射朝见毕归镇》“青光照目青门曙，玉勒雕戈拥驺驭。……双旌去去恋储胥，归路莺花伴隼旟。今日汉庭求上略，留侯自有一编书”（《全唐诗》卷323）句中，用张良喻诗中的张仆射。

二、以汉代唐在唐朝不同阶段的变化

唐人以汉代唐时，用汉代和唐朝作比较，在不同的时段，是有所变化的。总起来说，初唐是这种方法的开始阶段，唐玄宗时让人们把唐朝和汉朝进行对比的意识更明确了。唐人把汉朝作为认识现实政治的一面镜子，对很多现实中的重大事件，他们喜欢从汉代找出近似的事件进行比附，作为对现实政治的预测和评价方式。正因如此，唐诗中的以汉代唐表现出一种很独特的现象，唐诗反映重大事件时与汉代历史阶段有一定对应性：即反映隋唐之际历史往往以秦汉之际为比，初唐历史往往以汉初历史为比，晚唐也多联系到汉末政治危机时。

在隋大业末年，已经有人把隋炀帝比成秦二世，把隋末的群雄并起比成秦汉之际的农民战争，这为随后建立的唐王朝自拟汉朝埋下伏笔。其实，隋朝统治者也是以恢复汉朝辉煌自任的，正像《剑桥中国隋唐史》总结的那样，隋炀帝远征高丽是为了重温汉朝的强盛，他在诏书中也是以周、汉作为模仿的对象，但因数次远征而导致民怨沸腾。在隋末政治形势紧张的时候，人们已把隋炀帝比成秦二世，这在祖君彦为李密写的檄文中可清楚地看出来，祖君彦列举的隋炀帝第六条罪状是修长城，檄文说“长城之役，战国所为，乃是狙诈之风，非关稽古之法。而追踪秦代，板筑更兴”，很明显把隋炀帝与秦二世相比。其实，李密曾把自己比为刘邦。杨玄感起兵失败后，李密在淮阳写诗说“秦俗犹未平，汉道将何冀？樊哙市井徒，萧何刀笔吏。一朝时运会，千古传名谥。寄言世上雄，虚生真可愧”[1]，他在诗中抒发的是要乘时而起、建功立业的决心，他把隋比成秦，对没能推翻隋朝而建立理想中的王朝深表遗憾和焦虑，他用“汉道”寄托他的政治理想，可见魏晋南北朝的长期动乱使政治家们很向往西汉曾经有过的强盛。李密在通过王伯当游说翟让时说：“当今主昏于上，人怨于下，锐兵尽于辽东，和亲绝于突厥，方乃巡游扬、越，委弃京都，此亦刘、项奋起之会”，用秦末反秦战争比喻隋末反隋战争，是当时人们的一种思维惯例。祖君彦列举的隋炀帝第六条罪状是修长城，而该檄文在号召或者讲述到辅佐李密的人物时，总是以汉高祖或光武帝的大将为比，如说翟让“伊尹之佐成汤，萧何之辅高帝”，裴行俨、邴元真等是“韩、彭、绛、灌，成沛公之基；寇、贾、吴、冯，奉萧王之业”。李密准备投唐时要王伯当不需跟随，王伯当却说：“昔汉高诛项，萧何率子弟以从，伯当恨不昆季尽从，以此为愧耳”，王伯当把李密比为刘邦而自比萧何。祖君彦代

---

[1] 《旧唐书·李密传》，第2208页。

笔的写给李渊的信中相约“执子婴于咸阳，殆商辛于牧野”，前句以刘邦入咸阳为喻。

初唐尤其是建国之初，人们关注汉初史实，把隋唐之际与楚汉之际相比，把唐开国功臣与汉开国功臣相比，把李密比成项羽，杨素见李密年轻时读《汉书·项羽传》不是主要原因，之所以说李密似项羽，是把隋唐之际与秦汉之际相比的结果。这种比较法在唐初甚为流行，唐人就是这样理解隋唐之际的历史的。据殷侔写于太和三年的《窦建德碑》的记载：“或以建德方项羽之在前世，窃谓不然。羽暴而嗜杀，建德宽容御众，得其归附，语不可同日。迹其英分雄分，指盼备显，庶几孙长沙流亚乎！”[1]殷侔没有交代什么人把窦建德比为项羽，可见把隋唐之际的失败英雄比为项羽曾经是流行的做法。殷侔认为窦建德比项羽强得多，他也是用人物个性、行为来进行比较，我们不敢肯定两《唐书》的作者在评价李密时继承了殷侔的手法，但是人物论只单纯以个性、道德为角度与唐初人们的思想状况是颇为隔膜的。《旧唐书·李密传》史臣曰：“至于天命有归，大事已去，比陈涉有余矣……或以项羽拟之，文武器度即有余，壮勇断果则不及”[2]；欧阳修评论说：“或称密似项羽，非也。羽兴五年霸天下，密连兵数十百战不能取东都。始玄感乱，密首劝取关中；及自立，亦不能鼓而西，宜其亡也。然礼贤得士，乃田横徒欤，贤陈涉远矣！噫，使密不为叛，其才雄亦不可容于时云。”[3]两《唐书》的作者不知道把李密比为项羽的背景，他们看重两人的个性，但比来比去，还是离不开秦汉之际的人物。李密在反隋战争中曾起过重

[1] 《全唐文》卷 744，第 7704 页。
[2] 《旧唐书》卷 53，第 2225 页。
[3] 《新唐书》卷 84，第 3687 页。

要作用，曾经是反隋盟主，而后来失败了，这种人生轨迹很像项羽。两《唐书》的作者没有指出是什么人把李密比作项羽，其实这是初唐很盛行的比喻，曾经是李密部下的魏征在为李密作的墓志铭中就多处用形容项羽的词句形容李密。

李渊也是自比刘邦的，他在接到李密信后说："吾方安辑京师，未遑东讨，即相阻绝，便是更生一秦。密今适所以为吾拒东都之兵，守成皋之扼，更求韩、彭，莫如用密"[1]，李渊称如果拒绝李密约定，等于更生一秦，则是把隋当成秦，而把李密当成韩信、彭越，自比刘邦之意甚为明显。作为取代近似秦朝的隋朝而建立唐朝的开国皇帝，人们把李渊比作刘邦是再自然不过的事。但是，李渊在位时期留下的诗作甚少，建国初期是巩固政权的关键时期，朝野都无暇大规模从事文学创作。后来人们提到李渊，还多以汉高祖为比，唐玄宗开元十一年（723）作的《过晋阳宫》有"林塘犹沛泽，台榭宛旧居"就是把唐朝发迹之地比成汉高祖之家乡沛和光武帝家乡宛，张九龄《奉和圣制幸晋阳宫》"隋季失天策，万方罹凶残。皇祖称义旗，三灵皆获安。……霸迹在沛庭，旧仪睹汉官"（《全唐诗》卷47），也是承接玄宗之意。今人多不解此意，如《增订注释全唐诗》卷3由杨军注释的玄宗该诗"沛泽"为"水草丛生的沼泽地"[2]，就是不了解把唐的开国与汉开国相比之意。窦巩《陕府宾堂览房杜二公仁寿年中题纪手迹》"仁寿元和二百年，濛笼水墨淡如烟。当时憔悴题名日，汉祖龙潜未上天"（《全唐诗》卷271），以汉高祖喻唐高祖。

唐太宗也曾经自比汉高祖和光武帝，其大臣奉和之作中也把唐

[1] 《旧唐书》卷53，第2221页。

[2] 《增订注释全唐诗》卷3，第26页。

太宗的还乡等同于汉高祖的还乡。太宗《幸武功庆善宫》诗中"寿丘惟旧迹，丰邑乃前基……弱龄逢运改，提剑郁匡时……共乐还乡宴，欢比大风诗"(《全唐诗》卷1)，是以刘邦还乡歌《大风歌》为比的，《新唐书·礼乐志》对此诗的背景有详细说明："太宗生于武功之庆善宫。贞观六年，幸之，宴群臣，赏赐闾里，同汉沛宛。帝欢甚，赋诗，吕才被之管弦，名曰《功成庆善乐》。"[1]《功成庆善乐》的歌词就是《幸武功庆善宫》诗，太宗把自己的出生地等同于汉高祖刘邦的家乡丰邑和光武帝的家乡宛，群臣也都这样看，太宗赋诗其实也是学习刘邦唱《大风歌》，被之管弦也是模仿刘邦选拔家乡小孩唱《大风歌》。贞观十六年太宗《重幸武功》诗中"白水巡前迹，丹陵幸旧宫。列筵欢故老，高宴聚新丰"之句也自比汉高祖、光武帝。《过旧宅二首》之一有"新丰停翠辇，谯邑驻鸣笳"之句；之二有"金舆巡白水，玉辇驻新丰"、"八表文同轨，无劳歌大风"之句，其第一首也用曹操事，第二首则表达了比刘邦时国力更加强盛，连《大风歌》都不需要再唱之意。上官仪《奉和过旧宅应制》(《全唐诗》卷40）为和太宗《过旧宅》诗，中有"沛水祥云泛，宛郊瑞气浮。大风迎汉筑，丛烟入舜球"，以汉高祖、光武帝为比。唐太宗之所以反复把其出生之地比作汉高祖之丰沛和光武帝之宛，是想强调他本人在创建唐王朝过程中的作用，这样才能减轻玄武门之变带给他的心理负罪感，在天下议论中好容易应付。因为后来的皇帝是太宗后代，他又对建国史料进行一番改造，在整个唐朝人们普遍认为唐太宗在建立唐王朝的过程中作用不仅超过其兄弟，甚至也超过其父唐高祖。杜甫在《北征》结尾说："煌煌太宗业，树立甚宏达"，

---

[1] 《新唐书》卷21，第468页。

把唐朝基业说成“太宗业”，就是肯定唐太宗在唐王朝创建过程中独一无二的作用，《重经昭陵》中“风尘三尺剑，社稷一戎衣”，以汉高祖“提三尺剑取天下”为喻，他又在《别张十三建封》中说：“秦王拨乱姿，一剑总兵符。汾晋为丰沛，暴隋竟涤除”，把唐朝建立的起兵之处太原（汾晋）比为刘邦的家乡丰沛，虽然也包括李渊在内，但杜甫更强调“秦王”也就是李世民的作用。这在唐朝实在是主流的观念，权德舆《仲秋朝拜昭陵》“文皇昔潜耀，隋季自颠覆。抚运斯顺人，救焚非逐鹿”（《全唐诗》卷 325），是在祭祀太宗陵墓昭陵之后所写，也是强调唐太宗在建立唐王朝过程中的功绩。“王显与文皇帝有严子陵之旧，每掣裈为戏，将帽为欢”[1]，则是用严子陵与光武帝关系比喻王显与唐太宗关系。张祜《游蔚过昭陵十六韵》评价太宗功劳说：“王寻徒百万，光武只三千”，自注说：“太宗尝以骑兵三千破伪夏十万于虎牢”，把太宗破窦建德与光武帝破王寻相比，该诗又云：“岳立青冥外，虬蟠白水边”（《张承吉文集》卷 10），也以光武帝出生地为比。

既然把唐王朝的建立理解成汉的建立，把唐的开国皇帝与汉的开国皇帝相比，那么歌颂汉朝开国皇帝和功臣也就是歌颂唐朝开国皇帝和功臣，初唐有很多歌咏汉初史事和人物的诗，应在这种心理背景下来解释。程郁缀先生在《咏史怀古诗词论析》总结唐初咏史怀古诗时说：“唐初君臣对‘水所以载舟，亦所以覆舟’的深刻认识，和以史为鉴的积极历史观，也深刻影响了当时文人的诗歌创作，尤其是咏史怀古类诗歌的创作。于是，以史为鉴，咏写故去朝代的兴亡，以告诫警醒当世的君主，便成了初唐咏史怀古诗歌的一个重

[1] 《朝野佥载》卷 6，第 148 页。

要主题。从初唐君臣和文人们所留下的咏史怀古诗歌中，我们大致可以看到这样一种趋势，即对汉初君臣的歌咏占了这一时期咏史怀古诗的大部分，如：王珪的《咏汉高祖》、李百药的《谒汉高庙》等，就都是以汉代开国君主刘邦为叙写对象，对其创建汉家江山的功绩给予了追述；王珪《咏淮阴侯》、卢照邻《咏史四首》、长孙无忌《灞桥待李将军》等，也都是对汉初名臣名士韩信、季布、李广等的歌咏；而魏征的《赋西汉》，则是以历时性的结构赞美了汉代几朝皇帝为汉室江山的建立所做出的功绩。”[1]程先生此处试图对唐初咏西汉早期人物诗歌的集中出现的原因作出解释，但他只指出唐初君臣总结历史经验教训的因素，却没指出唐初君臣以秦汉之际理解隋唐之际的因素，歌颂汉初人物，也就是歌颂唐初人物，唐初选择政治理想时，西汉是最重要的模仿对象。唐太宗就表示不能让将来读史的人只注意汉朝而忽视唐朝，很明显是要和汉朝相比。

初唐的另一重大事件是武则天取代唐王朝而建立周朝，这是危及唐王朝生存的重大事件，在唐以前女主当政的例子还有不少，但当时人们是把此事和吕太后掌权相比的，如苏安恒《请复位皇太子疏》说：“洎汉朝以惠帝幼冲，吕后监抚，享国八岁，日不暇给，虽传简策，亦乌足道哉。岂如陛下之在位，五星同色，四海无波，陛下造明堂，即祖文宗武之业也；封中岳，则万代一时之事也；受宝图，即河图洛书之瑞也。”[2]苏安恒此处说武则天比吕太后当政功劳要大得多，当然是怕刺激武则天，好要她还政于中宗。当时及后世把诛张易之兄弟与陈平、周勃之入北军相比，如对张柬之，皇甫徹

[1] 程郁缀：《唐诗宋词》，北京大学出版社 2002 年版，第 150 页。
[2] 《全唐文》卷 237，第 2391 页。

《赋四相诗·中书令汉阳王张柬之》“周历革元命，天步值艰阻。烈烈张汉阳，左袒清诸武”（《全唐诗》卷313）；张说《五君咏五首·魏齐公元忠》“齐公生人表，迥天闻鹤唳。清论早揣摩，玄心晚超诣。入相廊庙静，出军沙漠霁。见深吕禄忧，举后陈平计。甘心除君恶，足以报先帝”（《全唐诗》卷86）。诗中对张柬之和魏元忠在武则天后期恢复唐朝的功绩给予高度评价，分别把他们比成周勃和陈平。杜甫《狄明府（博济。一作寄狄明府）》一诗赞颂狄仁杰在武则天后期反对她把皇位传给武氏家族，诗中说：“梁公曾孙我姨弟，不见十年官济济……汝门请从曾翁说，太后当朝多巧诋。狄公执政在末年，浊河终不污清济。国嗣初将付诸武，公独廷诤守丹陛。禁中决册请房陵，前朝长者皆流涕。太宗社稷一朝正，汉官威仪重昭洗。”杜甫还是认为唐王室主要是太宗建立的，他用光武帝入长安后百姓们的说法“重睹汉官威仪”来指中宗即位，即唐王朝中兴。

人们也把唐玄宗诛韦后喻为唐之中兴，《郊庙歌辞·享龙池乐章》第一章姚崇作：“恭闻帝里生灵沼，应报明君鼎业新。既协翠泉光宝命，还符白水出真人”，第六章崔日用作：“龙兴白水汉兴符，圣主乘时运斗枢”（《全唐诗》卷12）。两诗都是用光武帝出生地白水喻玄宗早年生活之地，言下之意唐玄宗是汉光武似的使王朝中兴的人物。

比武则天更威胁唐王朝存在的是安史之乱，诗人们在反映唐朝这一巨变时，往往联系到汉朝同类之事，如把玄宗逃难过程中诛杨国忠及其党羽比成汉朝诛诸吕，把肃宗即位平乱比成汉之中兴。关于后一点，连朝廷正式礼仪中都把肃宗平乱比成汉之中兴。刘晏《郊庙歌辞·享太庙乐章·惟新舞》有“汉祚惟永，神功中兴”之句，《旧唐书·音乐志》曰：“宝应二年六月，有司奏：玄宗庙乐请奏《广运》之舞，肃宗庙乐请奏《惟新》之舞”[1]，可见刘晏之诗是歌颂唐肃宗的，他把唐之中兴说成汉之中兴。高适《酬裴员外以诗代书》回顾安史之乱爆发后的情况时说：“乙未将星变，贼臣候天灾。胡骑犯龙山，乘舆经马嵬。千官无倚著，万姓徒悲哀。诛吕鬼神动，安刘天地开。”（《全唐诗》卷211）高适把杀杨国忠家族比喻成汉之诛诸吕，因此而使唐朝江山能够稳固。贾至是唐玄宗知悉肃宗在灵武即位后派去册封肃宗的人物之一，在途中他写有《自蜀奉册命往朔方途中呈韦左相文部房尚书门下崔侍郎》诗，中有“夏康缵禹绩，代祖复汉勋”（《全唐诗》卷235）之句，夏康指少康中兴，而“代祖”指汉光武刘秀，刘秀庙号为“世祖”，为避唐太宗讳而称“代祖”，以此喻肃宗之即位，[2]这种比喻不单是一种表达方式，更主要是根据历史已有的轨迹来推测现实政治的发展方向，贾至此处是认为肃宗即位肯定能平定叛乱，他又把同行的韦见素、房琯、崔涣与汉之三杰相比，从这种比较中能得到一种精神力量，所以在诗的结尾他安慰他们说“感此慰行迈，无为歌苦辛”。独孤及《季冬自嵩山赴洛道中作》写于至德二载唐军克复长安洛阳后，诗中说：“皇运偶中变，长蛇食中土。天盖西北倾，众星陨如雨。胡尘动地起，千里闻战鼓……不图汉官仪，今日忽再睹……得为太平人，穷达不足数。他日遇封禅，著书继三五。”（《全唐诗》卷246）独孤及先回顾事变之起，他把两京收复比喻为光武之中兴，并对平乱之后的盛世再来充满希望。李白《赠张相镐二首（时逃难在宿松山作）》作于至德二载，之一有：“冯异献赤伏，邓生欻来臻。庶同昆阳举，再睹汉仪

[1] 《旧唐书》卷28，第1045页。

[2] 苏雨恒释代祖为汉文皇帝，误。汉文帝即位前为代王，唐诗中从没有称他为代祖者，苏注见《增订注释全唐诗》第二册，第356页。

新。”也是用光武中兴喻唐肃宗之平叛。严武《酬别杜二》是写给杜甫的，有“独逢尧典日，再睹汉官时”（《全唐诗》卷261）之句，前句指唐之极盛，后句指肃宗中兴。从这些写于安史之乱早期的诗我们可以看出身处乱中的人们对事件的看法和他们的期待。

杜甫是在安史之乱中留下诗作最多的诗人，他用“胡”、“汉”对举的方式表明他对该事件性质的认识，他又用东汉光武帝中兴汉朝理解唐肃宗即位平叛，如《述怀一首》作于至德二载（757）逃离被叛军占领的长安奔至凤翔任左拾遗之后，有“汉运初中兴，生平老耽酒”句；《送樊二十三侍御赴汉中判官》与前诗差不多同时，有“陶唐歌遗民，后汉更列帝”句；《喜达行在所三首》之二有“司隶章初睹，南阳气已新”句，之三有“今朝汉社稷，新数中兴年”句，都是以汉光武之中兴喻唐肃宗之事。连续写几首诗把肃宗即位与汉光武中兴汉朝相比，杜甫兴奋心情溢于言表，对唐王朝再造充满信心。《北征》作于至德二载秋自凤翔归鄜州后，他叙述不久前发生的大事说：“胡命其能久，皇纲未宜绝。忆昨狼狈初，事与古先别。奸臣竟菹醢，同恶随荡析。不闻殷夏衰，中自诛褒妲。周汉获再兴，宣光果明哲。”杜甫虽因救房琯事得罪肃宗，他也认为安禄山起兵对唐朝而言代表唐朝中衰，但认为肃宗可与周宣王、汉光武相比，对肃宗赞扬有加，认为从此以后的唐朝在阶段上等于东汉。《洗兵马(收京后作)》乾元二年（759）春作，“中兴诸将收山东，捷书日报清昼同……关中既留萧丞相，幕下复用张子房……青袍白马更何有，后汉今周喜再昌……隐士休歌紫芝曲，词人解撰河清颂”；《述古三首》广德元年（763）代宗即位后作，时甫在梓州，之三“汉光得天下，祚永固有开。岂惟高祖圣，功自萧曹来。经纶中兴业，何代无长才。吾慕寇邓勋，济时信良哉。耿贾亦宗臣，羽翼共裴回。休运终四百，图画在云台”，此诗虽名述古，实为有感于现实，对汉光武的复兴汉室有高度评价，认为不亚于刘邦建立汉王朝，同时对帮助刘秀复兴汉室的功臣表示倾慕之意，我们从这里不难看出杜甫至德二载自拔于贼中奔赴凤翔时是满怀壮志的，早年“致君尧舜上”的理想虽无机会实现，但成为中兴功臣的可能还有。但杜甫写此诗时，其理想实现的可能性已经没有，他在现实与理想的巨大反差中经受煎熬。《承闻河北诸道节度入朝欢喜口号绝句十二句》作于大历二年（767），之二“周宣汉武今王是”，之十二“神灵汉代中兴主，功业汾阳异姓王”则是听到叛乱中心的河北诸道节度使入朝，兴奋而作，此“汉武”应为“汉光”，因为人们只用光武代表汉之中兴，此处“今王”、“中兴主”，当指唐代宗。大历三年秋天在江陵写的《秋日荆南送石首薛明府辞满告别奉寄薛尚书颂德叙怀斐然之作三十韵》有“往者胡星孛，恭惟汉网疏”之句，说明安史之乱的原因。《哭韦大夫之晋》“汉道中兴盛，韦经亚相传”为大历四年（769）夏在衡州作，《入衡州》作于大历五年（770），开头“兵革自久远，兴衰看帝王。汉仪甚照耀，胡马何猖狂”，也以汉喻唐，主要反思安史之乱爆发的原因。杜甫入蜀后用汉朝历史思考当代现实的诗作少于刚奔赴行在时，这种比喻的减少其实是远离政治中心、远离战争环境的结果。

总的来说，安史之乱爆发后和平定后的一段时间，用汉朝指代唐朝的现象有所增加，这一方面是对中兴抱有希望，另一方面，经过安史之乱的巨大冲击，人们对能屹立不倒的唐王朝有一种庆幸和认同的心理。如钱起《送卫功曹赴荆南》“汉家仍用武，才子晚成名。惆怅江陵去，谁知魏阙情？”韩翃《送李司直赴江西使幕》“敛版辞汉廷，进帆归楚幕”，以汉廷喻唐廷等。刘长卿《至德三年春正月时谬蒙差摄海盐令闻王师收二京因书事寄上浙西节度李侍郎中丞行营五十韵》记述安史之乱初起及官军收复长安时说："食参将可待，诛错辄为名……凤驾瞻西幸，龙楼议北征……未央新柳色，长乐旧钟声"(《全唐诗》卷150)，此处"诛错辄为名"是以汉代七国之乱时其首领刘濞借口"诛晁错，清君侧"来比喻安禄山起兵以诛杨国忠为名，这也表明刘长卿对安史之乱性质的认识，是一场国内叛乱，而不是像杜甫那样常常将"胡"、"汉"对举认定为民族战争。

中唐以后，各地起兵造反之事渐多，唐人也常用汉朝曾有的叛乱或造反来比喻，最常用的是绿林和黄巾，如白居易《江楼望归(时避难在越中)》"悠悠沧海畔，十载避黄巾"(《全唐诗》卷436)，杜牧《杜秋娘诗》"老濞即山铸，后庭千双眉"、"濞既白首叛，秋亦红泪滋"[1]，以刘濞比李锜，盖因李锜的宗室身份。对叛乱的平定人们也以汉朝平定叛乱为比，如平蔡州后刘禹锡的《平蔡州》诗，其一"汉家飞将下天来，马箠一挥门洞开"(《全唐诗》卷345) 以李广比李愬，其三"九衢车马浑浑流，使臣来献淮西囚"(《全唐诗》卷356)，以九衢喻长安，把平定叛乱放置在汉代背景中叙述。

武元衡被杀也是轰动一时的大事，柳宗元《古东门行》即讲述此事，"汉家三十六将军，东方雷动横阵云。鸡鸣函谷客如雾，貌同心异不可数。赤丸夜雨飞电光，徼巡司隶眠如羊。当街一叱百吏走，冯敬胸中函匕首……羌胡毂下一朝起，敌国舟中非所拟。安陵谁辨削砺功，韩国讵明深井里？"[2] 不单把唐将比成汉将，把刺客也比成汉朝长安城探丸而行动的恶少。

---

[1] 《樊川诗集注》卷1，第37页。

[2] 《柳宗元诗笺释》卷3，第306页。

中唐后宦官专权，人们又与汉末宦官专权相比。王建《赠王枢密》枢密指宦官王守澄，题下注曰“建初为渭南尉，值内官王守澄，尽宗人之分。因过饮，语及汉桓灵信任中官起党锢兴废之事。守澄深憾，曰：‘吾弟所作宫词，天下皆诵于口。禁掖深邃，何以知之？’建不能对，为诗以赠，其事遂寝”（《全唐诗》卷300），不知谁人所注，以汉末比唐宦官专权。但因宦官气焰嚣张，这一点在诗中表现并不多。

当然，唐人也并不完全都是用汉代人事指代唐朝人事，如唐太宗回武功庆善宫所作诗中，既有丰沛、南阳等刘邦、刘秀家乡的比喻，又有曹操家乡谯郡的比喻；在认识安史之乱的性质时，李白因为主观上想做谢安，他就把北方人士纷纷南逃理解成西晋末年的局面，说成“四海南奔似永嘉”。但总体而言，唐人用汉代历史比喻唐代正在发生的事件最为普遍，历史发展到不同的阶段，唐人都会从汉代找到近似事件，唐人认识现实，是以汉代作为参照系的。

三、对唐朝以汉代唐现象原因的分析

因为对以汉代唐现象缺乏充分的研究，对该现象产生的原因也缺少足够的关注，在有限的几篇论文中，虽有人试图对该现象产生的原因进行探讨，但语焉不详，学术界很多人只是把这一现象当作用典或简单的比喻，其实，唐人之以汉代唐绝不仅是一种文学创作的方法，它凝结着唐人的政治和社会理想，与这种理想密切相关的知识结构和思维方式。

晋朝人对汉代事已经感兴趣，潘岳有《于贾谧讲汉书诗》，陆机也有《讲汉书诗》，都是歌咏在贾谧处讨论《汉书》的情况，以汉代人物、事件为题材者也有一些作品，如傅玄《惟汉行》咏鸿门宴事，石崇有《王明君辞》、左思《咏史》八首中有四首咏汉事，晋人是从魏得到政权的，而魏又是因为东汉的衰弱而取得政权的，西晋人看到的是汉的衰落，如陆机《答贾谧诗》首章所说："在汉之季，皇纲幅裂。大辰匿晖，金虎曜质"，其时还没有明确的以汉朝为模仿对象的意识，晋人对汉朝感兴趣的，有时又集中于某些领域，如葛洪编撰《西京杂记》和《汉武内传》，较为关注神仙方面。陶渊明关注汉代隐士，有《咏二疏诗》，对商山四皓又特别关注，今人或谓之四皓情结。南北朝对峙时，南方虽自认为是华夏文化的正统继承者，在诗文中也有以汉事为题材者，如郑鲜之《行经张子房庙诗》、谢瞻《经张子房庙诗》、范泰《经汉高庙诗》等，梁时在汉高祖庙前进行赛神活动并留下多首诗作，诗中常用汉朝典故，甚至把周、汉列为理想的朝代，如宋时颜延之《皇太子释奠会作诗》说"伦周伍汉"，《拜陵庙作诗》说"周德恭明祀，汉道尊光灵"，经过东晋与北魏的对峙，宋人觉得汉朝声威已是不容易达到的。但多数时候处于偏安局面，国力有限的南朝人仅在拟汉人诗中以汉人口气说话，如鲍照《代东武吟》、《代出自蓟北门行》等，或分韵作诗时以汉人为题，如祖孙登《赋得司马相如诗》、刘删《赋得苏武诗》、何胥《赋得待诏金马门诗》等，在文学作品中不以汉朝指代当时朝代。北朝主要是少数民族建立的政权，诗歌数量少，咏汉朝事也相对较少。隋炀帝《云中受突厥主朝宴席赋诗》开始以匈奴比突厥，最后说"如何汉天子，空上单于台"是把自己和汉朝皇帝相比，表现出一种前无古人的自豪感，这与唐诗中的用汉朝指代当时朝代还是有区别的。

只有到了唐朝，明确了把汉朝作为模仿对象，汉朝尤其是西汉成了理想王朝的象征，唐朝在诸多制度创设上学习汉朝，用汉朝指代当朝，其实是对当朝的极度赞美。

从原则上讲，唐朝是把周汉两代作为理想王朝加以模仿的，但周朝遥远，历史记载较为模糊，与其制度相关的文献主要是经学，经过秦的焚书，汉人收罗的周代文献是残缺不全的，而且解释又颇分歧，唐朝人尤其是王朝的创建者通过对历朝历代的比较，把汉朝选作建立长治久安政权的主要学习对象，充分认识到汉唐两个朝代所处历史地位的相似性，如萧颖士《为陈正卿进尚书表》所言。

唐朝把汉代作为理想的朝代，在史书、唐人文集、诗歌中有数不清的例证，《贞观政要》中唐太宗君臣都是把汉代政治制度、汉代人物作为自己追求的理想，如：

> 贞观二年，太宗问黄门侍郎王珪曰："近代君臣治国，多劣于前古，何也？"对曰："古之帝王为政，皆志尚清静，以百姓之心为心。近代则唯损百姓以适其欲，所任用大臣，复非经术之士。汉家宰相，无不精通一经，朝廷若有疑事，皆引经决定，由是人识礼教，治致太平。近代重武轻儒，或参以法律，儒行既亏，淳风大坏。"太宗深然其言。自此百官中有学业优长、兼识政体者，多进其阶品，累加迁擢焉。[1]

> 贞观十一年，太宗谓侍臣曰："诏令格式，若不常定，则人心多惑，奸诈益生。……且汉祖日不暇给，萧何起于小吏，制法之后，犹称画一。今宜详思此义，不可轻出诏令，必须审定，

[1] 《贞观政要·政体》，第 14 页。

以为永式。”[1]

从第一段引文可知，太宗君臣羡慕“前古”时期的君臣治国，王珪理解的“前古”理想时代就是汉朝，而“近代”指魏晋南北朝，在长期动乱纷争中重视武将，儒术衰落，王珪与太宗都认为是政治不够清明的原因；第二段引文可看出太宗对汉初法律“画一”的向往。他又曾明确表示不希望将来读史者只注意汉朝盛世，言下之意，要建成与汉代媲美的社会状态。不单唐太宗如此，唐朝文人士大夫多数把汉朝看成治世加以赞美，也都知道唐朝以汉朝为楷模，如崔融《为朝集使于思言等请封中岳表》总结历史上的圣帝明王时说：“道莫尊于三皇，皇和符于奕叶，德莫高于五帝，帝展事于云亭。礼莫盛于三王，报功于岱畎。政莫隆于两汉，纪号于仙闾。”[2]其中“政莫隆于两汉”是对汉朝政治的极高评价，并且是把两汉和三皇五帝、三王放在一起进行比较。唐人也偶尔有认为汉朝不足取的，但只是极少数。关于唐朝模仿汉朝，士人们有清醒的认识，如杜甫《朝献太清宫赋》说：“天子既纳处士之议，承汉继周，革弊用古”[3]，此处“承汉继周”就是唐朝政治的精神。权德舆《兵部郎中杨君集序》说“唐兴几二百岁，绍闻周汉之逸轨，以人文华国”[4]，《送邱颖应制举序》说“方今皇明照烛，茂遂生物，修西汉旧典，详延天下方闻之士”[5]，权德舆这两文认为唐朝广招人才是学习西汉，而重视文章和文人是周汉两代的制度。皇甫湜在《对贤良方正直言极谏策》

---

[1] 《贞观政要·赦令》，第 252 页。
[2] 《全唐文》卷 217，第 2194 页。
[3] 《全唐文》卷 359，第 3639 页。
[4] 《全唐文》卷 489，第 4996 页。
[5] 《全唐文》卷 493，第 5027 页。

也建议“斥魏晋已降衰末之法，稽周汉以前盛明之礼”[1]，赵自励《圣人以四时为柄赋以题为韵》说：“两汉非远，二周可追。”戎昱《苦辛行》：“如今刀笔士，不如屠沽儿。少年无事学诗赋，岂意文章复相误。东西南北少知音，终年竟岁悲行路。仰面诉天天不闻，低头告地地不言。……悲来却忆汉天子，不弃相如家旧贫。”（《全唐诗》卷259）该诗写文人的不受重视，转而羡慕汉武帝之重视文士而不计较文士之出身。司马扎《筑台》感叹曹魏不惜民力，结尾说“汉文有遗美，对此清飙生”（《全唐诗》卷596）。皮日休《正乐府十篇·诮虚器》批评在襄阳做鞣器库露真而欺骗北虏说是“生有神”，最后以汉宣为标准“如何汉宣帝，却得呼韩臣”（《全唐诗》卷608）。

唐朝所面临的社会现实和汉代相比毕竟有很大不同，在学习和模仿汉朝政治制度和文化时，有时表现出理想和现实间的矛盾，并不是对汉朝的制度亦步亦趋，照搬不误。唐太宗曾打算让功臣后裔世袭刺史，在魏征等人劝说下权衡实际而放弃，而二王三恪的反复尤其显示出唐人在理想和现实之间的摇摆。二王三恪，本所谓兴灭继绝，周曾封虞、夏、商之后为三恪，汉封商、周之后为二王，并表明他们与统治王朝非君臣关系，而是宾客。唐曾为北周、隋之臣，以形式言，唐之建政来自隋之逊位，故武德年间确定酅公、介国公继隋、北周之后，以为二王。永淳元年又以周汉之后为二王，神龙元年五月，依旧以周、隋为二王后。天宝七载五月规定：“宜于后魏子孙中，择拣灼然相承者一人，封为韩公，准酅介公例，立为三恪”，可到了天宝九载六月，处士崔昌上封事，“以国家合承周汉，其周隋不合为二王后，请废。诏下尚书省，集公卿议，昌负独见之

[1] 《全唐文》卷685，第7013页。

明，群议不能屈，会集贤院学士卫包抗表，陈论议之夜，四星聚于尾宿，天象昭然。上心遂定，乃求殷周汉后为三恪，废韩介酅等公。以昌为赞善大夫，包为虞部员外郎。至十二年五月九日，魏周隋依旧为三恪及二王后，复封韩介酅等公”[1]。在唐朝政权渊源所自的西魏、北周、隋和理想的周、汉之间的摇摆，是政权合法性和政治理想之间的矛盾，也说明唐朝廷一直没弄明白立三恪或二王究竟有何根据和意义。

唐朝对汉代政治和人物的推崇，对唐朝的制度设计和人物精神风貌影响是巨大的。唐太宗与臣下意见不一时，他为了使大臣信服，总喜欢以汉初人事说服大家，汉初人物的行事也是大臣们佩服的，所以说服的效果比较好，如高士廉主持编订《氏族志》本以崔幹为第一，太宗不同意，谈到编辑方针调整时说：“我今特定族姓者，欲崇重今朝冠冕，何因崔幹犹为第一等？昔汉高祖止是山东一匹夫，以其平定天下，主尊臣贵。卿等读书，见其行迹，至今以为美谈，心怀敬重。卿等不贵我官爵耶？不须论数世以前，止取今日官爵高下作等级。”[2]太宗用汉高祖平定天下受人敬重为根据说明平定天下如己者也应该受敬重，其实汉高祖时代还没流行给姓氏排座次，并不具备可比性，太宗为了让高士廉等人信服，只有抬出无可争议的汉高祖作为说理依据；太宗论功行赏以房玄龄、长孙无忌、杜如晦、尉迟敬德、侯君集五人为第一，淮安王李神通不服，“皇从父淮安王神通进曰：‘义旗初起，臣率兵先至。今房玄龄、杜如晦等刀笔之吏，功居第一，臣窃不服。’上曰：‘义旗初起，人皆有心。叔父

[1]《唐会要·二王三恪》，第462页。

[2]《旧唐书·高士廉传》，第2444页。

虽率得兵来，未尝身履行阵。山东未定，受委专征，建德南侵，全军陷没。及刘黑闼翻动，叔父望风而破。今纪勋行赏，玄龄等有筹谋帷幄、定社稷之功，所以汉之萧何，虽无汗马，指踪推毂，故得功居第一。叔父于国至亲，诚无所爱，必不可缘私，滥与功臣同赏耳'”[1]。李神通不服房玄龄、杜如晦等人“刀笔吏”竟能功居第一，太宗以汉之萧何为喻，可见唐太宗在即位之初处理很多事务时，心目中是以汉初为蓝本的，是他指导施政的重要依据。

不只是这些具体的事件以汉初为理据，唐初的一些制度性举措也是模仿汉朝的，如当时甚为重视的皇帝去世后的礼仪和山陵制度。贞观九年（635）五月，高祖去世前下诏：“既殡之后，皇帝宜于别所视军国大事。其服轻重，悉从汉制，以日易月。园陵制度，务从俭约。”[2]明确提出“其服轻重，悉从汉制”。太宗临死前也有类似的要求，据《旧唐书·太宗纪》载，贞观二十三年五月己巳，“上崩于含风殿，年五十二。遗诏皇太子即位于柩前，丧纪宜用汉制”[3]。开国的两位皇帝都指示处理后事用汉制，太宗在贞观十一年还设计开国功臣陪陵制度，他满怀深情地下诏说：“又佐命功臣，或义深舟楫，或谋定帷幄，或身摧行阵，同济艰危，克成鸿业，追念往昔，何日忘之！使逝者无知，咸归寂寞；若营魄有识，还如畴曩，居止相望，不亦善乎！汉氏使将相陪陵，又给以东园秘器，笃终之义，恩意深厚，古人岂异我哉！自今已后，功臣密戚及德业佐时者，如有薨亡，宜赐茔地一所，及以秘器。”[4]唐太宗也不知人死后是否有

---

[1] 《旧唐书·房玄龄传》，第 2461 页。

[2] 《旧唐书·高祖纪》，第 17、18 页。

[3] 《旧唐书·太宗纪》，第 62 页。

[4] 同上书，第 47 页。

知觉，他希望有，更希望死后像生前一样能君臣相伴，而陪陵和赐秘器就来自汉高祖。当然，唐太宗对汉文帝有着特别的崇敬，曾多次以汉文帝行为对照自己，也曾几次祭祀汉文帝，据《唐会要·行幸》载：（贞观七年）“其年冬，幸洛阳，至灞上，命祭汉文帝；至华阴，祭汉太尉杨震，上自为文。”[1]《旧唐书·太宗纪》载，贞观十一年，“幸洛阳宫，命祭汉文帝”[2]。正是因为唐太宗对汉文帝有不一般的感情，所以去世后庙号才与汉文帝一样为“太宗”，唐人也常以“文皇”称之。

唐太宗贞观十七年把长孙无忌等二十四位功臣的图像画在凌烟阁，为功臣画像表示尊崇最早起于汉宣帝，汉宣帝曾经把霍光等大臣的图像画在麒麟阁上，东汉明帝时又把辅助光武帝建国的二十八位功臣画在云台，称为“二十八宿”。唐太宗很显然是学习他们，他在诏书中说：“自古皇王，褒崇勋德，既勒铭于钟鼎，又图形于丹青。是以甘露良佐，麟阁著其美；建武功臣，云台纪其迹……宜酌故实，弘兹令典，可并图画于凌烟阁。庶念功之怀，无谢于前载；旌贤之意，永贻于后昆。”[3]唐太宗有强烈的制度建设意识，在酬报大臣功劳方面，他不能落后于汉宣帝、明帝，并且还要把这种意图传给继任者。因为凌烟阁图像在开始时就是模仿麒麟阁的，唐人在文学作品中有时会把它们相混，如司空图《有感》：“国事皆须救未然，汉家高阁漫凌烟”（《全唐诗》卷633），就是把凌烟阁与麒麟阁混称。

对唐代文学影响至巨的是中央文馆的设立，其实各种文馆的建立与汉朝文人的校书有关，唐人对此有清醒的认识。权德舆在《秘

[1]　《唐会要》卷27，第513页。
[2]　《旧唐书·太宗纪》，第47页。
[3]　《旧唐书·长孙无忌传》，第2451页。

书郎厅壁记》一文中回顾秘书郎的设置时说："国初思汉廷延阁之制，薄江左贵游之选，始以岑江陵褚河南迭为之，厥后彬彬多文学之士。"[1] 唐太宗本人也把文馆文人与汉校书阁相比，如秘书监、弘文馆学士虞世南去世后，太宗曾悲痛地说："石渠、东观之中，无复人矣。"[2]

贞观十二年，太宗针对朝集使在京城的住宿问题发出感慨："古者诸侯入朝，有汤沐之邑，刍禾百车，待以客礼。……又汉家京城亦为诸郡立邸舍。顷闻考使至京者，皆赁房以坐，与商人杂居，才得容身而已。既待礼之不足，必是人多怨叹，岂肯竭情于共理哉。"[3] 于是为各州朝集使建造邸第，落成之际，太宗又亲自视察。

从以上这些事例可知，唐朝开国者在思考如何才能长治久安，试图建立一套和谐的统治秩序时，汉朝皇帝尤其是汉初的制度是他们的首选，他们往往根据情况的变化斟酌而行。在唐朝以后的时间里，皇帝或者大臣在遇到重大的难以处理的棘手事件时，也常常回首汉代，看看汉朝在遇到类似事件时又是如何处理的，以下仅举几例。显庆四年，中书令许敬宗陷害长孙无忌谋反，高宗表示不忍心处分长孙无忌，并且担心若处理长孙无忌会在历史上留下坏名声，许敬宗就以汉文帝处理其舅父薄昭事件为喻说，"汉文帝汉室明主，薄昭即是帝舅，从代来日，亦有大勋，与无忌不别。于后惟坐杀人，文帝惜国之法，令朝臣丧服就宅哭而杀之，良史不以为失"[4]，有汉

[1] 《全唐文》卷 494，第 5039 页。

[2] 刘𫗧：《隋唐嘉话》卷中，第 16 页，《隋唐嘉话朝野佥载》合刊本；又见《太平广记》卷 164 引《国朝传记》，《唐语林》四伤逝门，《唐语林校证》卷 4，第 392 页，中华书局 1987 年版；《旧唐书·虞世南传》谓为太宗手敕魏王李泰之言，第 2570 页。

[3] 《贞观政要·礼乐》，第 228 页。

[4] 《旧唐书·长孙无忌传》，第 2455 页。

文帝这样公认的明君作先例，高宗也就不再有什么顾虑，终于贬谪了功臣长孙无忌。武则天当上皇帝后，回到自己家乡，也模仿汉高祖，据《旧唐书本纪第六则天皇后》记载，载初元年冬十月，“改并州文水县为武兴县，依汉丰、沛例，百姓子孙相承给复”[1]。唐朝都督府之设置也是模仿汉朝，睿宗景云二年六月壬午，“依汉代故事，分置二十四都督府”[2]。德宗在朱泚之乱中任命浑瑊为朔方、邠宁、振武等道兼永平军奉天行营兵副元帅，“上（德宗）临轩授钺，用汉拜韩信故事”[3]。据李翱《故东川节度使卢公传》记载，李锜之乱平定后，皇帝要求从淮安王李神通开始的李锜祖先坟墓皆要销毁，宰相不敢言，卢坦上奏说：“李与国同族，其反逆不道，身既斩死，并杀其子，罪塞矣。若将追毁祖父坟墓，臣以为不可。淮安王有佐命之功，且国贞，又死王事。汉诛霍禹，不毁霍光之坟，房遗爱伏诛，罪不追于元龄，此前代及圣朝之故事也。”[4] 皇帝表示醒悟，不仅不毁李神通之墓，又安排守墓者。会昌三年刘稹叛乱，李德裕力主镇压，为预防刘稹在军事高压下投降，李德裕主张若开战前投降可以接受，若战争进行到一定程度，胜负已决，就不能再接受投降，他向文宗建议用汉光武帝处理秦丰投降的方法处理刘稹事件：“臣伏见后汉秦丰叛，光武令朱祐尽力攻之，至穷困，丰乃将其母子九人降祐，光武不舍其罪，至洛阳斩之，大司马吴汉劾奏祐违诏受降，失将帅之任。伏以兵未交锋，便能归顺，须存大信，犹可曲全。今刘稹告谕不悛，加兵自备，逆命之罪，天地不容。若至穷蹙归降，并

[1] 《旧唐书》，第 121 页。

[2] 《旧唐书·本纪第七·睿宗》，第 157 页。

[3] 《旧唐书·浑瑊传》，卷 134，第 3707 页。

[4] 《全唐文》卷 640，第 6463 页。

不得受。臣等谨录汉朝故事如前，望付翰林录示元逵、彦佐、刘沔、茂元、宏敬及义逸、行周等，诏令准此处分。未审可否。”[1] 李德裕希望皇帝批准向进讨刘稹的将领录示汉朝对秦丰叛乱的处理。在唐朝的政治生活中，像这样遇到不易解决的问题就援汉朝例的做法多得不胜枚举，有时也把西汉和东汉后期的政治混乱作为反面教材使用，但若涉及魏晋南北朝的事件，多数是用作批判的对象，有时援引作为依据的先例时，一般是汉朝没有近似的情况可以征引。

在唐朝明确把汉朝作为理想而在很多方面加以模仿时，唐人在论述当代事务时喜欢和汉朝同类事物相比较就是容易理解的。李肇《翰林志序》就对比了唐朝翰林与汉朝尚书郎的关系："汉制，尚书郎主作文书起草，更直于建礼门内，台给青缣白绫，或以锦被帷帐氈褥画通中枕，大官供食，汤官供饼饵五熟果，五日一美食，下天子一等。建礼门内得神仙门，神仙门内得光明殿神仙殿。自门下省中书省，盖比今翰林之制略同，而所掌轻也。汉武帝时，严助朱买臣吾邱寿王司马相如东方朔枚皋之徒皆在左右，是时朝廷多事，中外论难，大臣数诎，亦其数也。”[2]

至于把唐朝皇帝和汉朝皇帝尤其是汉朝圣明的皇帝相比，是唐朝皇帝刻意追求的，唐朝皇帝在很多场合使大家联想到这一点，这种比较在唐初就特别多。白居易《策林》八《风行浇朴·由教不由时》曾把汉之文景与唐朝太宗、玄宗相比，是想说明盛世出现的规律和共性："炎汉勃兴，奄有四海，仅能除害，未暇化人。迨于文帝景帝，始思理道，躬行慈俭，人用富安，礼让自兴，刑罚不试，升

[1] 《全唐文》卷 701，第 7200 页。
[2] 《全唐文》卷 721，第 7415 页。

平之美，邻于成康。载在《汉书》，陛下熟闻之矣。降及魏晋，迄于梁隋，丧乱宏多，迨不足数。我高祖始建区夏，未遑辑熙。迨于太宗玄宗，抱神圣文武之姿，用房杜姚宋之佐，谋猷启沃，无怠于心。德泽施行，不遗于物。所以刑措而百姓欣戴，兵偃而万方悦随。近无不安，远无不服。虽成康文景，无以尚之。载在国史，陛下熟知之矣。然则周秦之乱极矣，及文景继出，而昌运随焉；梁隋之弊甚矣，及二宗嗣兴，而王道融焉。”[1] 认为在长期动乱之后建立的汉、唐两个朝代，其共同点是承接短暂统一的秦、隋，第一代开国之主主要精力是巩固政权，盛世出现在第二代皇帝之后，这是唐人把汉、唐两个朝代放在历史长河中比较的结果，也是唐人的共识，《绪论》所引萧颖士之言已经先白居易进行过这样的比较。韦处厚《进六经法言表》希望皇帝能读所献之书，他以汉高和汉武为喻说：“陆贾奏甚卑之论，尚称善于高皇；方朔献杂糅之说，犹见知于武帝。伏惟陛下机务之余，燕息之暇，时降省览，天下幸甚。”[2]

唐太宗曾经模仿汉之分封宗室子弟，唐人在谈到唐朝的宗室子弟时常和汉朝宗室子弟相比，如独孤及《唐故睢阳太守赠秘书监李公神道碑铭并序》在为李少康神道碑铭作的序言中就对比汉、唐两朝的宗室子弟：“汉家之建侯亲亲也，以荆燕吴楚为首封。而后世多材，世济厥美。辟疆路叔，更生子骏，比肩而出，庆钟故也。唐有天下，肺腑是依，有若江夏淮安，河间东平，以明略茂勋，左右大业，其休德粹气，降为百祥。公子公孙，或哲或仁，勤劳王家，焜耀国牒。从东平三叶，后生睢阳。言春秋者，谓公族多士，与炎汉

[1] 《全唐文》卷 670，第 6815 页。
[2] 《全唐文》卷 715，第 7343 页。

侔矣。”[1]“公族多士，与炎汉侔”是对唐朝历史上的宗室子弟人才辈出的一种总结，事实上，别的朝代因为没有那么长久，宗室子弟中举不出多少优异人才，汉朝诸侯王后裔中行为怪异甚至变态者不乏其人。梁肃《睦王墓志铭》是为李述作的墓志铭，也把李述与周、汉王子相比：“方之有周，康叔实文王之子，拟诸炎汉，河间称武帝之弟。”[2]

至于把唐朝著名将相和汉朝著名将相相比，简直就成了社会一般人的思维习惯，唐太宗曾把李靖、李勣与古名将相比：“李靖、李勣二人，古之韩、白，卫、霍岂能及也？”[3]舒元褒《对贤良方正直言极谏策》对皇帝问中把唐朝房玄龄、杜如晦与汉朝萧何、曹参相比，把唐玄宗前期名相姚崇、宋璟与汉宣帝时名相丙吉、魏相相比有如下解答：“臣闻元首以辅弼兴理，自古王者，期建非常之业，则必有非常之人以佐之。汉之高祖资萧曹，孝宣凭丙魏，一则以创业，一则以中兴，其道可得而知也。汉祖起于布衣，以有天下，大敌未灭，日月持久，萧曹匡辅，谋计居多，所以觉其功业盛也。孝宣起于人间，霍光没后，方亲政事，然霍光虽乘时之功，不通经术，非王者之佐，政弊尤多，丙魏乘弊之余，以竭股肱之任，卒致中兴，所以觉其辅佐之劳也。我太宗玄宗，明圣之资，海内从化，而房杜姚宋，当至理之代，皆尽启沃之力，咸有匡辅之道，主圣臣贤，君臣道合，是以贞观开元，与汉之功臣有异，而两朝功德事业，光乎史册。陛下以拔群绝类不相远者，臣向所谓主圣臣贤，道合交泰，

[1] 《全唐文》卷 390，第 3968 页。
[2] 《全唐文》卷 520，第 5288 页。
[3] 《贞观政要·任贤》，第 43 页。

正史氏无德而称焉。”[1]这里讨论的是汉朝萧何、曹参、丙吉、魏相与唐朝房玄龄、杜如晦、姚崇、宋璟特别出名的原因，突出他们所处时代的特殊性，其实是寻求唐朝和汉朝两个朝代在历史流程中的近似性。张鷟《朝野佥载》卷 4 记张本人对徐有功的评价：“若值清平之代，则张释之、于定国岂同年而语哉。”[2]

唐朝人从不掩饰对汉朝循吏的推崇，对汉朝地方政治和从优秀地方官中选拔中央大员有极高评价，在谈到当时优秀地方官时或者仅仅是为了夸赞他们，往往以汉朝循吏为比，如权德舆《故正议大夫守门下侍郎同中书门下平章事成纪县开国男赐紫金鱼袋赠太子太傅贞宪赵公神道碑铭并序》说：“在汉孝宣，厉精理道，则有魏相通故事，丙吉知大体，百职修明，中兴有声。惟皇帝在位十四祀，得贤相成纪公赵氏。”[3]陈京《大唐同州澄城县令郑公德政碑并序》说：“在昔两汉之政咸勤，东京之事最明，共理邦邑，必难守宰，不独孝宣二千石之选也。我国家宏启至化，稽对前谟，领县抡材，自迩敷远，实先三辅。载首属城，恒宁厥人，多及于理。不有卓异，曷飏颂歌？未通神明，谁镂金石？”[4]韦处厚要求皇帝向汉朝重视地方政治的皇帝学习，他在《对才识兼茂明于体用策》中说：“昔贾琮以最于十二州，颁之以玺书，黄霸以甲于二千石，宠之以侯印。惟陛下注意于守宰字人之官，以田垦辟为最，地荒榛人离散为殿，即耕植可劝，困竭可苏。”[5]西汉黄霸和东汉贾琮任地方官时都曾经考核为第一，朝廷都有奖励作为对地方政治的重视，韦处厚希望唐朝也要

[1]《全唐文》卷 745，第 7709 页。
[2]《朝野佥载》卷 4，第 98 页。
[3]《全唐文》卷 498，第 5077 页。
[4]《全唐文》卷 515，第 5233 页。
[5]《全唐文》卷 715，第 7349 页。

向汉朝学习。重视地方官、选拔优秀地方官进入朝廷是唐人希望向汉朝学习的方面，虽然实际上唐朝士人多不愿到地方任职，把唐朝官员选拔制度与汉朝从优秀地方官中提拔朝廷重臣相比的观念，在诗中也有反映，如李频《宣州献从叔大夫》“清时选地任贤明，从此观风辍尹京……闻说圣朝同汉代，已愁征入拜公卿”（《全唐诗》卷587），其中“闻说圣朝同汉代”就表明当时人们认为唐朝从地方官中选拔人才是学习汉代的结果。

唐朝作家交往最多的还是与自己身份、地位近似的文士，哪怕是达官贵人，也会接触很多文人，文学创作是唐朝文人间日常交往必不可少的内容，把当时文人和汉朝文士相提并论，是屡见不鲜的，如梁肃《送李补阙归少室养疾序》把李补阙和司马相如所处时代及经历相对照：“昔司马相如当汉六叶，为言语侍从之臣。今天子用人文化成，亦以君有相如之才，擢居谏职，且掌宸翰，赋颂书奏，粲然同风。夫君子之道，与命与时，三者并，则不期达而达。不然，则或鼓或罢，或塞或通。是以长卿屡去其官，而君亦以疾退，各其时也。”[1] 他又在为刘迥写的墓志铭中介绍刘知几几个儿子掌国史的情况：“初文公儒为天下表，有才子六人，曰贶曰悚，继文公典司国史，时议比子长孟坚。”[2] 把历史学者比成司马迁、班固，也是唐朝常见的。

唐朝人不单是把优秀的人物与汉人相比，反面的自己所批判的人物，也会从汉朝找到类似人物，如张鷟对崔湜的评论：“崔湜谄事张易之与韦庶人。及韦氏诛，附太平，有冯子都、董偃之宠”[3]，把

[1] 《全唐文》卷518，第5265页。

[2] 梁肃：《给事中刘公墓志铭》，《全唐文》卷520，第5290页。

[3] 《朝野佥载》卷5，第125页。

崔湜依附太平公主而得势和冯子都依附霍光、董偃受哀帝宠幸相比。

在这种唐人动辄把唐与汉进行对比的氛围中，唐人时常把当时之事说成是汉朝之事，甚至连史官的记事都受其影响。《旧唐书》的史料来源主要是唐朝当时的起居注和实录，这些原始材料今天虽大多不存在，我们从《旧唐书》的记事中大概可看出史馆人员记录时事时常以汉代唐，如《旧唐书·高祖纪》载贞观八年于长安城西阅兵："是岁，阅武于城西，高祖亲自临视，劳将士而还。置酒于未央宫，三品已上咸侍"[1]，此处未央宫究竟指何处，实难确定。唐朝此时宫殿并无所谓未央宫，也不太可能在汉未央宫废墟上大摆宴席，只可能是指唐朝最重要的宫殿，应是太极宫。史官在当时记录时当然很清楚此处未央宫具体所指，但《旧唐书》作者就不敢肯定，只能沿用旧史的记载，到欧阳修写《新唐书》，因为"未央宫"所指不明确，干脆就删掉这一记载。《旧唐书》中这一类记载还有很多，据《旧唐书·太宗纪》，贞观九年四月，康国献狮子，而《虞世南传》谓："诏世南为之赋，命编之东观"[2]，此处东观也只能是史馆的代称，《旧唐书·高宗上》记载龙朔三年二月"诏以书学隶兰台，算学隶秘阁，律学隶详刑寺"[3]，此兰台应指藏书之处。史官记事应讲求准确，而以汉代唐这种比喻方式具有某种不确定性，若不了解唐朝各项制度设置和汉朝的对接之处，对这些记载实在难以理解。在一般的叙事文中，把唐朝说成汉朝也有其例，如权德舆《唐使君盛山唱和集序》是他为唐次《盛山唱和集》所作序言，诗集是权德舆本人编辑的，他介绍参与唱和的人数时说："凡汉庭公卿左右曹方国

[1] 《旧唐书·高祖纪》，第 18 页。

[2] 《旧唐书·虞世南传》，第 2568 页。

[3] 《旧唐书·高宗纪上》，第 84 页。

二千石军司马部从事暨岩栖处士令弟才子，稽合属和，二十有三人，共若干篇”[1]，权德舆说与唐次酬唱的二十三人，此“汉庭”指唐朝朝廷无疑。

以汉代唐的重心是朝廷，与汉唐两代都城同在长安、皇帝有意识地要人们把两者联系起来有一定关系。因为唐朝把汉朝尤其是西汉作为自己时代的理想，对西汉都城遗址就非常关注，两代都城所在并不重合，但相距不远，让唐人多发思古之幽情（别的建都于此的朝代多被忽视），皇帝和大臣经常寻访汉朝留下的古迹，凭吊古人，追想他们所佩服的汉人和汉人生活的时代。从外地新到长安的士子，对他们早在书中熟悉而尚未谋面的汉人活动场所，也急于探访。其中唐人较为关注的汉代古迹主要是未央宫遗址、昆明池、青门、乐游苑等，对未央宫的关注尤其值得注意。根据《唐会要·行幸》记载：“二十一年九月，太宗辟人，从两骑幸故未央宫。”[2] 太宗不带很多从人，避开前呼后拥的场面，为的就是能静心思索历史与现实的问题，同书又记载高宗于显庆“三年十月十七日，上因于古长安城游览，问侍臣曰：朕观故城旧址，宫室似与百姓杂居。自秦汉已来，几代都此？礼部尚书许敬宗对曰：……上又问曰：昆明池是汉武帝何年开凿……上因命检秦汉已来历代宫室处所以闻”[3]。高宗虽不是专门游览未央宫，但未央宫在古长安城之内，肯定是游览的重要内容。中宗景龙二年十二月三十日幸长安故城，李峤有《奉和幸长安故城未央宫应制》诗，宋之问、刘宪、李乂、赵彦昭有同题之作，都是奉和中宗皇帝的，中宗之诗虽已失传，我们却可以从

[1] 《全唐文》卷 490，第 5001 页。
[2] 《唐会要·行幸》，第 515 页。
[3] 同上书，第 515—516 页。

这些唱和作品中了解到：他们不仅游览古迹，还写诗纪之，并在诗中发很多感慨。这时的未央宫其实只剩下基址，并无宫殿遗存。中唐以后，唐朝曾几次在未央宫遗址上修建未央宫，据《唐会要》卷30记载，敬宗宝历元年五月，神策军在唐朝禁苑中古长安城内修汉未央宫，又据裴素《重修汉未央宫记》记载，唐武宗即位之年，即文宗开成五年（840），武宗到汉未央宫遗址游览，指示左护军中尉鱼志弘重修未央宫，他颇有感触地对鱼志弘交代重修理由："此汉遗宫也。其金马石渠，神池龙阙，往往而在。朕常以古事况今，亦欲顺考古道，训齐天下也。至是遐历，恍然深念。且欲存列汉事，悠扬古风耳。昔人有思其人，犹爱其树，况悦其风，登其址？吾欲崇其颓基，建斯余构，勿使华丽，爰举旧规而已。庶得认其风烟，时有以凝神于此也。"从这段武宗自述的重修未央宫目的，并不是单纯为了游览方便，而是有其政治目的，"以古事况今"，就是古今对比，以历史为借鉴认识现实，而他所说的"古事"不是所有的历史，主要是西汉历史，所以才说"欲存列汉事，悠扬古风"。他又用周朝召公甘棠故事表明对西汉政治的喜爱，重修的目的就在于方便在此处怀古。第二年，即会昌元年，武宗祭祖、祭天之后，到新修成的未央宫视察，并题宫殿名："其殿曰通光，其东曰韶芳亭，其西曰凝思亭，乃立皋门曰端门，其应门题曰未央宫"[1]，宫殿名是武宗亲自确定的，他虽然题总名未央宫，具体殿名又不用汉朝未央宫之内的殿名，这是在历史和现实之中的一种折中，表明对汉朝政治的推崇不是亦步亦趋，还要结合现实情况。实际上唐朝皇帝到汉未央宫遗址不只记载的这些次数，怀念甚至于要重修，对汉朝尤其是西汉政治

---

[1] 《全唐文》卷764，第7947页。

向往到什么程度就可想而知了。

皇帝除了到汉未央宫，昆明池、汉青门也是常去之处。昆明池不同于宫殿，西汉宫殿经过千年左右，因历次战乱早已不存，只有台殿基址，而昆明池作为湖泊唐朝时尚未干涸，依然是风景名胜之地，但唐人去此处不是单纯赏风景，更主要是怀想汉武帝时国力的辉煌，今存诗歌主要有：唐太宗《冬日临昆明池》（《全唐诗》卷1）、任希古《和东观群贤七夕临泛昆明池》、沈佺期《昆明池侍宴应制》、《奉和晦日驾幸昆明池应制》、张嘉贞《恩敕尚书省僚宴昆明池应制》（《全唐诗》卷111）、储光羲《同诸公秋日游昆明池思古》（《全唐诗》卷138）等，从这些诗的作者分析，唐初多位皇帝曾带领群臣驾幸昆明池，也正像储光羲诗题所示，他们是去“思古”的，而诗中也多联想到昆明池开凿的情景。沈佺期《初冬从幸汉故青门应制》表明皇帝也曾带领群臣到过汉青门遗址，唐时在禁苑中。唐玄宗开元八年（720）春天有《春台望》（《全唐诗》卷3）诗，主要内容不是写看到什么，而是想到汉朝，“闻道汉家全盛日，别馆离宫趣非一”，从而发出一番感慨。苏颋《奉和圣制春台望应制》（《全唐诗》卷73）、许景先《奉和御制春台望》（《全唐诗》卷101）、贺知章《奉和御制春台望》（《全唐诗》卷112）几首奉和之作都是按照玄宗的写法，由汉朝长安想到唐朝长安。乐游园是唐人郊游胜地，写到更多，皇帝也率领大臣去过，张说《恩赐乐游园宴》就是为此而作。王绩《过汉故城》（一作吴少微诗）、许景先《百子池》等是对汉遗迹的咏叹。正因为唐人急切了解汉长安城各种建筑尤其是宫殿建筑的具体位置，唐朝中期才有对《三辅黄图》的辑补。[1]

---

[1] 何清谷：《三辅黄图校注·前言》，三秦出版社1995年版。

皇帝和大臣们不仅寻访汉朝宫殿池苑的遗迹，皇帝更喜欢在朝廷反复赋柏梁体，其目的之一就是使群臣有置身于汉朝宫廷的感觉。今人怀疑《柏梁台联句》的真实性[1]，但唐人确定无疑地认为该七言联句出自汉武帝和群臣的唱和。唐朝皇帝赋柏梁体诗主要有：贞观五年太宗《两仪殿赋柏梁体》（《全唐诗》卷1）；仪凤三年秋七月丁巳，高宗宴近臣诸亲于咸亨殿，与霍王元轨说到近来几件喜事后，“上因赋七言诗效柏梁体，侍臣并和”[2]，诗见《册府元龟》卷110；《唐诗纪事》卷9：“景龙二年……十一月十五日，中宗诞辰，内殿联句为柏梁体”，联句诗见《全唐诗》卷2；《景龙四年正月五日移仗蓬莱宫御大明殿会吐蕃骑马之戏因重为柏梁体联句》，见《全唐诗》卷2；唐玄宗天宝“十四载春三月丙寅，宴群臣于勤政楼，奏《九部乐》，上赋诗敩柏梁体”[3]，诗不存。赋柏梁体主要在初盛唐时期，与其时国力处于上升阶段皇帝和群臣都较为自信有关，这样也启发了大臣们把唐朝宫廷和汉朝宫廷相比。

在皇帝、大臣把唐宫廷和汉宫廷相比、不断寻访汉朝古迹的氛围中，在唐人普遍把汉朝政治、人物作为理想的心理期待中，同在此地而不得意的文人就难免悬想汉朝长安城的情况，用怀古的方式表达对现实观察的隐微之意，骆宾王《帝京篇》、韦应物《长安道》都是以汉时长安写唐时长安。豆卢回《登乐游原怀古》（《全唐诗》卷777）怀想的是汉朝。中晚唐时期，文人在长安怀古之作就更多了，其思想基调与初盛唐时期又有区别，张祜《入潼关》“秦皇曾虎

---

[1] 具体考证参见游国恩：《柏梁台诗考证》，《游国恩学术论文集》，中华书局1989年版，第352页。

[2] 《旧唐书·本纪第五·高宗下》，第103页。

[3] 《旧唐书·本纪第九·玄宗下》，第229页。

视，汉祖昔龙颜”（《全唐诗》卷510）。杜牧《登乐游原》“长空澹澹孤鸟没，万古销沉向此中。看去汉家何事业，五陵无树起秋风”；李商隐《茂陵》（《全唐诗》卷540）；刘沧《望未央宫》（《全唐诗》卷586）《咸阳怀古》（《全唐诗》卷586）；李频《乐游原春望》（《全唐诗》卷587）；于濆《秦原览古》（《全唐诗》卷599）；韦庄《咸阳怀古》（《全唐诗》卷700）；郑蕡《春台晴望》（《全唐诗》卷780）等都是在长安怀想汉代之作。唐人如此热衷于汉代古迹，在诗中用汉朝指代唐朝也就不足为奇了。

各地汉代古迹也启发了唐代作家的创作激情，如刘长卿《归沛县道中晚泊留侯城》（《全唐诗》卷149）、《长沙过贾谊宅》（《全唐诗》卷151），张九龄《南阳道中作》（《全唐诗》卷47）等，李绅《却过淮阴吊韩信庙》（《全唐诗》卷482），殷尧藩《韩信庙》（《全唐诗》卷492），许浑《题卫将军庙》（《全唐诗》卷534），温庭筠《苏武庙》（《全唐诗》卷582），汪遵《升仙桥》二首（《全唐诗》卷602）、《桐江》（《全唐诗》卷602）、《樊将军庙》（《全唐诗》卷602），许棠《经故杨太尉旧居》（《全唐诗》卷603），李山甫《项羽庙》（《全唐诗》卷643），胡曾《咏史诗》不少以汉代地名为题（《全唐诗》卷647），唐彦谦《南梁戏题汉高庙》（《全唐诗》卷672），郑谷《蜀中三首》之二“扬雄宅在唯乔木，杜甫台荒绝旧邻”（《全唐诗》卷676），韦庄《题淮阴侯庙》（《全唐诗》卷697），王贞白《题严陵钓台》（《全唐诗》卷701），王俗裕《题孤云绝顶淮阴祠》（《全唐诗》卷736），陈陶《经徐稚墓》（《全唐诗》卷746），栖一《垓下怀古》（《全唐诗》卷849），元稹《酬乐天赴江州路上见寄三首》其二“万竿高庙竹，三月徐亭树”（《全唐诗》卷403），柳宗元《衡阳与梦得分路赠别》“伏波故道风烟在，翁仲遗墟草树平”

(《柳宗元诗笺释》卷 3，第 291、340 页)、《桂州北望秦驿手开竹径至钓矶留待徐容州》“王程尚余暇，一上子陵台”（借指桂州钓矶《柳宗元诗笺释》卷 3，第 300 页)，灵一《项王庙》(《全唐诗》卷 809，一作栖一诗）等，其中尤以高祖庙、淮阴庙、严陵遗迹作品最多。唐人写汉朝古迹的诗当然远远多于这些，唐人之所以写下如此多汉人遗迹的诗，可以说是文献与地上遗存相结合的产物，因为文人们对汉朝人物的活动太熟悉了，一旦旅行中遇到他们感兴趣人物的足迹，就容易触动诗兴，而汉代人物的遗迹尤其是庙宇也是因为人们对他们充满崇敬才建立的。

关于唐人对汉代人物事迹的熟悉，李翱《答皇甫湜书》有清楚的交代。李翱此信重点是谈其创作的《唐书》，他自言受司马迁、班固启发，在谈到西汉事迹为什么被人熟知时，李翱说：“仆以为西汉十一帝，高祖起布衣，定天下，豁达大度，东汉所不及，其余惟文宣二帝为优，自惠景以下，亦不皆明于东汉明章两帝。而前汉事迹，灼然传在人口者，以司马迁班固叙述高简之工，故学者悦而习焉，其读之详也。足下读范蔚宗《汉书》陈寿《三国志》王隐《晋书》，生熟何如左丘明司马迁班固书之温习哉！故温习者事迹彰，而罕读者事迹晦。读之疎数，在词之高下，理之必然也。唐有天下，圣明继于周汉，而史官叙事，曾不如范蔚宗陈寿所为，况足凝望左丘明司马迁班固之文哉？”[1] 从此引文可知，李翱认为人们之所以熟知西汉事迹，是因为《史记》、《汉书》“叙述高简”，因为善于叙事，读者爱读，所以对西汉事就较为熟悉。当然，李翱也承认政治因素，就是高祖、汉文帝、汉宣帝的人格魅力和治理效果，但他认为东汉

[1] 《全唐文》卷 635，第 6410—6411 页。

明帝、章帝也是明君，东汉事没有西汉事流传得广泛，是史家的责任。把唐朝和周、汉相比，从而仿效汉代人物的作为，也是李翱的做法。唐人对汉代事迹的熟悉在李翱看来是无可争辩的事实，只是对其原因的理解有不同。李翱不赞同完全是政治因素。

也正因为唐人对汉朝事迹的熟悉，所以唐诗中咏汉事特别多，咏史诗中尤其明显，也有不少诗作透露在读《史记》、《汉书》或别的汉人著作，以汉代唐而不是用别的朝代指代唐朝，也是唐人的知识结构决定的，因为同时人对汉朝事迹都比较熟悉，以汉代唐容易被人理解。也正因为对汉朝事迹的熟悉，《汉书》中记载的一件事唐人应该很熟悉："初，哀帝即位，成帝母称太皇太后，成帝赵皇后称皇太后，而上祖母傅太后与母丁后皆在国邸，自以定陶共王为称。高昌侯董宏上书言：'秦庄襄王母本夏氏，而为华阳夫人所子，及即位后，俱称太后。宜立定陶共王后为皇太后。'事下有司，时丹以左将军与大司马王莽共劾奏宏：'知皇太后至尊之号，天下一统，而称引亡秦以为比喻，诖误圣朝，非所宜言，大不道'上新立，谦让，纳用莽、丹言，免宏为庶人。"[1]董宏用战国秦时对两太后的称号来解决当时遇到的礼制问题，竟然成了罪状，因为"称引亡秦以为比喻"，被免官。不以短命王朝为喻，对以汉代唐很有影响，唐人之自称汉，盖有推崇汉意，以为把唐说成汉是对唐本身的赞美。唐人偶尔把唐比周，几乎没有比作魏晋南北朝的任何朝代。研究唐代文学的人有的认为以汉代唐是不能直指当代，恐怕与事实相距较远。为避免直指当代的只是极少数，并且也包含赞美之意。

---

[1] 《汉书·何武王嘉师丹传》，第 3505 页。

唐人在文学尤其是诗中以汉代唐，对唐以后的文学表现手法产生较大影响。宋人在诗中喜欢用汉唐指宋，明人在小说中经常假托宋朝，不能说唐诗的以汉代唐对他们没有启发。

小结

一、唐诗以汉代唐的中心和重点是长安和朝廷，把唐朝廷比成汉朝廷，用汉中央官制指代唐中央官制，用汉朝皇帝、皇后、太子、公主指代唐朝同类人物，唐玄宗常被比为汉武帝。宰相、循吏、文士皆用汉代同类人物指代。

二、唐人把隋唐之际和秦汉之际相比，把唐之立国比成汉之立国，把唐高祖、太宗比成汉高祖，把武则天比成吕后，把玄宗诛杨国忠比成汉诛诸吕，肃宗即位比成光武中兴等。唐人把汉代历史当作认识现实的借鉴。

三、唐朝制度建设模拟汉朝，都城大致在一处，使唐人多发思古幽情，寻访汉朝遗迹成为唐人风气。

四、以汉代唐主要是对唐王朝的赞美。

第四章　天人三策与唐代对策

科举制度与唐代文学的关系是近来学术界关注的焦点问题，出现一批很有分量的研究成果，唐代使用最为广泛的考试文体——对策，也已成为研究对象，尤其是吴承学先生的论文《策问与对——对一种考试文体的文学与文化研究》[1]，虽不是专门研究唐代策问与对策，但对策问和对策的源流演变进行了梳理，对唐代策问与对策也有所触及，陈飞先生专著《唐代试策考述》考证了各种类型的考试中试策制度的情况，这些都为我们进一步认识策问、对策与唐代文学的关系提供了便利，是我们深入研究该问题的基础，这些研究也有不足之处，唐代策问和对策受汉代策问与对策的影响甚深，这一点已有成果未予足够重视。汉朝在很多方面是后代的楷模，在选拔人才上也是如此。在唐朝对现行科举制度不断的反思中，不少是把汉朝作为效仿的对象的。汉朝最出名的对策董仲舒《天人三策》和汉武帝对董仲舒的策问，是唐朝拟策问者和对策者学习和模仿的对象，它们不仅影响了唐朝策问和对策本身，还因为对策在选拔人

[1] 吴承学：《策问与对——对一种考试文体的文学与文化研究》，原载《新国学》第1卷，收入《中国古代文体形态研究》，中山大学出版社2000年版。

才时被广泛运用，士人必须揣摩前代优秀对策文，而影响士人思维方式，并进而影响唐代文学的发展，这其中的关系学术界尚未触及，今试一辨明之。

一、武帝之诏和仲舒之策的典范意义

武帝之策问和董仲舒天人三策之所以对后世有较大影响，与它们处于以对策方式选拔官员的早期阶段，具有草创之功有关。历史明确记载的策问，最早是汉文帝二年十一月为日食所下之诏，这次策问比较笼统，所问对象也不单是被荐举之人："令至，其悉思朕之过失，及知见之所不及，匄以启告朕。及举贤良方正能直言极谏者，以匡朕之不逮。"[1] 文帝要求举荐贤良方正直言极谏，这在历史上是首次，但史籍中并未记载此次所举贤良的策问和对策。针对所举贤良文学的策问最早在汉文帝十五年，策问中，文帝先表示急切的求贤之意，然后列出具体的问题："故诏有司、诸侯王、三公、九卿及主郡吏，各帅其志，以选贤良明于国家之大体，通于人事之终始，及能直言极谏者，各有人数，将以匡朕之不逮。二三大夫之行当此三道，朕甚嘉之，故登大夫于朝，亲谕朕志。大夫其上三道之要，及永惟朕之不德，吏之不平，政之不宣，民之不宁，四者之阙，悉陈其志，毋有所隐。"在这一策问中，"三道之要"是一般理论问题，而"四者之阙"是就现实政治问题发表意见。晁错对策，先表明自己身份：荐举者官职、名字，自己现任职务，接着就文帝策问

[1] 《汉书》卷 4，第 116 页。

中的序言发表感想，其后才正式对策。在对策时，晁错先分别引用文帝策问中的问题："诏策曰'明于国家之大体'，愚臣窃以古之五帝明之。""诏策曰'通于人事终始'，愚臣窃以古之三王明之。""诏策曰'直言极谏'，愚臣窃以五伯之臣明之。"对于策问中所谓"三道之要"，晁错没有直接触及现实，而是总结三代明君贤臣的做法，让汉文帝从具有普遍性的经验中自己把握。对于现实问题，如批评汉文帝的失误，晁错几次表示不敢，至于"吏之不平，政之不宣，民之不宁"，晁错也不是直接揭露现实，而是从总结亡秦失败的教训入手，这是汉初讨论政治问题的惯例，作为对比，晁错把汉文帝的政治措施大大美化一番。汉文帝策问中要求"悉陈其志，毋有所隐"是要求对策者不需顾忌，畅所欲言，但晁错也对这一要求的正当性进行对策。文帝征求贤良文学的目的之一是指出自己的缺点，晁错在对策的最后也对现实的缺陷进行了分析："今以陛下神明德厚，资财不下五帝，临制天下，至今十有六年，民不益富，盗贼不衰，边境未安，其所以然，意者陛下未之躬亲，而待群臣也。"[1]晁错对策毕竟是历史上的第一篇，晁错本人又有较高知名度，这篇对策又受到汉文帝的重视，所以对后世产生很大影响。

汉武帝的策问和董仲舒的天人三策，与汉文帝策问和晁错对策有一定继承关系，但又有自己的特点，这些特点使它比汉文帝策问和晁错对策对后世的影响更为巨大，为了分析方便，先把汉武帝元光元年策问列在下面：

制曰：朕获承至尊休德，传之无穷，而施之罔极，任大而

[1] 《汉书·爰盎晁错传》，第2290页。

守重，是以夙夜不遑康宁，永惟万事之统，犹惧有阙。故广延四方之豪俊，郡国诸侯公选贤良修洁博习之士，欲闻大道之要，至论之极。今子大夫褎然为举首，朕甚嘉之。子大夫其精心致思，朕垂听而问焉。

盖闻五帝三王之道，改制作乐而天下洽和，百王同之。当虞氏之乐莫盛于《韶》，于周莫盛于《勺》。圣王已没，钟鼓管弦之声未衰，而大道微缺，陵夷至乎桀、纣之行，王道大坏矣。夫五百年之间，守文之君，当涂之士，欲则先王之法以戴翼其世者甚众，然犹不能反，日以仆灭，至后王而后止，岂其所持操或誖缪而失其统欤？固天降命不可复反，必推之于大衰而后息欤？乌乎！凡所为屑屑，夙兴夜寐，务法上古者，又将无补欤？三代受命，其符安在？灾异之变，何缘而起？性命之情，或夭或寿，或仁或鄙，习闻其号，未烛厥理。伊欲风流而令行，刑轻而奸改，百姓和乐，政事宣昭，何修何饬而膏露降，百谷登，德润四海，泽臻草木，三光全，寒暑平，受天之祜，享鬼神之灵，德泽洋溢，施乎方外，延及群生？

子大夫明先圣之业，习俗化之变，终始之序，讲闻高谊之日久矣，其明以谕朕。科别其条，勿猥勿并，取之于术，慎其所出。乃其不正不直，不忠不极，枉于执事，书之不泄，兴于朕躬，毋悼后害。子大夫其尽心，靡有所隐，朕将亲览焉。（第一策）

制曰：盖闻虞舜之时，游于岩郎之上，垂拱无为，而天下太平。周文王至于日昃不暇食，而宇内亦治。夫帝王之道，岂不同条共贯与？何逸劳之殊也？

盖俭者不造玄黄旌旗之饰。及至周室，设两观，乘大路，朱干玉戚，八佾陈于庭，而颂声兴。夫帝王之道岂异指哉？或曰良玉不瑑，又曰非文无以辅德，二端异焉。

殷人执五刑以督奸，伤肌肤以惩恶。成、康不式，四十余年，天下不犯，囹圄空虚。秦国用之，死者甚众，刑者相望，秏矣哀哉！

乌乎！朕夙寤晨兴，惟前帝王之宪，永思所以奉至尊，章洪业，皆在力本任贤。今朕亲耕籍田以为农先，劝孝弟，崇有德，使者冠盖相望，问勤劳，恤孤独，尽思极神，功烈休德未始云获也。今阴阳错缪，氛气充塞，群生寡遂，黎民未济，廉耻贸乱，贤不肖浑殽，未得其真，故详延特起之士，庶几乎！今子大夫待诏百有余人，或道世务而未济，稽诸上古之不同，考之于今而难行，毋乃牵于文系不得骋与？将所繇异术，所闻殊方与？各悉对，著于篇，毋讳有司。明其指略，切磋究之，以称朕意。(第二策)

制曰：盖闻"善言天者必有征于人，善言古者必有验于今"。故朕垂问乎天人之应，上嘉唐虞，下悼桀纣，寖微寖灭寖明寖昌之道，虚心以改。今子大夫明于阴阳所以造化，习于先圣之道业，然而文采未极，岂惑虖当世之务哉？条贯靡竟，统纪未终，意朕之不明与？听若眩与？夫三王之教所祖不同，而皆有失，或谓久而不易者道也，意岂异哉？今子大夫既已著大道之极，陈治乱之端矣，其悉之究之，孰之复之。《诗》不云虖？"嗟尔君子，毋常安息，神之听之，介尔景福。"朕将亲览

焉，子大夫其茂明之。(第三策)[1]

汉武帝连续三次诏策对后世策问产生极其深远的影响。武帝该三诏与汉文帝十五年诏是很不相同的，他们所问问题不在同一层面上，文帝所问较具体，而武帝所问更具有理论性，显示了汉武帝本人对理论问题的兴趣。这些问题是在先秦诸子各家理论的碰撞基础上产生的，尤其反映了汉武帝初年儒道之间激烈的斗争。武帝所问，基本上是相互矛盾的理论，他关注的焦点实际集中在现实问题上，也就是黄老之学提倡的无为和儒家提倡的为民表率、制礼作乐等的矛盾。汉武帝提出互相矛盾的问题要对策者作答，后代策问多用这种方式，他在此处表达的理想也为后世策问中常见的内容。董仲舒对策之文篇幅很长，此处不录，不过其对策的形式值得注意，其前两策是按策问问题回答，但并未列出策问内容，第二策之后，汉武帝在第三次诏问中对前面对策有所批评，也就是所谓“条贯靡竟，统纪未终”。董仲舒在第三次对策时，把武帝策问的任何一句都先列出，然后分开对策，又回归到晁错对策的方法。对策三次也对唐人的策问起示范作用。

董仲舒对策之后，汉代还有一些著名对策，如元光五年公孙弘对策也颇有名，太常本把公孙弘列为下第，而汉武帝却擢之为第一。《文心雕龙·议对》对对策的历史和从汉到魏晋的发展作了回顾：“汉文中年，始举贤良，晁错对策，蔚为举首。及孝武益明，旁求俊乂。对策者以第一登庸，射策者以甲科入仕：斯故选贤要术也。观晁氏之对，证验古今，辞裁以辨；超升高第，信有征矣。仲舒之对，祖述《春秋》，本阴阳之化，究列代之变，烦而不慁者，事理明

[1] 《汉书·董仲舒传》，第2495页。

也。公孙之对，简而未博，然总要以约文，事切而情举，所以太常居下，而天子擢上也。杜钦之对，略而指事，辞以治宣，不为文作。及后汉鲁丕，辞气质素，以儒雅中策，独入高第。凡此五家，并前代之明范也。魏晋已来，稍务文丽，以文纪实，所失已多，及其来选，又称疾不会；虽欲求文，弗可得也。"[1]魏晋南北朝时期，九品中正制成为选拔官员的主要方式，虽然"秀才"科还不断举行，当时人对这种方法的形式主义倾向常表示不满，对此时的对策文也多批评，如北魏韩显宗认为当时"秀才"、"孝廉"徒有虚名，完全根据门第，认为已失汉朝对策文的意义，从流传下来的策问和对策看，南北朝策问和对策都受骈文影响，如王融永明九年和十一年策秀才文[2]，北齐天保五年被列为第一的樊逊秀才对策，都是以骈文形式写成。此时对策多不引用策问内容，只是按照策问顺序进行回答，传世对策中只有郗诜泰始七年贤良对策分条引用策问内容。策问时称被举荐之人也即对策者为"子大夫"，这是模仿汉武帝，策问内容多天人感应、三代质文、刑法等，这也是汉武帝问过的问题。魏晋南北朝总体上倾向于文辞，但受汉武帝策问和董仲舒对策影响的痕迹还是明显的。吴承学先生在梳理策问源流时有一疏失，他说："《文选》重在策问，所选全是策问，而且全是六朝的策问文，但没有选对策文。"[3]认为《文选》所选策问文全是六朝策问是不正确的，《文选》第三十五卷列有"诏"类，选有汉武帝《贤良诏》，该诏原出自《汉书·武帝纪》，是元光元年五月的诏书，是一篇策问文，虽然与三十六卷的"文"名称不一致，但也是策问。

---

[1] 陆侃如、牟世金译注：《文心雕龙译注》，齐鲁书社 1995 年版，第 334 页。

[2] 见《文选》卷 36，上海古籍出版社 1986 年版，第 1644 页。

[3] 吴承学：《中国古代文体形态研究》，中山大学出版社 2000 年版，第 52 页。

二、唐人策问对汉武帝策问的模仿和学习

汉武帝元光元年策董仲舒的诏问，是唐代策问撰写者揣摩最多、模仿最多的。唐代策问的内容、方式甚至语气，与汉武帝之策有着千丝万缕的联系，有的甚至就改编自汉武帝的策问，如独孤及《策秀才问三道》第二问："问：黄帝氏以无为为政，垂衣裳而天下顺，周人三千其仪，亦克用乂。舜诛四罪，天下咸服，而成康恭己，刑措不用。致化之本，岂不同源？而文质殊贯，损益相反。以古范今，何去何就？"[1]这里所问的无为与礼制的矛盾，诛罪与刑措的不同，方式和内容都是改编了汉武帝之诏。穆质《对贤良方正能直言极谏策》问为陆贽所作，以"皇帝若曰"开头，中间不少话模仿汉武帝之诏："意者朕不明欤？势不可欤？何古今之事同，而得失之效异也？思欲划革前弊，创立新规，施之于事而易从，考之于文而有据……传曰：时之不乂，厥罚恒旸。又曰：尧汤水旱，数之常也。二者相反，其谁云从？今人靡盖藏，国无廪积，朕屡延卿士，询访谟猷。至乃减冗食之徒，罢不急之务，既闻嘉话，亦已遵行。而停废之余，所费尚广。欲转输于江徼，则远不及期；将搜粟于关中，则扰而无获。节军食则功臣怀怨，省吏员则多士靡归。中心浩然，罔知攸济。子大夫蕴蓄才器，通明古今，副我虚求，森然就列，匡朕之寡昧，拯时之艰灾，毕志直术，无有所隐。"[2]与汉武帝第三诏语气相象。有的不是对策，也会模仿汉武帝用词，如李观《上陆相公书》介绍自己说："观幼养于亲，长敬于家，非良朋善友寝明寝昌

[1] 《全唐文》卷 384，第 3905 页。
[2] 《全唐文》卷 524，第 5325 页。

之道也。"[1] 此处"寖明寖昌"就是来自汉武帝，该文提到董仲舒第二策中"贤材虽未久，不害为辅佐"，可见李观对天人三策也认真钻研过。

汉武帝元光元年策问最明显的特点就是要求对策者就相互矛盾的一系列问题进行回答，唐代策问的撰写者在揣摩中深谙此道，多是就互相矛盾的理论或现实问题发问，先看唐初的几则策问：

颜师古《策贤良问五道》第二道问：

> 西京课吏，其法何以？邺洛考功，众议孰得？且公卿已下，员禄素定，量其闲剧，职务才举。而散官一色，多乏器干，纵非鄙弱，则有疵瑕。至于衔命诸方，承旨出使，按察抚劳，络绎相趋，若差职事之人，则于官曹阙废；如其专遣冗散，又致前途亏失。彼此难周，未能通允。欲施何法，使得兼济？[2]

上官仪《对用刑宽猛策》前的问题说：

> 问：狱市之寄，自昔为难。宽猛之宜，当今不易。缓则物情恣其诈，急则奸人无所容。曹相国所以殷勤，路廷尉于焉太息。韦弦折中，历代未闻，轻重浅深，伫承嘉议。[3]

骆宾王《对策文三道》之第二问曰：

---

[1] 《全唐文》卷 533，第 5417 页。
[2] 《全唐文》卷 147，第 1488 页。
[3] 《全唐文》卷 155，第 1584 页。

问：士农工商，四民各业，废一不可，取譬五材。而阙里致言，鄙于学稼；漆园起论，爰称绝机。岂先圣垂文，义有优劣，将随方设教，理或变通者哉？汝其矢陈，用启前惑。[1]

从以上列出的几道策问看，唐初策问在语言上还沿用骈文形式，而所问问题则是要在矛盾中寻求统一，要把握事物的度，这与汉武帝策问有继承关系。独孤及《对洞晓玄经策》问中提到养生问题，说："何卫生之不异，而利害之顿殊？子既洞晓玄经，探微索隐，矛盾若此，何以会明？"[2]这里明确提到"矛盾"一词，可见人们对策问方式的理解。

唐代流传下来策问最多的是权德舆，他曾经多次主持礼部进士考试，对写策问及如何选拔人才也有较多研究，对学术中的矛盾现象和现实政治中的利弊权衡多有注意，如《贞元十三年中书试进士策问二道》之二："乃者西裔背盟，劳师备塞。今戎王自毙，边遽以闻。而议者或曰因其丧而吊之，可以息人；或曰乘其虚而伐之，可以辟地；或曰夷实无厌，兵者危事，皆所以疲中国也，不若如故。是三者必有可采，思以辨之。"[3]《贞元十九年礼部策问进士五道》之第三道关于宗庙昭穆问题，最后问说："众议云云，莫有所一，至今留中未下，诚圣意所难也。至当无二，众君子辨之。"[4]《贞元二十一年礼部策问五道》之第五谓："问：言，身之文也。又曰：灼于中必文于外。司马相如、扬雄，藉甚汉廷，其文盛矣。或奏琴心而涤器，或赞

[1] 《全唐文》卷 197，第 1996 页。
[2] 《全唐文》卷 384，第 3906 页。
[3] 《全唐文》卷 483，第 4935 页。
[4] 同上书，第 4936 页。

符命以投阁，其于溺情败度，又奚事于文章焉？至若孔融、祢衡，夸傲于代，祸不旋踵，何可胜言！两汉亦有质朴敦厚之科，清廉孝顺之举，皆本于行而遗其文，复何如哉？为辨其说。”[1]《道举策问五道》第一问：“庄生曰：吾闻庖丁之言，得养生焉。盖以其游刃无全，善刀而藏之故也。御寇则曰：养生如何？肆之而已。庄生曰：嗜欲深者天机浅。御寇则以朝穆善理内而性交逸。何二论背驰之甚焉！”[2]权德舆所问有现实问题，也有理论问题，都是互相矛盾的现象。

韩愈《进士策问十三首》很多是要求士子对经典中互相矛盾的问题进行解说，第一问是关于统治者决策时应该广泛咨询还是应该独自决断的问题，《尚书》要求广泛征求意见，而《易》与《春秋》要求决策要保持高度机密，韩愈提的问题是：“今其文相戾悖如此，欲人之无疑，不可得已。是二说者，其信有是非乎？抑所指各殊，而学者不之能察也？谅非深考古训，读圣人之书者，其何能辨之？此固吾子之所宜无让者，愿承教焉。”[3]第二问关于三代质文：“夏之政尚忠，殷之政尚敬，而周之政尚文。是三者，相循环终始，若五行之与四时焉。原其所以为心，皆非故立殊而求异也。各适于时，救其弊而已矣。夏殷之书存者可见矣，至周之典籍咸在，考其文章，其所尚若不相远然。焉所谓三者之异云乎？抑其道深微，不可究欤？将其词隐而难知也？不然，则是说为谬矣。”[4]第十一问关于尧舜是否无为，孔子称尧舜无为而治，而《尚书》记载尧舜事务繁忙：“于乎！其何勤且烦如是，而其言曰无为而理者，何也？将亦

[1] 《全唐文》卷483，第4937页。
[2] 同上书，第4942页。
[3] 《全唐文》卷547，第5546页。
[4] 同上书，第5546页。

有深辞隐义不可晓邪？抑其年代已远，失其传焉？”[1]

唐代策问不仅在用二难选择策试士子上继承汉武帝之策问，在策问的具体内容上，也多所仿效。汉武帝策问和董仲舒对策的主要内容有天人感应、质文代变、风俗的醇厚、对教育的重视、官吏的选拔和考核等，这些也是唐代策问的重要内容。安史之乱后对现实问题更关注一些，如杜甫《乾元元年华州试进士策问五道》[2]、元结《问进士（永泰二年通州问）》[3]。白居易为准备考试而作的《策林》很好地说明了这一点。白居易《策林·序》说“闭户累月，揣摩当代之事”，其中涉及不少现实问题，但更多问题是从汉代就有的策问问题，如风俗、天人感应、质文代变、选拔与使用人才等。设计的问题多为二难问题，如第八《风行浇朴·由教不由时》：“问：甿俗之理乱，风华之盛衰，何乃得于往而失于来？薄于今而厚于古？或曰：兴替之道，执在君臣。又云：浇朴之风，系于时代。二说相反，其谁可从？”[4]第十五《忠敬质文损益》：“问：忠敬质文，百代循环之教也。五帝何故而不用？三王何故而相承？将时有同异耶？道有优劣耶？又三代之际，损益不同，所祖三才，其义安在？岂除旧布新，务于相反相异乎？复扶衰救弊，其道不得不然乎？又国家祖述五帝，宪章三代，质文忠敬，大备于今。而尚人鲜朴忠，俗多利巧，欲救斯弊，其道何如？”[5]汉武帝第三策有类似问，韩愈策进士问也有此，白居易设计的问题从历史推演到现实。第二十二《不夺人利·议盐铁与榷酤诫厚敛及杂税》：“问：盐铁之谋，榷酤之法，山

[1] 《全唐文》卷 547，第 5548 页。
[2] 《全唐文》卷 359，第 3649 页。
[3] 《全唐文》卷 380，第 3859 页。
[4] 《全唐文》卷 670，第 6815 页。
[5] 同上书，第 6818 页。

海之利，关市之征，皆可以助佐征徭，又虑其侵削黎庶。舍之则乏用于军国，取之则夺利于生人。取舍之间，孰为可者？”（《全唐文》卷670）第三十二《议庶官迁次之迟速》：“问：先王建官，升降有制，迁次有常，此经久之道也。或云：赏善罚恶者，不逾时月；又曰：为官吏者，可长子孙。岂今古之殊制乎？不然，何迟速之异如此也？今欲速迁而劝善，恐诱躁求之心；将令久次而望功，虑兴滞用之叹。何以为中？”[1]

第四十三《议兵·用舍逆顺兴亡》：“问：传曰：谁能去兵？兵之设久矣。又曰：先王耀德不观兵。二者古之明训也。然则君天下者，废而不用，且涉去兵之非；资以定功，又乖耀德之美。去就之理，何者得中？”[2] 第五十一《议封建论郡县》在回答矛盾时超越二难：“由是观之，苟固其本，导其源，虽郡与国，俱可理而安矣。苟逾其防，失其柄，虽侯与守，俱能乱且危矣。”[3]

从白居易自己所设计的问题来看，内容上很多与武帝之诏策有关，提问的方式也有联系。

三、唐人对策对天人三策的模仿和学习

策问和对策贯穿了唐代几乎所有的考试，不论是最受重视的进士科、明经科还是各种制科，也不论选拔人才的方式发生什么变化，对策都是必不可少的。用这种方式选拔人才，当然是受汉代的影响，

[1] 《全唐文》卷670，第6831页。
[2] 《全唐文》卷671，第6838页。
[3] 同上书，第6843页。

而在对汉代策问和对策的学习中，汉武帝元光元年之问和董仲舒之对策是唐人学习模仿最多的，成了策问和对策的范式，为论述方便，本章从对策的内容和形式两方面进行分析。

1. 内容和精神上的模仿：从互相矛盾的理论和现象中找出解决问题的方法，理论和实际的结合。

唐代最著名的对策是大和二年刘蕡对文宗之策，而该对策的逻辑起点是董仲舒的对策，他也像董仲舒一样以《春秋》作为论证的根据：

> 臣谨按《春秋》，人君之道，在体元以居正，昔董仲舒为汉武帝言之略矣。其所未尽者，臣得为陛下备而论之。夫继故必书即位，所以正其始也；终必书所终之地，所以正其终也。故为君者，所发必正言，所履必正道，所居必正位，所近必正人。[1]

这里所说的董仲舒为汉武帝言的人君之道，是指董仲舒在第一策中的话："臣谨案《春秋》谓一元之意，一者万物之所从始也，元者辞之所谓大也。谓一为元者，视大始而正本也。《春秋》深探其本，而反自贵者始。故为人君者，正心以正朝廷，正朝廷以正百官，正百官以正万民，正万民以正四方。四方正，远近莫敢不壹于正，而亡有邪气奸其间者。是以阴阳调而风雨时，群生和而万民殖，五谷孰而中木茂，天地之间被润泽而大丰美，四海之内闻盛德而皆徕臣，诸福之物，可致之祥，莫不毕至，而王道终矣。"[2] 董仲舒此处

[1] 《旧唐书》卷190下，第5068页。

[2] 《汉书·董仲舒传》，第2502页。

把君主行为和瑞应结合起来，而以《春秋》作为论证根据。刘蕡就是在这一基础上继续论证的，他在文中多次引用《春秋》，而时人也把他看成晁错、董仲舒似的一流人物，《旧唐书·文苑传》说："是岁，左散骑常侍冯宿、太常少卿贾餗、库部郎中庞严为考策官，三人者，时之文士也，睹蕡条对，叹服嗟悒，以为汉之晁、董，无以过之。"[1] 考策官把晁错、董仲舒之策当作对策的最高典范，而认为刘蕡此对达到了对策的最高水平，可以和晁、董并列。刘蕡此对继承董仲舒天人三策的痕迹很明显，但刘蕡与董仲舒之言也有不同，如关于质文代变的问题。汉武帝在第三策中说："夫三王之教所祖不同，而皆有失，或谓久而不易者道也，意岂异哉？"董仲舒说："臣闻夫乐而不乱复而不厌者谓之道；道者万世亡弊，弊者道之失也。先王之道必有偏而不起之处，故政有眊而不行，举其偏者以补其弊而已。三王之道所祖不同，非其相反，将以捄溢扶衰，所遭之变然也。故孔子曰：'亡为而治者，其舜虖！'改正朔，易服色，以顺天命而已；其余尽循尧道，何更为哉！故王者有改制之名，亡变道之实。然夏上忠，殷上敬，周上文者，所继之捄，当用此也。孔子曰：'殷因于夏礼，所损益可知也；周因于殷礼，所损益可知也；其或继周者，虽百世可知也。'此言百王之用，以此三者矣。夏因于虞，而独不言所损益者，其道如一而所上同也。道之大原出于天，天不变，道亦不变，是以禹继舜，舜继尧，三圣相受如守一道，亡救弊之政也，故不言其所损益也。繇是观之，继治世者其道同，继乱世者其道变。今汉继大乱之后，若宜少损周之文致，用夏之忠

[1] 《旧唐书》卷 190 下，第 5068 页。

者。”[1]在董仲舒看来，治理国家的根本之道是不会随时变化的，三代之所以不同，是因为所遇到的社会问题有区别，也就是“先王之道必有偏而不起之处”，何处“偏而不起”，就从何处救弊，董仲舒对孔子三代损益的理解，认为忠、敬、文三者是循环的，至于汉代现实，董仲舒认为又该用夏之“忠”了。质文代变的学说成为人们解释历史变化的重要理论，唐代策问中很多关于这方面内容，文宗策中也提到“三代令王，质文迭究，百伪滋炽，风流寖微，自汉而降，足征盖寡”。刘蕡关于这一问题与董仲舒既有继承关系，也有发展，刘蕡说：“臣谨按《春秋》：‘元者，气之始也；春者，岁之始也’；《春秋》以元加于岁，以春加于王，明王者当奉若天道，以谨其始也。又举时以终岁，举月以终时，《春秋》虽无事，必书首月以存时，明王者宜奉若天道，以谨其终也。王者动作终始必法于天者，以其运行不息也。陛下既能谨其始，又能谨其终，懋而修之，勤而行之，则可以执契而居简，无为而不宰，广立本之大业，崇建中之盛德矣。又安有三代循环之弊，而为百伪滋炽之渐乎？”王者动作法于天，这是董仲舒天人感应学说的重要内容，对策中也有明确表达：“臣谨案《春秋》之文，求王道之端，德之于正。正次王，王次春。春者，天之所为也；正者，王之所为也。其意曰：上承天之所为，而下以正其所为，正王道之端云尔。然则王者欲有所为，宜求其端于天。”《春秋繁露》中有不少篇目论述这一观点，如《官制象天》、《王道通三》等文，刘蕡要求文宗慎始慎终，不论是论证方法还是结论，都与董仲舒有关，但他希望跳出三代循环弊端的揆法，又是董仲舒所无的，董仲舒还是在质文代变之内思考现实政治。

---

[1]　《汉书·董仲舒传》，第 2518 页。

因为问者和对策者对董仲舒之对都颇为熟悉，若在对策时完全按照前人思路，则会被认为“寻常之对”，希望能有“非常之对”和“非常之人”出现，是唐朝统治者借鉴汉人的一种用语，在回答同样的问题时，有人尽量做出不同于前人的回答，如白居易在《策林》中自己设计的关于灾异问题的回答时，分成大小两类，就比董仲舒精细。如第十八《辨水旱之灾明存救之术》讲到水旱之灾的产生原因，白居易说：“臣闻水旱之灾，有小有大。大者由运，小者由人。由人者，由君上之失道，其灾可得而移也；由运者，由阴阳之定数，其灾不可得而迁也。……其大者，则唐尧九载之水，殷汤七年之旱是也。夫以尧之大圣，汤之至仁，于时德俭人和，刑清兵偃，上无狂僭之政，下无怨嗟之声，而卒有浩浩滔天之灾，炎炎烂石之沴。非君上之失道，盖阴阳之定数尔。此臣所谓由运不可迁之灾也。”[1]关于尧汤水旱问题，是天人感应学说的重要问题，汉武帝曾以之问公孙弘，弘之回答与此不同。白居易把感应和运数相结合，理论上更精致。第二十九《请行赏罚以劝举贤》主张对举贤进行赏罚：“得贤由举择慎审，慎审由赏罚必行。自十年以来，未闻有司以得所举赏一人，以失所举罪一人。则内外之荐，恐未专精，出处之贤，或有违滥。斯所以令陛下尚有未得贤之叹也。伏惟申明所举，深诏有司，量其短长之才，授以大小之职。然后明察臧否，精考殿最。得人者行进贤之赏，谬举者坐不当之辜。自然上下精详，远近惩劝。”[2]此主张来自董仲舒对策。第七十五《典章教令》：“问：子大夫才膺间出，副我旁求，宜当悉心，靡有所隐。其或典章有违于

---

[1] 《全唐文》卷 670，第 6822 页。

[2] 同上书，第 6830 页。

古，禁令不便于今，尔无面从，予将亲览。”在回答时反用公孙弘之言：“今以陛下上圣之资，仁惠之力，令行禁止之势，万万于一邑一宰也，何虑教不敷而化不洽乎？臣闻周公之理也，周年而变，三年而化，五年而定。陛下苟能勤教令以抚之，推诚信以奉之，则三年化成，五年理定，臣窃未以为迟矣。伏惟陛下少垂意而待焉。”[1]

唐人对策时常引用董仲舒对策之语，如苗晋卿《对文词雅丽策》有：“董仲舒对策曰：‘王者欲有所为，宜求其端于天。天道大者，在于阴阳，阳之为德，阴之为刑。王者承天意以从事，故务德教而省刑罚。’”[2] 苏晋《应贤良方正科对策并问》有：“是知易俗移风，使天下回心而向道者，非俗吏之所能为也。故董子云：‘黎人未济，皆长吏不明，使至于此也。’贾谊云：‘下之有过，吏之罪也。’”[3] 既引用董仲舒对策之语，又引用贾谊之语。

陈子昂《谏政理书》、《谏刑书》虽不以对策名，实际上也是对策，《谏政理书》的写作因由据文中交代是：“幸得游京师，睹皇风，亲逢大圣之诏布于天下，问于贤士大夫曰：‘何道可以调元气？’”武则天公开诏问天下士人，问的是中国思想史上常见的燮理阴阳，陈子昂此文围绕元气展开，与董仲舒有继承关系：“臣闻之于师曰：元气者，天地之始，万物之祖，王政之大端也。天地之道，莫大乎阴阳；万物之灵，莫大乎黔首；王政之贵，莫大乎安人。故人安则

[1] 《全唐文》卷 671，第 6856 页。

[2] 《全唐文》卷 353，第 3579 页。

[3] 解律齐：《对贤良方正科策》，《全唐文》卷 959，第 9953 页；卷 300 又作苏晋《应贤良方正科对策并问》，第 3045 页，问同，文稍异，基本相同。苏晋《又应贤良方正科对策》问中有：“子大夫讲圣人之高议，明王事之大纲，蓄愤谋忠，历年载矣。何施而反本于古？何用而救末于今？何术而人物阜安？何德而神灵滋液？尔其无隐无忽，悉之究之，通其条贯，朕当亲览。”完全是模仿汉武帝口气，所以苏晋回答引用董仲舒语是有关联的。

阴阳和，阴阳和则天地平，天地平则元气正矣。是以古先帝代，见人之通于天也，天之应乎人也，天人相感，阴阳相和，灾害之所以不生，嘉祥之所以遂作。……故人得安其俗，乐其业，甘其食，美其服，阴阳大和，元气以正。天瑞降，地符升，风雨以时，草木不落，龟龙麟凤，在郊薮矣。洎颛顼唐虞之间，不敢荒宁。……是以臣每察天人之际，观祸乱之由，迹帝王之事，念先师之说，昭然著明信不欺尔。……愿陛下念先帝之休意，恢大唐之鸿业，于国南郊建立明堂，使宇宙黎元，遐荒夷貊，昆虫草木，天地鬼神，粲然知陛下方兴三皇五帝之事，与天下更始，不其盛哉？昔者黄帝合宫，有虞总章，唐尧衢室，夏后世室，群圣之所以调元气理阴阳于此教也。臣虽未学，窃尝闻明堂之制也。有天地之则焉，有阴阳之统焉，二十四气八风十二月四时五行二十八宿，莫不率备，故顺其时月而为政，则风雨时，寒暑平，万物茂畅，五谷登稔，元气不错，阴阳以和。逆其时而为政也，则水旱兴，疾疫起，虫螟为害，霜雹成灾，阴阳不和，元气以错。”[1]

关于《谏刑书》写作原因，有“臣闻昔者圣人务理天下者，美在太平；太平之美者，在于刑措。臣伏见陛下务太平之理，而未美太平之功，贱臣顽微，窃惑下列。臣前蒙天恩召见，恩制赐臣曰：‘既遇非常之主，何不进非常之策？’”则子昂此文，虽不以对策名，实为对策，“非常”一词是汉朝常用的，这里有模仿之意。关于刑措问题在任用酷吏的武则天时期也颇具针对性。子昂论证问题的方式是董仲舒似的：“臣闻自古圣王谓之大圣者，皆云尚德崇礼，贵仁贱刑，刑措不用，谓之圣德，不称严刑猛制，用狱为理者也。故周有

[1] 《全唐文》卷 213，第 2152 页。

天下八百余岁，而惟颂成康，汉有天下四百余岁，而独称文景，皆由几致刑措者也。何则？刑者政之末节，非太平之资。臣窃考之于天，天贵生成，验之于人，人爱生育；旁稽于圣，圣务胜残。皆不云以刑为德者。……臣伏见去年八月以来，天苦霖雨，自陛下赦李珍等罪，天朗气清。又九月十八日，明堂享会，庆云抱日，五彩纷郁，龙章竟天，万品咸观，宇宙同庆。又其月二十一日，恩敕免楚金等死，初有风雨，变为景云，司刑官属，皆所共见。臣闻阴惨者刑也，阳舒者德也，庆云者喜气也。臣伏考之《洪范》，验之六经，圣人法天，天亦助圣。休咎之应，必不虚来。陛下法天垂仁，天助陛下仁化。狱吏急法，则惨而阴雨；陛下赦罪，则舒而阳和；君臣欢娱，则喜而见庆云，天意如此，陛下岂可不承顺之？夫刑者怒也，不可以承喜气，今又阴雨，臣恐过在狱官。况陛下明堂之理，本以崇德，配天之业，不以务刑。……昔邓太后以天降旱，亲决洛阳狱囚徒，良史书之，而以为德。”[1] 陈子昂在理论上和论证语气上都与董仲舒有继承关系。

2. 唐代对策在形式上对“天人三策”的模仿。

唐代流传下来的策问和对策多为制举的策问和对策，在诸多策问和对策中，有一部分是连续三道，表明这些制举考试是考三道对策。唐人议论到考试问题，往往把试策三道当作理想状态，不管当时实际的考试制度如何，如张九龄代替玄宗写的《东封赦书》，其中谈到对功臣子孙的照顾有“宜各与一子出身，无子者任回与周亲之人，有司试策三道，等第收奖”[2]。泰山封禅在开元十三年，该文也

[1] 《全唐文》卷 213，第 2150 页。
[2] 《全唐文》卷 287，第 2916 页。

是写于此时，其后唐人说到考试，还经常把试策三道当作理想状态，如中唐时杨绾在著名的《条奏贡举疏》中建议："望请依古制，县令察孝廉，审知在乡闾有孝悌及信义廉耻之行，加以经业才堪策试者，以孝廉为名，荐之于州，刺史当以礼待之，试其所通之学，其通者送名于省，自县至省，不得令举人辄自陈牒。比来有到状保辨识牒等，一切并停，其所习经，取《左传》、《公羊》、《谷梁》、《礼记》、《周礼》、《仪礼》、《尚书》、《毛诗》、《周易》，任通一经，务取深达奥旨，通诸家之义，试日差诸司官有儒学者对问。每经问义十条，问毕对策三道，其策皆问古今理体，及当时要务，取堪行用者。"[1]《上贡举条目疏》对此建议又有进一步说明："孝廉举人，请取精通一经，每经问义二十条，皆须旁通诸义，深识微言；试策三道，问古今理体，取堪行用者。"从杨绾疏中可知，他希望除去唐代盛行的奔竞请托之风，而改为地方官推荐，"孝廉"科除问经义，还要对策三道，《上贡举条目疏》还说"秀才举人，准旧格惟试方略策五条"，孝廉、秀才都是汉朝开始举荐的名目，唐代很多试策考试考三策，而前代试策三道并没有固定的制度，只有汉武帝策董仲舒等人时是三策，可见唐人把汉武帝偶然性的三次策问当成策问的典范。

从试策存在开始，对策的结构与策问之间就有两种形式：一种是从晁错对策开始的把策问分拆进行对答的方式，董仲舒第三策采用的也是这种方式，因为前两策在结构上受到批评，被汉武帝认为"条贯靡竟，统纪未终，辞不别白，指不分明"；另一种就是董仲舒前两策的方式，按照策问的顺序回答，但并不引用策问内容。前一种方式成了对策的主流形式，因为这种方式是以问题为中心的，且

[1] 《全唐文》卷331，第3356页。

条理清晰，而不引用策问有利于对策者个人见解的发挥，缺点是哪些话是针对什么问题，需要一番斟酌才能弄清楚。但若认为唐朝对策的形式唯有前一种方式，就不符合实际。在对策结构上，唐人模仿董仲舒的痕迹也是很明显的，最典型的是崔沔《应封神岳举对贤良方正策》，该对策本问三次，所以重试问中有“三道之中，妍媸顿别”，且重试问中对前三次对策不满：“寻其后句，末韵或犯于前声；览以终篇，答难不伦于次序”，近似于汉武帝不满于前二策。崔之前三策在文中均未引用问中之语，但重试因为受到批评，对策试分六次引用“策曰”，与董仲舒第三策极似。[1]

对策时是否引用策问并没有做出统一规定，在引用策问成为主流的情况下，不引用策问倒需要勇气，唐人对策有一些不引用策问的，他们之所以敢这样做，与董仲舒前两策不引用策问是有直接关系的。对这一问题对策者会表现出深刻的矛盾，皇甫湜《对贤良方正直言极谏策》问有“子大夫何以匡建而致之乎？……何方可以序六气来百祥？何施可以寿群生仁众姓？征于前训而有据，议于当代而易从。勿猥勿并，以称朕意”。该问题从内容到语气都是学汉武帝，皇甫湜回答开头表示不想按照问题顺序和内容回答，想依据自己对社会问题的研究，但犹豫之后，还是按传统方式：“且天下之事，难一二以疏。举臣所当言，又有非臣下所宜闻知；清问所不说，又郁而不得发。强附之于篇，考视者必以为余烦，又摈而不得通矣。陛下何惜一赐臣容足之地，于冕旒之前，使得熟数之乎？可采则行之，无用则罢之，何损于明也？然臣不敢有望于是。谨旁缘圣问，粗竭愚瞽。倘陛下怜察其志而宥其诛，赐之异日之问，而卒其说，

[1] 《全唐文》卷 273，第 2775 页。

则覆照之下，形气之生，孰不幸甚！”在皇甫湜看来，策问所问与自己想向朝廷建言的内容并不一致，天下问题无法分条说清楚；想按照自己的想法畅所欲言，又怕不能中试，可见根据策问来回答是对策的正体。内心斟酌的结果，还是“旁缘圣问”，也就是先分条引用策问之语，然后对答。他又寄希望于皇帝再次策问，甚至是当面条陈。皇甫湜之所以产生这样的犹豫，是受董仲舒前两策的启发。皇甫湜认真钻研过董仲舒对策，在这次对策中，他还引用董仲舒对策中对尧舜的评价：“臣闻尧舜以天下为己忧，而未以位为乐也。”[1]

对分别引用策问然后回答表示怀疑的还有沈亚之。沈亚之《对贤良方正直言极谏策》共两篇，第一篇结尾处说：“今策臣之目曰直言极谏，则言无所不直，直不惧于罪也，若谏无不极者，今百不尽臣之一二焉。何者？答问之所及，或未利于国，臣虽欲漏之而不解，则惧执事之臣不寤也。睿问之所不及者，当臣之言，实有利于国，臣虽欲奏之，臣惧罪言于非宜也，而况短晷之辰，奔光驰曜之下，笔之条奏，拘以文陈乎？臣所以愤懑之诚，百不及一二也。岂无异日而顾问哉？伏惟陛下察焉。”[2]他这里说制举科目名“直言极谏”与实际对策的不符，自己虽然“直言”，但因为策问本身有些与国家利益无关，不回答不行，有些应该说，但策问中没有触及，规定的短时间内，也不可能展开论述。他像皇甫湜一样，也希望有再次策问，可见对策者对只考一次策问的不满。这次对策沈亚之没有分拆对策，而是在正式对策前列一简目：“臣伏读睿问，周视圣旨，见陛下思天灾之病也，臣愚以为皆由尚书六曹之本坏而致乎然也，今前

[1] 《全唐文》卷 685，第 7014 页。
[2] 《全唐文》卷 734，第 7581 页。

请统而条指之：睿问有念人俗之凋讹，及于卒乘之数，货币之资，臣请以今之户部兵部之坏举之；睿问有思才周于文武，本固在于士农，臣请以礼部工部之坏举之；睿问有欲以辨行之真伪，臣请以吏部之滥举之；睿问有朝廷之阙，臣请以刑部之失举之；睿问有四方之弊，臣请以山东陇右之急奏之。”[1] 此次对策以高度的概括对策问进行分类，没有逐条分拆引用策问，而在第二策时，他又回归到主流的对策方法，分条引用策问然后回答问题，这正与董仲舒对策的方式一致。事实上，沈亚之对董仲舒对策有深入学习，早于贤良方正对策的《对省试策》共三道，第一道对中有：“夫太宽则上逸而下偷，太急则上劳而下怨。下偷则怠慢生，下怨则暴乱作。故殷周之王，因其弊而更张之，因人利而改作之。”[2] 其中“更张”一词出自董仲舒，董仲舒为了说明政治上彻底改变秦的统治方式，遂以琴瑟不调，须“改而更张”为喻，而沈亚之把本体的用于琴瑟的“更张”一词直接用在政治措施方面，可见董仲舒影响之巨。

中唐时期，对策时不分条引用策问曾经有过小小高潮，元和元年四月二十八日《才识兼茂明于体用策》问由大臣代写：“皇帝若曰：朕观古之王者，受命君人，兢兢业业，承天顺地，靡不思贤能以济其理，求谠直以闻其过。故禹拜昌言而嘉猷罔伏，汉征极谏而文学稍进。匡时济俗，罔不率繇……厥后相循，有名无实。而又设以科条，增求茂异，舍斥已之至论，进无用之虚文。指切著明，罕称于代。兹朕所以叹息郁悼，思索其真。是用发恳恻之诚，咨体用之要，庶乎言之可行，行之不倦，上获其益，下输其情，君臣之间，欢然相与。子

[1] 《全唐文》卷 734，第 7577 页。
[2] 同上书，第 7574 页。

大夫得不勉思朕言，而茂明之。我国家光宅四海，年将二百，十圣宏化，万方怀仁。三王之礼靡不讲，六代之乐罔不举。漏泽于下，升中于天。周汉已还，莫斯为盛。……昔主父惩患于晁错，而用推恩；夷吾致霸于齐桓，而行寓令……又执契之道，垂衣不言。委之于下，则人用其私；专之于上，则下无其功。汉元优游于儒术，盛业竟衰，光武责课于公卿，峻政非美。余心浩然，益所疑惑。子大夫熟究其言旨，属之于篇，兴自朕躬，毋悼后害。”[1]这次策问是把汉作为理想时代的，该次对策者有罗让、韦处厚、白居易、元稹、独孤郁等，而罗让和独孤郁都没有分条引用策问。罗让虽是分开回答，但没有直接引用问题，而是概括问题：“臣伏读圣策，首陈禹拜汉征之旨，求索真之要”，“臣伏见圣策顾问既往将来之事”，“臣伏见圣策次问推恩寓令之计”，“伏读圣策次问专委儒术者，臣固无以道师之说，仅能勿坠耳”。[2]最后一句来自董仲舒第三策中“臣愚不肖，述所闻，诵所学，道师之言，仅能勿失耳”，可见他对董仲舒对策有过一番研究。独孤郁《对才识兼茂明于体用策》[3]也没有引用策问之语。

刘蕡著名的对策在结构上颇特殊：没有分开引用文宗之策问，而是把策问分成四个部分，每部分以简短语言概括策问内容，然后以一句话点出策问目的，再用几句话进行对策。如第一部分：“伏惟圣策，有思先古之理，念玄默之化，将欲通天人以齐俗，和阴阳以煦物，见陛下慕道之深也。臣以为哲王之理，其则不远，惟陛下致之之道何如尔。”第二部分：“伏惟圣策，有祇荷丕构而不敢荒宁，奉若谟训而罔有怠忽，见陛下忧劳之志也。若夫任贤惕厉，宵衣旰

[1] 《全唐文》卷525，第5332页。
[2] 同上书，第5333页。
[3] 《全唐文》卷683，第6982页。

食，宜黜左右之纤佞，进股肱之大臣；若夫追踪三五，绍复祖宗，宜鉴前古之兴亡，明当时之成败。心有所未达，以下情塞而不得上通；行有所未孚，以上泽壅而不得下浃。欲人之化也，在修己以先之；欲气之和也，在遂性以导之。救灾患在致乎精诚，广播植在视乎食力。国廪罕蓄，本乎冗食尚繁；吏道多端，本乎选用失当。豪猾逾制，由中外之法殊；生徒堕业，由学校之官废。列郡干禁，由授任非人；百工淫巧，由制度不立。”对于策问中的问题，都是用一句话先作回答。第三部分：“伏以圣策，有择官济理之心，阜财发号之叹，见陛下教化之本也。且进人以行，则枝叶安有难别乎？防下以礼，则耻格安有不形乎？念生寡而食众，可罢斥惰游；念令烦而理鲜，要察其行否。博延群彦，愿陛下必纳其言；造廷待问，则小臣安敢爱死。”第四部分：“伏以圣策，有求贤箴阙之言，审政辨疵之念，见陛下咨访之勤也。”因为策问最后问：“至于夷吾轻重之权，孰辅于理；严尤底定之策，孰叶于时；元凯之考课何先；叔子之克平何务。推此龟镜，择乎中庸，期在洽闻，朕将亲览。”在第四部分刘蕡不同意所问的这些人物，对他们表示否定：“至若夷吾之法，非皇王之权；严尤所陈，无最上之策。元凯之所先，不若唐、虞之考绩；叔子之所务，不若重华之舞干。且俱非大德之中庸，未为上圣之龟鉴，何足以为陛下道之哉！或有以系安危之机，兆存亡之变者，臣请披沥肝胆，为陛下别白而重言之。”这种结构在别的对策中少见，下面分条对自己的建议进行详细论证，而以自己的对策之言起头，如开始：“臣前所谓‘哲王之理，其则不远’者，在陛下慎思之，力行之，终始不懈而已。臣谨按《春秋》：‘元者，气之始也；春者，岁之始也。’……又安有三代循环之弊，而为百伪滋炽之渐乎？臣故曰：‘惟陛下致之之道何如耳。’”整个对策最重要部分是对第二部分的发挥，这一部分从策问中皇帝的“忧劳”开始，转到应先忧四事：“宫闱将变，社稷将危，天下将倾，海内将乱。”[1] 指出国家正面临的实实在在的危险，也就是亡国的现实危险。然后接连六次根据《春秋》推导出君主应该怎样，在该部分最早引用《春秋》时，明确表示是对董仲舒对策的补充，且刘蕡对《春秋》的解释，不像本传中说的精于《左传》，更像《公羊传》。时人也把刘蕡之策和晁、董相比。该策结构上的特点，只有略早于此策的罗让之策相近，皆未引用策问之语，而是概括策问，但刘蕡充分发挥自己观点的做法则为罗让所无。

补充一下刘蕡此策对当时政治的影响，刘蕡当时虽未登科，实际上文宗对此策印象深刻，后曾经问许康佐“余祭”事，说明读了刘蕡之策受过很深触动。甘露之变实为文宗除宦官的努力，但因为文宗心理上不够坚定而失败。此事对中晚唐政治和文学影响之大，学术界言之已详。

从以上分析可以看出，中唐不分拆引用策问的对策者基本上是受过董仲舒前两策对策方式的影响，他们都曾认真学习过董仲舒对策，有些人表示对分拆引用策问的不满，他们与董仲舒前两策也有不同之处，就是在正式对策前先把自己的对策列一简目，使对策显得更有条理，让阅卷者有一总体把握，这是董仲舒所无的，大概是接受董仲舒前两策被汉武帝批评条理不清的教训，在对策的条理性方面有所加强，唐人在继承前人的同时，还力图有所创新，他们在对策方式上，就努力建立一种新的范式。

唐代策问和对策在称呼上也与天人三策有一定关系，汉武帝问

[1] 《旧唐书》卷190下，第5068页。

中称对策者为“子大夫”，这一称谓一直延续下来，魏晋南北朝也是如此，唐代策问中更为多见，而对策者对以皇帝名义所下的策问的称赞，天人三策更为唐代对策树立了榜样，董仲舒在第一策开头说：“陛下发德音，下明诏，求天命与情性，皆非愚臣之所能及也。”对策者总要在正式对策前发一通感慨，内容不外乎颂扬皇帝求才的英明，而“发德音，下明诏”就成了颂扬皇帝常用的套语，如冯万石《对文词雅丽策》称赞皇帝之问“今陛下朝盈多士，野无遗贤，犹复发德音，下明制”[1]。张说《对词标文苑科策》为对武则天问，第一策问称为“臣闻舜命昌言，汉征极谏，尝览千古，贤哉二君！今陛下发德音，下明制”[2]，其中“发德音，下明制”似董仲舒语。策问中模仿汉武帝语气，对策时模仿董仲舒用词和语气，在唐代都屡见不鲜，如张柬之永昌元年《对贤良方正策》问结尾处“朕将亲览”，是模仿汉武帝口气，对策中“臣闻善言古者，必考之于今，善谈今者，必求之于古”是从汉武帝第三诏中“盖闻‘善言天者必有征于人，善言古者必有验于今’”变化而来；“臣闻皇王之制，殊条共贯，虽有改制之名，无不相因而立事”。[3]是对董仲舒对策内容略有改造，董仲舒第二策在回答武帝“夫帝王之道，岂不同条共贯欤？”的问题时，在回顾历史的不同时代条件后总结道：“繇此观之，帝王之条贯同，然而劳逸异者，所遇之时异也。”董仲舒第三策在回答汉武帝“三王之教所祖不同，而皆有失，或谓久而不易者道也，意岂异哉？”的问题时说：“故王者有改制之名，亡变道之时。”张柬之这些话很明显是总结了董仲舒对策的话，并把它作为自己进

---

[1]《全唐文》卷 208，第 2106 页。
[2]《全唐文》卷 224，第 2261 页。
[3]《全唐文》卷 175，第 1786 页。

一步论证的理论基础。杜元颖《对茂才异等策》问中有："子大夫志行修洁，学术通赡，储思于天人之际，精研于大道之极。"[1] 近似汉武帝策问中语，汉武帝第一诏中说："郡国诸侯公选贤良修絜博习之士，欲闻大道之要，至论之极。"第三策说："今子大夫既已著大道之极，陈治乱之端矣。"用词、语气方面都有模仿痕迹。

四、唐人学习模仿天人三策的原因分析

唐人对汉武帝之策问和董仲舒天人三策之所以这么重视，不断学习和模仿，除了前述的天人三策在对策历史中的地位，还与他们对汉代选举方式的推崇以及把董仲舒作为这种选举方式造就的代表人物有关。唐人对汉人征召贤良文学然后进行对策的方式选拔人才是非常向往的，在批评当代奔竞之风时，汉朝就是他们借鉴的对象。

（一）唐人对汉代贡举方式的高度评价

在唐代，培养和选拔统治集团的后备队伍被提到非常重要的地位，有很多文章牵涉到这一问题。人们在回顾选举制度的演变后，往往对汉代有较高评价而批评魏晋南北朝的九品中正制。今人一般认为进士考试始于隋炀帝，可唐人在回顾这一科目的起源时，也有人追溯到汉代，如陈黯《送王棨序》说："进士科由汉迄唐，为擢贤之首也。寰瀛之大，亿兆之众，岁贡其籍者，数才于千，有司升其

[1] 《全唐文》卷 724，第 7459 页。

名者，复止于三十。其不为贵而且稀乎！辅文早岁业儒，而深于词赋，其体物讽调，与相如、扬雄之流，异代而同工也。”[1] 就剥夺了隋炀帝开创进士考试的功劳，而把它归之于汉人，并把王棨与汉代文人相比，这就说明在一些唐人心目中，唐代制度来自汉朝。

唐太宗对汉代荐举制度甚为迷恋，即位初期有实行汉代用人制度的打算，《贞观政要》卷3载：

> 贞观三年，太宗谓吏部尚书杜如晦曰：“比见吏部择人，惟取其言词刀笔，不悉其景行。数年之后，恶迹始彰，虽加刑戮，而百姓已受其弊。如何可获善人？”如晦对曰：“两汉取人，皆行著乡闾，州郡贡之，然后入用，故当时号为多士。今每年选集，向数千人，厚貌饰词，不可知悉，选司但配其阶品而已。铨简之理，实所未精，所以不能得才。”太宗乃将依汉时法令，本州辟召，会功臣等将行世封事，遂止。[2]

从这段记述我们可知，太宗对吏部所选拔官员的道德品行颇感忧虑，而作为吏部尚书的杜如晦，对汉代州郡贡举甚为认同，认为这样可以解决官员道德问题。虽然因为某些原因而未完全实行，太宗对州郡贡举的方式还是情有独钟，贞观十七年他曾经要各地举荐人才，但对被荐举的十一人太宗并不满意，第二年他要求继续荐举贤能时，表现出对汉代人才济济的向往，他说：“然则今之天下，犹古之天下也。宁容仲舒、伯起之流，遍钟美于往代；彦和、广基之

[1] 《全唐文》卷767，第7984页。
[2] 《贞观政要》卷3，第90页。

侣，独绝响于今辰。故其见知也，则平津与乐安并进；其不用也，则敬通与亭伯同悲。淮阴所以兴言，子长所以贻叹，因斯论之，良由俊造难进，或固栖迟之节；牧宰循常，未尽搜扬之道。抚事长息，弥用怃然。”[1] 他此处所举的人物多是汉人，表明他对汉代选拔人才的推崇，他希望能与汉代并美，一次不行，还再次要大臣举荐。

武则天求人才也明显以汉代为楷模，垂拱四年（688）皇甫琼、房晋《对词标文苑科策》之问以武则天口气写出，中有“故康衢扣角，授相越于齐班；海上牧羊，封侯超于汉秩”。下句指公孙弘，但史书上说牧豕，若指苏武似乎可通，但与全文不合，况且苏武也未封侯。可见选拔人才的期待目标。皇甫琼对策中说到当时人才之盛有：“掩鹏图而该魏网，漆园无控地之词；飞鹤板而征汉臣，九皋有闻天之誉。”[2] 也说明有以汉为楷模之意。《文苑英华》卷 462《翰林制诏》四十三《求访贤良诏》是永昌元年（689）以武则天名义发布的，其中有：“故周称多士，著美风谣；汉号得人，垂芳竹素。”[3] 把周汉并举。天册万岁二年（696）崔沔《应封神岳举对贤良方正策》和《对重试一道》问题中说到选人之难，也是以汉为理想：“问：不其才难？于今所叹。知人未易，自古病诸。以貌取言，此其不可，观声考度，又或非宜。故皇帝清问，有司藻覈，公孙异之于天子，晁错褒然为孝廉。”[4] 对公孙弘和晁错在对策中脱颖而出甚表赞赏。吴师道《对贤良方正策第二道》问中有“多士溢于周朝，得人过于汉日。行何政道，可以至斯？”以周汉之得人为楷模，该道对策中

[1] 《全唐文》卷 5，第 68 页。
[2] 《全唐文》卷 207，第 2069 页。
[3] 《文苑英华》卷 462，中华书局 1966 年版。
[4] 《全唐文》卷 273，第 2775 页。

称“诚愿发德音，下明诏，咨列岳，访群公，举尔所知，不遗于侧陋”[1]以董仲舒口气提出建议。

杜佑在《通典》中总结历代选举制度的演变时说：“夫人生有欲，无君乃乱。君不独理，故建庶官。……降及三代，择于乡庠，然后授任，其制渐备。秦汉之道，遂不师古，闾塾所推，犹本乎行。而郡国佐吏，并自奖擢，备尝试效，乃登王朝；内官有属僚者，亦得征求俊彦。暨于东汉，初置选职，推择之制，尚习前规，左雄议以限年，其时不敢谬举，所以二汉号为多士。魏晋设九品，置中正，盖论阀阅，罕考行能，选曹之任，益为崇重。州郡之刺史、太守，内官之卿、尹、大夫，咸吏部所署，而辟召及乡里之举，旧式不替。永嘉之后，天下幅裂，三百余祀，方遂混同，中间各承正号，凡有九姓，大抵不变魏晋之法，皆乱多理少，谅无足可称。夫文质相矫，有如循环，教化所由，兴衰是系。自魏三主俱好属文，晋、宋、齐、梁风流弥扇，体非典雅，词尚绮丽，浇讹之弊，极于有隋。且三代以来，宪章可举，唯称汉室；继汉之盛，莫若我唐。”[2]这里对汉朝的高度评价和指出唐和汉之间的关系对我们探讨汉唐间选举制度的继承关系是颇有启发的。

曾多次主持礼部试的权德舆在贞元十九年进士策问中问：“汉廷董仲舒、公孙弘对策，言天人相与之际，而施于教化。韦玄成、匡衡之论，以明经至宰相封侯，皆本王道，以及人事。今虽以文以经，贵禄学者，而词绮靡于景物，浸失古风；学因缘于记问，宁穷典义。说无师法，经不明家，有司之过，敢不内讼。思欲本司徒之

[1]《全唐文》卷260，第2642页。

[2]《通典》卷18，中华书局1988年版，第454页。

三物，崇乐正之四术，不率教者，屏之远方，则名义益修，风俗益厚。程孝秀之本业，参周汉之旧章，虑难改作，式伫嘉话，事关理本，必议上闻，斯乃诚求，诸生勿忽。”[1] 权德舆把汉代董仲舒、公孙弘、韦玄成、匡衡的对策作为楷模，而不满于当时的过分注重文辞和记诵。他在另一篇策问中说：“汉廷用经术以升贵位，傅古义以决疑狱，诚为理之本也。今有司或欲举建中制书，置五经博士，条定员品，列于国庠，诸生讨论，岁课能否，然后删非圣之书，使旧章不乱，则经有师道，学皆颛门，以为如何？当有其说。”[2] 权德舆从历史演变中得出汉朝重经术的重要，从此策问可知，当时有人主张恢复汉朝经学博士制度，权德舆要士子们就此发表议论。他在与柳冕讨论当时科举之失时也说：“两汉设科，本于射策，故公孙弘、董仲舒之伦，痛言理道，近者祖习绮靡，过于雕虫，俗谓之甲赋律诗俪偶对属。”[3] 也是把汉武帝时董仲舒、公孙弘的对策作为对策的典范。他认为朝廷选拔人才是模仿汉朝，如《送邱颖应制举序》说：“方今皇明照烛，茂遂生物。修西汉旧典，详延天下方闻之士。”“修西汉旧典”就很能说明问题，他又希望邱颖以晁错、董仲舒为楷模：“若与彼滔滔逐进者汩其波流，使晁错、董仲舒之徒颛美于汉，非始望也。”[4]

元稹、白居易等的《对才识兼茂明于体用策》皇帝之问是以汉代为比较对象的，如说到人才的重要，问曰：“朕观古之王者，受命君人，兢兢业业，承天顺地，靡不思贤能以济其理，求谠直以闻其

[1] 权德舆：《贞元十九年礼部策问进士五道》之一，《全唐文》卷 483，第 4935 页。
[2] 权德舆：《进士策问五道》，《全唐文》卷 483，第 4934 页。
[3] 《全唐文》卷 489，第 4994 页。
[4] 《全唐文》卷 493，第 5027 页。

过。故禹拜昌言而嘉猷罔伏，汉征极谏而文学稍进。匡时济俗，罔不率繇。”这里把汉代征直言极谏之士作为重视人才的历史根据之一。接着该问又批评后世虽沿袭汉选拔人才之名而实质全失：“厥后相循，有名无实，而又设以科条，增求茂异。舍斥己之至论，进无用之虚文。指切著明，罕称于代。”说到唐朝，此处也认为唐能够与周汉并立：“周汉已还，莫斯为盛。”该策问的中心问题是：“执契指道，乘衣不言，委之于下，则人用其私；专之于上，则下无其效。汉元优游于儒学，盛业竟衰；光武责课于公卿，峻政非美。二途取舍，未获所从。予心浩然，盖所疑惑。”元稹在对策中说：“洎汉文帝羞不若尧舜，始以策求士，乃天下郡国有贤良之贡人焉，塞诏者晁错而已。至武帝然后董仲舒出，然而卒不能选用条对，施之天下。夫用其策不弃其人，以其利于时也；得其人而弃其策，又何为乎？若此则徒设试言之科，而不得用言之实矣。降及魏晋，朝成而暮败之不暇，又恶足言其策哉？”[1]元稹对汉武帝不重用董仲舒虽有批评，但认为魏晋以后更不足道，这是唐朝大多数人在讨论历史问题时的观点。

晚唐的牛希济在对比唐朝和汉朝的选举制度时说：“况汉世公卿大夫，皆以通经对策，名动天下，然后登用。或居谏诤之列，或处燮理之任，朝廷每有水旱灾沴，彗孛陵犯，日月薄蚀，必引所通经义证据，以为之救。殆与今日之经学者异矣。若文学侍从之臣，必选于切问近对之才，必本于讽谏理辞之要，故其文章，传之至今，又与今日之词赋者异矣。……朝廷委辅相之权衡，览诸侯之章疏，视其文，信其人，以为荐公孙弘董仲舒之学也，相如枚皋之才也，

[1] 《全唐文》卷 652，第 6624 页。

冉季政事之能也，孙吴将帅之略也，时君既不问其实，安可不信大臣之言，从而与之，上下相蒙，其何以济？”[1] 牛希济批评唐时选举之法，他用来作为标准的就是汉朝。

唐朝也有人对汉代选人制度不以为然，而推崇三代之法。如张倚证圣元年（695）《对长才广度沉迷下僚策》所对以武则天口气的策问：“洎乎嬴刘以降，曹马承流，罕为官以择人，直循资而就列。或十旬而登三事，或一日而致九迁，遂开趋竞之门，莫守代工之美……今欲削汉魏之遗法，复尧禹之远图。能其事者，永守其官，称其职者，不迁其任。”[2] 这里是把汉和秦及魏晋以后的人政策并提的，但这种看法在唐朝属于非主流观点，就在张倚的对策中，就不同意这一评论，张倚回顾了从黄帝以来直至陈隋的用人制度，对汉朝人才辈出有较高评价，他说：“汉高祖虽不好儒，然亦任用英杰。登坛而礼韩信，辍洗而迎郦生，委萧、曹以股肱，寄张、陈以社稷。至孝武之代，儒学渐该，采董仲舒之策，始令郡国贡举。于是贤良方正之士，雾委云集，其晁错、公孙弘、匡衡、萧望之辈，并继踵而至。故当文景之代，号为得人。《诗》称‘济济多士，文王以宁’，汉所以宁者，亦士之力也。光武仗吴、邓以立功，任贾、寇以起事，拔奇取异，决自于心。爰至显宗中兴，于兹为盛。由此而两汉之代，数百年间，陟正黜邪，褒善贬恶。虽不袭唐、虞之法，亦去烦芟乱，几乎大成矣。逮献、灵之际，奸猾纵横，升必以财，进不由道。于是搢绅洁白之士，疾之若雠，乃曰：‘举秀才，不知书；察孝廉，父别居。寒素清白浊如泥，高第良将怯如龟。’至乃悬爵而卖之，列价

[1] 牛希济：《荐士论》，《全唐文》卷 846，第 8890 页。

[2] 张倚：《对长才广度沈迷下僚策》，《全唐文》卷 374，第 3802 页，《唐会要·制科举》作“张漪”。

而争之。守正道者以为陆沉，由斜径者谓之智变。衣冠为之失序，贤哲由是潜藏，遂使社稷丧亡，后嗣覆灭。悲夫！此《伐檀》所以兴刺，黍苗所以劳歌，无他故焉，贤人不得进也。及乎当途启运，典午开基，陈群制九品之条，刘毅兴八损之权，故曹羲疾其阔远，孙楚以为鬼录。遂令权要归于中正，威福去于天朝。臧否任情，品藻乖次。宋、齐之季，梁隋之末，聘士求贤，罕闻稽古。栋挠鼎折，唯见陵夷。”[1] 张倚在谈到西汉用人时，时间上有不合逻辑处，但他认为汉朝的用人制度不能一概否定，汉朝选拔了很多优秀人才，汉朝的强盛也是这些人才之力，只是东汉后期开始走上邪路，魏晋以后更不足取。

汉朝的辉煌，是由一大批所谓“非常之人”共同努力的结果，尤其是汉武帝时期，出现很多杰出的政治军事外交经济思想文化上的耀眼人物，不少人物的经历具有传奇色彩，班固在《汉书·公孙弘卜式兒宽传》的赞中感慨：“汉之得人，于兹为盛。”[2] 汉武帝时期之所以人才辈出，与其时所处的历史时期、汉武帝选拔和使用人才的方式有关。在武帝之前的汉初六七十年间，朝廷主要任用功臣及其后裔，出身下层的人物很少有机会进入朝廷，而汉初的分封又使士人感觉到战国纵横家活跃时的气氛，有人热衷于游说生活，这时思想并没有定于一尊，汉初士人的信仰是自由的，在民间积聚了一批人才，只是在汉初无为政策指导下，没有用武之地。汉武帝利用前代积累下来的财富，大事兴革，做了很多父祖们想做而没做的事情，对人才的需求变得非常急切，其时汉初功臣基本过世，单纯靠功臣

---

[1] 《全唐文》卷 374，第 3802 页；《唐会要·制科举》作“张漪”。
[2] 《汉书》卷 58，第 2634 页。

后代支撑汉武帝的事业显然是不可能的，他就采用不拘一格降人才的办法，除了要郡国推荐贤良方正直言极谏之士进行策试以外，还有大臣荐举，上书自荐等。汉武帝一系列内政外交的改变又为这些人提供了很好的施展空间，使这一时期成为历史上少有的英雄时代。后世尽管对汉武帝多欲有不少批评，但对其时人才的大量涌现都表现出羡慕。唐人把汉朝尤其是武帝时的人才辈出的原因理解为州郡举荐和对策的方法，对当下选举的批评，多是以汉朝为比照对象，他们对唐时处于中央集权的稳定期与汉武帝时期还在探索大一统国家统治方法，社会上积聚的人才较多这种变化认识不清，有把汉代经验绝对化的倾向。

汉朝选举方法对唐朝有很大影响，唐太宗在贞观十三年曾经想让士人自荐，魏征出于防止“浇竞”之风考虑，不赞同这一设想。太宗这一提议明显是鉴于汉武帝时有几千人上书自炫，某些人也果真引起皇帝的关注，像东方朔的情况。武则天垂拱元年（685）还是准许自举，唐人受东方朔上书高自夸耀的影响依然非常大，钱钟书先生《管锥编》已有过论述，他在论述东方朔《上书自荐》时说：“按《汉书》本传谓当时‘四方士上书自衒鬻者以千数’，而朔‘文辞不逊，高自称誉，上伟之’。朔此篇干进而似勿屑乞怜，大言不惭；后世游士自衒自媒，或遥师，或暗合，遂成上书中一体。唐文如员半千《陈情表》、李白《与韩荆州书》、《上安州裴长史书》、韩熙载《上睿皇帝行止状》（《全唐文》卷165、348、877）等皆所谓‘高自称誉’者，朔书之遗意也。王泠然《与御史高昌宇书》、《论荐书》（《唐摭言》卷2、卷6，《全唐文》卷294）忽侈言以动，忽危语以吓，忽卑词以请，矜夸哀叹，嬉笑怒骂，作寒士狂奴种种相，文字尤有别致；袁参《上中书姚令公元崇书》（《全唐文》卷390）、宋郑樵《与景韦兄投宇文枢密书》又《与景韦兄投江给事书》(《夹漈遗稿》卷3)，夸口而兼摇尾之态，足相颉颃。”[1] 钱先生所举主要是唐人著作，我们从这里可以看出，唐人高自衒鬻的文字不单是对东方朔自荐文的简单模仿，更深层的原因是他们对汉武帝时允许自我荐举方式的认可。唐朝不断有人建议允许自我推荐，就是对汉代选举方式的学习，唐代制举的很多名目来自汉朝，其中“道侔伊吕”科之名就是由刘向对董仲舒评价之语转化而来。

(二)唐人对董仲舒本人的高度评价

唐代尊崇儒学的人对董仲舒多有比较高的评价，有人肯定他在儒学传承中的地位，有人肯定其博学，对其遭遇的同情，实际也反映了人们对董仲舒政治才能的一种承认。

唐太宗把董仲舒当作勤于研究而功业有成的典型，他曾对岑文本说：“人性含灵，待学成而为美。是以苏秦刺股，董生垂帷。不勤道艺，则其名不立。”[2] 这里“垂帷”指本传中所说的“下帷讲诵，弟子传以久次相受业”，是说董仲舒沉迷于经典的研究，有的弟子甚至见不到他的面。多次主持礼部试的权德舆对董仲舒的对策之文有较高评价，他在《比部郎中崔君元翰集序》中说：“至若夫子纪延陵墓，叔向寓子产书，董仲舒射策书天人相与之际，阮元瑜书记翩翩之任，触类滋多。非文不彰，后之人力不足者，词或侈靡，理或底伏，文之难能也如是。”[3] 虽然权德舆在这篇序中认为

[1] 钱钟书：《管锥编》第三册，第935页。
[2] 《贞观政要》卷7，第221页。
[3] 《全唐文》卷489，第4997页。

汉代最著名的文学家是贾谊、刘向、班固、扬雄、司马迁、司马相如，但董仲舒的对策之文也是难能的。推崇儒学颇力的柳冕认为董仲舒属于“文而知道”的“大君子”：“文而知道，二者兼难，兼之者大君子之事，上之尧舜周孔也，次之游夏荀孟也。下之贾生董仲舒也，夫日月之丽，仰之愈明；金石之音，听之弥清。故圣人感之，而文章生焉，教化成焉，哀乐形焉。逮德下衰，文章教化，埽地尽矣。噫！圣人之道，犹圣人之文也。学其道，不知其文，君子耻之；学其文，不知其教，君子亦耻之。”[1] 裴度在谈到汉朝几种不同类型的文学家时说：“董仲舒、刘向之文，通儒之文也，发明经术，究极天人。”[2] 柳宗元把董仲舒列入“瑰伟博辨奇壮之士”[3]。韩愈虽然很少提到董仲舒，而把扬雄列入道统序列，但他的弟子并不完全同意韩愈的观点，如李翱《陆歙州述》说：“时勿合，膏雨降虽终日，贤哲生虽比肩，旱苗之不救，百姓之弗赖，颜子、子思、孟子、董仲舒之类也。”[4] 这里把董仲舒和孔子最重要的学生颜回、孔子之孙子思及孟子并列，可见李翱认为董仲舒在儒学传承中的地位有多么重要。李汉为韩愈文集所写序言中，也把董仲舒作为西汉重要文学家：“秦汉以前，其气浑然，迨乎司马迁、相如、董生、扬雄、刘向之徒，尤所谓杰然者也。”[5] 崔祐甫《穆氏四子讲艺记》说：“欲以文经邦首宜董、贾，欲以文动俗者宜扬、马。”[6] 把董仲舒和贾谊并提，认为他们的文章可以经邦治国。李德裕《黄

[1] 柳冕：《答徐州张尚书论文武书》，《全唐文》卷 527，第 5358 页。
[2] 裴度：《寄李翱书》，《全唐文》卷 538，第 5461 页。
[3] 柳宗元：《寄许京兆孟容书》，《全唐文》卷 573，第 5790 页。
[4] 《全唐文》卷 638，第 6444 页。
[5] 李汉：《唐吏部侍郎昌黎先生讳愈文集序》，《全唐文》卷 744，第 7697 页。
[6] 《全唐文》卷 409，第 4192 页。

冶赋》反对方士铸金术，或是有感于现实的委婉之言，但却是假托董仲舒与汉武帝的对话，武帝听了董仲舒的建议，结果是“汉道隆盛，令名不亏”[1]。事实上，汉武帝对方士的成仙之论至死不疑，从董仲舒求雨止雨的行为看，颇有方术的意味，他也未必一概反对方士之言。在李德裕的心目中，董仲舒对汉武帝时期的辉煌是起过作用的。

唐人并没有专门评论董仲舒的不幸遭遇，但在谈到当时人的怀才不遇时，董仲舒常常作为一个比较的对象，用以说明有大才不一定有高位是历史上常见的现象。崔祐甫为独孤及所撰神道碑铭中引用刘向之言说：“昔刘向称贾谊言三代与秦乱之意，其论甚美，达于国体，古之伊吕，未能远过。又称董仲舒有王佐之才，虽伊吕无以加，管晏之属，殆不及也。於戏！二君以伟才当盛汉之崇，而位止于下国二千石。”[2] 这里以贾谊和董仲舒官位不高、未得尽其才证明独孤及虽未有高位但并非没有大才。权德舆最喜欢引用董仲舒之言，也喜欢以董仲舒的经历与当代人物比较，如他为李栖筠文集所写序言说：“以韩安国之忠厚多大略，汉武以为国器；壶遂深中笃行，将亦倚以为相；董仲舒言天人之际，有王佐之才。而皆不至，彼当时龌龊备位者，朝廷无虚日，又况奇邪忮害，崇党蔽善。公于斯时，道未光大，然其谟猷献替，过于当国，流风遗书，暴于天下。”[3] 这是为李栖筠的遭遇抱不平，他为杜亚作的神道碑铭序言中也说过类似的话：“噫嘻！昔汉武帝以韩安国为国器，刘向谓董仲舒有王佐之才，当理平之时，或蹇或徙，止于御史府胶西相，竟不得总秉国

[1]　《全唐文》卷 696，第 7142 页。

[2]　崔祐甫：《故常州刺史独孤公神道碑铭（并序）》，《全唐文》卷 409，第 4195 页。

[3]　权德舆：《唐御史大夫赠司徒赞皇文献公李栖筠文集序》，《全唐文》卷 493，第 5034 页。

成，扶赞化育，则公之位望，终不相配亦如是耶！”[1] 权德舆为李栖筠文集作的序和为杜亚神道碑铭作的序中这两段话极为接近，可见权德舆已经把董、韩等人当作有大才而无位的典型。权德舆喜以董仲舒说事，与他长期主持礼部试对董仲舒著作有精深研究有关。梁肃《处州刺史李公墓志铭》中也说："呜呼！当汉道之盛，贾谊、董生、桓谭、冯衍，皆以高才巨名，或位沦下国，或废落田里，夫岂不遭明时，不识明主哉？盖运有通踬，事有离合，不可以一理言也。惟公有孝友仁谦之德，文学政事之美，卓立不羁之才，竟委迟半涂，僻典荒服，且乏邓攸之嗣，而终管辂之年。时欤命欤？可为恸口哭者已！”[2] 李翱在谈到贤者不得进用时说："或隔以浮言，或限以资叙，贤者自处而不求苟进，在上者无超异之心，因循而不用，则冯唐白首，董生不遇，何足怪哉？”[3]

董仲舒曾写《士不遇赋》，中唐有人认为董仲舒不该为自己的遭遇哀叹，应该安之若素。如李翱说："仆尝怪董生大贤，而著《士不遇赋》，惜其自待不厚。凡人之蓄道德才智于身，以待时用，盖将以代天理物，非为衣服饮食之鲜肥而为也。董生道德备具，武帝不用为相，故汉德不如三代，而生人受其憔悴，于董生何苦，而为《士不遇》之词乎？”[4] 李翱认为董仲舒本应为相，汉武帝不用他，是天下百姓的损失，而董仲舒本人没什么损失，并且还认为汉之所以没能达到三代的治理，就是因为没任用董仲舒为相，这种评价高得无

[1] 权德舆：《唐故东都留守东都汝州防御使银青光禄大夫检校吏部尚书判东都尚书省事兼御史大夫上柱国扶风县开国伯赠太子少傅杜公神道碑铭并序》，《全唐文》卷 497，第 5066 页。

[2] 《全唐文》卷 521，第 5293 页。

[3] 李翱：《荐士于中书舍人书》，《全唐文》卷 635，第 6414 页。

[4] 《全唐文》卷 635，第 6409 页。

以复加。皇甫湜《答刘敦质书》也说："故士无遇不遇，视其时，当其道，不失其已百，经怪时董生之贤，乃赋《士不遇》，司马迁又从而悲之。《离骚》之文，又大于哀，自非迩圣人，必有偏而不起之弊耳。"[1] 皇甫湜信中的某些词句很令人费解，但他认为感叹不遇是违背圣人之道的。

（三）观点被引用，作为论证的根据

董仲舒在《天人三策》中的观点，经常被唐人用来作为讨论政治问题的依据，往往有非常好的效果。永徽二年，李弘泰因为诬告长孙无忌，高宗命立即斩决。于志宁劝谏时引用古人之言说："今时属阳和，万物生育，而特行刑罚，此谓伤春。窃案《左传》声子曰：'赏以春夏，刑以秋冬。'顺天时也。又《礼记·月令》曰：'孟春之月，无杀孩虫。省囹圄，去桎梏，无肆掠，止狱讼。'又《汉书》董仲舒曰：'王者欲有所为，宜求其端于天道。天道之大者在阴阳。阳为德，阴为刑，刑主杀而德主生。阳常居大夏，而以生育养长为事；阴常居大冬，而积于空虚不用之处。以此见天之任德不任刑也。'伏惟陛下纂圣升祚，继明御极，追连、胥之绝轨，蹈轩、项之良规。欲使举动顺于天时，刑罚依于律令，阴阳为之式序。"[2] 董仲舒的这段话出自对策的第一策，于志宁所引与今本《汉书》文字小异，他劝高宗不要因为盛怒就在不适合的时候杀人，高宗听从了。魏元忠仪凤中上封事讨论拔擢将领时说："董仲舒曰：'为政之

[1]《全唐文》卷 685，第 7024 页。
[2]《旧唐书·魏元忠传》，第 2698 页。

用，譬之琴瑟，不调甚者，必解弦而更张之，乃可鼓也。'故阴阳不和，擢士为相；蛮夷不龚，拔卒为将，即更张之义也。以四海之广，亿兆之众，其中岂无卓越奇绝之士？臣恐未之思也，夫何远之有。”[1]魏元忠所引用之言也出自董仲舒对策的第一策，与原文也有小异。唐人对董仲舒著作的引用，主要集中在《天人三策》中，柳宗元《上湖南李中丞干廪食启》中说：“董生曰：‘明明求财利，唯恐困乏者，庶人之事也。’是皆诟耻之大者，而无所避之，何也？以为士则黜辱，为农则斥远，无伎不可以为工，无赀不可以为商。抱大罪，处穷徼，以当恶岁，而无廪食，又不自列于阁下，则非所以待君子之意也。伏惟览子阳孟子之说，以垂德惠，无使惶惶然控于他邦，重为董生所笑，则缧囚之幸大矣。”[2]柳宗元此处所引出自第三策，杜牧《上宣州高大夫书》有：“董生云：‘春秋之义，变古则讥之。’”[3]也出自第三策，杜牧引用该句目的是说明科第不能完全排除世家子弟。杨夔《复宫阙后上执政书》引用汉人之言：“子云有言曰：‘琴瑟郑卫调，俾夔因之，亦不可以致箫韶。’故董仲舒云：‘琴瑟不调，甚者必改而更张也。’”[4]

唐人明确表明引用董仲舒之言而又不是出自《天人三策》的是很少的。据《汉书》本传记载，董仲舒的著作数量很大：“仲舒所著，皆明经术之意，及上疏条教，凡百二十三篇。而说《春秋》事得失，《闻举》、《玉杯》、《蕃露》、《清明》、《竹林》之属，复数十篇，十余万言，皆传于后世。掇其切当世施朝廷者著于篇。”[5]但是

[1] 《旧唐书》卷 92，第 2949 页。
[2] 《全唐文》卷 576，第 5828 页。
[3] 《全唐文》卷 752，第 7795 页。
[4] 《全唐文》卷 866，第 9073 页。
[5] 《汉书》卷 56，第 2525 页。

被班固收进本传的就只有《天人三策》和对江都易王“粤有三仁”，班固认为这些文章与现实有密切关系，故予以著录。董仲舒的大量文章是发明经术的，在东汉初年还在流传，但后世对别的文章的重视远不如对《天人三策》的关注，唐代《春秋繁露》已有著录，是董仲舒著作除《汉书》所收文章和《士不遇赋》之外的合集，唐人对它很少直接引用，张九龄劝皇帝亲自郊祭时说：“汉丞相匡衡亦云：‘帝王之事，莫重乎郊祀。’董仲舒又云：‘不郊而祭山川，失祭之序，逆于礼正，故《春秋》非之。’臣愚以为匡衡、仲舒，古之知礼者，皆谓郊之为祭所宜先也。”[1]此处引用的董仲舒之言不见于《天人三策》，而与今传《春秋繁露》中的《郊祀》一文基本相同，《郊祀》说：“故《春秋》凡讥郊，未尝讥君德不成于郊也。乃不郊而祭山川，失祭之叙，逆于礼，故必讥之。”[2]晚唐柳玭《戒子孙》说：“董生有云：‘吊者在门，贺者在闾。’言忧则恐惧，恐惧则福至。又曰：‘贺者在门，吊者在闾。’言受福则骄奢，骄奢则祸至。”[3]此处引用的董仲舒之语既不见于《汉书》所录董仲舒之文，也不见于今本《春秋繁露》，而是见于刘向《诫子歆书》，刘向此文在唐代几种类书中有收录，《艺文类聚》在卷23，《初学记》在卷12。《天人三策》是董仲舒思想的一次集中表述，董仲舒总的思想体系，从这几篇文章中就可看出端倪，而具体阐明经学的文章，因是出于公羊学的一家之言，影响就小得多。当然，董仲舒别的文章的思想方式，对唐人还是有一定影响的，如刘禹锡《何卜赋》：“人肖五行，动止有则。四时转续，变于所极。一岁之旱，人斯具舟，三月之热，人

[1]　《旧唐书》卷99，第3097页。

[2]　苏舆：《春秋繁露义证》，中华书局1992年版，第409页。

[3]　《全唐文》卷816，第8593页。

斯具裘。极必反焉，其犹合符。子首圆而足方，子腹阴而背阳。”[1]就明显是来自董仲舒的人法天思想，而讨论政治问题时用“天意若曰”也是模仿董仲舒的。推测天意的“天意若曰”最早出自董仲舒解说建元六年辽东高庙灾异，唐人也经常用这一词解说天意，不过已不是说灾异，而是说祥瑞了，如崔融《为朝集使于思言等请封中岳表》说：“臣等窃以为秘箓有云：‘中岳之神姓武。’天意若曰神皇其封中岳乎？藏纤纬以须时，蓄符祥而待圣，显见神迹，觉寤黎蒸，天祚岳姓，必将封祀，封礼神岳者，非陛下而谁？”[2]潘炎《月重轮赋（有序）》序中说：“抱戴之秋，八月十有四日，夜月重轮，瑞之大者。天意若曰将俾吾君姊事之。”[3]

五、汉代其他对策对唐代文学的影响

天人三策对唐代对策的影响是最大的。其实，董仲舒的影响不单是在对策方面，他对中唐时期的古文运动起过不小作用，《旧唐书·韩愈传》谓：“大历、贞元之间，文字多尚古学，效扬雄、董仲舒之述作，而独孤及、梁肃最称渊奥，儒林推重。”[4]从这段话看，大历至贞元之间学习董仲舒写作方法的很多，尤以独孤及、梁肃最著名，独孤及和梁肃的著作中，主要学习董仲舒的优游从容。学习天人三策，对文学家思想方法有影响，如何在互相矛盾中观察现实，

---

[1] 《全唐文》卷 599，第 6054 页。
[2] 《全唐文》卷 217，第 2195 页。
[3] 《全唐文》卷 442，第 4507 页。
[4] 《旧唐书》卷 160，第 4195 页。

思考历史问题，这种思想方法的影响对唐代文学别的样式也有作用。

白居易《喜与韦左丞同入南省因叙旧以赠之》“早年同遇陶钧主，利钝精粗共在镕”（《全唐诗》卷448）来自董仲舒传中“犹金之在镕，唯冶者之所铸”，唐人化用董仲舒文句的用法还有一些，因为学习其对策，对其表现方式也不知不觉间借用了。

汉代对策中，不仅是董仲舒天人三策对唐代对策有影响，晁错对文帝之策，公孙弘对武帝之策，有的虽不是对策但属于议论的如贾谊之文，唐人都曾借鉴过，如孙翃《应文辞雅丽科对策》有：“今若息其宫室，爱人节用，省无事之官，罢不急之务，三年政成，臣窃迟之。”[1] 拟公孙弘语；白居易《对才识兼茂明于体用策》开头说：“对：臣闻汉文帝时贾谊上疏云：可为痛哭者一，可为流涕者二，可为长太息者三（按：应为‘六’）。是时汉兴四十载，万方大理，四海大和，而贾谊非不见之。所以过言者，以为词不切，志不激，则不能回君听，感君心，而发愤于至理也。是以虽盛时也，贾谊过言而无愧，虽过言也，文帝容之而不非。故臣不失忠，君不失圣，书之史策，以为美谈。然臣观自兹以来，天下之理，未曾有仿佛于汉文帝时者；激切之言，又未有仿佛于贾谊疏者。岂非君之明圣，不侔于文帝乎？臣之忠说，不逮于贾谊乎？不然，何衰乱之时愈多，而切直之言愈少也？……裨之者，非敢谓言之必可行也，体用之必可明也，且欲使后代知陛下践祚之后，有朴直敢言之臣出焉，无俾文帝贾谊专美于汉代。”[2] 先让皇帝不责怪自己对策的不合适之处，出自贾山，白居易对文景之治评价颇高。同场的韦处厚《对才

[1] 《全唐文》卷303，第3074页。
[2] 《全唐文》卷669，第6803页。

识兼茂明于体用策》受贾山《至言》影响："伏惟陛下……愍官吏之无用，求斥己之至言……今陛下鉴前代已往之失，求当今未然之理，使虚文不设于下，至言必闻乎上……贾山谏汉而借喻亡秦，备于图籍，著于编册。"[1] 张九龄《应道侔伊吕科对策》共三道，盖仿天人三策，对策对象是太子时的李隆基，因第三道中屡称"殿下"。第一道问的结尾要求"无效循常之对"，对策开始说："对：嗣鲁王道坚所举道侔伊吕科征仕郎行秘书省校书郎张九龄"[2]，把举荐人列出是模仿晁错对文帝策。

小结

一、汉武帝元光元年策问的方式，即在相互矛盾的问题中求解、策问三次等对唐代策问影响深远。

二、董仲舒"天人三策"的回答方法是唐代士子们揣摩的对象，刘蕡的著名对策即以天人三策为论证基础。折中于晁错和董仲舒之间是唐策的总体特点。

三、唐人引用董仲舒著作基本上出自天人三策；对天人三策的重视原因在于唐人对汉代选举制度的肯定并认为董仲舒是该制度选拔出来的杰出人才。

---

[1] 《全唐文》卷 715，第 7347 页。

[2] 《全唐文》卷 290，第 2941 页。

下编

第五章　唐代作家漫游、任侠、献赋之风的汉朝渊源

个人人生理想的形成，是多种因素共同作用的结果。先天的气质、禀赋，时代氛围，甚至家庭环境都很重要，但是个体所读书籍的影响也不容忽视。一个人青年时代所阅读的前代人物的传记，尤其是行为奇特人物的传记，会激起他强烈的情绪反应，对传主的仰慕之情会使他树立人生的榜样和楷模，对榜样和楷模的模仿常常伴随他的一生，他的行为方式可以从其前代榜样处寻到原型。不过个体选择什么样的前代人物作为榜样则是与气质、环境等因素有密切关系。不仅个人如此，一个时代也会这样，受时代风气的感染，某一时代的人物普遍地对前代某种类型的人物感兴趣，他们在人生理想和行为方式上表现出近似的倾向。唐朝对汉朝特别推崇，对汉朝所留文献的阅读特别重视，受汉人风采的感染也特别多，很多唐人把汉朝的某些人物作为人生的榜样。唐人的行为方式，不能单从其时代特征、作家气质方面进行诠释，若忽视汉人影响的方面，对很多唐人的行为方式，就不能给予恰当的解释。

唐人读史书中的人物传记，除了少数历史学家，目的并不在于弄清历史进程中的细节，甚至也不是为了总结历史的经验教训，他们最感兴趣的，还是历史著作中可歌可泣的人物。读历史人物的传

记而要以古人为榜样的事情，唐人有很多记述，如唐玄宗《授王晙朔方道行军总管制》在评价王晙的任职条件、为人特点时说："正议大夫行鸿胪少卿上柱国朔方军副大总管王晙，倜傥多智，坚刚竭节。每读前史，思齐古人。辞家而志灭獯戎，报国而躬先将校"[1]，此处说王晙"每读前史，思齐古人"，就是说王晙阅读历史人物传记时，以传主为榜样，而下文所说的"辞家而志灭獯戎"，则是指以汉朝骠骑将军霍去病为学习榜样，霍去病曾经有"匈奴未灭，何以家为"的豪言壮志，也正是因为王晙有这种志向，唐玄宗才敢委王晙以北方边防的重任。这是皇帝评论大臣，而文士们自己表示受古人感动的事例不胜枚举，如韩愈《上李尚书书》介绍自己说："愈少也从事于文学，见有忠于君孝于亲者，虽在千百年之前，犹敬而慕之。"[2]韩愈此书信目的是推荐自己，为了表达对对方的尊重，在介绍自己人生观时，强调自己对忠孝之人的敬慕，这样写虽是为了突出表达效果，也是写实之言，不是出自韩愈的虚构，从这里我们可知读前代人物传记引起的心理反应。韩愈弟子李翱温卷时写有《谢杨郎中书》，在方法上与韩愈前文颇有相似之处，也是通过敬慕不可见的古人表达对对方的倾慕之意："翱率性多感激，每读古贤书，有称誉荐进后学之士，则未尝不遥想其人，若与神交，太息悲歌，夜而复明。"[3]文中"感激"是指容易被前代人物感动，李翱向往的是能引荐年轻人的前辈。

唐人受汉人精神感染，首先是唐人对汉代曾经达到的辉煌盛世深感敬慕和向往，也与汉代史书中的人物形象有关。记述汉朝人物

[1] 《全唐文》卷 20，第 241 页。

[2] 《韩昌黎文集校注》卷 2，上海古籍出版社 1987 年版，第 140 页。

[3] 《全唐文》卷 635，第 6414 页。

史籍主要有唐人所谓的“三史”即《史记》、《汉书》、《后汉书》以及《汉纪》、《后汉纪》等，以三史为主。司马迁“爱奇”是公认的，善于记述“非常之人”的“非常之事”。《汉书》在记述西汉中后期人物风采方面也颇具成就，记载“汉之得人，于兹为盛”的汉武帝时期很有传奇色彩的人物和“汉世良吏，于是为盛，称中兴焉”的汉宣帝时期的循吏，都很有神采。东汉人物讲求气节，《后汉书》在这方面也颇能传神地记录东汉人物的精神风貌。唐人读史书又尤重《史记》和《汉书》，《新唐书》卷164记薛放和唐穆宗关于史书的一段对话，很有代表性，穆宗问：“朕欲学经与史，何先？”薛放回答说：“《六经》者，圣人之言，孔子所发明，天人之极也。《史记》道成败得失，亦足以鉴，然谬于是非，非《六经》比。”[1]细绎穆宗之意，可能是问学习经史从何处着手，并未要比较经与史哪一种更该优先，因为在多数人看来，经的地位高于史是毋庸讳言的，穆宗此问当然也容易引起歧义，薛放的回答实际上把两种歧义的问题都给了答案，既比较了经史之间的不同，又回答了学史应以《史记》为先，并且这一点不需论证，是理所当然，可见《史记》在唐人心目中的地位。

对汉代人物精神的倾慕，唐人在言论、诗文中多有透露。从皇帝、大臣到普通文士，都会把汉人作为自己的精神偶像。唐太宗教育诸子弟，把汉朝河间献王与东平王当作诸王的楷模，贞观十年，太宗对荆王元景、汉王元昌、吴王恪、魏王泰等人说：“自汉已来，帝弟帝子，受茅土、居荣贵者甚众，惟东平及河间王最有令名，得保其禄位。如楚王玮之徒，覆亡非一，并为生长富贵，好自骄逸所

[1] 《新唐书》卷164，第5047页。

致。汝等鉴诫，宜熟思之。……颜回、闵子骞、郭林宗、黄叔度，虽是布衣，今若相称赞道类此四贤，必当大喜。”[1] 此处唐太宗从汉代诸侯王的行为后果总结经验教训，正反两个方面都是以汉代诸侯王作为典型。作为正面典型的河间献王刘德和东平王刘苍，在太宗看来是汉开国以后直到唐初最出名的两位诸侯王，他之所以把这两人单独列出作为弟子们学习的榜样，是希望弟子们能像汉朝二王一样热爱文化，遵守礼仪，成为符合规范的藩王，从而能保持禄位，善始善终。太宗又举出古代四位平民出身的贤人，其中颜回、闵子骞是作为孔子弟子而被后人熟悉的，孔子曾经称赞过他们的贤能，而郭林宗、黄叔度都是东汉人物，也享有极高的名声。武则天长寿三年（694），临难不顾徇节宁邦科考试共三道策论，其中第一道策问中说：“子大夫博古强学，见贤思齐，一善或同，千载相遇。肇自魏汉，以及梁陈，若斯之人者，布在方策，宜具载年代，各叙徽猷。”策问中明确提到读书受古人人格影响，并要求列出从汉魏至梁陈实际上也就是从汉到魏晋南北朝值得效法的古人。薛稷对策说：“若乃同义变力，古人中求，则纪信诳项以免君，王经刎颈以纾国，九卿居府，王修从赴难之义，二国合围，路中无返言之失。汉帝之惮汲黯，陈主之畏柳庄，社稷之臣，于是乎在。恪居尔位，勤不告劳，则萧公堂堂，吴汉赳赳。冯豹伏于阁下，黄公宿于台上，忧国奉公，可以不谓忠乎？书诫面从，诗咏司直，犯颜无隐，求福不回。周昌之比汉高，同乎桀纣；刘毅之方晋武，类彼桓灵。申屠刚之轫车，钟离意之排阁，史鱼是慕，直在其中。圣人谟议，君子谋道。张良之翼汉王，郭嘉之协魏主，宋武之得穆之，齐高之得褚彦，定

[1] 《贞观政要·教戒太子诸王》，第 128—129 页。

策决胜，谋夫孔多……陆贾南行，责蛮夷之失礼；陈汤西讨，诛单于之暴慢，终令赵佗贡职，郅支传首。竹帛所载，斯其庶乎。”[1] 策问要求就汉至陈的人物进行评论，薛稷也举了个别晋、宋、齐的人物，但主要是汉代人物。

说到辅佐大臣，尤其是宰相，唐朝有人认为魏晋以后的宰相皆不足取，李德裕《旧臣论》说：“以事汉高之心事惠帝者，其萧、曹乎？曹参尚不易萧何之规，况高祖之道？昔区区楚国，醴酒不设，穆生先去。且穆生岂为己也，盖伤废先王之道，不忍见后王之面，其不去者，焉得免胥靡之恨哉！魏晋以降，居相位者，皆靦面愧心而已。又有攘臂于其间者，踦摭先王之道以讳旧过，改张先王之道以媚新君，弃先王之故老以掩其羞，用先王之罪人以协其志，若天地间无神明则已，倘有神明，鬼得而诛之矣。”[2] 李德裕此论可以说是对魏晋南北朝宰相人格的全面批判，“靦面愧心”仅是说这些宰相们的心理状态，至于其罪过，“鬼得而诛之”，李德裕主要从该时期宰相们朝秦暮楚、全无操守，只图固位，不讲人格的角度进行批判，用作这些人对立面的则是汉初萧何、曹参。李德裕对魏晋以后的宰相彻底否定，唐人某些时候对曹魏时期的人物还有一定程度的肯定，有时把魏与汉合称，如李翱《故处士侯君墓志》介绍侯高少年时的情况说：“侯高字元览，上谷人。少为道士，学黄老练气保形之术，居庐山，号华阳居士。每激发则为文达意，其高处骎骎乎有汉魏之风。性刚劲，怀救物之略，自侪周昌、王陵，所如固不合，视贵善宦者如粪溲。”[3] 李翱把汉魏之风并列，在李翱的价值体系中，曹魏

[1] 《全唐文》卷275，第2797页。
[2] 《全唐文》卷709，第7273页。
[3] 《全唐文》卷639，第6456页。

人物也有值得赞扬之处，但侯高自列于周昌、王陵之中，而他们都是汉初以仗义执言、不屈服于吕太后威势的人物，在侯高、李翱这类以复古为己任的人心目中，曹魏时代虽有个别讲求气节之人，但还是汉朝集中了更多值得后人学习的人物。

唐人传记、诗文集中记载的崇尚汉代人物、以之作为行动指南的情况很多，今略举几例。

先看武将的情况，据《贞观政要》载，江夏王道宗跟随唐太宗远征高丽时，与李勣共为先锋，攻克盖牟城之后，适逢大批高丽兵蜂拥而至，当时多数人主张等待唐太宗援兵来后再行动，李道宗说："不可。贼赴急远来，兵实疲顿。恃众轻我，一战可摧。昔耿弇不以贼遗君父，我既职在前军，当须清道以待舆驾。"[1] 李道宗"不以贼遗君父"的说法来自东汉耿弇，这一观念影响了李道宗对君臣关系的看法，影响了战争进程，并以之作为说理的强有力证据。唐德宗时著名将军浑瑊出身于铁勒九姓之浑部，据《新唐书·浑瑊传》载："瑊好书，通《春秋》、《汉书》，尝慕司马迁《自叙》，著《行纪》一篇，其辞一不矜大"，浑瑊既通《汉书》，又模仿《太史公自叙》而作《行纪》，可见他对史、汉都有较深入研究。《行纪》一文今已不存，根据其模仿《太史公自叙》的事实，我们可推知它也是叙述浑瑊的家世及个人经历、志向等，浑瑊受汉代文化的影响于此可见一斑。他在对待与朝廷的关系上，与安史之乱后手握重兵的藩镇不同，与其出身民族的一般行事风格也相异，本传又交代同时代人对浑瑊的评论："天性忠谨，功高而志益下……每有赐予，下拜跽

[1] 《贞观政要》卷9，第265页。

受，常若在帝前，世方之金日磾。”[1]当时人把浑瑊比成汉武帝时的宠臣金日磾，其原因不外有二，其一，浑瑊和金日磾都不是中原主体民族出身，其二，对待皇帝的态度都非常恭敬。唐人喜欢把当时人物比作汉朝人物，这本有其普遍性，当时人把浑瑊和金日磾相比，应该还不只上面提到的两点相似处，作为少数民族的将领该怎样对待唐朝皇帝，浑瑊应该从金日磾的身上受过启发，虽然我们今日没有直接的材料证明这一点，浑瑊毕竟对《史记》、《汉书》都有研究，对西汉人物的行事风格比较熟悉。把浑瑊比成金日磾的不单是与他同时之人，这种比喻曾广为流传，在浑瑊去世后，李商隐《浑河中(浑瑊与李晟同平朱泚，德宗还宫，以瑊为河中尹)》诗还说：“咸阳原上英雄骨，半向君家养马来。”即以金日磾养马为喻称赞浑瑊。

不少汉代人物被唐人选作人生楷模，李德裕《知止赋》选取春秋至西汉卿大夫中“进能知止，退不失正”[2]的人物进行歌颂，实际要表达的是李德裕本人的处世态度。先秦时期选取的并不多，主要是西汉时期，有张良、两龚、二疏、韦玄成等，李德裕对理想人物的选择，与人物所处时代的治乱有关，乱世人物往往不入他的眼。汉代人物被唐人所推崇，不同的人物看重前人的角度会有所不同，如李德裕撰《西南备边录》十三卷，他把该书上呈皇帝时在《进西南备边录状》交代写作此书的原因时说：“臣所创立城镇，兼画小图，米盐器甲，无不该备。昔萧何收秦图书，具知厄塞，军国之政，莫切于斯。谨封进上，庶裨圣览。”[3]李德裕写《西南备边录》的起因根本还是现实边防的需要，可他从萧何收秦图籍这一历史实事出

[1]《新唐书·浑瑊传》，第4894页。
[2]《全唐文》卷697，第7154页。
[3]《全唐文》卷703，第7217页。

发，能让他的这一做法具有天然合理性。李德裕身份是宰相才举萧何收图籍事，而李益《喜入兰陵望紫阁峰呈宣上人》中“从今安僻陋，萧相是吾师”（《全唐诗》卷283）之句，也表明向萧何学习处世方法，他这里学习的是安于“僻陋”，也就是《史记·萧相国世家》记载的萧何对俭朴持家原因的解释：“后世贤，师吾俭；不贤，毋为势家所夺。”[1]李益和李德裕身份不同，他们同是学习萧何，而着眼的角度则有差异。

汉朝一些以正直敢言闻名的人物在唐朝得到不少共鸣，如李华推崇汉武帝时的汲黯，《新唐书·文艺下》说：“李华字遐叔，赵州赞皇人。……华少旷达，外若坦荡，内谨重，尚然许，每慕汲黯为人。”[2]此处说李华“内谨重，尚然许”是其性格特点，也揭示了慕汲黯为人的原因，是因为气质的相近。汲黯在汉武帝时期以戆直出名，敢于顶撞汉武帝，以至于汉武帝都要穿戴整齐才敢见他。唐人对汲黯的倾慕不只是李华一人，也不只是正直敢言一个方面，汲黯在逐渐尊儒的风气下信奉黄老之学，担任淮阳太守时以清静治郡，这一点也使不少唐人为之倾倒，唐诗中经常出现的“淮阳卧”就是这种心理的反映。西汉成帝时朱云在朝廷之上批评皇帝老师张禹而坚持不屈服的事迹滋养了众多唐人的精神世界，如白居易在《策林》的开头所说：“臣伏见汉成帝以朱云廷辱张禹，令持下殿，云攀槛槛折，成帝容之。后尝理槛，帝令勿易，以旌直臣。臣每览汉史至此，未尝不三复而叹息也。岂不以臣不爱死，虽怜其死，而必谏乎？君能纳谏，虽折其槛，而必容乎！不然，何云之竭忠也如此，而帝之

[1] 《史记·萧相国世家》，中华书局1975年版，第2019页。
[2] 《新唐书》卷203，第5775页。

见容也又如此？……是则陛下纳谏之旨，远出于汉朝，微臣献言之罪，不虞于折槛矣。”[1] 白居易此文虽是模拟对策，但所拟是现实政治生活中常见的写法，这样写的目的在于希望读到策文的人尤其是皇帝本人能像历史上勇于纳谏之君那样，对自己的建议、议论不要有激烈的反应，文中说“臣每览汉史至此，未尝不三复而叹息也”固然是赞叹汉成帝对朱云的容忍，从而劝谏唐朝皇帝也能这样对待直谏者，白居易以朱云自任的气概也跃然纸上。唐诗中朱云折槛事被反复用到。

唐朝做地方官的人经常以汉代循吏为榜样，文翁、黄霸等知名度高的循吏最常被唐人奉为楷模，朱邑在西汉循吏中知名度不高，也被唐人所倾慕，吕温曾做道州、衡州刺史，他在寄给刘禹锡、窦常的诗中说：“朱邑何为者？桐乡有古祠。我心常所慕，二郡老人知。”[2] 明确表示对朱邑的倾慕。朱邑年轻时为桐乡啬夫，“廉平不苛，以爱利为行，未尝笞辱人，存问耆老孤寡，所部吏民爱敬焉”[3]，朱邑死后其子尊遗嘱把他埋葬在桐乡西郭外，百姓们为之起冢立祠。为官所到之处能够得到当地百姓们的爱戴，被他们怀念，这是做地方官的人内心深处的渴望。

有的汉朝人物在历史上知名度并不高，可其某一方面也能引起后人的共鸣，如东汉梁竦。《后汉书·梁统传》附：“竦闭门自养，以

---

[1] 《全唐文》卷670，第6811页。

[2] 《全唐诗》卷360有《郡内书怀寄刘连州窦夔州》之诗，宪宗元和年间，刘姓连州刺史只有刘禹锡，窦姓夔州刺史只有窦常一人，但刘任连州刺史在元和十年后，窦常任夔州刺史在元和十年前后，而吕温已于元和六年八月去世，有人怀疑此诗非吕温所作。陶敏《全唐诗人名考证》曰：“盖诗中‘二郡老人’乃指吕温所刺道、衡二州父老而言，后人不解其意，又缘刘有和诗，故于题中妄增‘寄刘连州窦夔州’七字。”

[3] 《汉书·循吏传》，第3635页。

经籍为娱，著书数篇，名曰《七序》……尝登高远望，叹息言曰：'大丈夫居世，生当封侯，死当庙食。如其不然，闲居可以养志，《诗》、《书》足以自娱，州郡之职，徒劳人耳。'后辟命交至，并无所就。"[1] 梁竦并不否定建功立业享大功名可作为人生理想，但州郡之职既劳累又得不偿失，宁可不出仕而以读书自娱。唐朝陈兼是读了梁竦的传记而改变了处世方式，独孤及《送陈赞府兼应辟赴京序》说陈兼的情况是："初公读《梁竦传》，始慨然薄游，耻揭其公器，退而耕于楚县。"[2] 序中"慨然薄游"即指陈兼对梁竦之言深有同感，而此处的"游"不是指作家的漫游之风，而是与各地人物的交往。唐人之游交朋友的因素也不容忽视。

唐朝有的人物为了做他理想中的汉代人物，甚至不顾现实情况的变化，把他当时所处的时代幻想成汉朝英雄人物的时代，其中楚汉相争时期的人物最被人们所向往。李白就是这样的一位人物，李白在不同的年龄段心目中的理想人物出现过变化，但在相当长的时间里，他期望成为张良似的人物，这与他推崇另一位理想人物谢安在精神上是相通的，都是功成不居的典型，而成就安天下的伟业时又显得举重若轻。李白一心幻想着能成就大功业，他希望楚汉相争的时代能重新到来，在某一时期，李白喜与别人谈论楚汉之际的事件和人物，寻访楚汉相争时期的遗迹，崔宗之《赠李十二白》就真实地记录了李白与崔宗之谈话的内容，诗说："李侯忽来仪，把袂苦不早。清论既抵掌，玄谈又绝倒。分明楚汉事，历历王霸道。担囊无俗物，访古千里余。袖有匕首剑，怀中茂陵书。双眸光照人，词

[1] 《后汉书》卷 34，中华书局 1965 年版，第 1172 页。
[2] 《全唐文》卷 388，第 3949 页。

赋凌子虚。”(《全唐诗》卷261）诗的后四句把李白和司马相如相比，是就其文学才华而言，“分明楚汉事，历历王霸道”，则是李白当时和崔宗之的谈话内容，其时李白对楚汉之际的人物甚感兴趣，对“王霸道”也即安天下之法也历历能道，“访古千里余”是说李白长途跋涉去寻访楚汉之争的古迹。李白集中有《登广武古战场怀古》，虽是受阮籍启发，也是李白本人读史受到触动的结果。李白还有别的咏汉初人物的诗，如《商山四皓》、《过四皓墓》等，对汉初人物的特别关注，对李白的人生理想的树立和道路的选择都有影响。李白因加入永王幕府系狱，是其政治理想的一大挫折，在浔阳狱中，李白所读之书竟然是《史记·留侯世家》，其《送张秀才谒高中丞》序说：“余时系寻阳狱中，正读《留侯传》。秀才张孟熊蕴灭胡之策，将之广陵谒高中丞。余嘉子房之风，感激于斯人，因作是诗以送之。”[1] 此序甚值得玩味，李白在狱中，为什么不是读别的书而偏偏是读张良的传记？这应该不是随手找到什么书就读什么书，而是因他政治活动的顿挫急需总结失败的原因，他意识到理想与现实情况的差距，历史上张良的成功使人羡慕，他通过重新阅读张良从而为自己的失败寻求精神安慰，既总结失败教训，又能重新鼓起勇气，张良毕竟是他长期以来的理想。李白为了能成为他倾慕的前代人物，常常把现实当成前代人物活动的时代。不仅对张良如此，李白很多议论都是放在汉代特殊的时代氛围中的，如著名的《嘲鲁儒》一诗，实际是读《叔孙通传》的读后感。“鲁儒”并非现实中鲁地儒者，在李白生活的时代，鲁地儒生与别的地方不存在巨大区别，可当代很多研究者不知就里，因为李白曾经到过鲁地，并长期在此地

[1] 《李白集校注》卷18，上海古籍出版社1980年版，第1057页。

隐居，就认为诗中的“鲁儒”是李白亲眼看到的鲁地儒者状况。实际上，开元、天宝时期鲁地文化上与别的地方趋同，李白描绘的鲁儒是战国时期至汉朝初年的情况，鲁儒中的某些人坚持儒学理想，不愿跟随叔孙通为求官职而与刘邦合作，李白阅读史书时对此有感而发，他赞同叔孙通的做法，认为坚守原则而不与时代结合，不根据变化了的情况进行变通是不可取的。假如李白是到鲁地之后才写这首诗，他确实是以汉初的眼光来看待盛唐时期的情况了。

以上所论都是唐朝单个人物对汉朝人物的模仿，就唐代文学而论，唐代作家不少带普遍性的风气来自对汉代人物的追慕，过去一般认为这些风气的形成是时代因素决定的，如果从最终决定性的因素讲，也不无道理，但就直接的原因来说，离开对汉人的模仿，有些风气是难以理解的。今就几种对唐代文学创作影响较大的现象进行分析。

一、漫游之风与司马迁

唐代作家在青年时期有漫游的风气，这是学术界很早就注意到的。陈贻焮《杜甫壮游踪迹初探》[1]一文对盛唐文人漫游之风的原因进行过分析，认为除了经济繁荣、交通发达之外，最重要的是士人交游、干谒的风习。袁行霈先生主编的《中国文学史》在“隋唐五代文学绪论”中把漫游风气的原因推溯到山水游赏：“东晋之后，山水游赏常反映到诗文中来。但从山水游赏扩大到漫游，并且成为

[1] 陈贻焮：《杜甫壮游踪迹初探》，《文史》第 24 辑。

一时风尚，则是到唐代才开始的。唐代士人，在入仕之前，多有漫游的经历。漫游的处所，一是名山大川，一是通都大邑。名山大川的游历，反映了唐代诗人对自然美的向往……漫游名山大川，除了山水游赏之外，可能还与神仙道教信仰有关……漫游的又一重要去处是边塞……漫游还有一个去处，是通都大邑，如长安、洛阳、扬州、金陵等地。”[1] 这一段介绍影响唐代文学的漫游风气情况，对士人漫游去向的分类是正确的，但认为唐代漫游之风起源于东晋以后的山水游赏，而没有回溯到司马迁，对漫游之风的来源还没能直指根源。

司马迁是著名文学家中最早进行漫游活动的人，在他之前，虽有孔子及其弟子的周游列国和战国诸子的游说活动，但与司马迁二十余岁的壮游是不同的。孔子及其弟子的周游列国是从事政治活动，且孔子本人已经六十余岁，战国诸子游历各国目的更是现实政治的需要，司马迁漫游则是在未出仕前的思想逐渐成熟期。本章之所以把唐代作家的漫游之风追溯到司马迁而不是东晋以后的山水游赏，原因之一在于唐朝作家的漫游多在未出仕之前，而山水游赏则不是。

之所以说是司马迁的漫游启发了唐朝作家出仕前的漫游之风，更重要的原因是唐朝漫游之人经常提到司马迁的游踪，和司马迁的游踪相比；司马迁所到之处往往成为唐代作家游览的热点。实际上，司马迁自述的所到之处并不具体，其自叙云：“二十而南游江淮，上会稽，探禹穴，窥九疑，浮于沅、湘；北涉汶、泗，讲业齐鲁之都，

[1]　袁行霈主编：《中国文学史》第二卷，高等教育出版社 1999 年版，第 204 页。

观孔子之遗风，乡射邹、峄；厄困鄱、薛、彭城，过梁、楚以归。”[1]这只是大致的游览路线，其出仕之后的奉使及跟随汉武帝巡行是职务行为，并非漫游。《史记》在某些传记中还涉及自己的行踪，如《淮阴侯列传》中说考察韩信之母的坟墓，《魏公子列传》中提到在大梁考证侯嬴隐居的夷门等，但总的来说数量有限。这不多的地名，却让唐朝漫游的作家经常回顾，如李白游历到青阳九子山，觉得山名于古无据，李白遂根据山形改山名曰九华山，并与高霁、韦权舆联句，李白在《改九子山为九华山联句序》中交代为九子山改名的缘由：“青阳县南有九子山，山高数千丈，上有九峰如莲华。按图征名，无所依据。太史公南游略而不书。事绝古老之口，复阙名贤之纪，虽灵仙往复，而赋咏罕闻。予乃削其旧号，加以九华之名。”[2]李白在考证九子山山名来历时，地图上没有标注，《史记》中也没有提到，司马迁漫游是否到过该山不能断定，因为《史记》中一点有关的信息都没有。但李白武断地认为司马迁是“略而不书”，即到过该山而没有进行记录，既说明李白对司马迁记述权威性的认可，若司马迁记录过的地名就不需改动，可作为定名，又表明李白游踪有自觉追寻司马迁游踪之意，哪怕司马迁的具体行程后人不清楚，李白本人也是推测。卢元辅《胥山祠铭》序言中根据司马迁的地理知识纠正当时人给山所起之名：“汉史迁曰胥山，今云青山者缪也。”[3]可见唐人对司马迁地理知识的重视程度。

唐人把当时人的漫游行程与司马迁相比的很多，如独孤及《送武康颜明府之鄂州序》中说颜明府的西行路线时说：“将以特舟片

[1] 《史记·自叙》，第3293页。
[2] 《李白集校注》卷25，第1448页。
[3] 《全唐文》卷695，第7137页。

帆，泝洄于大江秋涛之间中。涉彭蠡，历西塞，浮于潜，逾于沔。吾子安于忠信，亦当安于风波。况滔滔江汉，茫茫禹迹乎！于此乘渚反顾，齐吴榜以击汰，其声可想。司马子长浮沅湘，窥九疑，亦此路也。足下览古乘兴，穷极视听，行将搜异不暇，惧于何有？"[1]文中被送的颜明府预计的线路是"涉彭蠡，历西塞，浮于潜，逾于沔"，即沿江而上，经过彭蠡、西塞等风景古迹，从长江再转入潜江、沔水，最后到达目的地鄂州，独孤及却说"司马子长浮沅湘，窥九疑，亦此路也"，司马迁是如何到达湘江、沅水流域的，他本人并没有明确交代过，大概《河渠书》中说"余南登庐山，观禹疏九江"，司马迁曾经过长江的一段，独孤及就认为是颜明府将要经过的这一段了。文中"茫茫禹迹"正是从司马迁《河渠书》"禹疏九江"延伸而来，独孤及把颜明府出行路线和司马迁浮沅、湘所经路线相比，不只是提醒颜明府行到此处时遥想古人风概，更重要的是鼓励被送之人战胜风波，想到司马迁也曾经经过此地，旅行者能增添战胜困难的精神力量。梁肃《奉送刘侍御赴上都序》是为一次送别的聚会所写的序言，祖饯之会可能由包佶主持（序中有"御史延陵包公，祖而觞之"之句，又有"中丞既歌首章"，则"御史"、"中丞"应指一人，即"御史中丞"之职，佶建中元年兼权领转运盐铁使，检校御史中丞），该聚会共有七首诗，现存唐诗中未见该题，此"刘侍御"未敢遽断为何人，序中提到时人对刘侍御游踪的一种比方："诏掌柱下方书，出参蜀汉军事，俄复自适其适，道岷江，浮湘潭，历敷浅原而东。君子谓君涉履所至，拟司马子长。遂留滞吴南，

[1] 《全唐文》卷 388，第 3942 页。

以道自居。”[1] 刘侍御“道岷江，浮湘潭，历敷浅原而东”就被认为与司马迁的行踪重合，司马迁在《河渠书》的赞中叙述自己对河湖的考察：“余南登庐山，观禹疏九江，遂至于会稽太湟，上姑苏，望五湖；东窥洛汭、大邳，迎河，行淮、泗、济、漯、洛渠；西瞻蜀之岷山及离碓；北自龙门至于朔方。”[2] 司马迁这段话是以方位为序介绍自己亲自到过的河渠，“瞻蜀之岷山”并不是他二十岁开始的漫游所能完成，而是出仕为郎后出使西南才有机会实现的。刘侍御仅仅是到过岷江，游过湘潭，人们就把他和司马迁的行踪相比，这充分说明司马迁的行踪对唐代士人漫游所起的示范作用。有的人并非漫游，仅仅是做官到过某地，若此地司马迁曾经到过，当时人也会把他和司马迁相比，如孙逖《送康若虚赴任金乡序》说：“昔太史公涉汶、泗，登邹峄，以观孔氏之遗风。康子之吏于是邦，有以见古人之心矣。”[3] 康若虚并非漫游，仅仅因为司马迁在此地想起过孔子，孙逖就断言康若虚也能了解古人。唐人事实上已经意识到漫游对司马迁文风的影响并且大规模进行模仿，这是唐朝作家漫游蔚成风气的原因之一，绝不仅仅是由东晋以后兴起的山水游赏之风发展而来，因为漫游的目的不单纯为景物之欣赏。

我们说唐朝作家漫游之风是受司马迁启发，除了前述的经常把行程与司马迁相比，司马迁探访过的名胜往往是唐朝作家们蜂拥而至的热点，有些名胜是因为司马迁的寻访和记录成了人们关注的中心，是司马迁把这些古迹从人们的无意注意变成有意注意。司马迁到过众多的名胜古迹，今以“禹穴”为例说明司马迁游踪对唐人漫

[1] 《全唐文》卷 518，第 5267 页。
[2] 《史记·河渠书》，第 1414 页。
[3] 《全唐文》卷 312，第 3168 页。

游之风的先导作用。

“禹穴”在会稽山上，是司马迁最早指出此地与大禹有关，宝历二年九月经过会稽的郑魴作禹穴碑[1]，元稹作碑铭，郑魴《禹穴碑铭序》就明确指出是司马迁第一次把会稽和大禹联系起来，“予读《夏书》无是说，司马子长自叙，始云登会稽，探禹穴，不然，万禩何传焉？”[2]若无司马迁的记载，后世根本不知道此处与禹大会诸侯有关，有了司马迁的记述，会稽禹穴成为长盛不衰的古迹，经过此地的，很多人是冲着该古迹而来，在此地为官之人常拜禹穴，并且在此地又立禹庙，禹穴、禹庙是经过会稽之人不可缺少的游览、怀古甚至祭祀之地。唐代诗文中保存这方面的材料很多，宋之问被贬为越州长史，曾游禹穴、禹庙等古迹，其《游禹穴回出若邪》首四句说“禹穴今朝到，邪溪此路通。著书闻太史，炼药有仙翁”（《全唐诗》卷53），其中“著书闻太史”就是指司马迁最早对禹穴进行探访和记录。宋之问又有《谒禹庙》诗，其《游云门寺》诗说“龛依大禹穴，楼倚少微星”，可见云门寺的神龛靠近禹穴，宋之问以禹穴为中心游览越中名胜。其《祭禹庙文》讲到自己到越州做官游历的情况：“之问移班会府，出佐计乡，遂得载践遗尘，远探名穴”[3]，可知禹庙是作为禹穴的附属物，是后人增筑，而“探名穴”之“探”，正是司马迁本人所用动词，唐人多用“探禹穴”，正说明是受司马迁

[1] 文中说作碑时间是“唐兴二百八祀，宝历庚午秋九月”，宝历是唐敬宗年号，总共只有二年，宝历元年是乙巳年，即825年，宝历二年是丙午年，即826年，该年从唐朝建立政权的武德元年即618年算起，恰为208年，故文中“庚午”应为“丙午”之误，《唐文粹》卷54载该文说是“宝历景午秋九月”，赵明诚《金石录》卷9唐《禹穴碑》载郑魴撰序，元稹铭，韩杍材行书，时宝历二年九月。参见冀勤点校《元稹集》卷8，第711页。

[2] 《全唐文》卷740，第7657页。

[3] 《全唐文》卷241，第2443页。

的影响。李绅任浙东观察使时曾祭祀禹庙，到禹庙求雨雪。元稹为官此地而白居易在杭州，两人经常以诗交流，元稹喜以会稽名胜夸耀，白居易则以杭州山水抗衡。元稹除为郑鲂禹穴碑作铭文，又有《拜禹庙》[1]、《春分投简阳明洞天作》等与禹庙有关的作品。白居易则有《酬微之夸镜湖》，其中问："军门郡阁曾闲否，禹穴耶溪得到无"（《全唐诗》卷446），把寻访禹穴当作工作之余的重要事务，《答微之见寄（时在郡楼对雪）》说："可怜风景浙东西，先数余杭次会稽。禹穴未胜天竺寺，钱湖不羡若耶溪"（《全唐诗》卷446）则是以杭州美景天竺寺、西湖与会稽之禹穴、若邪溪相比。大和三年春，白居易百日长假后免官，回忆起在浙右数郡的游踪，并想到越州访元稹，遂有《想东游五十韵》之作，其中"镜湖期远泛，禹穴约冥搜"（《全唐诗》卷450）就是与元稹相约游览会稽风景，而禹穴是重要景点，"冥搜"即"探禹穴"之意。

非到会稽任职之人"探禹穴"的更多，即以盛唐时期几位有漫游经历的诗人而论，孟浩然不管在不在越地，对禹穴都念念不忘，其《送谢录事之越》有"想到邪溪日，应探禹穴奇"[2]之句，是推测谢录事到越中的游踪，而探禹穴是首先会做的事。孟浩然在杭州写有《与杭州薛司户登樟亭楼作》，其中写登楼远望所见："山藏伯禹穴，城压伍胥涛"，其实登上樟亭楼是看不到禹穴的，但我们从此诗句可知孟浩然对探访禹穴的热切心情。他在会稽逗留了相当长时间，《与崔二十一游镜湖寄包贺》说到在越中的游历："特寻夏禹穴，稍背越王城"[3]，其"特寻"二字说明禹穴在孟浩然越中之游所占

[1] 冀勤点校：《元稹集》外集卷第七续补一，第703页，见《会稽掇英总集》卷8。
[2] 《孟浩然诗集笺注》，第270页。
[3] 同上书，第93页。

的地位。不单是孟浩然如此，李白也是这样，他不在越中时送人游越，老是念叨禹穴，如《送纪秀才游越》说“禹穴寻溪入，云门隔岭深”[1]，是肯定纪秀才将从若邪溪探寻禹穴，《送二季之江东》应写于安陆附近，李白两位从弟沿江东下，李白推测所经之地说：“禹穴藏书地，匡山种杏田。此行俱有适，迟尔早归旋。”[2] 庐山为沿江东下必经之地，李白从弟到江东肯定要到的地方就是禹穴，可见不管是送人的李白还是漫游的二季都把禹穴当作不可不去之地，后来李白本人到了越中，其《越中秋怀》诗先写对越中山水的热爱，然而在游山玩水中又流露出离开朝廷的惆怅，“一为沧波客，十见红蕖秋”，就有很多感慨在其中，一想到这里，李白的情绪立即变得没那么高昂，悲愁的情绪马上袭来，对越中之游的重头戏“探禹穴”是否还继续下去李白甚至有犹豫：“何必探禹穴？逝将归旧丘”[3]，李白此处表示对探禹穴必要性的不以为然，正表明此前他一直把探禹穴当作他越中之游的首要任务。当时人也是这样看，杜甫《送孔巢父谢病归游江东兼呈李白》正写于李白漫游会稽期间，杜甫很思念李白，其末句云：“南寻禹穴见李白，道甫问信今何如？”（《全唐诗》卷 216）杜甫知道孔巢父游江东肯定要访禹穴，并且在此处可以见到李白，可见禹穴在这些文士心目中的地位。高适《秦中送李九赴越》写于天宝十一载（752）秋，有“谢家征故事，禹穴访遗编”（《全唐诗》卷 214）之句，其中谢家指东晋谢氏家族曾在山阴安家，据《吴越春秋》记载，禹穴中有大禹藏书，就是“访遗编”所指。

中唐以后，“探禹穴”依然是人们热衷的游览去处，韩愈《此日

[1] 《李白集校注》，第 1034 页。

[2] 同上书，第 1074 页。

[3] 《李白集校注》卷 24，第 1369 页。

足可惜赠张籍（愈时在徐，籍往谒之，辞去，作是诗以送）》讲到自己朋友的行踪时说："我友二三子，宦游在西京。东野窥禹穴，李翱观涛江。"（《全唐诗》卷337）这里说孟郊"窥禹穴"，韩愈又有《送惠师（愈在连州与释景常、元惠游。惠师即元惠也）》，其中说到元惠的游踪："常闻禹穴奇，东去窥瓯闽。越俗不好古，流传失其真"（《全唐诗》卷337），这里用"窥瓯闽"指代"窥禹穴"，韩愈因为"务去陈言"，把司马迁的"窥九疑"之"窥"代替"探禹穴"之"探"，这是韩愈追求新奇的结果。刘禹锡《含辉洞述》讲到薛景晦早年漫游经历："若薛公者，少居江湖间，游名山，东探禹穴，历四明句曲金华阳羡，南过九江，薄匡庐以涉彭蠡，天下山水之籍，存乎胸中。"[1]薛景晦的游览路线和司马迁很可以比较，都到过禹穴、九江，而"探"禹穴则分明是受司马迁影响。

以上所论为唐朝作家漫游之风与司马迁的关系，本节并非全面研究司马迁对唐代文学的影响，其实司马迁对唐代作家的影响不仅漫游一端，还表现在不同的方面，既有司马迁人格精神上的，又有《史记》艺术上的影响，当然更有《史记》中的人物对唐朝作家行为方式的影响。以司马迁发愤著书为例，唐代不少作家受司马迁精神的感染、激励，克服各种困难进行著述，如李翱《答皇甫湜书》叙述自己撰写唐朝历史《唐书》的情况，在著述原因上既发挥司马迁发愤著书说，其《唐书》的写作又以《史记》为鹄的：

凡古贤圣得位于时，道行天下，皆不著书，以其事业存于

[1] 《全唐文》卷607，第6136页。

制度，足以自见故也。其著书者，盖道德充积，厄摧於时，身卑处下，泽不能润物，耻灰泯而烬灭，又无圣人为之发明，故假空言，是非一代，以传无穷，而自光耀于后。故或往往有著书者。仆近写得《唐书》，史官才薄，言词鄙浅，不足以发明高祖、太宗列圣明德，使后之观者，文采不及周汉之书。……唐有天下，圣明继于周汉，而史官叙事，曾不如范蔚宗、陈寿所为，况足拟望左邱明、司马迁、班固之文哉！仆所以为耻。……仆文采虽不足以希左邱明、司马子长，足下视仆叙高愍女、杨烈妇，岂尽出班孟坚、蔡伯喈之下耶？仲尼有言曰："不有博弈者乎？为之，犹贤乎已。"仆所为，虽无益于人，比之博弈，犹为胜也。……司马迁则曰："成一家之言。藏之名山，以俟后圣人君子。"仆之不让，亦非大过也。[1]

此信讲著书者都是"厄摧于时，身卑处下"、"假空言"等都是发挥司马迁"圣贤发愤之所为作"、"思垂空文以自见"等意思，李翱认为《左传》和《史记》达到史学写作上不可企及的高度。李翱创作《唐书》，他在书中表达的历史观念和对人物的评论，也不被当时很多人认可，甚至于李翱被人当作"不让"，也就是不谦虚，李翱用来缓解这种外界压力的办法还是用司马迁的话激励自己，寄希望于后世能有人理解自己，不管当时的得失，不顾世俗的非议，把一切精力用来进行著述，企图通过文化创造达致不朽的目标，是司马迁给有志于文化创造而政治失意文人的精神安慰剂。

[1]　《全唐文》卷 635，第 6410 页。

二、任侠之风与汉代游侠

唐诗中有大量游侠诗，其具体数量，因认定标准不同，统计数字可能会有差别，有人认为有四百首之多。写与游侠有关的诗数量巨大是不争的事实，学术界对这一现象早有注意，研究唐代游侠诗的论文不断发表，既有对唐代全部游侠诗进行总体研究，也有对某些作家的游侠诗进行深入探讨，尤其是对李白和陈子昂的游侠诗进行研究。在对游侠的精神进行分类，并揭示其内涵方面，学术界已经得出很好的答案，至于唐诗中出现数量如此之多游侠诗的原因，已有研究成果多归之于唐代本身游侠风气盛行，似乎游侠诗是对唐代社会现实的反映，这是不符合实际情况的。唐人写作游侠诗，其思想感情受史传影响的成分要远大于现实游侠风气。

唐诗中的游侠与唐人的游侠活动是存在反差的，唐诗中歌咏游侠很多，而唐人在现实生活中的任侠行为并没有那么多，并且诗中歌咏的游侠行动的内容与现实中任侠者行为方式也不相同，可以说，唐代游侠诗主要并非对现实生活的反映，而是诗人们游侠情结的表现。以新、旧《唐书》有传的人物为例，史书中明确记述与任侠有关的人物主要集中在隋唐之际，先看《旧唐书》卷 2 记载：“时隋祚已终，太宗潜图义举，每折节下士，推财养客，群盗大侠，莫不愿效死力”[1]，这是说李世民本人与群盗大侠交结，而隋唐之际很多起事的人物，要么自己任侠，要么联络豪侠，如卷 53 李密传说“齐郡贼帅徐圆朗、任城大侠徐师仁、淮阳太守赵佗皆归之”[2]，徐师仁是

---

[1] 《旧唐书》卷 2，第 22 页。
[2] 《旧唐书》卷 53，第 2219 页。

隋末并起的群雄之一，其身份本是“大侠”，卷55刘武周传说周“骁勇善射，交通豪侠”[1]，卷57公孙武达传说达“少有膂力，称为豪侠”[2]，卷58说刘弘基“少落拓，交通轻侠，不事家产”，该卷又说李渊之婿柴绍“幼趫捷有勇力，任侠闻于关中”[3]，卷59丘和“少便弓马，重气任侠，及长，始折节”[4]，卷60淮安王李神通“与京师大侠史万宝、河东裴勣、柳崇礼等举兵以应义师”[5]。《新唐书》记述隋唐之际人物的任侠行为，比旧书略多，卷78李神通传谓通“少轻侠”[6]，卷79谓李建成“所从皆博徒大侠”[7]，卷84李密传谓隋末杨玄感起兵失败后李密流亡过程中曾“转匿大侠王季才家”[8]，卷85窦建德传谓建德“少重然诺，喜侠节”[9]，卷89唐俭之弟唐宪本为隋太子杨勇侍从，杨勇废后罢归，“不治细行，好驰猎，藏亡命，所交皆博徒轻侠”[10]，卷94“盛彦师者，宋州虞城人。少任侠……卢祖尚，字季良，光州乐安人。家饶财，好施，以侠闻”[11]等。隋唐之际面临改朝换代的局面，具有侠义气质之人敢于冒险，敢于牺牲生命，勇于行动，喜欢与同类型人物交结，更容易积聚力量，从而在乱世中叱咤风云。李渊进入长安后号召豪杰们追随他起兵，所发布的《授三秦豪杰等官教》中叙述关中争先恐后效命于他

[1] 《旧唐书》卷55，第2252页。
[2] 《旧唐书》卷57，第2300页。
[3] 《旧唐书》卷58，第2309、2314页。
[4] 《旧唐书》卷59，第2324页。
[5] 《旧唐书》卷60，第2340页。
[6] 《新唐书》卷78，第3527页。
[7] 《新唐书》卷79，第3540页。
[8] 《新唐书》卷84，第3679页。
[9] 《新唐书》卷85，第3696页。
[10] 《新唐书》卷89，第3760页。
[11] 《新唐书》卷94，第3833页。

的情况时说："五陵豪杰，三辅冠盖，公卿将相之绪余，侠少良家之子弟，从吾投刺，咸畏后时，扼腕连镳，争求立效。"[1] 此处叙述关中士人纷纷前来表示效忠，未免有夸张成分，而"五陵"、"三辅"、"侠少"、"良家"也有借用汉朝说法之意，但是对侠的期望是可以肯定的，在争夺天下的过程中，对具有侠义气质之人的争取是李渊集团竭尽全力去做的，别的有志于取天下的人物也是这样。

除了隋唐之际这一特殊的阶段，在整个唐朝，史书为之立传的与侠有关的人物并不多，且多为武人。《旧唐书》记载的任侠人物有郭元振、哥舒翰、张建封、田承嗣之父祖、于方、李涉、茅汇、李君球等，《新唐书》所记与侠有关人物略多，除《旧唐书》提到的上述诸人外，又增加刘海宾、胡证、刘义、甄济、王绍宗、甄戈等，诗人中有王翰和李白。此外，史书中还提到一些没有姓名的侠士，如《新唐书》卷 208 记代宗杀李辅国："自辅国徙太上皇，天下疾之，帝在东宫积不平。既嗣位，不欲显戮，遣侠者夜刺杀之，年五十九"[2]，此侠者也即刺客；德宗时吐蕃进入长安城，郭子仪收复长安时就利用侠的力量，《旧唐书》卷 120 说"全绪遣禁军旧将王甫入长安，阴结少年豪侠以为内应，一日，齐击鼓于朱雀街，蕃军惶骇而去"[3]，《新唐书》卷 137 说："会故将军王甫结侠少，夜鼓朱雀街，呼曰：'王师至！'吐蕃夜溃。"[4] 此两段所写为同一事件，"少年豪侠"即"侠少"，指长安城中具有民族气节、敢作敢为的一批年轻人。新、旧《唐书》中的"侠"主要指一种气质，有时是褒义，

[1] 《全唐文》卷 1，第 17 页。
[2] 《新唐书》卷 208，第 5882 页。
[3] 《旧唐书》卷 120，第 3456 页。
[4] 《新唐书》卷 137，第 4603 页。

但也可用作贬义，如《新唐书》卷197载：“会昌中，德裕当国，复拜京兆尹。都市多侠少年，以黛墨镵肤，夸诡力，剽夺坊闾。元赏到府之日，收恶少，杖死三十余辈，陈诸市，余党惧，争以火灭其文。”[1]这里的都市侠少年也即恶少，实际就是有组织的黑社会活动。而刘义的任侠则“因酒杀人亡命”。唐朝任侠者随意杀人的情况极为少见，所谓侠，多是济困救危，如王方翼收藏其友赵持满事：

> 其友赵持满诛死，尸诸道，亲戚莫敢视，方翼曰：“栾布哭彭越，义也；周文王掩骼，仁也。绝友义，蔽主仁，何以事君？”遂往哭其尸，具礼收葬。金吾劾系，帝嘉之，不罪。[2]

王方翼明确表示其冒险为赵持满收尸是受汉朝栾布影响，皇帝也深受感动，唐人任侠行为多表现为不图回报地帮助别人，郭元振事如此，不少唐人自夸时喜叙述自己的这一类事迹。《云溪友议》卷下“名义士”条廖有方书板，廖有方《题旅榇》记曰：“余元和乙未岁落第，西征适此，闻呻吟之声，潜听而微惋也。问其疾苦住止，对曰：‘辛勤数举，未遇知音盻睐。’叩头，久而复语，唯以残骨相托，馀不能言。俄而逝。余乃鬻所乘马于村豪，备棺瘗之，恨不知其姓氏。临岐泣断，复为铭曰。”[3]《全唐诗》校曰：“一本题作葬宝鸡逆旅士人铭诗”，诗曰：“嗟君没世委空囊，几度劳心翰墨场。半面为君申一恸，不知何处是家乡。”有自感身世之意。但收葬不熟悉的人是汉人曾做的事，且诗中“半面”也与汉朝游侠有关。可见唐

[1]《新唐书》卷197，第5633页。
[2]《新唐书·王方翼传》，第4134页。
[3]《云溪友议》卷下。

人行侠活动与汉人游侠有关。邓绎《藻川堂谭艺·三代篇》对唐人侠义精神与西汉关系早有论述："唐人之学博而杂，豪侠有气之士，多出于其间。磊落奇伟，犹有西汉之遗风。而见诸言辞者，有陈子昂、李白、杜甫、韩愈、柳宗元之属，堪与谊、迁、相如、扬雄等相驰骋以上下。"（《历代文话》第七册）今日研究者虽注意到唐代侠义精神与汉人有继承关系，但对其精神联系的情况还缺少深入研究。

唐朝诗文中也提到过一些当代人物的游侠行为，如卢藏用《陈子昂别传》说陈父元敬"瑰伟倜傥，年二十，以豪侠闻，属乡人阻饥，一朝散万钟之粟而不求报"，陈子昂本人则"始以豪家子驰侠使气，至年十七八未知书"[1]，颜真卿《鲜于氏离堆记》说鲜于仲通"弱冠以任侠自喜，尚未知名。乃慷慨发愤，于焉卜筑，养蒙学文，忘寝与食"[2]，颜真卿又在为鲜于仲通作的神道碑铭中说"公少好侠，以鹰犬射猎自娱，轻财尚气，果于然诺。年二十余，尚未知书"，仲通之弟"字叔明，敦厚温敏，少以任侠闻"[3]；李观《与睦州独孤使君论朱利见书》说朱利见"郁有词藻，义必致命，性颇轻财，乃侠少之流也"[4]。王维《济上四贤咏》之崔录事、成文学都被王维称为任侠之徒，说崔是"少年曾任侠，晚节更为儒"，而成文学则是"使气公卿坐，论心游侠场"，《送高适弟耽归临淮作（坐上作）》说高耽是"自尔厌游侠，闭户方垂帷"。韩翃《赠张建》谓："结客平陵下，当年倚侠游"（《全唐诗》卷244），意谓张建少年时代颇有侠气。

---

[1] 《全唐文》卷238，第2412页。

[2] 《全唐文》卷337，第3419页。

[3] 《中散大夫京兆尹汉阳郡太守赠太子少保鲜于公神道碑铭》，《全唐文》卷343，第3483、3484页。

[4] 《全唐文》卷533，第5411页。

从现存的诗文看，唐人说当代人物有侠的行为的并不多，并且唐人对侠的看法颇为复杂，并不总是赞扬，批评之语也不少，常把游侠和盗贼联系起来，如陈子昂《上军国机要事》建议："臣伏思即山东愚人，有亡命不事产业者，有游侠聚盗者，有奸豪强宗者，有交通州县造罪过者：如此等色，皆是奸雄"[1]，这里把游侠与聚盗相并，严砺《奏崔河图状》揭发崔河图到通州三年违法乱纪、苛剥百姓的事实，并说崔"交通豪侠，迫胁村闾"[2]，杜牧《唐故岐阳公主墓志铭》揭露强藩之子与公主结婚后横行不法的情况是："皆挟恩佩势，聚少侠狗马为事，日截驰道，纵击平人，豪取民物"[3]，房千里《知道》对侠士的装束和在人们心目中的地位与"有道之人"进行一番比较："有道之人，虽鹿裘带索而人不鄙之者，取其内而忘其外也；豪民侠士，紫衣金钩而人不贵之者，文饰于外也"[4]，这里把侠士当成徒有其表而不懂道因而不受人尊重的人物。越是晚唐，对侠士的评论越低，牛希济是从晚唐入五代的人物，其《不招士论》评论卫青不结宾客，其中涉及田蚡、窦婴厚待宾客，牛希济曰："且魏其、武安之厚宾客，非有贤智士也，皆任侠之徒，以力折公侯为能，以权倾州县为重"[5]，这里把"任侠"和"贤智士"对立，认为任侠者主要是"力折公侯"、"权倾州县"者，这虽是对历史人物的评论，但很明显也代表对现实中侠士的看法。这些否定性的评论和唐诗中大量咏游侠的诗歌思想倾向是不一致的，诗歌中以赞扬、肯定为主，而实际生活中多否定。唐朝法律对游侠行为虽没有明确禁止，但游

[1]　《全唐文》卷 211，第 2136 页。
[2]　《全唐文》卷 692，第 7104 页。
[3]　《全唐文》卷 756，第 7839 页。
[4]　《全唐文》卷 760，第 7903 页。
[5]　《全唐文》卷 846，第 8893 页。

侠们经常的做法却是为法律所禁止的，甚至制订严格的法律条文进行惩罚。《唐律疏议》的“贼盗”类对此有较详尽的规定。[1] 隋唐之际侠士较多时，咏侠诗并不多，咏侠诗最集中出现的盛唐时期，现实中的侠并不多见，这说明唐代咏侠诗主要并不反映唐代现实，而是借用历史上尤其是汉代史书中侠的观念表达作家的人生理想。咏侠诗之多，不是现实中侠士太多，恰是因为现实社会中侠士太少，而法律森严，作家们不敢轻易越轨，就对犯禁的侠客反复咏叹了。要理解唐诗中的咏侠诗，必须回到侠客最多并被大量记述的汉代。

战国文献中也有关于侠客的记载，如《韩非子·五蠹》说的“儒以文乱法，侠以武犯禁”，“以武犯禁”是早期人们对侠的认定标准。《庄子·说剑》记述的赵国国君爱的剑客，在战国时代的人看来，也属于游侠范畴。战国四公子所养的门客当时人也以侠目之，被政治人物利用的刺客，如田光，自称“节侠”，汉人延续了侠是武士的观念，如《淮南子·说山训》说：“喜武非侠也，喜文非儒也，好方非医也，好马非驺也，知音非瞽也，知味非庖也。此有一概而未得主名也。”[2] 这一段话是说概念的部分不能代替全体，但我们从这里知道，“喜武”还不一定是侠，却是成为侠的必要条件。该书《氾论》和《人间训》还分别记载了游侠的行为，都是持反对的态度。《史记》是最早对侠进行记录并全面加以评论的著作。《刺客列传》主要记录春秋战国时期的刺客之侠，春秋时期写了曹沫、专诸，战国时期则有豫让、聂政、荆轲，其中重点是写荆轲，司马迁评论说：“自曹沫至荆轲五人，此其义或成或不成，然其立意较然，不欺其志，

[1] 长孙无忌等撰、刘俊文点校：《唐律疏议》卷 17、18、19、20，中华书局 1983 年版。
[2] 《淮南子·说山训》，上海书店影印诸子集成本，第 277 页。

名垂后世，岂妄也哉！”[1]司马迁为刺客立传，不以成败论英雄，对他们敢于牺牲自己从事刺杀任务给予高度评价，其中曹沫和荆轲二人又是出于国家的利益，不是报个人恩怨，更值得肯定。司马迁还多次强调荆轲不同于一般侠客，“好读书击剑”、“沉深好书”，是文武双全的人物。司马迁在《游侠列传》中不仅为汉朝建立以后的著名游侠立传，还对这种政府不断打击的游侠现象表达了不同于流俗的评论，这种评论实际上也是为该传的设立辩护，司马迁说：“今游侠，其行虽不轨于正义，然其言必信，其行必果，已诺必诚，不爱其躯，赴士之厄困。既已存亡死生矣，而不矜其能，羞伐其德，盖亦有足多者焉。”司马迁也承认游侠行为“不轨于正义”，但对他们重然诺，解救别人危难而又不夸耀给予很高评价：“而布衣之徒，设取予然诺，千里诵义，为死不顾世，此亦有所长，非苟而已也。”司马迁也认为游侠多犯奸违背法律，朝廷连续进行惩处，但他从这些人的身上发现值得肯定之处，尤其是布衣之侠更是难能可贵，比战国四公子更不容易，因为后者有所凭借：“至如闾巷之侠，修行砥名，声施于天下，莫不称贤，是为难耳。然儒、墨皆排摈不载。自秦以前，匹夫之侠，湮灭不见，余甚恨之。以余所闻，汉兴有朱家、田仲、王公、剧孟、郭解之徒，虽时扞当世之文罔，然其私义廉洁退让，有足称者。名不虚立，士不虚附。”司马迁对战国时期布衣出身的游侠未能流传下来深表遗憾，统治者和法家、儒家、墨家对游侠都是否定的，司马迁只能记录汉兴以来的游侠。人们对游侠的否定，司马迁也是理解的，司马迁为之立传的几位游侠实际上是侠中的特例。侠的流品颇为复杂，司马迁为之立传的几位游侠，多数也

[1]《史记·刺客列传》，第2538页。

是被世人理解成“暴豪之徒”的。司马迁发现游侠中这几位的优点，他比较朱家等人与以强凌弱的恶霸时说：“至如朋党宗强比周，设财役贫，豪暴侵凌孤弱，恣欲自快，游侠亦丑之。余悲世俗不察其意，而猥以朱家、郭解等令与暴豪之徒同类而共笑之也。”司马迁并不是为所有的侠鸣不平，他是在为立传的这几位鸣不平，因为世俗之人把所有称为侠的都看成同类，而无视他们行侠目的的差别。在汉初被称为侠的人很多，如在景帝时剧孟死后有符离王孟、济南瞯氏、陈地周庸等，都被汉景帝诛灭，但侠客依然层出不穷，代地诸白、梁韩无辟、阳翟薛兄、郏韩孺纷纷复出。即使在汉武帝杀郭解之后，侠客依然很多，但司马迁认为“敖而无足数者”，只有关中长安樊仲子、槐里赵王孙、长陵高公子、西河郭公仲、太原卤公孺、临淮兒长卿、东阳田君孺等“虽为侠而逡逡有退让君子之风”，可见任侠的人物中真正值得肯定的人物并不多，有的侠甚至等同于强盗，“至若北道姚氏、西道诸杜、南道仇景、东道赵他、羽公子、南阳赵调之徒，此盗贼居民间者耳，曷足道哉！此乃乡者朱家之羞也”。[1] 司马迁对游侠是分别看待的，班彪父子批评司马迁“叙游侠则退处士而进奸雄”。若就司马迁为之立传的个别游侠而言，如郭解，还不无道理，若说是司马迁对所有游侠的态度，就完全不合实际了。总括司马迁为之立传的汉代五位游侠，大概有以下几个特点：其一，以朱家为代表的游侠敢于冒犯法危险解救人们的危急而不求人知，自奉甚薄、仗义疏财而不求报偿，敢收留刘邦通缉的季布，并帮助季布摆脱困境，而季布一旦富贵，朱家又不再见他。其二，以郭解为代表的游侠少年和成年行为方式有所改变，“少时阴贼，慨不快意，身

[1] 《史记·游侠列传》，第 3189 页。

所杀甚众。以躯借交报仇，藏命作奸剽攻不休，及铸钱掘冢，固不可胜数”，而成年后以德报怨，替别人处理纠纷而不居功。其三，多数比较贫穷，财物主要用来救济别人。其四，在社会上都享有较高知名度，如朱家“自关以东，莫不延颈愿交焉”，剧孟在七国之乱时甚被太尉看重，“天下骚动，宰相得之若得一敌国云”，郭解的名声之大连朝廷大臣都有人为之求情。

司马迁除了在《刺客列传》和《游侠列传》中专门记述侠客活动，在别的人物传记中也交代传主的任侠行为，而这些传主多为名臣，如在秦汉之际的张良、季布，《留侯世家》说张良在博浪沙刺杀秦始皇失败后“居下邳，为任侠。项伯常杀人，从良匿”[1]，《季布栾布列传》说季布“为气任侠”，而季布之弟季心也“气盖关中，遇人恭谨，为任侠，方数千里，士皆争为之死。尝杀人，亡之吴，从袁丝匿，长事袁丝，弟畜灌夫、籍福之属”[2]，文帝、景帝时窦婴、灌夫任侠，《外戚世家》说窦婴“任侠自喜”[3]，《魏其武安侯列传》说灌夫则是“不喜文学，好任侠，已然诺。诸所与交通，无非豪桀大猾”[4]，武帝时名臣汲黯、郑当时年轻时都任侠，这很可能是司马迁把他们合传的原因，《汲郑列传》说汲黯是“合己者善待之，不合己者不能忍见，士亦以此不附焉。然好学，游侠，任气节，内行修絜，好直谏，数犯主之颜色。常慕傅伯、袁盎之为人也”。郑当时则“以任侠自喜，脱张羽于戹，声闻梁楚之间”[5]。《酷吏列传》中的宁

---

[1] 《史记·留侯世家》，第 2036 页。

[2] 《史记·季布栾布列传》，见《史记会注考证附校补》，上海古籍出版社 1986 年版，第 1693、1694 页。

[3] 《史记·外戚世家》，第 1974 页。

[4] 《史记·魏其武安侯列传》，第 2847 页。

[5] 《史记·汲郑列传》，第 3106、3112 页。

成罢官后也任侠。司马迁在《货殖列传》中对地方风气喜任侠的三河、卫之野王、宛等地都作专门交代，在《孟尝君列传》中对薛地任侠风气的来源还专门进行考察，可见作为严肃历史学家对风俗史、心灵史的关注与重视。

班固父子对司马迁在《游侠列传》中的观点虽有批评，但《汉书》中保留了《游侠传》，至于《刺客列传》，因为司马迁所写基本是春秋战国人物，作为西汉历史记录的《汉书》就不便保留。《汉书·游侠传》对《史记·游侠列传》的观点进行修订，明确批判司马迁采取模棱两可态度的郭解，在该传序言中对游侠产生的原因的理解与司马迁也有不同，司马迁主要从士人的厄困着眼，而班固更主要从战国四公子遗风而汉初法律不够严格着眼，也就是"禁网疏阔"。应该说班固对游侠的态度也是矛盾的，他在《刑法志》的序中赞美东汉初年民间没有豪侠，这与朝廷的立场是一致的，但他不仅保留了《史记·游侠列传》的主要内容，还对汉武帝以后的游侠作补充，增加了以长安为中心的汉成帝时楼护、王莽时陈遵、原涉等，其中楼护、陈遵都不属于布衣之侠的概念，都是官员，在行为方式上有特出之处，在社交场合成为宠儿，喜欢交结、游乐，陈遵之投客之车辖于井更是典型。只有原涉近似于郭解等人的行事方式，其实原涉也是官员出身，父为南阳太守，自己初仕为谷口令，因为叔父被杀要报仇才接纳宾客，"涉性略似郭解，外温仁谦逊，而内隐好杀。睚眦于尘中，触死者甚多"[1]。

在班固对《游侠列传》的补充中，对京城长安游侠风气的描述值得特别注意，班固在《游侠传》中说："自魏其、武安、淮南之

[1] 《汉书·游侠传》，第3718页。

后，天子切齿，卫、霍改节。然郡国豪桀处处各有，京师亲戚冠盖相望，亦古今常道，莫足言者”，其补充的人物中，还有萬章，“长安炽盛，街闾各有豪侠，章在城西柳市，号曰‘城西萬子夏’……河平中，王尊为京兆尹，捕击豪侠，杀章及箭张回、酒市赵君都、贾子光，皆长安名豪，报仇怨养刺客者也。”[1] 可见长安城中豪侠有多么集中，《地理志》对长安多游侠的原因作过分析：“汉兴，立都长安，徙齐诸田，楚昭、屈、景及功臣家于长陵。后世世徙吏二千石、高赀富人及豪杰并兼之家于诸陵。盖亦以强干弱支，非独为奉山园也。是故五方杂厝，风俗不纯，其世家则好礼文，富人则商贾为利，豪杰则游侠通奸。”[2] 长安因为不断移民的结果，四方豪杰多集中在此，故此处游侠较为多见。《酷吏传》记尹赏为长安令前长安城中豪侠横行的情况：“永始、元延间，上怠于政，贵戚骄恣，红阳长仲兄弟交通轻侠，臧匿亡命。而北地大豪浩商等报怨，杀义渠长妻子六人，往来长安中。丞相、御史遣掾求逐党与，诏书召捕，久之乃得。长安中奸猾浸多，闾里少年群辈杀吏，受赇报仇，相与探丸为弹，得赤丸者斫武吏，得黑丸者斫文吏，白者主治丧；城中薄暮尘起，剽劫行者，死伤横道，枹鼓不绝。”[3] 长安城的治安状况已经难以收拾。

班固在《游侠传》以外，不计司马迁已经提到的汉武帝时期前的有任侠行为的人物，在新增的人物传记中，还记述不少人物具有任侠的行为，如《宣帝纪》记载汉宣帝即位之前在民间的行为：“高

[1] 《汉书·游侠传》，第 3705 页。
[2] 《汉书·地理志下》，第 1642 页。
[3] 《汉书·酷吏传》，第 3673 页。

材好学，然亦喜游侠，斗鸡走马，具知闾里奸邪，吏治得失”[1]，《杨胡朱梅云传》记载朱云：“少时通轻侠，借客报仇。长八尺余，容貌甚壮，以勇力闻。年四十，乃变节从博士白子友受《易》，又事前将军萧望之受《论语》，皆能传其业”[2]。《赵充国辛庆忌传》记述汉平帝年幼王莽当国时辛庆忌长子辛通之子辛次兄不与王莽宠信之人合作的事：“平帝幼，外家卫氏不得在京师，而护羌校尉通长子次兄素与帝从舅卫子伯相善，两人俱游侠，宾客甚盛。”[3]《眭两夏侯京翼李传》记载眭弘“少时好侠，斗鸡走马，长乃变节，从嬴公受《春秋》”[4]。《赵尹韩张两王传》谓“会昭帝崩，而新丰杜建为京兆掾，护作平陵方上。建素豪侠，宾客为奸利”[5]，《盖诸葛刘郑孙毋将》记载何并任地方官时所打击的任侠者：“邛成太后外家王氏贵，而侍中王林卿通轻侠，倾京师。后坐法免，宾客愈盛……阳翟轻侠赵季、李款多畜宾客，以气力渔食闾里，至奸人妇女，持吏长短，从横郡中，闻并且至，皆亡去。”[6]《薛宣朱博传》谓朱博“少时给事县为亭长，好客少年，捕博敢行。稍迁为功曹，伉侠好交，随从士大夫，不避风雨”[7]。武帝以后，游侠虽然数目不少，但与汉初相比，已经出现不同的特点，就是随意杀人的情况减少，更多是转向交通宾客。

《后汉书》没有专为游侠立传，但后汉人物任侠者也多有其人，尤其是在改朝换代之际，即两汉之交和东汉末年，与东汉建国有关

[1] 《汉书·宣帝纪》，第 237 页。
[2] 《汉书·杨胡朱梅云传》，第 2912 页。
[3] 《汉书·赵充国辛庆忌传》，第 2998 页。
[4] 《汉书·眭两夏侯京翼李传》，第 3153 页。
[5] 《汉书·赵尹韩张两王传》，第 3199 页。
[6] 《汉书·盖诸葛刘郑孙毋将何传》，第 3266 页。
[7] 《汉书·薛宣朱博传》，第 3398 页。

的任侠人物有刘秀之兄刘伯升、王郎、隗嚣叔父隗崔、窦融等，汉末则董卓、袁绍、袁术、张邈等人都以侠闻。值得注意的是，东汉初马援对子弟的告诫："杜季良豪侠好义，忧人之忧，乐人之乐，清浊无所失，父丧致客，数郡毕至，吾爱之重之，不愿汝曹效也……效季良不得，陷为天下轻薄子，所谓画虎不成反类狗者也。迄今季良尚未可知，郡将下车辄切齿，州郡欲为言，吾常为寒心，是以不愿子孙效也。"[1] 从马援的告诫中我们知道，马援虽对大侠杜季良的个人行为有很高评价，但地方官则恨之入骨。在马援看来，大侠和轻薄子之间并无巨大鸿沟，模仿不成极易变成轻薄子，而侠少的轻薄是后世诗歌中反复咏唱的。不管是班固还是范晔，都认为东汉以后游侠数量是不多的，《汉书·刑法志》谓："自建武、永平，民亦新免兵革之祸，人有乐生之虑，与高、惠之间同。而政在抑强扶弱，朝无威福之臣，邑无豪杰之侠。"[2] 范晔在《后汉书·党锢列传》中论述政治和风俗变化之间的关系，有一段见解深刻的话："及汉祖杖剑，武夫勃兴，宪令宽赊，文礼简阔，绪余四豪之烈，人怀陵上之心，轻死重气，怨惠必仇，令行私庭，权移匹庶，任侠之方，成其俗矣。自武帝以后，崇尚儒学，怀经协术，所在雾会，至有石渠分争之论，党同伐异之说，守文之徒，盛于时矣。至王莽专伪，终于篡国，忠义之流，耻见缨绋，遂乃荣华丘壑，甘足枯槁。虽中兴在运，汉德重开，而保身怀方，弥相慕袭，去就之节，重于时矣。逮桓、灵之间，主荒政缪，国命委于阉寺，士子羞与为伍，故匹夫抗愤，处士横议，遂乃激扬名声，互相题拂，品核公卿，裁量执政，

[1] 《后汉书·马援列传》，中华书局 1965 年版，第 845 页。

[2] 《汉书·刑法志》，第 1110 页。

婞直之风，于斯行矣。”[1]这段话论述整个汉代士风变化和上层政治关系，认为游侠之风最流行于汉朝初年“文礼简阔”的时候，也就是司马迁说的“禁网疏阔”，与汉初武夫在政治军事舞台上担当主角有关，汉武帝以后因政策的变化，虽然还不断有游侠冒出来，数量亦复不少，但是和汉初情况相比，只能说是个别现象了。

唐诗中歌咏的游侠主要是战国至汉初游侠高峰时期出现的被《史记》记录的侠客，是作家们阅读《史记》有关游侠的传记时与司马迁对游侠的某些肯定产生共鸣的结果，是受汉初游侠精神感染而对自己所走的文士道路产生的自我认同的危机。《游侠列传》在盛唐时期激励了士人冒险的冲动、突破世俗规范的冲动，是文武两种不同出仕道路让文人们自我反思的结果。诗人们幻想游侠的生活，但唐朝法律是不允许的，诗人们最多发挥想象力，获得一种精神的满足。因对游侠的崇拜，某些诗人甚至产生自夸的倾向，李白经常夸口“手刃数人”、散尽千金等，只能说明他因崇拜而产生幻觉。唐代游侠诗多以古题乐府的形式出现，还有些以拟乐府的方式出现，商伟《论唐代的古题乐府》[2]一文对古题乐府拟古性质使诗人回到汉代历史中寻求精神慰藉有精到的阐述，并用很大篇幅分析唐代游侠乐府在初盛唐流行的原因，指出游侠作品是写诗人自己的幻想和幻想中的诗人自己，这是非常深刻的见解。至今还有研究者把乐府游侠诗当成是写盛唐游侠的实际状况，这既是对乐府体裁的误解，也是对唐代游侠情况的误解，如汪聚应对李白《白马篇》的解读：“诗中游侠少年既放荡嗜酒、斗鸡博猎、任气杀人，然一旦边地有急，却

[1] 《后汉书·党锢列传》，第2184页。
[2] 商伟：《论唐代的古题乐府》，《文学遗产》1987年第2期。

又能杀敌立功，义无反顾。只有盛唐的时代，才能在精神世界中出现这样的少年精神。”[1]认为诗中所写是盛唐时代的精神，是不完全符合实际的，该诗是对曹植《白马篇》的模拟和延伸，曹植诗只泛言“幽并游侠儿”驰向西北，李白则根据汉初游侠情况对曹植诗中游侠儿的情况进行想象和补充。乐府游侠诗基本上把游侠活动的时代背景安放在战国至汉朝初年，尤其是西汉的长安，这与汉代史书对游侠活动聚集地的记述是一致的。

最早的士是文武双全，甚至是偏于武士的，但文武的分途有其必然性，一方面，士人的气质性格体力本就有差别，分途发展有利于更好地发挥自己的天赋特长，另一方面，从统治者延揽人才帮助统治的角度看，分科选拔人才可把各方面最优秀的人才招揽到自己周围，从而更有效地实施统治。自从文武之间有了分工，也就同时产生了矛盾，《史记·廉颇蔺相如列传》就反映了文武之间的矛盾。文士较为敏感，善于反思，汉代开始知识分子就不断对比文武两种入仕方式的不同，在知识分子内部也有不同的处世方式。这反映了文士地位的自觉意识，武夫文化程度一般不高，缺少古人心理问题的传承，记录心理波动的任务主要靠文人完成。唐代诗人中的一些人继续思考这一问题，而得出轻儒重侠的结论，如骆宾王《畴昔篇》“少年重英侠，弱岁贱衣冠”（《全唐诗》卷77），表示年轻时对侠士气质的推重，而对做官不感兴趣。李白《行行游且猎》写边地游侠儿的生活方式，值得注意的是，李白所写的边地游侠根本没有文化：“边城儿，生年不读一字书，但知游猎夸轻趫”，一个一字不识的人与李白本人的情况当然相去甚远，但李白却评论说“儒生不及

[1]　汪聚应：《唐人咏侠诗刍论》，《文学遗产》2001年第6期。

游侠人，白首下帷复何益”[1]，这不单是表达一种人生观，简直可以说是愤激之言，通过对比进行强调，“下帷”为汉代著名儒生专心钻研经术、传经授徒的形象表达，如《汉书·董仲舒传》说董仲舒“下帷讲诵，弟子传以久次相授业，或莫见其面。盖三年不窥园，其精如此”[2]。董仲舒仕途也不顺利，这可能就是李白感到震撼的原因。李白又有《侠客行》诗，歌颂战国大梁朱亥和侯生，但李白在诗的结尾突然把对比的对象转到汉朝扬雄：“纵死侠骨香，不惭世上英。谁能书阁下，白首太玄经。”这种时代的不统一就表明李白是借歌颂古代侠客表达一种人生观，李白多次表示不愿走儒生入仕道路，他崇拜张良也与张良年轻时任侠有关。汉朝儒生生存状态较压抑，不够张扬，少年人喜欢游乐玩耍，不喜刻苦读书是人之常情，游侠诗多为作者年轻时作品。初盛唐时期文人升迁一般比较慢，文人们只看到某些武士迅速成为高官，不考虑广大士兵的悲惨状况，对自己所不具备而又向往的品质往往更易以夸张的方式表现。

与对儒的轻视直接相关的是对武力的崇拜，研究者多从唐人尚功业的角度看待这一问题，其实也是受汉代某些人物的感染和激励，尤其是班超投笔从戎、经营西域而被封侯的事迹对唐朝文人很有吸引力。对武力的崇拜被引导到立边功方面上来，所以唐诗中的游侠有不少从军的内容。王维《送赵都督赴代州得青字》：“天官动将星，汉地柳条青。万里鸣刁斗，三军出井陉。忘身辞凤阙，报国取龙庭。岂学书生辈，窗间老一经。”（《全唐诗》卷126）本诗属于边塞诗，把叙述的背景置于汉朝，“岂学书生辈，窗间老一经”本是对汉代经学的

[1] 《李白集校注》卷3，页229。
[2] 《汉书·董仲舒传》，第2495页。

批评，因为汉时博士多数只通一经，有所谓“皓首穷经”的说法，极端的甚至认为白首而不能穷尽一经，唐人不需专通一经，故此语本是就汉代情况而言，与整首诗的汉代背景是一致的，在唐玄宗时期用来指立功边疆的人生取向。岑参《银山碛西馆》说：“丈夫三十未富贵，安能终日守笔砚！”（《全唐诗》卷199）是对自己当时人生观的一种概括，上一句表示追求富贵的急切心情，认为三十岁就应当富贵，若未达到目标，就要改变追求富贵的方式，也就是抛弃书生生活，像班超一向立功绝域。司空曙《送王使君赴太原拜节度副使》说：“岂作书生老，当封万户侯。”（《全唐诗》卷293）这是对王使君的赞扬，认为单纯做一书生不能实现人生价值是唐代文人较为普遍的观念，“万户侯”也是汉人的说法。卢纶《冬日登城楼有怀因赠程腾》抒写怀才不遇之情，结尾说：“如今万乘方用武，国命天威借貔虎。穷达皆为身外名，公侯可废刀头取。君不见汉家边将在边庭，白羽三千出井陉，当风看猎拥珠翠，岂在终年穷一经。”（《全唐诗》卷279）该诗从现实国家重用武将联想到汉朝武将立功边塞的情况，“君不见”云云实际唐人不可能亲眼看到汉事，看到的只能是汉朝史书中的情况。他由此想到重用武将是历史的必然，汉代儒生终年穷一经的方法是换不来富贵的。作者对自己走上文士道路有一种轻微的怅惘，并努力自我安慰。姚合《送任畹评事赴沂海》说“掷笔不作尉，戎衣从嫖姚。……九陌尘土黑，话别立远郊。孟坚勒燕然，岂独在汉朝”，很明显把任畹和汉朝班固相比，班固曾经随窦宪出征匈奴并作《勒燕然山铭》，成了文人从军的典范之一，姚合是希望任畹把班固作为人生的榜样。姚合的友朋中对立功边疆表示兴趣的还有不少人，如《送陈倜赴江陵从事》，“倜”或应为“彤”，末四句云：“江村竹树多于草，山路尘埃半是云。新什定知饶景思，不应一向赋从军。”诗中被送的陈彤并非从军边塞，而是赴江陵做小官，但从姚合的诗可知，陈姓诗人是"一向赋从军"的。唐诗人反复表示不愿做文人而愿为武士，与汉代立功边塞的某些人物有关，也与游侠崇拜有关。汉朝李广利率领的远征大宛的部队中，两次出征都征发不少"恶少年"，也就是具有游侠气质的年轻人。魏晋南北朝的游侠诗也不断有从军内容，陈子昂又建议征发游侠出征，很显然是想学习汉武帝征大宛的做法，陈子昂《上军国机要事》说："臣伏思即山东愚人，有亡命不事产业者，有游侠聚盗者，有奸豪强宗者，有交通州县造罪过者：如此等色，皆是奸雄……以臣愚见，望降墨敕，使臣与州县相知，子细采访有粗豪游侠、亡命奸盗、失业浮浪、富族强宗者，并稍优与赐物。悉募从军，仍宣恩旨慰劳，以礼发遣。"[1] 唐代游侠诗与边塞诗的合流，就是这种思想混合的结果。

唐代咏侠诗对典型侠士杀人的歌咏明显不多，仅有几首，魏颢《李翰林集序》说李白"少任侠，手刃数人"，是李白自我夸张的结果，只能表明李白对侠义精神的高度认同，若认为李白真的如此，是对唐朝法律制度的误解，也是对魏颢关于李白事迹来源的误解。魏颢是李白的晚辈，即使真如魏颢自言的李白对其寄予厚望，他也不可能亲眼见过李白早年的行事，只能来自李白的自述。李白的自我虚构倾向当时人是知道的，其"赐金还山"的表面理由就是自大，被当权者认为自大而离开朝廷，李白多年后对此还耿耿于怀。"手刃数人"只能是李白的夸张性自述。李白《侠客行》写杀人的句子"银鞍照白马，飒沓如流星。十步杀一人，千里不留行。事了拂衣去，深藏身与名"并非写实，是通过想象写战国游侠的事迹，可

[1] 《全唐文》卷 211，第 2136 页。

后世不少读者误解为李白自述；孟郊《游侠行》写游侠为报恩不惜牺牲生命："壮士性刚决，火中见石裂。杀人不回头，轻生如暂别。岂知眼有泪，肯白头上发？半生无恩酬，剑闲一百月。"(《全唐诗》卷372）虽然是可以"杀人不回头，轻生如暂别"，但实际情况却是"剑闲一百月"，差不多十年了，原因在于"半生无恩酬"，这是为游侠不杀人寻找借口。

游侠既然不杀人，唐诗中最多把游侠之游理解成游乐，因为在体制外杀人毕竟带给法制的冲击太大，统治者很清楚以游乐为主的游侠崇拜现象，元稹《连昌宫词》自注："念奴，天宝中名倡，善歌，每岁楼下酺宴，累日之后，万众喧隘。严安之、韦黄裳辈辟易不能禁，众乐为之罢奏。明皇遣高力士大呼于楼上曰'欲遣念奴唱歌，邠二十五郎吹小管逐，看人能听否？'未尝不悄然奉诏，其为当时所重也如此。然而明皇不欲夺侠游之盛，未尝置在宫禁。"[1]这一注解交代念奴在天宝年间演唱时万人空巷的盛况，也解释了唐玄宗没有把念奴收为宫廷歌手的原因，就是"不欲夺侠游之盛"。天宝年间的游乐活动是皇帝提倡的，因为游乐可以对游侠中重要的借交报仇进行置换，既满足人们崇拜游侠的心理需求，又不至于破坏社会秩序，这是汉代文化精神与唐朝现实之间互相妥协的产物。

唐朝有些作家是因为走文人正常的出仕之路不通，科举失败，内心充盈着不平之气，而这种愤激的情绪无处发泄，才转而为任侠。根据心理学研究的结果，人们在想象自己实际不敢做的行为时，可舒缓内心的压力。崔涯《侠士诗》和张祜《书愤》就是这种情况，《唐诗纪事》卷52载崔涯《侠士诗》的创作和流行情况："涯与张祜

[1]　冀勤点校：《元稹集》卷24，第270页。

失意，游侠江淮，此诗往往传于人口”，诗曰：“太行岭上二尺雪，崔涯袖中三尺铁。一朝若遇有心人，出门便与妻儿别。”[1] 此诗之所以能够流行，与诗中表达的重知己而不顾生命的侠气有关，用家庭生活的片断来表现侠气，不是抽象地抒情，是该诗能打动人心的重要原因。张祜《书愤》曰：“三十未封侯，颠狂遍九州。平生镆铘剑，不报小人仇。”(《全唐诗》卷 511)“三十未封侯”与岑参说的“三十未富贵”意思相同，都是急于追求功名，三十岁没有达到目的，就彻底改变了过去的行为方式而变得“颠狂”起来，也就是仗剑行侠了，可知唐代游侠诗是表达怀才不遇愤激的一种方式。

研究者只注意唐代咏侠诗对游侠的歌颂，这是片面的，实际上，唐诗中还存在一种反对游侠行为的诗，尽管并不是主流。李颀《缓歌行》以汉代历史为背景对比了少年游侠倾力交结豪侠轻薄与后来折节读书的不同结果：“小来托身攀贵游，倾财破产无所忧。暮拟经过石渠署，朝将出入铜龙楼。结交杜陵轻薄子，谓言可生复可死。一沉一浮会有时，弃我翻然如脱屣。男儿立身须自强，十五闭户颍水阳。业就功成见明主，击钟鼎食坐华堂。二八蛾眉梳堕马，美酒清歌曲房下。文昌宫中赐锦衣，长安陌上退朝归。五侯宾从莫敢视，三省官僚揖者稀。早知今日读书是，悔作从来任侠非。”(《全唐诗》卷 133）早年所攀的“贵游”根本不可靠，最终结果是“弃我翻然如脱屣”，经过这一挫折才明白一个人的一生主要由个人的行为负责，不能单靠别人的帮助，十五岁开始发奋读书，后来在朝做大官，回首往事，“早知今日读书是，悔作从来任侠非”，此诗表达的人生观是理性的人生观，是对少年豪荡的批评。储光羲《赴

[1] 《唐诗纪事》卷 52，又见《全唐诗》卷 505。

冯翊作》也表达以游侠为耻的思想，诗说："本自江海人，且无寥廓志。大明耀天宇，霭霭风雨被。迢递别荆吴，飘摇涉沂泗。广川俟舟楫，峻坂伤骐骥。蹭蹬失归道，崎岖从下位。西出太华阴，北走少梁地。葱茏墟落色，泱莽关河气。耻从侠烈游，甘为刀笔吏。宝剑莱萸匣，岂忘知音归。大道且泛然，沉浮未云异。"（《全唐诗》卷 137）该诗与盛唐李白、高适等人的诗在格调上是不同的，在盛世愿意做小官："耻从侠烈游，甘为刀笔吏。"此处以"侠"为耻的观念表明唐朝对游侠看法的复杂性，也表明汉人对游侠不同态度对唐人的影响。

三、献赋、谏猎与汉代文人

漫游和任侠多为文人早年在民间时的行为，唐朝上层文人在朝廷的谏猎和向皇帝献赋的现象比较常见，其中献赋者既有已经入仕者，又有试图进入官场者，这两种情况都与司马相如有关，故一并论述之。

先看献赋的风气。

唐代作家除了与科举有关的温卷，不少作家还有向皇帝献赋的经历，如李白曾经向唐玄宗献《明堂赋》、《大猎赋》，杜甫献《三大礼赋》、《雕赋》、《封西岳赋》，李子卿献《驾幸九成宫赋》，顾况献《高祖受命造唐赋》，李庚献《两都赋》，卢肇献《海潮赋》，李德裕献过《大明赋》、《瑞橘赋》等，可说是蔚然成风。献赋经历对某些作家的影响异常深远，尤其是因献赋受到任用的人，如杜甫后来反复回忆献赋的情况，其《莫相疑行》说："忆献三赋蓬莱宫，自怪一日声辉赫”[1]，对其因献赋而获致的名声既觉得诧异，也有一种很自得的心理，杜甫在诗中多次提到早年献赋之事。李白对其献赋之事也是津津乐道，其《温泉侍从归逢故人》说：“汉帝长杨苑，夸胡羽猎归。子云叨侍从，献赋有光辉。激赏摇天笔；承恩赐御衣。逢君奏明主，他日共翻飞。”此时的李白刚入朝廷，对前途充满幻想，李白后来经常提起献赋之事，《秋夜独坐怀故山》又说：“天书访江海，云卧起咸京。入侍瑶池宴，出陪玉辇行。夸胡新赋作，谏猎短书成。”也是把所献之赋比成扬雄《长杨赋》，《答杜秀才五松山见赠》回忆说：“昔献《长杨赋》，天开云雨欢。当时待诏承明里，皆道扬雄才可观。敕赐飞龙二天马，黄金络头白玉鞍。浮云蔽日去不返，总为秋风摧紫兰。”[2]这是叙说因献赋被看重和被奸臣诬陷的事，对曾经被重视充满怀念，李白多次自比扬雄所献《长杨赋》，很可能是指其《大猎赋》。献赋对唐朝不少重要作家的人生道路和心理产生不小影响，因而对唐代文学的创作也存在一定作用，对这一现象产生的原因不应忽视。

唐朝作家的献赋风气，是唐朝朝廷自觉以西汉朝廷的文学创作为榜样，尤其是以汉武帝、汉宣帝时的朝廷为榜样，而作家们以汉代著名文人司马相如献赋为楷模的结果。把唐朝宫廷文学创作与汉代宫廷文学创作相比较的例子很多，杜甫《献雕赋表》就形容当时朝廷文学之盛说：“今贾、马之徒，得排金门、上玉堂者甚众矣。”[3]用贾谊、司马相如比当代文人，而用金马门、玉堂喻唐朝朝廷，很

[1] 杜甫：《莫相疑行》，见杨伦笺注：《杜诗镜铨》卷 12，上海古籍出版社 1980 年版，第 561 页。

[2] 《李白集校注·温泉侍从归逢故人》，第 627 页；《李白集校注·秋夜独坐怀故山》，第 1357 页；《李白集校注·答杜秀才五松山见赠》，第 1137 页。

[3] 《全唐文》卷 359，第 3650 页。

明显就有把汉唐相比的意味。许孟容《穆公集序》说："穆君年逾四十，用止幕画，并四贤之德器，而禄寿似焉……向使假其永龄，登金马石渠，与献纳论思之臣，发挥典训，润色王度，则圣朝文苑，颂甘泉，赋羽猎，卿云褒皋群子之列，加一士也。"[1] 此文不仅把唐文学成就与汉比，把穆员禄薄比汉之人，并把同时文人比成相如、子云、王褒、枚皋等，把朝廷文学活动说成献赋颂，而朝中文学活动的中心是金马石渠。就是因为有把唐朝廷中的文学创作情况和汉朝廷的文学创作相比拟的状况，唐朝作家模仿汉代宫廷作家也就很自然了，作家们所献赋的序言或者为献赋所进的表状中往往透露出献赋是受司马相如、扬雄等人献赋的影响。

唐玄宗时期是献赋的高潮，李白《大猎赋》的序言表明该赋是献给玄宗的，序中说："白以为赋者古诗之流，辞欲壮丽，义归博达。不然，何以光赞盛美、感天动神？而相如、子云竞夸词赋，历代以为文雄，莫敢诋讦。臣请语其大略，窃或褊其用心。《子虚》所言，楚国不过千里，梦泽居其大半，而齐徒吞若八九，三农及禽兽无息肩之地，非诸侯禁淫述职之义也。《上林》云：'左苍梧，右西极。'考其实地，周袤才经数百。《长杨》夸胡，设网为周阹，放麋鹿其中，以搏攫充乐。羽猎于灵台之囿，围经百里而开殿门，当时以为穷壮极丽，迨今观之，何龌龊之甚也！"[2] 据李白序中的说法，赋的创作是为了"光赞盛美、感天动神"，此赋的创作是折中于司马相如《子虚赋》、《上林赋》的夸诞和扬雄《长杨赋》之间，名义上是不满他们的写法和思想倾向，实际上是受其启发的，至于赋中

[1] 《全唐文》卷479，第4898页。
[2] 《全唐文》卷347，第3521页。

对汉赋的模拟更不必论。李白献此赋应该是他在待诏翰林期间，杜甫献数赋的情况就有所不同，杜甫四十余岁无官可做，生活困顿，他在《进三大礼赋表》中述说自己的境况是："臣生长陛下淳朴之俗，行四十载矣。与麋鹿同群而处，浪迹于陛下丰草长林，实自弱冠之年矣。岂九州牧伯不岁贡豪俊于外，岂陛下明诏不侧席思贤于中哉？臣之愚顽，静无所取，以此知分，沈埋盛时。不敢依违，不敢激讦。默以渔樵之乐，自遣而已。"[1] 此表中杜甫虽说把不被任用的原因归结为个人因素，但地方官推荐的人才、皇帝下诏要求招揽的人才，他都不在其中，这不仅使少负大志的他无法实现政治理想，连生活都很狼狈，其实他献赋是因为别的渠道行不通之后的无奈之举。《三大礼赋》被给予正面的评价后，杜甫得以"待制于集贤，委学官试文章"，他才又献《封西岳赋》，在献赋的表中杜甫口口声声说自己不指望能做官，只是身体不好，不要因为去世而使颂唐德的愿望落空。其实杜甫非常希望能有机会做官，最好是在皇帝周围做文学侍从之臣，《进雕赋表》明确地表达了这一愿望，在交代了自己的父祖后，杜甫说："倘使执先祖之故事，拔泥途之久辱，则臣之述作，虽不足以鼓吹《六经》，先鸣数子，至于沈郁顿挫，随时敏捷，而扬雄枚皋之流，庶可跂及也。有臣如此，陛下其舍诸？伏惟陛下哀怜之，无令役役便至于衰老也。"[2] 这段话可以说是自夸与哀求的结合，其时杜甫的理想是成为"扬雄枚皋之流"，也就是文学侍从之臣。枚皋是枚乘之子，在汉武帝身边为郎，"上有所感，辄使赋之。为文疾，受诏辄成，故所赋者多"[3]。而枚皋自我感觉"为赋乃俳，

[1] 《全唐文》卷 359，第 3649 页。
[2] 同上书，第 3650 页。
[3] 《汉书·枚皋传》，第 2367 页。

见视如倡”，扬雄在汉成帝时随从献赋，这些就是杜甫的理想，离“致君尧舜上”就差很远了。

李子卿《驾幸九成宫赋》结尾交代献赋的原因说：“若臣者，岩穴久伏，邱园来贲，未有烛于皇明，窃以睹于人瑞。敢献扬雄之赋，庶获有司之议。”[1]把献赋说成是“扬雄之赋”，可见献赋是学习扬雄。顾况《高祖受命造唐赋》的序言解释该赋的创作动机时说，“昔司马相如赋子虚，诸侯之事，非天子之事，汉武闻之，犹曰朕独不得与此人同时。班固、张衡、左太冲所赋两京、三都，各务夸大。而王者受命，则阙而不书……我唐文德，宜在三代之上，微臣赋颂，耻居数子之下”[2]，这是说要与历史上著名的赋相比之意，要比的对象包括西晋左思《三都赋》，但左思本人也是模仿汉人的京都大赋，所以顾况此赋主要还是受汉人献赋的影响为大。李德裕《瑞橘赋》序中说，“昔汉武致石榴于异国，灵根遐布，此西域柔服之应也。……汉宣帝宫馆山泽，意有所感，必诏近臣赋之。臣幼学为文，忝列枢近，敢稽首献赋”[3]，皇帝赐给宰相每人三颗橘子，李德裕谓之“瑞橘”，而此赋之写作，受汉宣帝时宫廷赋作之影响。李庾《两都赋》序说：“臣伏见汉儒若班固张衡者，皆赋都邑，盛称汉隆。当王道升平，火德丕赫，数子歌咏，发著后代。今自隋室迁都，而我宅焉，广狭荣陋，与汉殊状，言时则有六姓千龄之变，言地则非秦基周室之故，宜乎称汉于彼，述我于此。臣幸生圣时，天下休乐，虽未及固衡之位，敢效皋陶奚斯庶几之诚。谨冒死再拜献《两都赋》，凡若干言。以诎夸汉者，昭闻我十四圣之

[1] 《全唐文》卷 454，第 4637 页。
[2] 《全唐文》卷 528，第 5362 页。
[3] 《全唐文》卷 697，第 7159 页。

制度，请付史氏。”[1] 李庾为唐懿宗时人，唐国力已弱，李庾此赋竟然是歌颂唐的强盛，以与汉代相抗衡。此赋不仅在写法上模拟汉代京都赋，其写作本身，就是受班固《两都赋》、张衡《二京赋》通过对京城的描绘歌颂所在王朝强大的影响，此文目的也是想通过歌功颂德引起皇帝重视从而跨入仕途。卢肇《海潮赋》是以赋的形式探讨海潮的形成，该文呈献给皇帝时有《进海潮赋状》，叙述到写作该赋的原因，卢肇说：“伏念司马迁则书载天官，张平子则仪钧地动。臣仰遵前哲，辄揆圆虚，偶识海潮，深符易象。理皆摭实，事尽揣摩。既当风纪之朝，愿陈蠡测之见。”可见卢肇研究海潮问题受过司马迁《史记·天官书》和张衡制造地动仪的影响，至于献赋的原因，卢肇回顾会昌三年在王起科被擢为状头后不断升迁的经历后说：“臣不以平生志业，上奏于宸慈，实惧犬马之微，忽先于沟壑。则臣积年无所阐扬，非唯自负片心，实亦上辜圣代，是敢窃以所撰前件潮赋并图进上。”[2] 此处所说的要有所“阐扬”，就该赋内容说不是指直接赞颂唐王朝的文治武功，而是像汉代司马迁、张衡那样在探究自然现象方面有所成就才能对得起所处的时代，也是受汉人影响才献赋的。

以上所举仅为有确凿证据证明该赋写作的目的就是为献给皇帝或是写好后曾经用来献给皇帝，还有很多赋作也被献给皇帝，只是赋中没直接证据，皇帝要读某人的诗文时，要作家本人或家属进献，不少也包括赋作，因不是为献赋而作，此处就不再论述。

从汉到唐盛行的文体有所变化，汉人表现文学才华的体裁主要

---

[1] 《全唐文》卷 740，第 7643 页。
[2] 《全唐文》卷 768，第 8000 页。

是赋，唐人主要是五七言诗，这是文学的变迁，但是，唐人对汉人有深刻的崇敬，对汉人的文学观念和人才观念，唐人多所继承，又表现出一定的保守性，甚至可以说，唐人用文学选拔人才的实际做法与其观念并不统一，在现实操作中，人们看重诗歌，但在人们的观念层面，唐人依然对汉人看重的词赋才能很重视，把词赋当成朝廷选拔人才的重要标准。也正是有这种观念，唐代科举经过一段时间的摸索，进士科要考试赋。汉代著名文人司马相如、扬雄都有献赋行为，但情况有所不同，司马相如在汉景帝时曾经为郎十年之久而不被重用，他才离开朝廷到梁孝王那里，汉武帝即位后，通过杨得意的推荐才把赋作献给皇帝。在汉武帝、汉宣帝周围，还有一大批词赋作者，随时写作赋献给皇帝，扬雄在汉成帝时被人推荐到了京城，重要的几篇大赋都是侍从皇帝时所写，读者对象就是皇帝。唐代文人对汉朝宫廷文学创作的状况甚为向往，对汉代文人以赋求官和获得信任的方式印象深刻，所以把当时求官的活动——参加科举考试都称为献赋，唐诗中不少送别落第回乡的诗和庆贺士子高中的诗，把科举考试就叫做“献赋”，而送别落第的诗又往往用司马相如十年不遇的典故，还有一些献赋指侍从皇帝所呈的文学作品，又多以扬雄为比。唐人所说的“献赋”，并不完全是辞赋作品，有时包括诗歌和别的文学样式，汉朝宫廷通过献赋这一特殊现象影响唐朝的宫廷文学创作。诗歌中讲究比兴，唐人把献给皇帝的作品往往都叫做献赋，就是把唐朝情况和汉朝文人献赋相类比的结果。只要有作品献纳，即使不是赋，皇帝也会和汉朝献赋相比，典型者如魏知古跟随唐玄宗打猎作有《从猎渭川献诗》，其中提到扬雄《长杨赋》，玄宗在奖励魏知古的文件中说：“卿所进《猎渭滨》十韵，三复研精，良增叹美。夫诗者志之，所以写其心怀，实可讽谕君主。是故扬雄陈《羽猎》，马卿赋《上林》，爰自风雅，率由兹道。予顷向温泉，观省风俗，时因暇景，掩渭而畋。方开一面之罗，式展三驱之礼，躬亲校猎，卿以从禽，岂意卿有箴规，辅予不逮。自非款诚夙著，其孰能继于此耶？今赐卿物五十段，用申劝奖。”[1] 魏知古所进为诗，而玄宗比为扬马之赋，盖从谏猎之内容着眼，并不关注作品形式。唐人把献给皇帝的文学作品，多叫献赋，献赋一词在唐诗中出现四十多次。

与献赋相关的风气是谏猎，《史记·司马相如列传》载“常从上至长杨猎。是时天子方好自击熊彘，驰逐野兽，相如上疏谏之”[2]，《汉书·司马相如传》有类似的记载，并且两书都录了谏猎全文，《文选》第三十九卷“上书”类名为《上书谏猎》，《汉书·扬雄传》载扬雄经历：“孝成帝时，客有荐雄文似相如者，上方郊祠甘泉泰畤、汾阴后土，以求继嗣，召雄待诏承明之庭。正月，从上甘泉，还奏《甘泉赋》以风”[3]，扬雄《羽猎赋》（《汉书》谓之“校猎赋”）、《长杨赋》都是随从汉成帝狩猎而作的劝谏畋猎的赋作。唐人对跟随皇帝打猎而劝谏皇帝不要过分沉湎于嬉戏表示极大兴趣，诗中反复念叨谏猎之事，李白《秋夜独坐怀故山》叙述自己在朝中的经历是“夸胡新赋作，谏猎短书成”，皇甫曾《送徐大夫赴南海》有“何年谏猎赋，今日饮泉诗”（《全唐诗》卷210），杜甫《八哀诗·赠太子太师汝阳郡王琎》说李琎与玄宗的特殊关系是“胡人虽怀多，天笑不为新。王每中一物，手自与金银。袖中谏猎书，扣马久上陈”（《全唐诗》卷222）；《哭王彭州抡》说“解龟生碧草，谏猎阻清霄”

[1] 《全唐文》卷20，第235页。

[2] 《史记·司马相如列传》，见《史记会注考证附校补》，第1885页。

[3] 《汉书·扬雄传》，第3522页。

(《全唐诗》卷 231)，钱起《送褚大落第东归》“念此那能不羡归，长杨谏猎事皆违”(《全唐诗》卷 236)；《酬考功杨员外见赠佳句（黄卷读来今已老，白头受屈不曾言)》“上林谏猎知才薄，尺组承恩愧命牵”(《全唐诗》卷 239)，皇甫冉《送魏六侍御葬》“旧书曾谏猎，遗草议登封……谁知长卿疾，歌赋不还邛”(《全唐诗》卷 250)，以司马相如比魏六。李益《从军有苦乐行（时从司空鱼公北征)》“时逢汉帝出，谏猎至长杨”(《全唐诗》卷 282)，许浑《与郑秀才叔侄会送杨秀才昆仲东归》“洞庭烟月如终老，谁是长杨谏猎臣”(《全唐诗》卷 533)，马戴《赠杨先辈》“汉主思清净，休书谏猎文”(《全唐诗》卷 556)，罗隐《寄苏拾遗（拾遗，许公之后，今犹居开元中旧第)》“早岁长杨赋，当年谏猎书”(《全唐诗》卷 659)。从以上所举诗句看，唐人把谏猎多和“长杨”、“上林”联系起来，说明司马相如的谏猎对唐人影响最深，也有扬雄《羽猎赋》的影响。诗中的“谏猎”未必是真有其事，表明唐人对文学侍从地位的向往，实际上，唐人谏猎也可以说成为风气，《全唐文》卷 4 太宗有《答薛收上谏猎书令》，但薛收之文未见，薛 624 年逝世，文称令，其时太宗尚未为皇帝。虞世南也有《谏猎疏》(《全唐文》卷 138)，明确指出司马相如和张昭之谏猎。褚亮《谏猎表》(《全唐文》卷 147)，贞观十四年太宗幸同州沙苑，魏征谏，同年冬十月太宗幸栎阳游畋，县丞刘仁轨谏止（《谏幸同州校猎表》《全唐文》卷 158)。王宏直《谏汉王元昌畋猎书》(《全唐文》卷 160)，吴兢本人有《谏畋猎表》(《全唐文》卷 298，第 3022 页）和《谏东封不宜射猎疏》(《全唐文》卷 298，第 3026 页)，崔向《谏玄宗畋猎疏》(《全唐文》卷 302，第 3069 页）明显模仿武帝时谏猎理由。李吉甫《谏畋猎表》(《全唐文》卷 512，第 5203 页）也是对汉代谏猎的模拟。

据《贞观政要》卷10畋猎记载，贞观十一年，太宗在怀州时有人上封事批评徭役太重，不下于隋代，畋猎次数频繁，太宗异常恼火，说谏者“如斯诋毁，有似呪诅”，魏征以汉元帝时御史大夫薛广德和光禄卿张猛劝谏元帝开导太宗，暗示上封事者是直臣，太宗欣然接受，该卷又记载贞观十四年魏征谏猎事。

贞观十四年，太宗幸同州沙苑，亲格猛兽，复晨出夜还。特进魏征奏言：

> ……昔汉文临峻坂欲驰下，袁盎揽辔曰：“圣主不乘危，不徼幸，今陛下骋六飞，驰不测之山，如有马惊车败，陛下纵欲自轻，奈高庙何？”孝武好格猛兽，相如进谏：“力称乌获，捷言庆忌，人诚有之，兽亦宜然。猝遇逸材之兽，骇不存之地，虽乌获、逄蒙之伎不得用，而枯木朽株尽为难矣。虽万全而无患，然而本非天子所宜。”孝元帝郊泰畤，因留射猎，薛广德称：“窃见关东困极，百姓离灾，今日撞亡秦之钟，歌郑、卫之乐，士卒暴露，从官劳倦，欲安宗庙社稷，何冯河暴虎，未之戒也？”臣窃思此数帝，心岂木石，独不好驰骋之乐？而割情屈己，从臣下之言者，志存为国，不为身也。臣伏闻车驾近出，亲格猛兽，晨往夜还，以万乘之尊，闇行荒野，践深林，涉丰草，甚非万全之计。愿陛下割私情之娱，罢格兽之乐，上为宗庙社稷，下慰群寮兆庶。[1]

魏征此次谏猎引用了三位汉人谏皇帝事，其一为袁盎谏汉文帝

[1] 《贞观政要·畋猎》，第286页。

驰峻坂，其二是司马相如长杨谏猎，其三为薛广德谏猎，其中汉文帝欲驰峻坂非射猎事，但危险程度与格猛兽相似，故魏征把这几件事联系起来，魏征是名臣，对唐人影响深远，唐人把魏征谏猎和扬马谏猎相比较，如晚唐黄滔《魏侍中谏猎赋》咏魏征谏猎，有“字字而请休驰骋，篇篇而乞罢驱奔。非不能继子云操赋而进，非不能续司马裁书以论”[1]。虽是解释魏征没采用赋的形式，但黄滔该赋中表现的观念，认为扬马的谏猎方式是谏猎的正统，是标准的形式。

除了魏征的谏猎，唐人的谏猎多联系到司马相如，用司马相如谏猎的理由劝谏皇帝，所谓谏猎，多数并非反对畋猎，因为天子畋猎有军事训练的功能，有经典的根据，所谏多是就皇帝的安全立论，没有超出司马相如谏猎时提出的理由，司马相如谏猎连皇帝都很熟悉，唐朝人还反复谏猎，因为谏猎行为可表现对皇帝的忠诚，故大臣们乐此不疲。皇帝的安全又都是谏猎的主线，褚亮《谏猎表》为谏高祖畋狩，其时尚为秦王文学，其中有：“至于亲逼猛兽，臣窃惑之。何者？筋力骁悍，爪牙轻捷。连弩一发，未必挫其凶心；长戟才挥，不能当其愤气。虽孟贲抗左，夏育居前，卒然惊轶，事生虑表。如或近起林丛，未填坑谷，骇属车之后乘，犯官骑之清尘，小臣怯懦，私怀战栗。”[2] 此节受司马相如谏猎影响很明显，不仅兽类“筋力骁悍，爪牙轻捷”来自相如“物有同类而殊能”的说法，“骇属车之后乘，犯官骑之清尘”也是出自相如“犯属车之清尘”，可见褚亮谏猎是对司马相如的模拟。虞世南《谏猎疏》说：“然黄屋之尊，金舆之贵，八方之所仰德，万国之所系心。清道而行，犹戒衔

[1] 《全唐文》卷 822，第 8667 页。
[2] 《旧唐书》卷 72，第 2581 页。

橛，斯盖慎重防微，为社稷计也。是以马卿直言于前，张昭变色于后。臣诚微贱，敢忘斯义？”[1]虞世南此处明确承认受司马相如影响，其“清道而行，犹戒衔橛”句分明是对司马相如“且夫清道而后行，中路而驰，犹时有衔橛之变”的简化。“慎重防微”出自相如“夫轻万乘之重不以为安”、“盖明者远见于未萌，而知者避危于无形，祸固多藏于隐微而发于人之所忽者也”。吴兢《谏畋猎表》是谏玄宗的，先说埋葬先皇仅一年，“且驰骛山泽之间，经过林薄之下，水谷之危未远，衔策之变不恒。伏愿陛下重慎防微，须为社稷自爱”[2]，完全是对司马相如谏猎的改头换面，他又有《谏东封不宜射猎疏》说：“陛下爰自雒邑，将告禅岱宗。行经数州，屡以畋猎为事……又贞观时，太宗文皇帝每有巡幸，则博选识达古今之士，以在左右，每至前代兴亡之地，皆问其所由，用为鉴诫。伏愿陛下遵而行之，则与夫骋奔马于涧谷，要狡兽于丛林，不慎垂堂之危，不思驭朽之变，安可同年而较其优劣。”[3]把玄宗的喜畋猎和太宗巡幸相比，而“垂堂之危”来自相如引用的鄙谚“家累千金，坐不垂堂”。崔向《谏玄宗畋猎疏》说：“清道而出，行人尚惊。如有坠驾之虞，流矢之变，兽穷则搏，鸟穷则攫，陛下复何以当之哉？静言思之，臣深为陛下战栗也。”[4]其中“清道而出”是对相如谏猎的改造，李吉甫《谏畋猎表》开始先说大规模畋猎会引起民众传言，又从安危的角度论述：“夫搜狩之制，古今不废。必在三驱有节、无驰骋之危，戒衔橛之变。既不殄物，又不数行。则礼经所高，固非有害。然逐兔呼

[1] 《全唐文》卷 138，第 1399 页；《旧唐书》卷 72，第 2570 页。
[2] 《全唐文》卷 298，第 3022 页。
[3] 同上书，第 3026 页。
[4] 《全唐文》卷 302，第 3069 页。

鹰，指顾之乐，忘危履险，易以溺人。”[1]其中“戒衔橛之变”来自相如谏猎书。唐人谏猎很明显是对汉人谏猎的继承。

小结

一、唐人阅读汉代典籍，受汉人精神风貌的感染较深，人生理想和行为方式多受汉人影响。

二、唐朝作家的漫游之风不是像学术界认为的起源于东晋以后的山水游赏，而是学习司马迁的漫游，可从唐人漫游游踪受司马迁影响方面得到证明。

三、唐代游侠诗众多，并非现实生活的反映，而是作家受汉代游侠精神的感染，在唐朝法制日益严密的情况下冲破规范的冲动的表现。唐朝任侠者多时，游侠诗不多，游侠诗多时，任侠者也不多。

四、唐代作家的献赋、谏猎之风来自司马相如和扬雄。

---

[1] 《全唐文》卷512，第5203页。

第六章 唐代文学中的商山四皓

商山四皓的事迹出现在秦末汉初，因其本身具有传奇色彩，凝结着士人既建功立业，名垂后世，又能远身避害，终其天年的理想，遂成为历代文人吟咏的对象。到了唐代，从皇帝到大臣，甚至和尚、道士、女流，都对四皓甚为关注，唐太宗任命魏征为太子太傅，对魏征以四皓相期许，[1]高宗任用隐士田游岩为太子太傅，时人目田为"商山之客"[2]，代宗在平叛之际招募人才，也希望有四皓似的人物出来。[3]四皓的事迹也影响了唐代的官制，太子宾客的名称和员额都来自四皓故事，不少人的思想受四皓影响，唐朝隐逸之风与之有关，从有的人名就可看出其影响，如李商隐字义山，元德秀字紫芝等。以四皓为题材的诗文尤多，流传至今的，咏史诗中专以四皓为对象

---

[1] 欧阳修、宋祁《魏征传》载："即拜太子太师，征以疾辞。诏答曰：汉太子以四皓为助，我赖公，其义也。公虽卧，可拥全之。"见《新唐书》（中华书局 1975 年版）卷 97，第 3879 页。

[2] 《新唐书·隐逸传》载唐高宗幸嵩山与田游岩说："朕得君，何异汉获四皓乎？"同上注，卷 196，第 5599 页。《旧唐书》载蒋俨贻书责田游岩，有"主上屈万乘之重，申三顾之荣，遇子以商山之客，待子以不臣之礼"之句，见刘昫等：《旧唐书》（中华书局 1975 年版），卷 185 上，第 4801 页。

[3] 唐代宗《令行在侧近府州搜举遗逸诏》："今将意达巢居，诚通卜兆，一麾必起，四皓爰来。"见董诰等编：《全唐文》，卷 46，第 510 页。

的有十多首，经过四皓庙而写的题庙诗有十六首，经过商山道想起四皓的也很多，文中赞、铭、赋、论等体裁都有作品传世，多数文学家颂扬四皓，有人以四皓自居或以四皓目别人，也有个别人不赞同四皓的行为。至于诗文中提到四皓而整篇诗文不是为之而作的，数量更为庞大，诗中用到四皓典故的，有近两百首，文也不在少数。分析唐人对四皓的态度、他们评价四皓时的共同倾向，可以更好地了解他们的理想、心态，也可以看出唐人继承前人文化遗产的方式，从而更深入地把握唐代文学。

一、从汉到魏晋南北朝四皓形象的演变

唐人是在继承前人遗产的基础上从事文化创造的，只有弄清楚唐朝以前四皓形象的演变，才能理解唐人对这一形象的态度。

《史记·留侯世家》是最早记录四皓事迹的典籍，据司马迁记载，四皓分别名夏黄公、绮里季、东园公、甪里先生，四皓隐居的原因，据张良说是："四人者年老矣，皆以为上慢侮人，故逃匿山中，义不为汉臣。"四皓面对刘邦时所说的隐居原因是："陛下轻士善骂，臣等义不受辱，故恐而亡匿。"[1] 根据司马迁记述，四皓隐居的目的是为了逃避刘邦的侮辱，至于四皓是哪里人，过去经历如何，隐居何处，后来又怎样，司马迁都未作交代，颇有扑朔迷离之感。西汉后期的扬雄对四皓已有很高的评价，《法言》卷10有：

[1] 《史记·留侯世家》，第2045、2047页。

> 或问贤，曰："为人所不能。"请人，曰："颜渊、黔娄、四皓、韦玄。"[1]

《解嘲》中说："四皓采荣于南山"[2]，扬雄不单认为四皓属于贤人，还第一次交代了他们隐居之地——南山。班彪《王命论》谈到刘邦的"大略"有"高四皓之名，割肌肤之爱"[3]。这一观点也被其子班固写进《汉书·叙传》，班固在《张良传》中所写的四皓，基本沿袭司马迁《留侯世家》的说法，但班固与司马迁也有不同，班固在《汉书·叙传》中交代写《王贡两龚鲍传》的原因时说："四皓之遁秦，古之逸民。"在《王贡两龚鲍传》的开头又说："此四人者，当秦之世，避入商洛深山，以待天下定也。"[4]班固把四皓隐居的原因归结为"避秦"，这和司马迁颇为不同，司马迁通过张良之口和四皓自己之口交代的隐居原因都是说避汉，是为了保持士人人格的尊严，不受不敬士人的刘邦的侮辱，班固却认为四皓秦时已隐居，目的是等待天下平定。这就可看出司马迁和班固写作目的的差异，司马迁敢于揭露当朝开国皇帝性格的缺陷，而班固创作《汉书》的意图就是要歌颂大汉功德，他在《张良传》中虽照抄司马迁说法，但在别处又把可能对刘邦形象造成负面影响的材料加以改换。班固还把扬雄所说的"南山"坐实为"商洛深山"。

东汉时人们谈到四皓主要是从刘邦的大度或张良的谋略方面看问题，四皓本身没有成为主角。除前面提到的班氏父子外，其他像

---

[1] 《法言》，《诸子集成》第7册，第32页。
[2] 《汉书·扬雄传》，第3573页。
[3] 《汉书·叙传》，第4211页。
[4] 《汉书·王贡两龚鲍传》，第4260页。

光武帝曾说："自古尧有许由巢父，周有伯夷叔齐，自朕高祖有南山四皓。自古圣王皆有异士，非独今也。"[1] 他是从圣王能容纳异士的角度着眼，把四皓与许由、巢父、伯夷、叔齐等相比，刘秀也是最早的。王充《论衡·非韩篇》说："高帝极议欲废太子，吕后患之，即召张子房而画策。子房教以敬迎四皓而厚礼之，高祖见之，心消意沮，太子遂安。使韩子为吕后议，进不过强谏，退不过劲力，以此自安，取诛之道也。岂徒易哉？夫太子敬厚四皓，以消高帝之议，犹魏文式段干木之闾，却强秦之兵也。"[2]

王充是为批判韩非寻找证据，他推崇张良懂得刚柔并济的关系。徐干《中论·智行》说："汉高祖数赖张子房权谋以建帝业，四皓虽美行，而何益夫倒悬？此固不可同日而论矣。"[3] 这是从道德与事功的关系着眼而颂扬张良。汉代也有人推崇四皓，如梁鸿，"仰慕前世高士，而为四皓以来二十四人作颂"[4]，把四皓作为高士的代表。荀悦也说："思唐虞于上世，瞻仲尼于中古而知夫小道者之足羞也；想伯夷于首阳，省四皓于商山而知夫秽志者之足耻也。"[5] 这里把四皓与伯夷并列，认为想到他们能让理想卑下的人自觉羞耻，又把他们与尧舜孔子并称，可见评价之高。孔融在评论郑玄时提到四皓："南山四皓有园公，夏黄公，潜光隐耀，世嘉其高，皆悉称公。"[6] 认为四皓的名字本身就表明人们对他们的尊重。

三国时代，人们逐渐把歌颂的对象从刘邦和张良转向四皓本

---

[1] 《后汉纪》卷 5，第 83 页。
[2] 《论衡》，《诸子集成》第 7 册，第 96 页。
[3] 《中论》卷上，第 22 页。
[4] 《后汉书》卷 83，第 2766 页。
[5] 《申鉴》卷 5，第 34 页。
[6] 《后汉书》卷 35，第 1208 页。

身，以四皓自比或比人的也多起来。蜀国的秦宓自比四皓[1]，曹植诗有《商山四皓赞》："嗟尔四皓，避秦隐行，刘项之争，养志弗营。不应朝聘，保节全贞，应命太子，汉嗣以宁。"[2]曹植赞扬的四皓在秦及刘项之争中取超然态度，不应刘邦之征而"保节全贞"，安定汉太子等三点，对后世的歌颂四皓有先导作用。陶丘一等人荐举管宁时说："龙凤隐耀，应时而臻，明哲潜遁，俟时而动。是以鸾鹭鸣岐，周道隆兴，四皓为佐，汉帝用康。"[3]把四皓当成"明哲"、"龙凤"，认为在四皓的辅佐下，汉朝的江山才稳固，这是非常高的评价。人们的着眼点之所以转向四皓，与汉朝的灭亡人们不需颂扬汉朝开国皇帝和功臣有关，也与人们把四皓当成士人的理想有关。

从西晋到南北朝，是对《史记》、《汉书》中阙而未记而人们又关心的问题进行补充的时期。其中尤以皇甫谧《高士传》影响最大，《高士传》说：

> 四皓者，皆河内轵人也，或在汲。……皆修道洁己，非义不动。秦始皇时，见秦政虐，乃退入蓝田山，而作歌曰："莫莫高山，深谷逶迤。晔晔紫芝，可以疗饥。唐虞世远，吾将何归？驷马高盖，其忧甚大。富贵之畏人，不如贫贱之肆志。"乃共入商洛，隐地肺山，以待天下定。及秦败，汉高闻而征之，不至。深自匿终南山，不能屈己。[4]

[1] 《三国志》卷 38，第 974 页。

[2] 赵幼文校注：《曹植集校注》，人民文学出版社 1984 年版，第 89 页。

[3] 《三国志》卷 11，第 359 页。

[4] 《高士传》卷中，第 21—22 页。

皇甫谧没提到四皓受太子召事，但却介绍了四皓的家乡，从所作歌的内容看，四皓感叹生不逢时，他们向往的是尧舜时代。他们不出山做官的原因是仕途的艰险，富贵让人担惊受怕，强调“肆志”，也就是适意。四皓先是隐居蓝田山，后入商洛之地肺山。《史记·留侯世家》：“顾上有不能致者，天下有四人。”《史记索隐》曰：

《陈留志》云：园公，姓庾，字宣明。居园中，因以为号；夏黄公，姓崔，名广，字少通，齐人，隐居夏里，修道，故号曰夏黄公。甪里先生，河内轵人，太伯之后，姓周，名术，字元道，京师号曰霸上先生，一曰甪里先生，又孔安国《秘记》作“禄里”，此皆王劭据崔氏、周氏系谱及陶元亮四八目而为此说。[1]

崔姓把夏黄公写入族谱，而周姓把甪里先生列为祖先。日本泷川资言《史记会注考证》引日本抄本《正义》曰：

《汉书外传》云：“园公陈留园县，是其先则为园公”；《陈留风俗传》云：“园叟字宣明”；《公羊春秋》稜言：“东园家单父，为秦博士，遭秦乱避地于南山，惠帝为太子，即并园公为司徒，逊位，太子封广襄邑南乡侯。”《陈留志》云：“庾始常居园中，因谓之园公”；周樹《洞历》云：“甪里先生名术，字元道，太伯之后，京师号霸上先生”；《……俗》云：“是吴人，今太湖中洞庭山西有……禄里村。”……夏黄公或为大里黄公，《会稽典录》云：“书佐朱育对郡将濮阳府君云：大里黄公墓，在鄞县。”《舆

[1] 司马贞：《史记索隐》，《史记》，第2045页。

地志》云："鄮有大里，夏黄公所居也，今鄮县有黄公庙。"[1]

这些材料有关于四皓的家乡、来历、去向等，不止一处把四皓里的某一人物当成乡人，并立庙纪念，表明了人们对四皓的喜爱。

在对四皓情况进行补充的同时，文人对四皓的赞颂也越来越多。西晋愍怀太子废时，阎缵曾舆棺诣阙上书，称："汉高皇帝数置酒于庭，欲废太子，后四皓为师，子房为傅，竟复成就。"[2]束皙《玄居释》云："盖无为可以解天下之纷，澹泊可以救国家之急。当位者事有所穷，陈策者言有不入，翟璜不能回西邻之寇，平勃不能正如意之立，干木卧而秦师退，四皓起而戚姬泣。"[3]这里强调无为的政治作用，与晋代清谈的士风有关。谢灵运《山居赋》有："皓栖商而颐志。"自注曰："四皓避秦乱，入商洛深山，汉祖召不能出。"[4]这基本上是按照《汉书》的说法。对四皓情有独钟的是陶渊明，陶渊明有《四八目》讲四皓事迹，诗文中也反复咏叹，《赠羊长史》中说："路若经商山，为我少踌躇。多谢绮与甪，精爽今何如？紫芝谁复采，深谷久应芜。驷马无贳患，贫贱有交娱。"《感士不遇赋》的序中说："自真风告逝，大伪斯兴，闾阎懈廉退之节，市朝驱易进之心。怀正志道之士，或潜玉于当年；洁己清操之人，或没世以长勤。故夷、皓有'安归'之叹，三闾发'已矣'之哀。"《桃花源诗》开

[1] 泷川资言《史记会注考证》引，见泷川资言考证、水泽利忠校补：《史记会注考证附校补》，上海古籍出版社1986年版，下册，第1232—1233页。因《史记正义》非原貌，流行三家注合刻本无此段文字。泷川氏尚有《史记正义佚存》，见上书，第2124页。钱大昕《十驾斋养新录》"甪里先生"条（卷6）对此段《正义》之文失传已有论及，只是钱氏对其所据版本未作交代。

[2] 《晋书》卷48，第1351页。

[3] 《晋书》卷51，第1430页。

[4] 《宋书》卷67，第1771页。

头说："嬴氏乱天纪，贤者避其世。黄绮之商山，伊人亦云逝。"[1] 从"紫芝"、"驷马"、"安归"等词可知，皇甫谧《高士传》中对四皓的记述，陶渊明已经接受。对乱世的感受，是陶渊明推崇四皓的原因，作为隐居之人，四皓也是陶渊明坚持隐居的精神力量。也有人对四皓的行为不赞同，据《晋书》载：

> 桓玄在南郡，论四皓来仪汉庭，孝惠以立，而惠帝柔弱，吕后凶忌，此数公者，解彼埃尘，欲以救弊。二家之中，各有其党，夺彼与此，其仇必兴。不知匹夫之志，四公何以逃其患？素履终吉，隐以保生者，其若是乎？以其文赠仲堪。

桓玄此文今已不传，从殷仲堪的答文可知，桓玄以为"诸吕强盛，几危刘氏。如意若立，必无此祸"[2]。桓玄最早对四皓评价进行反思，他认为四皓出山保惠帝，不符合"保生"原则，而惠帝之立，从其最终结果看，差点使汉朝灭亡。而殷仲堪不同意桓玄的看法，依然给四皓极高评价。对四皓评价的分歧，也影响了唐人。

南北朝时已为四皓立祠，据《魏书·地形志》载：洛州上洛郡上洛县"有丹水，南秦水，汉高祖祠，四皓祠"[3]，上洛县也就是四皓隐居之地。徐陵《与李那书》有"若见三峡之峰，依然四皓之庙"[4]，庙就是祠，人们为四皓立庙，表示对四皓的纪念与崇敬。

---

[1] 龚斌校笺：《陶渊明集校笺》，上海古籍出版社 1996 年版，引文分别见第 142、365、402 页。

[2] 《晋书》卷 84，第 2196 页。

[3] 《魏书》卷 106 下，第 2632 页。

[4] 《徐孝穆集》卷 7，第 46 页。

二、咏史、题庙诗大量出现的原因分析

文学作品中大量写到四皓是在唐代。唐人对四皓非常重视，关于魏晋南北朝对四皓事迹的补充，历史学家有清醒的认识，颜师古在《汉书·王贡两龚鲍传》“汉兴，有园公、绮里季、夏黄公、甪里先生”句下评论道：

> 四皓称号本起于此，更无姓名可称，知此盖隐居之人，匿迹远害，不自标显，秘其氏族，故史传无得而详，至于后代皇甫谧、圈称之徒及诸地理书说，竞为四人施安姓字，自相错互，语又不经，班氏不载于书，诸家皆臆说，今并弃略，一无取焉。[1]

但人们依然热衷于补充四皓事迹，如《乐府诗集》所载《采芝操》，引用唐人崔鸿之言：“四皓为秦博士，遭世暗昧，坑黜儒术，于是退而作此歌，亦谓之《四皓歌》。”[2]崔鸿本人也作有《四皓歌》，都是模仿《高士传》中之辞。关于四皓的图画也有不少流传。有人甚至假托四皓的著作，如《旧唐书·经籍志》有“《关令尹喜传》一卷，鬼谷先生传，四皓注”[3]，《新唐书·艺文志》也有“《关令尹喜传》一卷，四皓注”[4]。新、旧《唐书》都著录四皓作注的一卷本《关令尹喜传》就是唐人伪造的，《隋书·经籍志》中就没有著录该书。

---

[1] 《汉书》卷 72，第 3056 页。
[2] 《乐府诗集》卷 58，第 851 页。
[3] 《旧唐书》卷 46，第 2004 页。
[4] 《新唐书》卷 59，第 1519 页。

苏颋《夷齐四皓优劣论》是现存最早的唐代散文中关于四皓的专论，同为隐居者，汉代开始，人们就把伯夷、叔齐与商山四皓相比，苏文强调四皓“忠主道”，“嬴之德衰，则岩穴全生，刘之德盛，则衣冠就列。夏黄公之徒知时也”[1]。李栖筠有《四先生碑》，“嘉园绮驰张出处于秦汉之间”[2]，今已不传。李华《四皓赞》谓：“四贤暂屈，天下定矣，返驾南山，白云千里。”（《全唐文》卷 317）《四皓铭》谓：“遁蜕秦祸，出扶汉危，道不可屈，南山采芝。抱和全默，皆享期颐。”（《全唐文》卷 318）李华认为，安定太子后，四皓又回去了。梁肃《四皓赞》认为四皓不和刘邦合作的原因是“德宜辅王而偶生霸世”，“生非其时”，但四公“知几”（《全唐文》卷 519）。柳识称赞四皓“兼济独善，相与背驰，唯四先生两有之矣”。王棨《四皓从汉太子赋》除了称赞四皓安刘功德，最后也认为“其去也云归故山”（《全唐文》卷 769）。

唐人与四皓有关的诗，有三种情况：最多的是用到四皓的典故，把四皓作为隐居者的代名词，或作为与太子有关的官员如太子宾客、太子詹事等的代称；其次是经过商山或者经过四皓庙时想起四皓故事，所写题庙诗或怀古诗；最后是咏史诗或咏画诗。后两种是专门写四皓的，我们先予讨论。

唐代文学家熟悉汉代故事，对四皓事迹他们都不陌生，四皓本身具有传奇色彩，阅读他们的事迹能给人强烈印象，发而为诗就是咏史诗，有人甚至多次咏四皓，如白居易就写过两首咏四皓的诗，一为《咏史（九年十一月作）》，一为《读史五首》之二。道士吴筠

---

[1] 苏颋：《夷齐四皓优劣论》，《全唐文》卷 256，第 2593 页。

[2] 权德舆：《唐御史大夫赠司徒赞皇文献公李栖筠文集序》，《全唐文》卷 493，第 5034 页。李栖筠文在《全唐文》卷 370，仅存两篇，无《四先生碑》。

写有《高士咏》系列，其中有《商山四皓》，李白有《商山四皓》，李华《咏史十一首》之五也是写四皓，皎然《览史》、崔途《读留侯传》都以四皓为对象，温庭筠也有《四皓》诗。分析诗人们读四皓事迹时的想法，可以了解他们的人生理想，如李白《商山四皓》羡慕四皓“功成身不居，舒卷在胸臆。……飞声塞天衢，万古仰遗则。”[1] 他这里推崇四皓的功成不居，正与他推崇鲁仲连相一致，他同时又羡慕他们飞声千古，正可看出李白追求不朽的人生理想。李华在称颂四皓功劳后，又发感慨说：“后代无其人，戾园满秋草。”[2] 表示对戾太子的深切同情。皎然则称颂四皓“不爱珪组绁，却思林壑还。方歌长松下，日与孤云闲”（《全唐诗》卷 820），爱的是优游林间，也肯定四皓回去了。温庭筠则从后妃的不守本分着眼：“但得戚姬甘定分，不应真有紫芝翁。”[3] 在咏史诗中别具一格。关于四皓的画图也不少，如韦渠牟《商山四皓画图赞并序》（《全唐文》卷 623）记载，其友房茂长刺商州时曾画四皓图，白居易多次提到四皓图，诗僧贯休有《四皓图》诗咏之。

唐人之所以有大量的商山怀古诗、题四皓庙诗，与商山道在唐代的交通地位、四皓庙的重修有关。商山道是从长安通到长江流域的重要通道，据严耕望《唐代交通图考》考证：

> 长安东南出武关，自古为秦、楚间之交通孔道……盖唐代京师长安与江淮间之交通，除物资运输及行李笨重之行旅者多

---

[1] 《李白集校注》，第 1293 页。

[2] 《全唐诗》卷 153，第 1586 页。本文引用《全唐诗》皆据此版本，以下只随文标出卷数。

[3] 温庭筠著、曾益等笺注：《四皓》，《温飞卿诗集笺注》，上海古籍出版社 1980 年版，第 117 页。

取道汴河外，朝廷使臣及一般公私旅行远适东川、黔中、江淮、岭南者，皆利此道之迳捷。兼以唐代士人几无不蚁趋京师，谋取功名富贵，又喜遨游江湖，适性谋食，故多屡经此道，至有“名利道”之目。中叶以后，因经济文化中心之南移，此道交通所及之地区，就其范围言，占全国面积二分之一以上，就经济文化言，又为全国最繁荣蔚盛之域。况汴河交通常为东方军阀所困扰，不如此道之安全无阻，故此道之重要性益增，德宗时代更明令规定为仅次于两都间之大驿道，而为全国第二驿道，直为南北交通之大动脉。[1]

在“四皓驿”条，严先生考出四皓故事的中心在上洛县，四皓隐居的商山，正处在这一重要的交通要道上，诗人们经过这里，留下不少诗篇。最早的是张九龄的《商洛山行怀古》：“园绮值秦末，嘉遁此山阿，陈迹向千古，荒途始一过。硕人久沦谢，乔木自森罗。故事昔尝览，遗风今岂讹？泌泉空活活，樵叟独皤皤。是处清晖满，从中幽兴多。长怀赤松意，复忆紫芝歌。避世辞轩冕，逢时解薜萝。盛明今在运，吾道竟如何？”[2]表达对四皓的向往。李白过四皓墓时，曾专门寻访四皓遗迹。经过商山想起四皓的诗还有白居易《仙娥峰下作》，章孝标《游地肺》，李商隐《商於》，另有王贞白《商山》，黄滔《入关旅次言怀》，齐己《过商山》，窦庠《四皓驿听琴送五师简归湖南使幕》等。他们经过商山想到什么？李白说：

[1] 严耕望：《唐代交通图考》，（台北）《“中央研究院”历史语言研究所集刊》第三卷，1985年，第637页。
[2] 张九龄著、刘斯翰校注：《曲江集》，广东人民出版社1986年版，第8页。

> 我行至商洛，幽独访神仙，园绮复安在？云萝尚宛然，荒凉千古迹，芜没四坟连，伊昔炼金鼎，何年闭玉泉？陇寒惟有月，松古渐无烟。木魅风号去，山精雨啸旋。紫芝高咏罢，青史旧名传。今日并如此，哀哉信可怜。[1]

此时的李白把四皓当成炼丹的道士，四皓虽然名垂千古，但也没能成为不死的神仙，这使也想成仙的李白有无限伤感。李白诗中提到“芜没四坟连”，四皓墓的存在，为唐人多数认为四皓后来回归商山提供了一种暗示。李商隐《商於》云：“割地张仪诈，谋身绮季长。清渠州外月，黄叶庙前霜。”[2] 则从四皓善于保身入手。黄滔有羞愧之感：“独愧商山路，千年四皓祠。”（《全唐诗》卷 704）王贞白则把商山路说成“名利路”：“商山名利路，夜亦有人行。四皓卧云处，千秋叠藓生。……我待酬恩了，来听水石声。”（《全唐诗》卷 701）这里有把古今进行比较之意。齐已《过商山》也说：“前程有名利，此路莫艰难……何能寻四皓？过尽见长安。”（《全唐诗》卷 840）因为名利的驱使，本来崎岖难行的商山路却很热闹，诗人们怎能不感慨万千呢？

唐诗中有十几首题四皓庙诗，这与新修的四皓庙正处于重要的交通道上有关。根据《水经注》、《魏书》等载，商洛早就有四皓庙，但木结构的建筑不容易长久屹立，在唐初已不存在，柳识《新修四皓庙记》谓“往者明祠颓坏，靡有孑遗”。所以初唐没有题四皓庙的诗，大量的题庙诗，是在四皓庙重修之后，四皓庙是在什么

[1] 李白：《过四皓墓》，《李白集校注》，第 1294 页。
[2] 李商隐著，刘学锴、余恕诚注：《商於》，《李商隐诗歌集解》，中华书局 1988 年版，第 815—816 页。

时候重修的呢？根据柳识《新修四皓庙记》载，主持重建工作的是“太傅兼中书令许国公”（《全唐文》卷377），这位许国公是谁？在什么时候？考出四皓庙重修的大致时间，有助于理解题庙诗创作的背景。

根据新、旧《唐书》的记载，唐朝被封为许国公的有高士廉、苏瑰苏颋父子、陈希烈[1]、盛宣王李琦之子李傛[2]、韩弘、韩建数人，而史书中明言为太傅、中书令、许国公的只有韩建一人[3]，韩建任此职是在唐朝即将灭亡的昭宗时期，柳识已经去世一百余年，韩弘任许国公、中书令也在柳识去世之后，韩弘、韩建都不是柳识所说的重修四皓庙之人。从《新修四皓庙记》的内容看，文章写在四皓庙重修后不久，苏颋去世时柳识尚年幼，高士廉、苏瑰苏颋父子也非四皓庙重修的主持人。柳识是权德舆外祖父，据权德舆《祭故屯田柳郎中文》，柳识去世于德宗建中二年（781）[4]，四皓庙的重修肯定在这年之前，柳识现存的文章中，标明写作时间的都在天宝、大历年间[5]，四皓庙的新修应在天宝至建中二年之间，这期间

---

[1] 《旧唐书·玄宗纪下》：天宝十三载秋，“八月丁亥，以久雨，左相、许国公陈希烈为太子太师，罢知政事”。（卷9，第228页）

[2] 《新唐书》卷82：“盛宣王琦，既封，领扬州大都督，子……傛许国公。”（第3613页）

[3] 《旧唐书·昭宗纪》，光化元年九月：“制以镇国、匡国等军节度使韩建守太傅、中书令、兴德尹、封颍川郡王，赐铁券，并御写忠贞以遗之。建累上表辞王爵，乃改封许国公。”见卷20上，第764页；崔涓《赐许国公韩建铁券文》：“维光化元年岁次戊午九月戊辰朔八月乙亥，皇帝若曰：咨尔宣力兴复功臣镇国、匡国等军节度观察处置修葺宫阙同州长春宫等使开府仪同三司守太傅兼中书令兴德尹使持节同州诸军事兼同州刺史上柱国许国公食邑四千户实封一百户韩建。”（《全唐文》卷791，第8286页）

[4] 傅璇琮主编：《唐五代文学编年史》中唐卷，辽海出版社1998年版，第371页。

[5] 《许先生颍阳祠庭献酹文》谓“壬辰岁夏四月”，即天宝十一载；《草堂记》谓“大历二年正月七日”；《琴会记》谓“大历六年”；《茅山紫阳观元静先生碑》文末说：“大历七年八月十四日建”，《茅山白鹤庙记》文末谓“唐大历十三年太岁戊午三月十八日记”。（《全唐文》卷377）

史书中明确记载的许国公只有陈希烈一人，但陈希烈又不符合“太傅兼中书令”的条件，柳识说这位许国公“戡定之懋勋，廉察之殊政，则铭于彝器，藏在史官”，应该是平定动乱的人物，非陈希烈所能当。究竟是谁主持四皓庙的新修，史书失载，难以确考，但大致的时间还是能知道的。李白《过四皓墓》说专门寻访四皓遗迹，只有“荒凉千古迹，芜没四坟连”，可见李白经过商山时四皓庙还没有重修，而李华《四皓铭》谓：“山下水滨，四坟垒垒。悚慕元风，徘徊古祠。”李华写《四皓赞》、《四皓铭》在其晚年，这时四皓庙已经新修，他所说的“古祠”只是重修的而已，李华去世在大历九年(774)，这年之前四皓庙已经重修。按照柳识的说法，这位许国公是平定安史之乱的重要功臣，应该在安史之乱结束到大历九年之间的十来年中。据柳识的说法，新修四皓庙是为了警示官员的：“公以为四先生避秦乱，逃汉禄，而所立利泽，如接日月，彼佩金印，乘朱轩，食万钟，润九里，而括囊避事，全躯保孥，闻四贤之风，可以有立志矣。故公之饰是庙也，见圣王固本之制焉，有诗人《伐檀》之志焉，岂特烛耀岩穴，旌贲隐沦而已？”

四皓庙的新修，既给经过此路的人一种提示，又为诗人们发表看法提供了一种平台，唐人有在墙壁、柱上题诗的习惯，唐人不少题四皓庙诗，就是写在四皓庙的墙上或柱上，后来的人见到前人所题诗，就会尽量避免与前人雷同，以出奇制胜。第一首题庙诗窦常的《商山祠堂即事》，还仅仅是泛泛称赞四皓安刘功劳：“夺嫡心萌事可忧，四贤西笑暂安刘。后王不敢论珪组，土偶人前枳树秋。”(《全唐诗》卷 271）应该说此诗并没有什么特色。后来元稹《四皓庙》就与大量歌颂四皓的诗不同，他对四皓的处世哲学表示了不同意见。白居易《题四皓庙》则羡慕四皓的自由自在，又联系到自己的身世。此后题庙诗都从构思上下工夫，一般不同于前人，如陆畅《题商山庙》："商洛秦时四老翁，人传羽化此山中。若无仙眼何由见？总在庙前花洞中。"（《全唐诗》卷 478）从这里可知，当时有四皓成为仙人的传说，陆畅此诗带有调侃意味，蔡京《责商山四皓》不知是题庙还是咏史，杜牧《题商山四皓庙一绝》谓："吕氏强梁嗣子柔，我于天性岂恩仇？南军不袒左边袖，四老安刘是灭刘。"[1] 杜牧此诗甚出名，评价者皆谓杜牧咏史诗构思奇巧，喜做翻案诗，其实应把它放到整个咏四皓诗文的系列才能看出该诗的价值。此诗立意与元稹相近，也可说受元稹"惠帝竟不嗣，吕氏祸有因"启发，对历史人物的评价，不再就事论事，而是注意其前因后果，但杜牧强调的是在宫廷政变中，禁军力量的重要性，这不仅是对吕后死后宫廷斗争的总结，也符合唐代历次宫廷斗争的实际，掌握宫廷武装的派别总能取得胜利。能看出这一点，与杜牧特别深厚的军事素养有关。许浑《题四皓庙》有"山下驿尘南窜路，不知冠盖几人回"[2] 之句，是感叹山下商山路就是南贬大臣经过之路，而能活着回来的不多，实寓与四皓比较之意，把怀古与现实很好地结合起来。他又有《重经四皓庙二首》，其一谓："山酒一壶歌一曲，汉家天子忌功臣。"从刘邦杀戮功臣来解释四皓隐居的原因，这是发前人所未发，其二谓："避秦安汉出蓝关，松桂花阴满旧山。自是无人有归意，白云长在水潺潺。"[3] 这是对四皓结局的一种说法，认为他们也贪恋富贵，开始不出山，出山之后却不想回去了，这实际是以四皓来讽刺当时贪恋富贵之人。李商隐有两首《四皓庙》诗，其一有"羽翼殊

[1] 《樊川诗集注》卷 4，第 30 页。
[2] 《丁卯集》卷上，第 12 页。
[3] 同上书，第 19 页。

勋弃若遗”之句，表明对四皓不受汉廷重视的遗憾，其二说“萧何只解追韩信，岂得虚当第一功”[1]，认为张良引荐四皓，功劳应比萧何大。段成式《题商山庙》云：“偶出云泉谒礼闱，篇章曾沐汉皇知。无谋静国东归去，羞过商山四老祠。”（《全唐诗》卷584）全从自己处着眼，写自己文章虽受皇帝重视，但面对晚唐混乱的局势，却无能为力，经过四皓庙，有羞愧之意。刘沧《题四皓庙》则描写了四皓庙所处的幽深环境，并认为四皓成了神仙：“雪鬟仙侣何深隐，千古寂寥云水重。”（《全唐诗》卷586）胡曾《咏史诗·四皓庙》则又与前人不同，他认为四皓安太子后回去了，但立庙之处并非四皓后来隐居之处，“不知俱出龙楼后，多在商山第几重？”（《全唐诗》卷647）罗隐《四皓庙》谓：“楚王谩费闲心力，六里青山尽属君。”[2]把战国秦楚之争与四皓的千古流传相比。李频《过四皓庙》、唐彦谦《四老庙》相对缺少特色，这可能与作者的才情有关。蒋吉《四老庙》则从自己经过四皓庙的心情着眼：“无端舍钓学干名，不得溪山养性情。自省此身非达者，今朝羞拜四先生。”（《全唐诗》卷771）“无端”一词表明了作者抛弃隐居生活而追求功名利禄的矛盾心理，想隐居但又经不住诱惑，与征召不出的四皓相比，感到自己不够坚强。有些不是专门题庙诗，也写了经过四皓庙的感受，如李逢吉《再赴襄阳辱宣武相公贻诗今用奉酬》（《全唐诗》卷473）有“又据三公席，多惭四老祠”之句，就是说他经过四皓庙去襄阳任山南东道节度使时的感受。

有些仕途不顺而产生隐逸念头的诗人常以四皓自居，李白《东

---

[1] 李商隐著、清冯浩笺注：《玉谿生诗集笺注》，上海古籍出版社1998年版，第131、270页。

[2] 《甲乙集》卷1，第11页。

武吟》结尾说："闲作东武吟，曲尽情未终。书此谢知己，吾寻黄绮翁。"[1] 表示想学习四皓，而《别韦少府》开头说："西出苍龙门，南登白鹿原。欲寻商山皓，犹恋汉皇恩。"[2] 把他在朝廷不得意想离开而又舍不得的心理很好地表达了出来。《览镜书怀》说："自笑镜中人，白发如霜草。扪心空叹息，问影何枯槁？桃李竟不言，终成南山皓。"[3] 在此，李白已经把自己当成四皓了。李阳冰《草堂集序》回顾李白初到朝廷时唐玄宗的态度："降辇步迎，如见绮皓。"[4] 李阳冰没见过李白在朝廷的情景，这是李白自己的理解。杜甫离开朝廷，也常想起四皓，如《幽人》有"知名未足称，局促商山芝"[5] 之句，就说自己的状况；写于成都草堂时期的《朝雨》有"黄绮终辞汉，巢由不见尧"[6] 之句，是说自己不再做官。贾至贬到岳州后有《赠裴九侍御昌江草堂弹琴》中有"怅望黄绮心，白云若在眼"之句，《寓言二首》之一有"悠哉千里心，欲采商山芝"（《全唐诗》卷 235）之句，都是表明有隐居之意。有些隐居者会受到讥笑，而他们用来对抗别人非议的楷模往往是四皓，如秦系《山中书怀赠张建封大夫》说："昨日年催白发新，身如麋鹿不知贫。时时亦被群儿笑，赖有南山四老人。"（《全唐诗》卷 260）四皓是坚持隐居的心理支持。孟郊《百忧》说："伯伦心不醉，四皓迹难留。出处各有时，众议徒啾啾。"（《全唐诗》卷 373）他也是用四皓的行为来反驳对他的批评。

---

[1] 《李白集校注》卷 5，第 398 页。
[2] 《李白集校注》卷 15，第 946 页。
[3] 《李白集校注》卷 24，第 1414 页。
[4] 李阳冰：《草堂集序》，见《李白集校注》附录三，第 1789 页。
[5] 杨伦笺注：《杜诗镜铨》，第 1001 页。
[6] 同上书，第 353 页。

还有一种情况，有的诗人没有亲自到商山，而有熟人到商州做官或者经过商州，送别的诗文常提到四皓，这种写法前引陶渊明《赠羊长史》中已经出现，唐代更多了，如沈佺期《送韦商州弼》有“故交从此去，遥忆紫芝香”（《全唐诗》卷97）之句，王维《送李太守赴上洛》有“若见西山爽，应知黄绮心”[1]之句，权德舆《送商州杜中丞赴任》有“绮皓清风千古在，因君一为谢岩居”（《全唐诗》卷323）之句，他又有《送商州崔判官序》的文章，说“园绮风声，梦想如在，古祠乔木，为寄遐心”（《全唐文》卷492）。李商隐《送丰都李尉》说：“万古商于地，凭君泣路歧。固难寻绮季，可得信张仪。”[2]可见，人们已把四皓和商山、商州、商洛联系起来，提起这些地方，首先就想起四皓。

三、白居易诗歌唱和集团的四皓诗

有些作家诗文中多次出现四皓，我们据此可以探讨他们的人生观，如李白、权德舆、许浑等，李白四皓诗前引数首已可看出其求仙、功成不居等理想，许浑不单有三首题四皓庙诗，其《旌儒庙》诗对比了两种处世态度：“寒陌阴风万古悲，儒冠相枕死秦时。庙前亦有商山路，不学老翁歌紫芝。”[3]对秦时被坑杀的儒生除了同情外，是赞同他们的做法还是觉得应该向四皓学习？儒生们用儒家思想批评秦始皇的政治，冒着被杀的危险，本可学习四皓远身避害，但他

[1] 王维著、赵殿成笺注：《王右丞集笺注》，中华书局1961年版，第227页。
[2] 李商隐著、冯浩笺注：《玉谿生诗集笺注》，第745页。
[3] 《丁卯集》卷上，第18页。

们没有这样做，他们用自己的原则与暴政抗争，死得很悲壮。也可以理解成批评儒生们贪图富贵而不能明哲保身，我们从这里可以看出许浑人生观的矛盾。他又有《学仙》诗："商岭采芝寻四老，紫阳收术访三茅。欲求长生不死诀，骨里无仙不肯教。"[1]则表明了他也有求仙之志。

整个唐代，诗文中出现四皓最多的是中唐时期，尤其是以白居易为中心的诗歌唱和集团。白居易早年与元稹、李绅唱和，后又与刘禹锡、牛僧儒、裴度等唱和，写下大量四皓诗，他们所写四皓诗几乎占了唐代四皓诗的三分之一。四皓诗的集中出现，与中唐政治有何关系？与作家们的人生理想又有什么关系？以下就以白居易为主探讨这种关系。

白居易与四皓有关的诗共三十首，散文中也有几篇提到四皓，今存能编年的诗中，以与元稹唱和的《答四皓庙诗》为最早，作于元和五年。[2]这一年，元稹被贬江陵，途中写有《四皓庙》诗，他把该诗和别的一些诗寄给白居易。白居易写了《和答诗十首》，同意元稹观点的为和，不同意元稹观点的为答，《答四皓庙》诗就是元白之间关于四皓评价的争论，实际上透露了元白之间人生观的不同。元诗的写作目的，按他自己在《酬翰林白学士代书一百韵》中"讥题皓发祠"的自注中说是："作《四皓庙》诗，讥其出处不常。"[3]也就是《四皓庙》诗本身所说的"显晦有遗迹，前后疑不伦"。他认为

[1] 《全唐诗》卷 538 题为《亡题》，题下校曰："一作学仙。"第 6137 页。前引版本《丁卯集》未收此诗，据罗时进：《丁卯集笺证》，江西人民出版社 1998 年版。该诗录自《万首唐人绝句》卷 24，见《丁卯集笺征》卷 11，第 321 页。

[2] 本章对白居易诗歌唱和集团诗歌的编年，根据陈贻焮主编《增订注释全唐诗》（文化艺术出版社 2001 年版）的相关注释，本诗编年见第三册，第 258 页。不另注。

[3] 冀勤点校：《元稹集》，第 118 页。

四皓的处世标准前后不一。很难理解为什么四皓名声这么大，在元稹看来，四皓不仅不能和巢、由、伊、吕相比，也不能和周勃、陈平相比。在秦代，人们为反对秦的暴政很多人丢掉了性命，四皓却“不复婴世尘”，“先生无一言”，“先生如不闻”，四皓所能的仅为“全一身”，却不能“济世”，在应该挺身而出时不出来，安存惠帝的功劳很小，在元稹看来，四皓是“舍大以谋细，虬盘而蠖伸”。就安刘而言，四皓也不能与陈平周勃相比，正是因为四皓安刘，才带来吕氏之祸，“惠帝竟不嗣，吕氏祸有因。虽怀安刘志，未若周与陈”[1]。从安惠帝的最终结果上看问题，这一点可能是受桓玄观点的启发，元稹虽是评论四皓，他更是有感于当时的政治形势，很多人只顾自己的荣利和个人安全，全然不顾现实的危机，这也是他因为被贬内心受到很大刺激才这样说，表明他有济世之志。而白居易完全不同意他的看法，认为四皓的行为符合孔子思想，并且比巢父、许由、伊尹、姜尚高明："勿高巢与由，勿尚吕与伊。巢由往不返，伊吕去不归。岂如四先生，出处两逶迤。何必长隐逸，何必长济时。”白居易强调的是努力济世者如郦食其的被烹，贪图富贵者如李斯的被杀，张良也“辛苦十数年，昼夜形神疲”。白居易甚至揣摩四皓口气，认为济天下非四皓所长，而安太子也非张良、陈平所能，“子房吾则能，此非尔所知”。四皓在安定太子之后又功成不居，“安车留不住，功成弃如遗”[2]。这里白居易已有把元稹比成张良，而自比四皓之意，他非常看重在乱世能够保全自己，并认为这正是孔子所提倡的，我们从此处就可看出元白之间存在差别。元稹

[1] 冀勤点校：《元稹集》，第 11 页。

[2] 顾学颉校点：《白居易集》，第 44 页。本章引用白居易诗皆用此版本，以下只随文标注页数。

只是在《论教本书》中不指名地提到四皓："惠帝废易之际，犹赖羽翼以胜邪心。"[1] 他后来在诗中基本上没再提到四皓，而白居易就大大不同了，他的《读史五首》之三也表达了近似的观点："祸患如棼丝，其来无端绪。马迁下蚕室，嵇康就囹圄。抱怨志气屈，忍耻形神沮。当彼戮辱时，奋飞无翅羽。商山有黄绮，颍川有巢许。何不从之游，超然离网罟。山林少羁鞅，世路多艰阻。寄谢伐檀人，慎勿嗟穷处。"(《白居易集》卷 2）白居易从某些著名知识分子像司马迁、嵇康等的遭遇中认识到祸患的到来不可预测、不可捉摸，等到祸患降临再想办法，就无能为力了。历史上还存在另外类型的士人，就是四皓和许由、巢父等隐居之人，这些人和政治迫害不沾边，白居易认为山林隐居是安全的，而仕宦之路多危险，向四皓等学习是他为司马迁、嵇康所想的办法，也表明他自己的一种倾向，如何能够避祸是白居易经常思考的一个问题。元和十年，白居易被贬江州，途经商山时写有两首与四皓有关的诗：《题四皓庙》和《仙娥峰下作》。《题四皓庙》云："卧逃秦乱起安刘，舒卷如云得自由。若有精灵应笑我，不成一事谪江州。"(《白居易集》卷 15）这是自嘲，可以看出与《答四皓庙》一脉相承的是他羡慕四皓的"自由"，不用经历官场的险恶。《仙娥峰下作》先描写商山路上的风景："我为东南行，始登商山道。商山无数峰，最爱仙娥好。参差树若插，匼匝云如抱。渴望寒玉泉，香闻紫芝草。青崖屏削碧，白石床铺缟。"这是写仙娥峰下的景色，看到如此景色，他想起了四皓："向无如此物，安足留四皓？"他这里把四皓隐居商山的原因理解成这里的自然条件。想起四皓，又联想到自己："感彼私自问，归山何不早？可能尘土中，

[1]　冀勤点校：《元稹集》，第 344 页。

还随众人老。”(《白居易集》卷 10) 这就说明白居易有非常矛盾的想法，一方面他也想到早一点“归山”，另一方面他又隐隐感到自己可能还是脱离不了尘世，最终的结果是同大家一样。这种矛盾心理影响了白居易很长时间，在这次东南行的路上，他对自由思考得很多，对这一问题保持高度敏感，如他在商山路上遇到安南进奉红鹦鹉者，就写有《红鹦鹉》一诗，他想到的也是鹦鹉的自由：“文章辩慧皆如此，笼槛何年出得身？”(《白居易集》卷 15) 长庆二年赴杭州时经过商山，有《登商山最高顶》诗，也表达了他在出处方面的矛盾心情：“高高此山顶，四望唯烟云。下有一条路，通达楚与秦。或名诱其心，或利牵其身。乘者及负者，来去何云云。我亦斯人徒，未能出嚣尘。七年三往复，何得笑他人？”(《白居易集》卷 8) 对自己的名利之心也是一种无奈。

白居易第二次四皓诗创作的高峰出现在大和三年任太子宾客分司东都之后，白居易百日长假后免官，授太子宾客分司东都，写有《病免后喜除宾客》，他自称“四皓”之一：“起为商皓伴三人”，并欣喜地得出结论，“从今且莫嫌身病，不病何由索得身”(《白居易集》卷 27)，把身体不好当成好事，正因为身体不好，才能自由。东宫属官被称为四皓，并不从白居易开始，它与这一职位设置的原因有关，《唐会要》卷 67 介绍太子宾客的演变说：“显庆元年正月十九日置，初无员品，选高名重德者为之，遂以韩瑗、来济、许敬宗兼之。开元中，始编入令，置四员。建中四年九月二十五日，又加两员，兴元元年正月二十九日，又加四员，贞元四年正月一日，敕宜留员额四员，余并勒停。”[1] 员额固定为四员，据杜佑的说法，

[1] 《唐会要》卷 67，第 1167 页。

是模仿商山四皓："凡太子有宾客之事，则为上齿，盖取象于四皓焉。"[1] 许敬宗已经自称四皓[2]，李白也称张镐为四皓[3]，不过数量不多，直到白居易任太子宾客，才大量以四皓自比。裴度、刘禹锡、张籍、韦行式有《西池送白二十二东归兼寄令狐相公联句》，其中韦行式称他"商皓信辉光"（《全唐诗》卷790），离开长安向送行者告别时，他写了《长乐亭留别》，自比"四皓"："优诏幸分四皓秩"，他又进行今昔对比："昔日蹙促为迁客，今日从容自去官。"他庆幸能离开长安："尘缨世网重重缚，回顾方知出得难。"（《白居易集》卷27）途中陕虢观察使王起迎接他，他写了《陕府王大夫相迎偶赠》，谓："白首园公岂要迎？"（《白居易集》卷27）分明以四皓自居，从"分司宾客去无程"句也可看出他对这一闲官的满意。在照镜时看到自己面容他又想起这次任命，写了《对镜》诗："去作忙官应太老，退为闲叟未全迟。"他认为应该"稳处安身"，不想在仕途上有什么波澜，他又想起了商山四皓，这时的他以四皓的处世方式来衡量自己，"若使自今黄绮在，闻吾此语亦分司"（《白居易集》卷27）。他这样想，心里就平衡了。他初任太子宾客时，刘禹锡写有《刑部白侍郎谢病长告改宾客分司以诗赠别》，称白居易是"九霄路上辞朝客，四皓丛中作少年"。刘本人也有羡慕之意："洛阳旧有衡茆在，亦拟抽身伴地仙。"[4] 崔玄亮也有诗赠白居易，诗中把白居易称为"四皓"，崔诗今已不存，从白居易的《答崔十八》可看

[1] 《通典》卷30，"太子宾客"条。

[2] 许敬宗：《奉和执契静三边应诏》："再备商山皓。"（《全唐诗》卷35，第462页）

[3] 李白：《张相公出镇荆州寻除太子詹事余时流夜郎行至江夏与张公去千里公因太府丞王昔使车寄罗衣二事及五月五日赠余诗余答以此诗》末句云："荣乐一如此，商山老紫芝。"用以称张镐的太子詹事之职。（《李白集校注》卷19，第1130页）

[4] 卞孝萱校订：《刘禹锡集》，中华书局1990年版，第437页。

出他对这一比况的态度："劳将白叟比黄公，今古由来事不同。我有商山君未见，清泉白石在胸中。"（《白居易集》卷27）崔玄亮似乎希望白居易过彻底的隐居生活，而白居易认为，古今形势不同，他现在追求的是心隐，他心中时刻装着商山。白居易不愿放弃优裕的物质生活，又想逃避政治上的迫害，故有是说。大和五年，他的《题岐王旧山池石壁》又流露出了这种心理，他先说山池的景物："树深藤老竹回环，石壁重重锦翠斑。"置身其中，犹如"千岩万壑间"。观赏园林中的假山而能有在深山中的感觉，这是白居易为他的心隐寻找借口："黄绮更归何处去？洛阳城内有商山。"（《白居易集》卷28）不用到人迹罕至的山林，洛阳就有商山，就可隐居。大和七年，白居易再授宾客分司，他写诗记之："优稳四皓官，清崇三品列。伊予再尘忝，内愧非才哲。俸钱七八万，给受无虚月。分命在东司，又不劳朝谒。既资闲养疾，亦赖慵藏拙。宾友得从容，琴觞恣怡乐。乘篮城外去，系马花前歇。六游金谷春，五看龙门雪。吾若默无语，安知吾快活？吾欲更尽言，复恐人豪夺。应为时所笑，苦惜分司阙。但问适意无，岂论官冷热。"（《再授宾客分司》，《白居易集》卷29）他把太子宾客称为"四皓官"，列举了该职务的很多优点，虽然是闲职，但内心却很快活。白居易明显以四皓自居，如他写给同为太子宾客的几位同僚皇甫镛、张仲方、李绅的诗中就说："今年四皓尽分司。"[1]他强调闲适、饮酒、游玩，这些也就是他理解的四皓在山中的生活方式。他在《自咏》一诗中称自己是"白衣居士紫芝仙"（《白居易集》卷31），《送陈许高仆射赴镇》中又称自己"商皓老狂唯爱醉"（《白居易集》卷31）。该年刘

[1] 白居易：《赠皇甫六、张十五、李二十三宾客》，《白居易集》卷31，第698页。

禹锡也有两首诗与白居易有关，一为白还在河南尹职务上的《郡斋书怀寄河南白尹兼简分司崔宾客》，一为《秋日书怀寄白宾客》，其时刘禹锡在苏州刺史任上。第一首把白居易比成“河南吴公”，把崔玄亮比成四皓，而刘禹锡自己则“还思谢病吟归去，同醉城东桃李花”（《刘禹锡集》卷32）。第二首白居易又任太子宾客，刘禹锡在诉说了悲秋之意后，推测白居易的情况：“商山紫芝客，应不向秋悲”（《刘禹锡集》卷32）。第二年，也就是大和八年，白居易写了六首与四皓有关的诗，《早春招张宾客》称他和同为太子宾客的张镛为“商山老伴”（《白居易集》卷31），《池上闲吟》也作于这年春天，“幸逢尧舜无为日，得作羲皇向上人”（《白居易集》卷31）正是针对《高士传》中所记四皓的生不逢时之叹，他觉得比四皓还要幸运，不是生在乱世。《喜闲》称自己“优游黄绮间”（《白居易集》卷32），他写的全是闲适生活。值得注意的是他和裴度唱和的诗，《奉和晋公侍中蒙除留守行及洛师感悦发中斐然成咏之作》把他和裴度的关系比成四皓和张良的关系：“商山老皓虽休去，终是留侯门下人。”（《白居易集》卷32）《奉酬侍中夏中雨后游城南庄见示八韵》说自己“甪里年虽老，高阳兴未阑”（《白居易集》卷32），强调的是酒兴不减，也就是自己的豪气尚存。

大和九年，发生了甘露之变，很多朝臣被杀，白居易除了写有《题裴晋公女几山刻石诗后并序》称自己“商山有遗老，可以奉周旋”（《白居易集》卷30），《韦七自太子宾客再除秘书监以长句贺而饯之》称韦稹任太子宾客时为“屈就商山伴麋鹿”（《白居易集》卷32）外，还有感时事，写下了《咏史（九年十一月作）》：“秦磨利刀斩李斯，齐烧沸鼎烹郦其。可怜黄绮人商洛，闲卧白云歌紫芝。彼为菹醢机上尽，此为鸾皇天外飞。去者逍遥来者死，乃知祸福非天为。”（《白居易集》卷 30）从诗中看不出他对宦官的批判，只是对比了李斯、郦食其追求富贵的下场与四皓避世结果的不同，他推崇四皓的“逍遥”，人生祸福由自己的行动决定，这实际是庆幸自己已经早做准备，离开了朝廷才躲过杀身之祸，对被杀的朝臣并未表示同情。李绅该年也为太子宾客分司东都，其《却望无锡芙蓉湖》之五“惆怅白头为四老，远随尘土去伊川”（《全唐诗》卷 482），就是说此事。刘禹锡这一年由汝州刺史改任同州刺史，经洛阳时裴度、白居易、李绅与之欢会，作《刘二十八自汝赴左冯经洛中相见联句》（《全唐诗》卷 790），其中刘禹锡称白、李为四皓。

李德裕并不属于白居易诗歌唱和集团中人，开成元年，他被授太子宾客分司东都，他也自称四皓，并且是诗歌中出现四皓频率最高的文学家。该年九十月间他作有《伊川晚眺》，称“汉储何假终南客，甪里先生在谷中”（《全唐诗》卷 475），十二月写有《访韦楚不遇》（《全唐诗》卷 475），称韦楚为黄绮。这一年刘禹锡因为足病也改任太子宾客分司东都，第二年，作《分司东都蒙襄阳李司徒相公书问因以奉寄》，称自己“早忝金马客，晚为商洛翁”（《刘禹锡集》卷 22），七月《和河南裴尹侍郎宿天平寺诣九龙祠祈雨二十韵》称自己是“商山有病客”（《刘禹锡集》卷 23）。开成三年，牛僧儒在东都留守位上，作《李苏州遗太湖石奇状绝伦因题二十韵奉呈梦得乐天》，有“媿人当绮皓，视秩即公卿”（《全唐诗》卷 466）之句，刘、白都有和诗，白居易在《奉和思黯相公以李苏州所寄太湖石奇状绝伦因题二十韵见示兼呈梦得》自称“园公”（《白居易集》卷 34），刘禹锡在另外一首和牛僧儒的诗《和仆射牛相公追感韦裴六相登庸皆四十余未五十薨殁岂早荣早枯之义今年将六十犹粗强健因亲故劝酒率然成篇并见寄之作》称牛僧儒“犹怜绮季商山里”（《刘禹锡集》卷36），分明以四皓自喻。白居易又有《小阁闲坐》，称自己是“四老归旧山”（《白居易集》卷36），五月刘、白之间有《居易是月长斋鄙夫此时愁卧里闾非远云雾难披因以寄怀遂为联句所期解闷焉敢惊禅》，刘禹锡称“鉴容称四皓，扪腹有三壬”，白居易则接“紫芝虽继唱，白雪少知音”（《刘禹锡集》卷34）。

开成五年，李德裕《思山居》第二首《题寄商山石》对石头来历想了很多：“绮皓岩中石，曾经伴隐沦。紫芝呈几曲，红藓閟千春。聊用支琴尾，宁惟倚病身。”表示他颇有隐居之志。第八首《忆药苗》说自己种的药苗“味掩商山芝”（《全唐诗》卷475）。第二年，也就是会昌元年，刘禹锡自秘书监分司改任检校礼部尚书，兼太子宾客，作《酬宣州崔大夫见寄》，称自己“再入龙楼称绮季”（《刘禹锡集》卷36）。会昌二年，白居易《履道西门二首》表示对晚年生活的满足，尤其是第一首，比较自己园中蔬菜与伯夷叔齐、四皓食物的差别：“行灶朝香炊早饭，小园春暖掇新蔬。夷齐黄绮夸芝蕨，比我盘飧恐不如。”（《白居易集》卷36）该诗构思与李德裕《忆药苗》有近似之处，有表示自足之意。《游丰乐招提佛光三寺》谓自己游遍洛阳佛寺，其“汉容黄绮为逋客，尧放巢由作外臣”（《白居易集》卷36）句实为自指。李德裕八月《早入中书行公主册礼事毕登集贤阁成咏》谓成礼后“更登天禄阁，极眺终南岫。遥羡商山翁，闲歌紫芝秀。晨兴念殆辱，夕惕思致寇。倾夺非我心，凄然感田窦”（《全唐诗》卷475）可知其时他有隐居之心，不想再陷于朋党的倾轧。

会昌五年，白居易与胡杲、吉皎、郑据、刘真、卢真、张浑组成七老会，皆有诗记之。白诗《胡吉郑刘卢张等六贤皆多年寿予亦次焉偶于弊居合为尚齿之会七老相顾既醉甚欢静而思之此会稀有因成七言六韵以纪之传好事者》谓“人数多于四皓图”(《白居易集》卷37)。时年八十八岁的吉皎在《七老会诗》的结尾说:“借问商山贤四皓,不知此后更何如?”(《全唐诗》卷463)分明以四皓的最后归宿为自己出处的楷模,七十七岁的张浑谓“斯筵堪作画图看”(《全唐诗》卷463),也以四皓图比七老会。

白居易在元和五年至十年之间,写了几首专门评价四皓的诗,可是在此后的十几年里,他很少想到四皓,直到大和三年他任太子宾客分司东都,至会昌五年十六七年间,他和与之唱和的诗人所写的诗中与四皓有关的有四十余首,其间不少是诗人以四皓自比或以之称别的太子宾客,更重要的是他们的四皓心态,白居易晚年尚白,尤其强调他的白胡须,就是这种心态的表现。这与当时朝廷的朋党之争和宦官专权有关,在这两种力量的笼罩下,诗人们仕途多坎坷,不少人被贬,甚至被杀,让人更多地思考如何避祸,连德高望重的裴度都不例外,《旧唐书·裴度传》说甘露之变后:

> 中官用事,衣冠道丧。度以年及悬舆,王纲板荡,不复以出处为意。东都立第于集贤里,筑山穿池,竹木丛萃,有风亭水榭,梯桥架阁,岛屿回环,极都城之胜概。又于午桥创别墅,花木万株;中起凉台暑馆,名曰“绿野堂”。引甘水贯其中,酾引脉分,映带左右。度视事之隙,与诗人白居易、刘禹锡酣饮终日,高歌放言,以诗酒琴书自乐,当朝名士,皆从之游。[1]

[1] 《旧唐书》卷170,第4432页。

裴度曾坚决推辞让他重掌兵权的任命。牛僧儒也差不多：

> 洛都筑第于归仁里。任淮南时，嘉木怪石，置之阶廷，馆宇清华，竹木幽邃。常与诗人白居易吟咏其间，无复进取之怀。[1]

白居易本人《池上篇》（《白居易集》卷69）对他在洛阳的居处有很详细的描述，当时朝政腐败，诸人又年老，鉴于多人的悲惨结局，他们更多考虑保身，于是在洛阳，就过起半官半隐的生活，四皓就成了他们模仿的对象。

四、结语

因皇帝对四皓比较推崇，唐代才设太子宾客的职位，以安置年老名重的官员，这些人往往以四皓自比，别人也称之为四皓，中唐时期，因政局的关系，一些文学家以洛阳为中心，过起亦官亦隐的日子，产生了不少与四皓有关的诗。四皓隐居之地在唐代处在重要的交通线上，又有祭祀他们的庙宇，行经此处的人会想起四皓，出现很多题庙诗，唐时有以隐居为高尚的观念，隐逸之风甚盛，不少人起先隐居后又求官，但内心又充满矛盾，才会觉得惭愧。唐代评价四皓的，绝大多数都肯定四皓稳定汉惠帝的功劳，这与士人对宗法制中嫡长子继承的优先权的肯定有关，也与唐代某些皇帝频繁更

[1] 《旧唐书》卷172，第4472页。

换太子有关，多数人认为四皓安定太子后，又回到原隐居之地，可能与相传的四皓坟墓有关，既然坟墓在那里，人们就以为他们又归山了。批评的则主要从四皓行为的最终结果着眼。

四皓故事出现在汉代，唐人在学习汉代典籍，以其中的人物作为自己表达思想的手段时，并不是完全按照汉人的说法，而是吸收了魏晋南北朝人对汉代记述的改造。所谓四皓的紫芝歌，最早出现在晋人皇甫谧的记载中，是模仿《史记·伯夷列传》中的《采薇歌》的，真实性值得怀疑，但唐人都以之为真，以致“紫芝客”成了四皓的代称。唐人对汉人的记述一般深信不疑，不怀疑四皓故事的真实性。宋代就不同了，司马光在《资治通鉴考异》中说：

> 高祖刚猛伉厉，非畏搢绅讥议者也，但以大臣皆不肯从，恐身后赵王不能独立，故不为耳。若决意欲废太子立如意，不顾义理，以留侯之久故亲信，犹云非口舌所能争，岂山林四叟片言，遽能柅其事哉？借使四叟实能柅其事，不过污高祖数寸之刃耳，何至悲歌云羽翮已成，矰缴安施乎？若四叟实能制高祖使不敢废太子，是留侯为其子立党以制其父也，留侯岂为此哉？此特辩士欲夸大四叟之事，故云然……司马迁好事多爱而采之，今皆不取。[1]

认为张良不可能用这种办法解决问题，汉高祖是看到反对的声音过大，才没有废太子，不然，四皓怎能阻拦他，司马迁好奇才予以记录，而司马光认为仅仅是传说，所以他不取。《朱子语类》卷

[1] 《资治通鉴考异》卷 1，第 2 页。

135 有一段对话：

蔡文云："康节谓事定后，四人便自去了。"曰："也不见得。恐其老死，亦不可知。"[1]

朱熹认为，说四皓后来回去了也没有什么根据，老死了也有可能，宋人对汉人的记述常常怀疑，这也是宋学能独树一帜的原因。王阳明更认为，刘邦见到的四皓实际是假冒的，当时很多人并没有见过四皓，仅仅是听过他们的事迹，张良就随便找几位老人假扮四皓，目的是欺骗刘邦。[2] 宋代以后，人们对汉代文化的态度不同，经常有怀疑，宋代以后四皓在文学作品中的情况与唐代有所不同，留待以后论述了。

小结

一、司马迁和班固对四皓隐居原因的不同记述是他们对汉朝的不同态度决定的，魏晋南北朝是四皓故事不断丰富的时期，该时期对四皓的不同评价启发了唐人。

[1] 黎靖德编、王星贤点校：《朱子语类》，中华书局 1994 年版，第 3223 页。

[2] 泷川资言于"竟不易太子者，留侯本招此四人之力也。"下引王守仁曰："果于隐者必不出，谓隐而出焉，必其非隐者也。世家谓留侯招四皓为太子辅，余疑非真四皓也，乃子房为之也。夫四人遁世已久，形容状貌，人皆不识之矣，故子房劫计之时，阴与筹度，取他人之眉须皓白者，伟其衣冠，以诬高帝。此又不可知也。"见泷川资言考证，水泽利忠校补：《史记会注考证附校补》卷 55，第 1234 页。查《四库全书》本《王文成全书》，吴光、钱明、董平、姚延福编校：《王阳明全集》（上海古籍出版社 1992 年版），皆无此段文字，不知泷川氏何据。

二、中唐四皓庙的重修、安史之乱后商山道地位的重要为唐代题四皓庙诗大量出现提供契机。

三、白居易诗歌唱和集团的四皓诗与甘露之变后的政治氛围有关。

四、唐人对四皓的推崇表达一种既建功立业又远身避害的人生理想。

第七章　唐代作家的扬雄观与文学创作

对汉代作家的评论，一直是唐朝作家的热门话题，唐人对汉代文学家的不同认识，正代表了唐人思想观念的差别，从这里入手探讨唐代作家文学思想的差异和演变，进而观察唐朝社会的变迁，不失为一种有效的角度。在诸多汉代作家中，唐人对扬雄的评价最为分歧，批评者否定扬雄的人格和文学成就，认为扬雄应为浮艳文风负上某种责任；赞扬者对扬雄给予很高评价，尤其是韩愈，甚至把扬雄纳入儒家道统序列。为什么会出现这么大的分歧，与唐代作家的文学史观念有何关系，与唐代社会情况有何关系，不同的评价对唐代文学创作有什么影响，都是值得探讨的。

一、唐以前对扬雄的认识与评价

扬雄是中国文学史上的一个典型：为流传后世而创作。在他之前，司马迁创作《史记》的目的也是传世，司马迁因受腐刑无法实现自己的人生价值，转而把生命寄托在历史创作上。扬雄当然是受司马迁影响，但也与他本人的个性和经历有关：自己的优势文学创作在干预现实方面苍白无力，不善言辞和内向的气质决定了他在与人交往方面不擅长，从而把主要精力放在著作上。扬雄为传世而创作的目的性很明显，他的著作量之大，范围之广，在西汉是少有人能比的。扬雄是否能传世，在他生前就有不同看法。东汉从桓谭、班固开始，对扬雄都有很高评价，班固不只是为之立传，在《东都赋》、《答宾戏》、《离骚序》、《典引》等文中都提到扬雄，在《典引》一文中，最早对后世引起极大争议的《剧秦美新》进行了评论："伏惟相如《封禅》，靡而不典；扬雄《美新》，典而亡实，然皆游扬后世，垂为旧式。"[1] 崔骃《达旨》模仿扬雄《解嘲》，《七依》也引用扬雄对赋的反思之语。三国以后，对扬雄作品的评论、研究和学习越来越多，曹植《酒赋》鉴于扬雄《酒赋》的"戏而不雅"[2] 而作，王肃"年十八，从宋忠读《太玄》，而更为之解"[3]。陆绩《述玄》谓："绩昔常见同郡邹邠，字伯岐，与邑人书，叹扬子云所述《太玄》，连推求玄本，不能得也。镇南将军刘景升遣梁国成奇修好鄙州，奇将《玄经》自随。时虽幅写一通，年尚暗稚……数年专精读之，半岁间粗觉其意，于是草创注解，未能也。章陵宋仲子为作解诂。后奇复衔命寻盟，仲子以所解付奇与安远将军彭城张子布，绩得览焉。仲子之思虑，诚为深笃。"[4] 陆绩此文交代《太玄》在汉末受重视情况，他本人为《太玄》所做的注释，是《太玄》流传史上的重要里程碑。陆喜曾模仿《法言》作《言道》[5]，梁时袁峻曾拟

[1] 班固：《典引》，《文选》卷 48，上海古籍出版社 1986 年版，第 2158 页。

[2] 曹植：《酒赋》，严可均辑《全三国文》卷 14。

[3] 《三国志 · 王肃传》，中华书局 1982 年版。

[4] 陆绩：《述玄》，严可均辑《全三国文》卷 68。

[5] 陆喜：《自叙》，严可均辑《全晋文》卷 81。

雄《官箴》[1]，北齐司马膺之“好读《太玄经》，注扬雄《蜀都赋》，每云：‘我欲与扬子云周旋。’”[2] 南北朝时扬雄成为文学家的歌咏对象，鲍照《蜀四贤咏》[3]、常景《赞四君诗四首》[4] 都以西汉蜀地的四位著名文化人司马相如、王褒、严君平、扬子云为赞扬对象。汉魏晋南北朝至隋，对扬雄没有激烈的否定，班固称《剧秦美新》“典而不实”，刘勰《文心雕龙·程器》谈到文人缺点时说：“略观文士之疵：相如窃妻而受金，扬雄嗜酒而少算……盖士之登庸，以成务为用。鲁之敬姜，妇人之聪明耳；然推其机综，以方治国。安有丈夫学文，而不达于政事哉？彼扬、马之徒，有文无质，所以终乎下位也。”[5] 刘勰对扬雄文学创作总体评价很高，此处只是指出扬雄缺乏政治才能。根据《隋书·经籍志》载：扬雄著作注释本较多，梁时尚存的侯芭注《法言》、扬雄自作《太玄》章句，虞翻、陆凯、王肃对《太玄》注释隋时已不存，《法言》尚有李轨、宋衷注本，《太玄》有宋衷、陆绩、蔡文邵注本。

扬雄对浑天说的论述也被广泛引用。

二、功利主义文学观对扬雄的否定

功利主义文学观在唐代一直占主导地位，认为文学应该宗经，本于教化。不管实际创作倾向如何，要求质实、反对浮艳的呼声从

---

[1] 《梁书》卷 49，第 689 页。

[2] 《北齐书》卷 18，第 241 页。

[3] 逯钦立辑校：《先秦汉魏晋南北朝诗》，中华书局 1983 年版，第 1294 页。

[4] 同上书，第 2219 页。

[5] 陆侃如、牟世金：《文心雕龙译注》，齐鲁书社 1995 年版，第 592 页。

未断绝。基于这种理论，在初盛唐代出现了对扬雄的批评，否定扬雄的人把扬雄和司马相如并列，因为对汉赋现实作用的否定，从而否定扬雄的文学史地位，这是由强调文学的政治功用的观念决定的，有人甚至否定扬雄人格。

唐太宗曾对房玄龄说："比见前后汉史载录扬雄《甘泉》、《羽猎》，司马相如《子虚》、《上林》，班固《两都》等赋，此皆文体浮华，无益劝诫，何假书之史策？"[1] 太宗等人从南朝重视浮华却无益政教的教训出发，要求文学有益劝谏，这种观点对后来有很大影响。太宗对扬雄评价不高，贞观二十一年所定配享孔子庙的二十一位儒家学者中，有十三位是汉朝人，主要是传授和注释经典的重要人物，但没有扬雄。太宗最关注的问题，是如何建立一种能垂范后世的制度，使唐朝能享祚长久，他有鉴于南朝和隋炀帝重视文学王朝却很短暂，认为文学对长治久安不起什么作用，这是对文学自觉以后帝王过分重视文学的一种反思，所以太宗不同意为自己编辑文集。太宗对文学有矛盾的看法，他自己还很有兴趣地从事文学创作活动，这主要是把文学当成娱乐的一种方式，在紧张政务之余用创作进行调节，但他不赞同帝王沉迷于文学，纯文学不包含劝谏内容他也是反对的。在这种思想的支配下，初唐文集流传下来较少。

初唐时期扬雄著作的流传还是比较广泛的，太宗曾经要吕才为之解说《太玄》，吕才在《因明注解立破义图序》中引用栖元法师称赞吕才的话说："又闻生平未见《太玄》，诏问须臾即解；由来不解象戏，试造旬日复成"[2]，"象戏"指为太宗解释《三局象经》事，

---

[1] 《贞观政要·文史》，第 222 页。

[2] 吕才：《因明注解立破义图序》，《全唐文》卷 160，第 1638 页。

《旧唐书》本传有记录[1]，解《太玄》事史书失载，实际上这事甚有影响，明濬和尚《答柳博士书》谈到吕才时也说："一览《太玄》，应问便释；再寻言象，立试即成。"[2]从明濬之言也知道解《太玄》在《三局象经》之前，是太宗时事。但太宗主要把扬雄定位为文人，而不是思想家。僧一行曾从道士尹崇处借观《太玄》，并作注释《太衍玄图》和《义决》。[3]因扬雄生前人们对《太玄》能否流传就有争论，班固作《扬雄传》时《法言》已流行而《太玄》依然不彰，这倒激起人们的好奇心，故对《太玄》阅读较多。

卢藏用《右拾遗陈子昂文集序》简要回顾了文学史发展历程，最推崇孔子删定的经学，认为文学的堕落在宋齐，徐庾直到上官仪到了顶点，这是为突出陈子昂的历史地位。说到汉代文学时，卢说："汉兴二百年，贾谊、马迁为之杰，宪章礼乐，有老成之风；长卿、子云之俦，瑰诡万变，亦奇特之士也。惜其王公大人之言，溺于流辞而不顾。"[4]卢藏用对汉代文学家只肯定贾谊和司马迁，他虽然也承认司马相如和扬雄的文艺才华，但又认为他们该对南朝和唐初的浮华文风负一定责任。这种看法在唐朝有相当普遍性，独孤及记载萧立之语"扬马言大而迂"[5]也是说辞赋文词繁多而劝谏效果不明显。

持扬雄文章与教化背离观点最坚决的是柳冕，柳冕主张文章要表达儒学思想，要直接为政治教化服务，他在《谢杜相公论房杜二相书》中认为楚辞是"亡国之音"，开启后代浮艳文风的先河：

---

[1] 《旧唐书》卷 79，第 2720 页。
[2] 明濬和尚：《答柳博士书》，《全唐文》卷 908，第 9472 页。
[3] 《旧唐书·方伎》，第 5112 页。
[4] 卢藏用：《右拾遗陈子昂文集序》，《全唐文》卷 238，第 2402 页。
[5] 独孤及：《唐故殿中侍御史赠考功郎中萧府君文章集录序》，《全唐文》卷 388，第 3941 页。

至于屈宋，哀而以思，流而不反，皆亡国之音也。至于西汉，扬、马以降，置其盛明之代，而习亡国之音，所失岂不大哉？然而武帝闻《子虚》之赋，叹曰："嗟乎！朕不得与此人同时。"故武帝好神仙，相如为《大人赋》以讽之，读之飘飘然，反有凌云之志。子云非之曰："讽则讽矣，吾恐不免于劝也。"子云知之，不能行之，于是风雅之文，变为形似；比兴之体，变为飞动；礼义之情，变为物色，诗之六义尽矣。……故文章之道，不根教化，别是一枝耳。(《全唐文》卷527)

他又在《与徐给事论文书》中说：

文章本于教化，形于治乱，系于国风。故在君子之心为志，形君子之言为文，论君子之道为教。《易》云："观乎人文，以化成天下。"此君子之文也。自屈宋以降，为文者本于哀艳，务於恢诞，亡於比兴，失古义矣。虽扬马形似，曹刘骨气，潘陆藻丽，文多用寡，则是一技，君子不为也。昔武帝好神仙，而相如为《大人赋》以讽，帝览之，飘然有凌云之气。故扬雄病之曰："讽则讽矣，吾恐不免于劝也。"盖文有余而质不足则流，才有余而雅不足则荡；流荡不返，使人有淫丽之心，此文之病也。雄虽知之，不能行之。行之者惟荀、孟、贾生、董仲舒而已。(《全唐文》卷527)

在《答荆南裴尚书论文书》中柳冕说：

及王泽竭而诗不作，骚人起而淫丽兴，文与教分而为二。

以扬马之才，则不知教化；以荀陈之道，则不知文章。以孔门之教评之，非君子之儒也。夫君子之儒，必有其道，有其道必有其文。道不及文则德胜，文不知道则气衰，文多道寡，斯为艺矣。《语》曰："文质彬彬，然后君子。"兼之者斯为美矣。(《全唐文》卷527)

柳冕评价文学的价值，是以文学是否传达教化为标准的。屈宋已开始走上邪路，司马相如继续沿着这条不归路走下去，扬雄虽然认识到辞赋与教化的背离，但知而不能行。在韩愈等人推崇扬雄的同时，裴度对汉代文学有个评论：

骚人之文，发愤之文也，雅多自贤，颇有狂态；相如、子云之文，谲谏之文也，别为一家，不是正气；贾谊之文，化成之文也，铺陈帝王之道，昭昭在目；司马迁之文，财成之文也，驰骋数千载，若有余力；董仲舒、刘向之文，通儒之文也，发明经术，究极天人。[1]

在裴度看来，西汉诸位作家中，司马相如和扬雄是最没有价值的，原因是他们走上了文学的邪路："不是正气"。希望像汉朝一样设立《诗经》博士弟子的李行修评论扬、马时说："洎秦姗笑三代，燔烧经籍，世儒坑死，于是后学轧于相语，喑呃相授，以及汉兴，杂全经者七十年，师口说者四三辈。汉武笃好经术，立于学官，虽章句大修，而比兴未喻。时扬雄、司马相如，由是选耎观望，将迎

[1] 裴度：《寄李翱书》，《全唐文》卷538，第5461页。

忌讳，劝百讽一，推波助澜，文虽有余，不足称也。”[1]李行修是从诗经传授的角度，从推崇比兴的角度看待西汉辞赋，认为无助于诗教。晚唐裴延翰《樊川文集后序》推崇杜牧之文关注现实，在回顾文学史上文章与治乱关系时说：“相如、子云，瑰丽诡谲，讽多要寡，羡漫无归，不见治乱。”[2]

对扬雄故意把《太玄》写得艰深，也有人提出批评，义净说：“又凡是制作之家，意在令人易解，岂得故为密语，而更作解嘲！”[3]

对扬雄人格进行否定主要是由《剧秦美新》引起的。最早提到该文的班固只是说“典而不实”，并没有更多负面评价。唐人对该文给予较多关注，与《文选》在唐代的广泛传播有关。李善注释该文时说：“王莽潜移龟鼎，子云进不能辟戟丹墀，亢辞鲠议，退不能草《玄》虚室，颐性全真，而反露才以耽宠，诡情以怀禄，素餐所刺，何以加焉？《抱朴》方之仲尼，斯为过矣。”李周翰说：“王莽篡汉位，自立为皇帝，国号新室。是时雄仕莽朝，见莽数害正直之臣，恐己见害，故著此文，以秦酷暴之甚，以新室为美，将悦莽意，求免于祸，非本情也。”[4]两人对《剧秦美新》创作的动机解说不同，李善认为是主动投靠王莽，而李周翰则认为是迫不得已。中唐以后，在扬雄得到极高赞扬的同时，对他道德上的怀疑也有一定市场，如权德舆在贞元二十一年为礼部策进士所出问题有：

问：言身之文也。又曰：“灼于中必文于外。”司马相如扬

[1] 李行修：《请置诗学博士书》，《全唐文》卷695，第7133页。
[2] 裴延翰：《樊川文集后序》，《全唐文》卷759，第7881页。
[3] 义净：《南海寄归内法传》，《全唐文》卷914，第9522页。
[4] 《文选》卷48，上海古籍出版社1986年版，第2148页。

> 雄，藉甚汉廷，其文盛矣。或奏琴心而涤器，或赞符命以投阁，其于溺情败度，又奚事于文章耶？至若孔融、祢衡，夸傲于代，祸不旋踵，何可胜言？两汉亦有质朴敦厚之科，廉清孝顺之举，皆本于行而遗其文，复何如哉？为辨其说。[1]

关于文人的道德缺陷，曹丕《典论·论文》已有论述，刘勰《文心雕龙》有比较客观的辩证，唐代进士科考诗赋，在中唐引起很大反弹，对进士浮华的议论不绝于耳，这牵涉到朝廷要选拔什么样的人进入官僚队伍，影响着能否长治久安的问题。权德舆主持礼部试，选拔了很多著名人士，该问题就是要进士们就文德关系进行论述，实际上是希望文士们注意道德修养。唐人论证现实问题时喜以汉代为参照，此处认为扬雄虽然有很大名声，但曾经“赞符命以投阁”，也就是《剧秦美新》之文，在权看来是“败度”，对扬雄的道德是否定的。

晚唐李群玉有《感兴四首》，其一曰：“子云吞白凤，遂吐太玄书。幽微十万字，枝叶何扶疏。婉娈猛虎口，甘言累其初。一睹美新作，斯瑕安可除。”[2]对《太玄》有很高评价，但对《剧秦美新》，则认为是扬雄终身的污点。陈黯《诘凤》曰：

> 尝得扬雄云：“君子在理若凤，在乱亦若凤。”谓隐见之得宜也，将欲神之以为鉴。逮览其《剧秦美新》，则有异乎是。雄仕汉，遇新室之乱，以不能去之，又惧祸及，乃为斯文以媚而

[1] 权德舆：《贞元二十一年礼部策问五道》，《全唐文》卷483，第4937页。

[2] 李群玉：《感兴四首》，《全唐诗》卷568，第6574页。

取容。呜呼！凤固若是耶。果若是，则凤遇矰缴而犹回翔其间邪！夫君子之仕也，所以行其道，道之不行也，则可以明其节。彼莽之不臣，雄时在列，宜以君臣之义，兴亡之理，匡救之以行其道；苟畏其威，爱其死，则可投簪高谢，以明其节。讵有苟禄贪生，徇非饰诈，广引秦过，以誉恶德，是稔其篡逆也！与古之持颠扶危死名节者，背而驰也。则向者所著若凤之说，得不为诬凤也哉！鸡常禽也，晦晓而不昧其候；凤灵鸟也，理乱而不知其时耶！噫！言之不思，有如是耶。或曰："古之人临危制变，亦有权焉。雄知莽之不可匡也。故矫为其辞，姑务脱祸，是亦权也。子何过之深欤？"曰：不然。夫权者，圣人有焉，所以不失其道，未见舍其道而从其权。昔仲尼仕鲁，以季桓子荒齐乐，知其不可匡也，乃去之。曾不闻矫为其辞以求容于鲁。虽仲尼日月其德，人之不侔，然雄亦慕仲尼之教者，以著书立言为事，得自易哉！夫立言者，岂不欲人从教耶，且已不能信人，况求信于人乎？语曰：君子先行其言而后从之。岂斯言可欺也哉！[1]

陈黯也交代接触《剧秦美新》比扬雄别的作品要晚，他认为扬雄言行不一，扬雄在《法言》中所说的君子处世标准，王莽代汉之际，扬雄自己却不能实行，他认为扬雄是"苟禄贪生"，并批评有人认为扬雄是根据实际情况适当变通的观点。李群玉和陈黯二人都处在晚唐大动乱的前夕，都有不愿出来做官的念头，很注意文人在乱世的气节。对扬雄有较高评价的皮日休也说：

[1] 陈黯：《诘凤》，《全唐文》卷767，第7986页。

> 《法言·孝至》之篇曰："周公以来，未有汉公之懿者。"说者以为杨子逊伪新之美，又以为称其居摄之前云。呜呼！日月岂卒能逊莽乎？未若无阿衡之称也。噫！既有其文，不能无其论。吾得之矣，在美新之文乎，则雄之道于兹疵也。[1]

李轨于"周公以来，未有汉公之懿也，勤劳则过于阿衡"下注："汉公，王莽也。或以此为媚莽之言，或以为言逊之谓也。吾乃以为箴规之深切者也。称其汉公以前之美耳，然则居摄之后不贬而恶可知。扬子所以玄妙也。发至言于当时垂忠教于后世，言蔽天地而无慚，教关百代而不耻，何逊媚之有乎！"[2]晋代李轨对扬雄有极高评价，并指出他之前对扬雄评价的分歧，皮日休的议论就是针对李轨等人的看法的。

三、韩愈对扬雄地位的高扬

在初盛唐时代，扬雄很少在汉代作家中被突出出来，与孟子并称也是出于偶然，如王勃说："夫文章之道，自古称难。圣人以开物成务，君子以立言见志。遗雅背训，孟子不为；劝百讽一，扬雄所耻。苟非可以甄明大义，矫正末流，俗化资以兴衰，国家由其轻重，古人未尝留心也。自微言既绝，斯文不振。屈宋导浇源于前，枚马张淫风于后。"[3]此处把扬雄和孟子并称，完全没有把扬雄列入

[1] 皮日休：《法言后序》，《全唐文》卷 796，第 8351 页。

[2] 《诸子集成》本，卷 13，第 43 页。

[3] 王勃：《上吏部裴侍郎启》，《全唐文》卷 180，第 1829 页。

道统的意识，不过王勃对扬雄看法较高，他把“淫风”在汉代的代表只看成枚乘和司马相如，而扬雄却是耻于“劝百讽一”。刘知几在《自叙》中谈到《法言》的产生时说：“盖仲尼既没，微言不行，史公著书，是非多谬，由是百家诸子，诡说异辞，务为小辨，破彼大道，故扬雄《法言》生焉。”[1]这是根据扬雄自己的说法，倒是给扬雄很高的评价。在中唐，扬雄地位开始出现变化，《旧唐书·韩愈传》谓：“大历、贞元之间，文字多尚古学，效扬雄、董仲舒之述作，而独孤及、梁肃最称渊奥，儒林推重。”[2]韩愈的前辈梁肃也有一次把孟子、扬雄之言并列：“孟子云：‘虽有鎡基，不如待时。’扬雄亦称李仲元：‘不诎其志，不累其身。’……噫！孟轲、扬雄其知言者欤？”[3]但真正有意识抬高扬雄地位的还是韩愈，韩愈是对扬雄评价最高并影响了很多人的一位作家，他把扬雄列入儒家道统序列，不再把扬雄仅仅看成文学家，而是当成维护儒学地位的一位斗士，与孟子并称。

关于韩愈对扬雄的推崇，新旧《唐书》的《韩愈传》都提到过，历史上曾有人因为韩愈对扬雄的过分推崇而批评韩愈，认为韩愈缺乏识见，朱熹《读唐志》说：“故其论古人，则又直以屈原、孟轲、马迁、相如、扬雄为一等，而犹不及与董贾。”[4]方东树《书〈法言〉后》谓：“退之论文屡称扬子，而不及董子。盖文以奇为贵，而董子病于儒。余闻之刘先生说如此。然窃以为退之所好扬子文，亦谓赋及他杂文耳。若《法言》、《太玄》，理浅而词艰，节短而气促，非文

[1] 刘知几：《自叙》，《全唐文》卷274，第2790页。
[2] 《旧唐书》卷160，第4195页。
[3] 梁肃：《房正字墓志铭》，《全唐文》卷520，第5291页。
[4] 《晦庵先生朱文公集》卷70，见《朱子全书》第23册，上海古籍出版社、安徽教育出版社2002年版，第3374页。

之工者也。退之所好不在此。”[1] 他们对韩愈经常提到扬雄而很少说到董仲舒和贾谊表示不满。在他们心目中，董仲舒和贾谊才是汉儒的真正代表。近来的研究者对这一现象未给予足够重视，关于韩愈的多种专著中，很少有对这一问题的分析。只有孙昌武先生的《韩愈散文艺术论》略有触及，孙先生说：“在孟子以后，他大力推崇的是扬雄。这除了因为扬雄在文章方面的成就被他重视外，恐怕还由于扬雄在思想与学风上的特点。扬雄的‘太玄’是一套唯心主义的哲学体系，但在他的思想中却多有批判宗教迷信、神仙方术的内容。例如，他认为‘天’是无为的，神怪是‘茫茫’的，都闪现着理性主义的光辉。他在治学方法上，也是否定章句注疏的繁琐学风的。他虽然努力模拟‘圣人’，却又企图建立自己的思想体系。在这方面韩愈与他精神相通。韩愈在《读皇甫湜公安园池诗书其后》一诗中又说：‘《春秋》书王法，不诛其人身。《尔雅》注虫鱼，定非磊落人。’”[2] 一些研究者认为韩愈的道统序列中没有扬雄，如许凌云先生所著《中国儒学史》隋唐卷和众多的思想史、哲学史著作以及关于韩愈的专著，其根据是韩愈《原道》中的一段话，韩愈说：“斯吾所谓道也，非向所谓老与佛之道也。尧以是传之舜，舜以是传之禹，禹以是传之汤，汤以是传之文武周公，文武周公传之孔子，孔子传之孟轲，轲之死，不得其传焉。荀与扬也，择焉而不精，语焉而不详。”[3] 只有罗宗强先生提到韩愈道统序列中包括扬雄，罗先生说：“在《读荀子》中，他又说：‘始吾……以为孔子之徒没，尊圣人者，孟氏而已。晚得扬雄书，益尊信孟氏，因雄书而孟氏益尊，则雄者

[1] 《仪卫轩文集》卷 6，同治七年刻本。

[2] 孙昌武：《韩愈散文艺术论》，南开大学出版社 1986 年版，第 24 页。

[3] 韩愈：《原道》，《韩昌黎文集校注》，第 18 页。

亦圣人之徒欤！’这是说，这个儒家之道承传的统系中还有扬雄。”[1]罗先生对这一问题没有更深入讨论。韩愈绕开后人认为的汉儒的代表董仲舒和贾谊，而对扬雄高度称赞，与初盛唐的主流观点不合，与后世理解的道统序列也不一致，韩愈为什么会这样，其深层原因究竟是什么，学术界还缺乏认真的探讨。

对荀子与扬雄的评论，韩愈说过这样一段话："圣人之道不传于世：周之衰，好事者各以其说干时君，纷纷藉藉相乱，六经百家之说错杂，然老师大儒犹在。火于秦，黄老于汉，其存而醇者，孟轲氏而止耳，扬雄氏而止耳。及得荀氏书，于是又知有荀氏者也。考其辞，时若不粹；要其归，与孔子异者鲜矣：抑犹在轲雄之间乎？孔子删《诗》《书》，笔削《春秋》，合于道者著之，离于道者黜去之。故《诗》《书》《春秋》无疵。余欲削荀氏之不合者，附于圣人之籍，亦孔子之志欤！孟氏醇乎醇者也；荀与扬，大醇而小疵。"[2]"大醇而小疵"与"择焉而不精"意思等同，从韩愈读《荀子》后写的感想可知：他接触《孟子》较早，其次是扬雄著作，《荀子》是最晚接触的。从这两段文字看韩愈似乎把扬、荀放在同一地位，实际上，他认为扬雄比荀子重要得多。韩愈多次认为自己所宣扬的儒家之道的传承中，扬雄是重要一环，而荀子不在其中。如张籍写信要他著述以弘道，他在第二次回信中说："自文王没，武王、周公、成康相与守之，礼乐皆在。及乎夫子，未久也；自夫子而及乎孟子，未久也；自孟子而及乎扬雄，亦未久也。……己之道乃夫子、孟

[1] 罗宗强：《韩愈道统论的得失及其对中国民族心理的影响》，见韩愈学术讨论会组织委员会编：《韩愈研究论文集》，广东人民出版社 1988 年版，第 25 页。
[2] 韩愈：《读荀》，《韩昌黎文集校注》，第 36 页。

子、扬雄所传之道也。”[1] 此文明显把扬雄列入儒家圣贤行列，韩愈对扬雄评价极高，如谈到扬雄与老子的比较，韩愈说：“昔扬子云著《太玄》，人皆笑之，子云之言曰：‘世不我知，无害也。后世复有扬子云，必好之矣。’子云死近千载，竟未有扬子云，可叹也。其时桓谭亦以为雄书胜《老子》。老子未足道也，子云岂止与老子争强而已乎？此未为知雄者。其弟子侯芭颇知之，以为其师之书胜《周易》，然侯之他文不见于世，不知其人果如何耳。以此而言，作者不祈人之知也明矣。”[2] 韩愈思想上主要排斥当时流行的佛老，他对老子评价不高，可他此处引用扬雄弟子侯芭之言，认为扬雄著作超过早已定为儒家重要经典的《周易》，韩愈对这一说法没有否定，可见对扬雄评价之高。我们不能仅因为韩愈说扬雄“大醇而小疵”就认为扬雄不在韩愈的道统序列，韩愈本人从未对扬雄的“疵”表现在何处作出解释，这实际是他有意回护人们公认的扬雄的缺点。就是对孟子，韩愈也不同意扬雄做出的过高评价，但韩愈能够辩证地看待这一问题：“扬子云云：‘古者杨墨塞路，孟子辞而闢之，廓如也。’……孟子虽圣贤，不得位，空言无施，虽切何补？然赖其言，而今学者尚知宗孔氏，崇仁义，贵王贱霸而已。其大经大法皆亡灭而不救，坏烂而不收，所谓存十一于千百，安在其能廓如也？然向无孟氏，则皆服左衽而言侏离矣：故愈尝推尊孟氏，以为功不在禹下者，为此也。”[3] 在韩愈看来，战国杨朱、墨翟学说横行的时候，孟子与他们的思想斗争，起到了维护孔子学说于不坠的作用，但很多重要内容没能流传下来，孟子没能把异端邪说一扫而空，扬雄对

[1] 韩愈：《重答张籍书》，《韩昌黎文集校注》，第 133 页。

[2] 韩愈：《与冯宿论文书》，《韩昌黎文集校注》，第 196 页。

[3] 韩愈：《与孟尚书书》，《韩昌黎文集校注》，第 214 页。

孟子的评价过高了。孟子虽然没能彻底击败杨墨学说，并不影响他在儒家道统中的地位，同样，扬雄虽有“小疵”，依然是儒学传授中不可或缺的一环。

韩愈不单是把扬雄放进道统序列，还把扬雄的话作为行动指南，如《送浮屠文畅师序》开头说：“人固有儒名而墨行者，问其名则是，校其行则非，可以与之游乎？如有墨名而儒行者，问其名则非，校其行而是，可以与之游乎？扬子云称：‘在门墙则挥之，在夷狄则进之。’吾取以为法焉。”[1]他这里引用的扬雄之言出自《法言·修身》，原文是：“或问：人有倚孔子之墙，弦郑卫之声，诵韩庄之书，则引诸门乎？曰：在夷貉则引之，倚门墙则麾之。惜乎衣未成而转为裳也。圣人耳不顺乎非，口不肄乎善，贤者耳择口择，众人无择焉。”扬雄这里所说的是如何对待异端思想问题，韩愈引之作为对待佛教徒的方法，他对文畅师所信奉的佛教进行批判，而颂扬儒家之道。从这里也知方东树认为韩愈不喜《法言》是没有根据的。

韩愈对道统的论述不是在一两篇文章中，他与朋友、学生的交往交流中也会涉及这一问题，其朋友学生很多受其影响，常把孟轲、扬雄并称。其弟子赵德说：“昌黎公，圣人之徒欤。其文高出，与古之遗文，不相上下。所履之道，则尧、舜、禹、汤、文、武、周公、孔、孟、扬雄所授受服行之实也，固已不杂。”[2]赵德是韩愈在潮州所辟兴学之人，与韩愈接触较多，这里把扬雄列入道统序列，是符合韩愈本人思想的。张籍多次劝韩愈著述反对杨墨佛老，可见他在思想上与韩愈有相通之处，也可以说是受韩愈影响的，他在信

[1] 韩愈：《送浮屠文畅师序》，《韩昌黎文集校注》，第 251 页。

[2] 赵德：《昌黎文录序》，《全唐文》卷 622，第 6276 页。

中说："顷承论於执事，尝以为世俗陵靡，不及古昔，盖圣人之道废弛之所为也。宣尼没后，杨朱、墨翟，恢诡异说，干惑人听，孟子作书而正之，圣人之道，复存于世。秦氏灭学，汉重以黄老之术教人，使人浸惑，扬雄作《法言》而辩之，圣人之道犹明。及汉衰末，西域浮屠之法，入于中国，中国之人，世世译而广之，黄老之术相沿而炽，天下之言善者，唯二者而已矣。……自扬子云作《法言》，至今近千载，莫有言圣人之道者，言之者惟执事焉耳。习俗者闻之，多怪而不信，徒推为訾，终无裨于教也。执事聪明文章，与孟子、扬雄相若……愿执事绝博塞之好，弃无实之谈，宏广以接天下士，嗣孟子、扬雄之作，辨杨、墨、老、释之说，使圣人之道，复见于唐，岂不尚哉！"[1] 从张籍信中可知，他把儒学在流传过程中的几次挫折进行梳理，认为战国时期杨朱、墨子学说，汉代黄老学说，和东汉开始到唐朝还十分盛行的佛教是三次最大威胁，前两次维护儒家正统的代表分别是孟子和扬雄，第三次的重任要由韩愈来承担。该信是张籍与韩愈谈话后所写，对儒学传承历史的概括，来自韩愈本人。张籍在接着的第二信中说："古之学君臣父子之道，必资于师，师之贤者，其徒数千人，或数百人，是以没则纪其师之说以为书，若《孟子》者是已，传者犹以孟子自论集其书，不云没后其徒为之也。后孟子之世发明其学者，扬雄之徒，咸自作书。今师友道丧，浸不及扬雄之世，不自论著以与圣人之道，欲待孟子之门人，必不可冀矣。"[2] 张籍还是希望韩愈以扬雄为榜样，著书立说以辟佛老，这样影响要大于仅仅是口说和辩论。和韩愈同时的韦处厚推荐

[1] 张籍：《上韩昌黎书》，《全唐文》卷 684，第 7007 页。

[2] 张籍：《上韩昌黎书第二书》，《全唐文》卷 684，第 7009 页。

韩愈弟子皇甫湜时说：“窃见前进士皇甫湜，年三十二，学穷古训，词秀人文，脱落章句，简斥枝叶。游百氏而旁览，折之以归正……孟轲黜杨、墨之心，扬雄尊孔颜之志……至于用心合论，操毫注简，排百氏之杂说，判九流之纷荡，摘其舛驳，趋于夷途。”[1]皇甫湜回顾小时候在扬州孝感寺见到顾况的情况时说：“既接欢然，以我为扬雄、孟子，顾恨不及见。”[2]皇甫湜是韩愈的弟子，思想也深受韩愈排佛老、宣扬儒家学说的影响，韦处厚的推荐信就是从这一点着眼，把皇甫湜比成孟轲、扬雄，可见扬雄与孟子的思想史地位一样高。皇甫湜为童子时，韩愈也还小，顾况正当中年，其时把扬雄、孟子并称的情况还很少见，皇甫湜写作该文时，已经过去三十年，他这时受韩愈影响已很深，也以维护儒家正统自任，可能把对自己的期望当成顾况的看法了。林简言想拜韩愈为师，其时韩愈为吏部侍郎，有很高的地位，其思想在社会上已有广泛影响，林简言在信中说：“人有儒其业，与孟轲同代而生，不遂师于轲，不得闻乎道，阁下岂不谓之惜乎！又有与扬雄同代而生，不遂师于雄，不得闻乎道，阁下岂不谓之惜哉！……去夫子千有余载，孟轲、扬雄死，今得圣人之旨，能传说圣人之道，阁下耳。今人睎阁下之门，孟轲、扬雄之门也。小子幸儒其业，与阁下同代而生，阁下无限其门，俾小子不得闻其道，为异代惜焉。”[3]林简言要向韩愈学习的是“道”，他也把儒学之“厄”分成三个阶段，前两个阶段维护儒家正统的分别是孟轲和扬雄，现在面临第三个阶段，代表人物是韩愈。

我们从这些与韩愈接触的人的言论中可以看出，韩愈确实是把

---

[1] 韦处厚：《上宰相荐皇甫湜书》，《全唐文》卷 715，第 7351 页。

[2] 皇甫湜：《唐故著作左郎顾况集序》，《全唐文》卷 686，第 7026 页。

[3] 林简言：《上韩吏部书》，《全唐文》卷 790，第 8280 页。

扬雄当作儒学道统中的重要环节，他把扬雄和孟轲看得一样重要，他所从事的事业，就是孟轲、扬雄曾经从事的事业，韩愈是以他们的继承人自居的。

在韩愈之前的唐朝，很少有人把扬雄和孟子并称，多数只是把扬雄视为文士，韩愈开始高扬扬雄在儒学史上的地位，等于重塑了扬雄的形象，可以说是韩愈“发现”了扬雄。在汉朝，桓谭也曾把扬雄比成孔子，并批驳张子侯仅认为扬雄是“西道孔子”的观点。桓谭对扬雄有很高评价，但并没有把扬雄放在道统序列中，那时道统论本身还没有形成。汉人把当时人物比成孔子，只是表明这一人物是著名的儒家学者，并不是其地位真的可以和孔子相比，杨震曾被时人比为“关西孔子”，只是肯定他的行为符合儒家标准。王充对扬雄也有很高评价，他赞同桓谭说扬雄“汉兴以来，未有此人”的高度评价，但说到儒学在汉代的代表，王充认为董仲舒比扬雄更有资格。王充说：“文王之文在孔子，孔子之文在仲舒，仲舒既死，岂在长生之徒与？”[1]葛洪《抱朴子》把扬雄和孔子相比，也没有道统论之意，韩愈第一次建立道统论，把扬雄的历史地位放在圣贤行列中，这是对扬雄地位圣贤化的努力。其实，扬雄在汉代并不是最重要的儒家学者，儒学汉代化的最重要人物是董仲舒，在汉代，董仲舒的影响也比扬雄大得多，对儒家经典进行注释的集大成人物是郑玄，魏晋南北朝到唐，人们经常引用郑玄的注经成果。韩愈撇开董仲舒和郑玄等人，把扬雄放进道统中，其中原因，颇耐人寻味。

韩愈尊崇扬雄的原因约有三端：

其一，韩愈要寻求一位与自己接近的前代儒学思想家，作为自

---

[1]　王充：《论衡·超奇》，《诸子集成》第7册，第134页。

己事业的心理支撑。宣扬儒学又爱文学，是韩愈不同于唐代很多功利文论者的地方。韩愈认为文与道是相辅相成的，他对重要文学家持肯定态度，而很多功利文论者从屈原以后都是否定的。韩愈从小喜爱文学的言论很多，如：

愈少驽怯，于他艺能，自度无可努力，又不通时事，而与世多龃龉；念终无以树立，遂发愤笃专于文学。[1]

愈少鄙钝，于时事都不通晓，家贫不足以自活，应举觅官，凡二十年矣。薄命不幸，动遭谗谤，进寸退尺，卒无所成。性本好文学，因困厄悲愁无所告语，遂得穷究于经传史记百家之说，沉潜乎义训，反复乎句读，砻磨乎事业，而奋发乎文章。[2]

愈之志在古道，又甚好其言辞。[3]

我们从这些书信中可知，在韩愈看来，自己的个性不适宜与世人交往，从而在社会上如鱼得水，只得把精力专注在文学上，这与扬雄有相近之处。人对与自己相似的人总有一种亲近。在韩愈看来，扬雄是汉代最重要的文学家之一。他曾多次评论到汉代著名文学家：

汉朝人莫不能为文，独司马相如、太史公、刘向、扬雄为

[1] 韩愈：《答窦秀才书》，《韩昌黎文集校注》，第 138 页。
[2] 韩愈：《上兵部李侍郎书》，《韩昌黎文集校注》，第 143 页。
[3] 韩愈：《答陈生书》，《韩昌黎文集校注》，第 176 页。

之最。[1]

汉之时，司马迁、相如、扬雄，最其善鸣者也。[2]

夫所谓博学者，岂今之所谓者乎？夫所谓宏词者，岂今之所谓者乎？诚使古之豪杰之士，若屈原、孟轲、司马迁、相如、扬雄之徒，进于是选，必知其怀惭，乃不自进而已耳。[3]

从这些文章所列举的汉代文学家可知，韩愈认为汉代最重要的作家是司马迁、司马相如、刘向、扬雄。实际他最推崇的汉代作家是司马迁和扬雄。其好友柳宗元说："退之所敬者，司马迁、扬雄。"[4]其弟子李翱也说："深于文章，每以为自扬雄之后，作者不出。"[5]在文学成就上，韩愈认为扬雄是汉代最重要的作家，这当然与他们思想上相通有关，韩愈也是真诚推崇扬雄的文学创作成就的，韩愈创作在不少方面就受扬雄影响。

皇甫湜《韩愈神道碑》说："七岁属文，意语天出，长悦古学，业孔子孟子，而侈其文。"[6]李翱给韩愈的信中说："如兄者，颇亦好贤，必须甚有文辞，兼能附己，顺我之欲，则汲汲孜孜，无所忧惜，引拔之矣。"[7]韩愈对年轻人的引荐重视，必须是文辞优秀的青年。

---

[1] 韩愈：《答刘正夫书》，《韩昌黎文集校注》，第 206 页。
[2] 韩愈：《送孟东野序》，《韩昌黎文集校注》，第 232 页。
[3] 韩愈：《答崔立之书》，《韩昌黎文集校注》，第 165 页。
[4] 柳宗元：《答韦珩示韩愈相推以文墨事书》，《全唐文》卷 575，第 5816 页。
[5] 李翱：《故正议大夫行尚书吏部侍郎上柱国赐紫金鱼袋赠吏部尚书韩公行状》，《全唐文》卷 639，第 6462 页。
[6] 皇甫湜：《韩愈神道碑》，《全唐文》卷 687，第 7037 页。
[7] 李翱：《答韩侍郎书》，《全唐文》卷 635，第 6409 页。

其二，扬雄大力推崇孟子，为道统论提供了雏形。反诸子而维护儒学正统，韩愈觉得近似其辟佛老。

西汉时，孟子本处在诸子的地位，并没有从众多的儒家思想家中被突出出来，是扬雄最早从维护孔子至圣地位，排斥反儒各家的立场出发，抬高孟子地位，并以孟子继承人自居：

> 古者杨墨塞路，孟子辞而辟之，廓如也。后之塞路者有矣，窃自比于孟子。(《法言·吾子》)

> “请问孟轲之勇。”曰：“勇于义而果于德，不以贫富贵贱死生动其心，于勇也，其庶乎！”(《法言·渊骞》)

> 或问：“孟子知言之要，知德之奥？”曰：“非苟知之，亦允蹈之。”或曰：“子小诸子，孟子非诸子乎？”曰：“诸子者，以其知异于孔子者也。孟子异乎？不异。”或曰：“孙卿，非数家之书侻也，至于子思孟轲，诡哉。”曰：“吾于荀卿，与见同门而异户也。惟圣人为不异。”(《法言·君子》)

扬雄不仅确立孟子在儒家圣贤序列中的位置，还对庄子、老子、韩非、申不害、墨子等反对孔子的学派进行了批判。扬雄生活的西汉后期，诸子学说虽有一定抬头，朝廷主要还是奉行独尊儒术的政策，当时儒学面临的最严重问题，是打着儒家旗号尤其是孔子旗号的纬书及西汉中期开始的与阴阳五行结合的汉儒理论，这些学说在很多方面是背离先秦儒学理性精神的。扬雄在《法言》中对这些都做了批判。韩愈在总结儒学的几次困厄时强调汉时黄老思想对儒家正统地位的冲击，突出扬雄在反黄老思想斗争中的贡献，并不符合思想史的实际。黄老思想对儒学的优势，主要在汉初，尤其是汉景帝和汉武帝初年，因为窦太后爱《老子》。武帝罢黜百家，独尊儒术之后，黄老思想虽有相当影响，但已经不占主导地位了。扬雄在成都时的老师严遵正是研究老子思想的。某种程度上说，强调扬雄思想中反黄老的贡献，没有把扬雄的贡献说出来，扬雄反黄老只是批判一种已经被官方抛弃的思想体系，不需要很大的理论勇气。韩愈在评价扬雄的贡献时，有一个时间的错位。这就表明韩愈对儒学流传的概括是不准确的，甚至可以说是他杜撰出来的。他之所以推崇扬雄反黄老的功劳，实在是韩愈心中有一种思想斗争的模式，儒学面临危机时，必定有一种或几种异端思想危害儒学地位，必定也会有一位儒家思想家起而拯救儒学的危机。扬雄自比孟子，认为儒学又遇到孟子时的境况，这一点对韩愈本人自以为继承孟轲扬雄之道很有启发。韩愈对扬雄的推崇，很大程度上是因为他们都肯定孟轲在儒家传承序列中的地位，而对荀子有微词。凡有民本倾向而疏于事功者都会对孟子有天然好感。韩愈对孟子著作很喜欢，他说：

> 孟轲师子思，子思之学盖出曾子，自孔子没，群弟子莫不有书，独孟轲氏之传得其宗，故吾少而乐观焉。[1]

> 始吾读孟轲书，然后知孔子之道尊，圣人之道易行，王易王，霸易霸也。以为孔子之徒没，尊圣人者，孟氏而已。晚得扬雄书，益尊信孟氏。因雄书而孟氏益尊，则雄者亦圣人之徒欤！

---

[1]　韩愈：《送王秀才序》，《韩昌黎文集校注》，第 261 页。

圣人之道，不传于世：周之衰，好事者各以其说干时君，纷纷藉藉相乱，《六经》与百家之说错杂，然老师大儒犹在。火于秦，黄老于汉，其存而醇者，孟轲氏而止耳，扬雄氏而止耳。[1]

这段话把韩愈因为扬雄而推尊孟子交代得很清楚，都推崇孟子，是韩愈与扬雄思想相通的重要因素，和与自己思想倾向相同的人容易共鸣，这是人之常情。

扬雄地位在中唐的提高，与中唐时期的反佛思潮密不可分，皇甫湜对策时说："黜异端之学，使法不乱而教不烦，则老释之流当屏矣。"[2]《送简师序》说："师虽佛名，而儒其行；虽夷狄其衣服，而仁义其心。……刑部侍郎昌黎韩愈既贬于潮，浮屠之徒，欢快以抃。师独愤起访余，求叙行以资适潮。"[3]《送孙生序》说："浮屠之法，入中国六百年，天下胥而化，其所崇奉乃公卿大夫，野益荒，人益饥，教益颓，天下将芜，而始浑然自上下，安之若性命，固然也。孙生天与之学，独晓然于厚夜，聪然于大醉，发愤著书，攻而指斥之。"[4]李翱《再请停率修寺观钱状》说："自仲尼既殁，异学塞途，孟子辞而辟之，然后廓如也。佛法害人，甚于杨墨，论心术虽不异于中土，考教迹实有蠹于生灵，浸溺人情，莫此之甚。"[5]《去佛斋论》说："佛法之染流于中国也，六百余年矣。始于汉，浸淫于魏晋宋之间，而澜漫于梁萧氏，遵奉之以及于兹，盖后汉氏无辨而排之者，遂使夷狄之术，行于中华，故吉凶之礼谬乱，其不尽为戎礼也无几

[1] 韩愈：《读荀》，《韩昌黎文集校注》，第36页。
[2] 皇甫湜：《对贤良方正直言极谏策》，《全唐文》卷685，第7017页。
[3] 皇甫湜：《送简师序》，《全唐文》卷686，第7025页。
[4] 皇甫湜：《送孙生序》，《全唐文》卷686，第7025页。
[5] 李翱：《再请停率修寺观钱状》，《全唐文》卷634，第6405页。

矣。……佛法之所言者，列御寇庄周所言详矣，其余则皆戎狄之道也……而溺于其教者，以夷狄之风而变乎诸夏，祸之大者也，其不为戎乎幸矣。”[1] 他南下经过泗州时，泗州开元寺僧澄观要李翱为开元寺钟撰铭文，始时李翱不愿，他说：“吾之铭是钟也，吾将明圣人之道焉，则于释氏无益也，吾将顺释氏之教而述焉，则惑乎天下甚矣。”[2] 与韩愈交往的古文集团中，不以儒学自任的人很少，其中侯高“少为道士，学黄老练气保形之术”[3]。

其三，扬雄对独尊时期的汉儒也进行了激烈批评，回归先秦儒学的理性精神，对汉儒章句之学灭裂大道甚为不满，这一点影响了韩愈，对汉儒的不满，开启了宋学，韩愈继承扬雄实为从汉学转向宋学之转捩点。

西汉从武帝开始实施独尊儒术政策，但这时的儒术在精神上已背离先秦儒学的理性精神，而走向神学目的论和荒诞的谶纬，经学博士的设立，家法的固守，使儒生们只知道经学的一部分，大部分不能了解全经，扬雄撇开章句之学，对儒家思想有较通达的理解，对别的各家也有吸收，这种思想方法影响了韩愈。韩愈在《与孟尚书书》中叙述儒学在战国秦汉的流传情况时说：“夫杨墨行，正道废，且将数百年，以至于秦，卒灭先王之法，烧除其经，坑杀学士，天下遂大乱。及秦灭，汉兴且百年，尚未知修明先王之道；其后始除挟书之律，稍求亡书，招学士，经虽少得，尚皆残缺，十亡二三：故学士多老死，新者不见全经，不能尽知先王之事，各以所见为守，分离乖隔，不合不公，二帝三王群圣人之道，于是大坏。

[1]　李翱：《去佛斋论》，《全唐文》卷 636，第 6424 页。
[2]　同上书，第 6422 页。
[3]　李翱：《故处士侯君墓志》，《全唐文》卷 639，第 6456 页。

后之学者无所寻逐，以至于今泯泯也：其祸出于杨墨肆行而莫之禁故也。”[1] 这段话来源于刘歆，章句之学破灭大道，扬雄也是这么认为的。韩愈对独尊情况下儒学的不幸境遇的看法与扬雄相近，这也是他推崇扬雄的原因。

总之，韩愈把扬雄列入儒家道统序列，自比扬雄有着深刻的现实原因、思想原因和个性因素。

韩愈在中唐高扬扬雄地位，对当时和后世都有不小影响，对弟子思想上的影响前已有论述，还须作些补充。韩愈古文集团不仅是文学集团，更主要是思想集团，是由共同反佛推崇儒家正统思想倾向的文人结合而成，韩愈弟子对扬雄评价不一定都像韩愈那样高，但在扬雄评价问题上受韩愈影响则是共同的。李翱批评当时人写行状多不实之词时说：“盖亦为文者又非游夏迁雄之徒，务于华而忘其实，溺其词而弃其理。”[2] 这里李翱是把扬雄和孔子弟子子游、子夏记录《论语》，司马迁写《史记》的实录精神相提并论的，可见评价之高。韩门弟子把扬雄当作文章的楷模，李翱谈到二十九岁就去世的李观时说：“予与观平生不得相往来，及其死也，则见其文，尝谓使李观若永年，则不远于扬子云矣。书已之文次，忽然若观之文亦见知于君也。故书《苦雨赋》缀于前。当下笔时，复得咏其文，则观也虽不永年，亦不甚远于扬子云矣。”[3] 当然，李翱对孟子更重视，他所强调的“性理”之学，对宋代理学很有影响，甚至可以说开启了理学的最中心观念（“天理”一词李翱也是最早使用）。李翱对董仲舒有较高评价：“时勿合，膏雨降虽终日，贤哲生虽比肩，旱苗之

[1] 韩愈：《与孟尚书书》，《韩昌黎文集校注》，第 214 页。
[2] 李翱：《百官行状奏》，《全唐文》卷 634，第 6400 页。
[3] 李翱：《与陆傪书》，《全唐文》卷 635，第 6415 页。

不救，百姓之弗赖，颜子、子思、孟子、董仲舒之类也。故贤哲之生自有时，百姓之赖其力天也，不赖其力亦天也。”[1] 把董仲舒与孟子并称，对韩愈过分推崇扬雄并不同意。

韩愈对扬雄的高度评价在当时还引起了一些波澜，柳宗元知道韩愈尊崇扬雄，他用扬雄作为反驳韩愈的根据。韩愈曾经指责柳宗元好浮屠之言，柳宗元辩解说，浮屠之言有符合《周易》、《论语》之处，他还用扬雄对待诸子的态度反驳说：“退之好儒，未能过杨子，杨子之书，于庄、墨、申、韩皆有取焉。浮屠者，反不及庄、墨、申、韩之怪僻险贼耶？”[2] 柳宗元在《贞符》一文中还把扬雄当成祥瑞论的信奉者，大概是根据扬雄的《剧秦美新》之文，从而对扬雄提出批判。

既然韩愈自比扬雄，就会产生一个问题，究竟是扬雄对历史贡献大还是韩愈贡献大？柳宗元并不同意韩愈对扬雄的过分推崇，他认为就文学而言，韩愈更胜一筹：“退之所敬者，司马迁、扬雄。迁于退之，固相上下。若雄者，如《太玄》《法言》及《四愁赋》，退之独未作耳，使作之，加恢奇，至他文过扬雄远甚。雄之遣言措意，颇短局滞涩，不若退之猖狂恣睢、肆意有所作。若然者，使雄来，尚不宜推避，而况仆耶？”[3] 但柳宗元依然注释《法言》，表明他对扬雄还是很看重的。晚唐自称私淑于韩愈的孙樵对扬雄的史才也极为推崇，认为韩愈史才尚达不到班固水平：“文章如面，史才最难。到司马子长之地，千载独闻得扬子云。唐朝以文索士，二百年间，作者数十辈，独高韩吏部。吏部修顺宗实录，尚不能当孟坚，其能

[1] 李翱：《陆歙州述》，《全唐文》卷 638，第 6444 页。

[2] 柳宗元：《送僧浩初序》，《全唐文》卷 579，第 5852 页。

[3] 柳宗元：《答韦珩示韩愈相推以文墨事书》，《全唐文》卷 575，第 5816 页。

与子长、子云相上下乎？……樵虽承史法于师，又尝熟司马迁扬子云书，然才运枯梗，文过乎质。”[1] 扬雄虽然续《史记》，可并没有流传下来，《论衡·须颂》说：“高祖以来，著书非不讲论。汉司马长卿为《封禅书》，文约不具。司马子长纪黄帝以至孝武，扬子云录宣帝以至哀平，陈平仲纪光武，班孟坚颂孝明，汉家功德，颇可观见。”[2] 刘知几《史通·古今正史》云：“《史记》所书年，止汉武。太初已后阙而不录。其后刘向，向子歆，及诸好事者，若冯商、卫衡、扬雄、史岑、梁审、肆仁、晋冯、段肃、金丹、冯衍、韦融、萧奋、刘恂等，相次撰续，迄于哀平间，犹名史记。至建武中，司徒掾班彪，以为其言鄙俗，不足以踵前史。又雄歆褒美伪新，误后惑众，不当垂之后代者也。”[3] 扬雄虽然有继承司马迁作史的行为，《法言》中也对不少西汉人物进行评论，但他的史书毕竟未流传到唐，唐时能看到的扬雄历史著作是残缺的《蜀王本纪》，很难从这里看到什么史才，可因为韩愈对扬雄的推崇，在韩愈后学那里，就对扬雄的一切都加以崇拜，以至于认为是不可企及的。中唐时期也不只韩愈古文集团对扬雄推崇，研究扬雄著作的还有很多，据《新唐书·艺文志》载，王涯有注《太玄经》六卷，《全唐文》卷 448 收有王涯《说玄》五篇，王涯对《太玄》用功极深，羊士谔《郡中端居有怀袁州王员外使君》，诗中王员外指王涯，其中说：“青眼真知我，玄谈愧起予。兰卮招促膝，松砌引长裾。”诗中注曰：“王尤精《太玄》，自为深知。时在宪司，休注释，与予自躬冠服，辄诣松庭，永日言集。”[4]

[1] 孙樵：《与高锡望书》，《全唐文》卷 794，第 8323 页。
[2] 王充：《论衡·须颂》，《诸子集成》第 7 册，第 196 页。
[3] 浦起龙：《史通通释》三，第 25 页。
[4] 《全唐诗》卷 332，第 3703 页。

羊士谔该诗应该在元和三至五年间，元和三年四月，因王涯外甥皇甫湜对策切直，忤宰相李吉甫，守都官员外郎，再贬虢州司马，徙袁州刺史。元和五年，入为吏部员外郎。王涯注《太玄》期间与羊士谔讨论《太玄》应该在罢翰林学士守都官员外郎时。

韩愈对扬雄的推崇，在晚唐产生了很大影响，晚唐把孟轲扬雄并称的不少，对扬雄的研究也多起来。皮日休和陆龟蒙很明显受韩愈推崇扬雄的影响，如皮日休说："大凡有文人不择难易，皆出于毫端者，乃大作者也。杨雄之文，丘轲乎？而有《广骚》也。梁竦之词，班马乎，而有《悼骚》也。又不知王逸奚罪其文，不以二家之述，为离骚之两派也。"[1] 这里把扬雄和孔子孟子并称，其评价之高无以复加。皮日休《法言后序》中对扬雄《剧秦美新》的批评，称之为"疵"，正是用韩愈的文辞，是对韩愈"小疵"论的具体化。陆龟蒙说："龟蒙读扬雄所为书，知《太玄》准《易》，《法言》准《论语》。晚得文中子王先生《中说》，又知其书与《法言》相类。道之始塞而终通，子云轨范不足当也。何者？子云仕于西汉末，属莽、贤用事。时皆进符命取宠，雄独默默以穷愁著书，病不得免，人希至其门，止一侯巴从之受《太元》《法言》而已。"[2] 陆龟蒙对扬雄能逆潮流而动，在穷愁的状况下坚持著书以挽救道统有极高赞扬。皮陆二人对扬雄著作有精深研究，曾共同探讨扬雄著作，陆龟蒙《寄友人》诗曰："敬亭寒夜溪声里，同听先生讲太玄"，皮日休《苦雨杂言寄鲁望》描述陆龟蒙是"仰卧高声吟太玄"。《屣步访鲁望不遇》谓："拟受太玄今不遇，可怜遗恨似侯芭。"从这些诗中，可以看出

[1] 皮日休：《九讽系述并序》，《全唐文》卷798，第8372页。
[2] 陆龟蒙：《送豆卢处士谒丞相序》，《全唐文》卷800，第8406页。

皮陆二人对《太玄》都下过一番钻研的工夫。

晚唐孟扬并称渐多，如黄滔为陈真所写墓志铭："其所为文，扣孟轲扬雄户牖。"[1] 朱阅说："昔殷汤与周公不相识，孔子与周公不相识，孟轲与孔子不相识，扬雄与孟轲不相识，韩愈与扬雄不相识，果不相知哉？"[2] 已经把扬雄放在继承孔孟道统的重要地位了。

四、扬雄对唐代作家在写作方法上的启示

唐人对扬雄著作研究较多，引用、模仿也很常见，扬雄对唐代文学的影响是很深刻的，主要有以下几个方面：

（一）模仿其为文风格，羡慕其人

唐朝文人互相交往中，为了赞扬别人，用前代著名作家作比是常见的一种现象，扬雄也是频繁被用来打比方的一位作家。在这一用法中，扬雄是代表著名作家的一个符号。在他们的自述和为别人写的传记中，经常提到有些作家把扬雄作为模仿对象，有的学习其文章风格，有的学习其处世态度。如王勃曾说："扬子云之澹泊，心窃慕之……独守太玄，侧身於名利之境。"[3] 陈子昂朋友卢藏用为陈子昂写的传记中说："尤善属文，雅有相如、子云之

[1] 黄滔：《司直陈公墓志铭》，《全唐文》卷 826，第 8705 页。
[2] 朱阅：《归解书彭阳公碑阴》《全唐文》卷 901，第 9397 页。
[3] 王勃：《上绛州上官司马书》，《全唐文》卷 179，第 1825 页。

风骨。”[1]陈子昂与扬雄一样都是来自蜀中，陈子昂对家乡前代著名人物感兴趣是很正常的，他曾在蜀中凭吊扬雄遗迹，写有《杨雄草玄台》一诗。唐人在写长安怀古诗时，扬雄寂寞的著述生活常常是描述的对象，诗人们在表达人生观时，扬雄又成为他们表达的比兴手段。中唐以后，文学家常把扬雄作为学习的榜样，如陈京、刘轲等人，他们学习前人当然是广泛学习，但扬雄都是重要对象。陈京作《北都赋》，柳宗元评论说他“慕司马相如、扬雄之辞”，常衮、杨炎也以扬雄评价陈京；[2]刘轲自称“耻不为章句小说桎梏声病之学，敢希趾遐踪，切慕左邱明、扬子云、司马子长、班孟坚之为书”[3]。这是指其史学爱好，他著有《隋监》一卷，《左史》十卷；白居易也说刘轲“开卷慕孟子为人，轲秉笔慕扬雄、司马迁为文，故著《翼孟》三卷、《豢龙子》十卷、杂文百余篇，而圣人之旨，作者之风，虽未臻极，往往而得”[4]。刘轲学习的对象与韩愈的提倡有很大关系。

扬雄生前不受重视，沉醉于著述，对富贵的淡漠，甘于寂寞，为后代自觉生不逢时的人提供很大的精神安慰。著名史学家刘知几就自比扬雄，他认为自己在四个方面与扬雄有近似之处：“昔梁征士刘孝标作《叙传》，其自比于冯敬通者有三。而予辄不自揆，亦窃比于扬子云者有四焉。何者？扬雄尝好雕虫小技，老而悔其少作；予幼喜诗赋，而壮都不为，耻以文士得名，期以述者自命。其似一也。扬雄草《玄》，累年不就，当时闻者，莫不哂其徒劳；余撰《史

[1] 卢藏用：《陈子昂别传》，《全唐文》卷 238，第 2412 页。

[2] 柳宗元：《唐故秘书少监陈公行状》，《全唐文》卷 591，第 5980 页。

[3] 刘轲：《上崔相公书》，《全唐文》卷 742，第 7670 页。

[4] 白居易：《代书》，《全唐文》卷 677，第 6920 页。

通》，亦屡移寒暑，悠悠尘俗，共以为愚。其似二也。扬雄撰《法言》，时人竞尤其妄，故作《解嘲》以酬之；余著《史通》，见者亦互言其短，故作《释蒙》以拒之。其似三也。扬雄少为范踆、刘歆所重，及闻其撰《太玄经》，则嘲以恐盖酱瓿，然刘、范之重雄者，盖贵其文彩，若《长杨》、《羽猎》之流耳，如《太玄》深奥，难以探赜，既绝窥逾，故加讥诮；余初好文笔，颇获誉于当时，晚谈史传，遂减价于知已。其似四也。”刘知几从年轻时的爱好、写作《史通》时的不被理解、在友朋圈中评价的跌落以及对待外界压力的方法——模仿《解嘲》而作《释蒙》等几个方面与扬雄经历颇为类似，其实《释蒙》就是直接学习扬雄的结果。这几个方面的类似给刘知几很大信心：“夫才唯下劣，而迹类先贤，是用铭之于心，持以自慰。”人在现实中无法对抗来自外界的压力时，与自己有近似遭遇的历史名人的事迹能给自己很大鼓励，有前面四个方面的相似，刘知几当然希望最终的结果——后世名声也能近似，这是他还不知道的，某种程度上也无法把握的，其实也是他最为关注和担心的：“抑犹有遗恨，惧不似扬雄者有一焉。何者？雄之《玄经》始成，虽为当时所贱，而桓谭以为数百年外，其书必传；其后张衡、陆绩，果以为绝伦参圣。夫以《史通》方诸《太玄》，今之君山，即徐、朱等数君是也；后来张、陆，则未之知耳。嗟乎！傥使平子不出，公纪不生，将恐此书与粪土同捐，烟烬具灭。”[1] 刘知几对《史通》在后世能否流传，能否有人进行宣传和重视，他是既抱有希望，又有某种忧虑。我们从此可以看出，那些脱离主流创作倾向而有志于流传后世的作者，他们面对的是多重压力。

---

[1] 刘知几：《自叙》，《全唐文》卷 274，第 2791 页。

较早从事古文创作的李华临死之前曾写信给其弟子独孤及，托付文集编辑之事，信中说："桓谭论扬雄当有身后名，华亦谓足下一桓谭也。"[1] 创作在生前不被理解，希望死后能传之久远。根据扬雄的情况，也都深切感受到要流传，需要有人宣传，李华此处正是自比扬雄。

也有因追求功名不遂从而产生愤世情绪的，觉得当世没人理解自己，模仿扬雄，故意写别人不懂的文章，为自己寻求心理解脱，如林慎思咸通五年应礼部进士试落第，就写过《儒范》七篇，又撰《伸蒙子》三卷："予沽名未售，退栖槐里，著《儒范》七篇，辞艰理僻，不为时人所知……昔扬雄谓'后世有扬子云，当知吾太元'，安知后世不有林虔中者出？吾言迂乎哉？大唐咸通六年二月四日，长乐林慎思虔中自序。"[2] 这也不失为一种心理平衡的方式。

（二）受扬雄著作启发，写作题材得以扩展

中唐以后，随着扬雄地位的提高，其著作的普及程度大为增强，受扬雄著作启发而著述的情况开始出现。李德裕写了一系列历史人物论和当代人物论，很明显是受扬雄《法言》影响的，其《近世良相论》的开头交代写作缘起时说：

> 客谓余曰："杨子《法言》有《重黎》《颜骞》二篇（颜

[1] 独孤及：《检校尚书吏部员外郎赵郡李公中集序》，《全唐文》卷 388，第 3947 页。
[2] 林慎思：《伸蒙子序》，《全唐文》卷 802，第 8433 页。

子名犯庙讳，不书），品藻汉之将相。敢问近代良相，可得闻乎？”余曰唯唯。[1]

扬雄在《法言》中的《重黎》、《渊骞》（李德裕因避李渊讳而改“渊”为颜）两篇评论过很多西汉人物，这与扬雄深入钻研《史记》并打算续《史记》有关，他对这些人物的评论，很多就是他准备写作的史书的看法，这些人物评论对班固《汉书》很有影响，扬雄提到的人物，《汉书》基本都为之立传，班固的某些评论也是受扬雄启发的。我们从李德裕的文字中可知，他评价唐朝的宰相是学习扬雄。其实，李德裕在评论的不少汉代人物时把扬雄的观点作为参照，如《张辟疆论》说：

杨子美辟疆之觉陈平，非也。若以童子肤敏，善揣吕氏之情，奇之可也；若以为反道合权，以安社稷，不其悖哉！授兵产、禄，几危刘氏，皆因辟疆启之，向使留侯尚存，必执戈逐之，将为戮矣。[2]

批评扬雄赞扬张辟疆，《法言·重黎》有：

或问：“甘罗之悟吕不韦，张辟疆之觉平勃，皆以十二龄，戊良乎？”

曰：“才也。戊良不必父祖。”

---

[1] 李德裕：《近世良相论》，《全唐文》卷710，第7285页。

[2] 李德裕：《张辟疆论》，《全唐文》卷708，第7269页。

其实，根据《史记·高后本纪》的记载，张辟疆当时十五岁，晚于扬雄的《汉书·外戚传》也是说张辟疆十五岁，十五岁为侍中应该较为符合实际，侍中总要一定的年限，十二岁太小了。扬雄这里主要目的不是评论张辟疆，而是讨论父子间智力的继承和变异，智力优异者未必是从父祖处继承而来，这一点对反对世袭制是有积极意义的。国家兴亡的责任很难由一个十几岁的孩子来承担。李德裕认为陈平用辟疆之计是错误的，他与扬雄的角度不同，更看重历史的因果关系，看重政治措施和它的后果之间的联系，想找出长治久安之策。他的人物论受扬雄启发则是不争的事实。李德裕有时也同意扬雄的观点，如评论袁盎时说："杨子称盎忠不足而谈有余，斯言当矣。"[1]不仅同意扬雄的评价，还寻找一些证据证明这一论断。李德裕幼而好赋，受扬雄影响，他多次称此为"雕虫"，有些赋的内容也是受扬雄启发，如《智囊赋》的序中说："余尝感汉晁错、魏桓范，皆号为智囊，不能全身，竟罹大患。扬子称：'或问多以智杀身，雄对曰：皋陶以其智为帝谟，箕子以其智为武王陈《洪范》，杀身者远矣。'余久欲赋之，比属逾纪总戎，愿言不暇。今俟罪江徼，彷徨岁深。筐箧之中，典籍皆阙，聊以所记古今兴败，粗成此赋。"[2]《舌箴》及其序中，共三次引用扬雄之言："杨子称孰有书不由笔，言不由舌，张仪以舌存而交乱，亦善不善之效也。余感姚公之梦，乃为《舌箴》云：……则知门犹是闭，囊不在括。是以杨雄悼谗者之冤，梅福痛忠臣之结。……杨子曰：'重则有庆，轻则招忧。'言能如是，可以寡尤。"[3]其《黄冶赋》"至于仲尼无位，大莫能致，犹铸颜与冉，

---

[1] 李德裕：《袁盎以周勃为功臣论》，《全唐文》卷708，第7269页。

[2] 李德裕：《智囊赋并序》，《全唐文》卷696，第7146页。

[3] 李德裕：《舌箴并序》，《全唐文》卷710，第7293页。

底于极智，圣人之熔铸也”[1]。这里圣人铸人之说来自《法言·学行》“问铸金得铸人”章，扬雄原文只说孔子铸颜渊，而此处李德裕又加进有若。李德裕还多次把扬雄之语作为论证的根据，可看出李德裕受扬雄影响之大，也可看出扬雄对中晚唐思想界的实际作用。李德裕之所以熟悉扬雄著作，与他事实上的反佛态度有关，对扬雄的再评价，是中唐反对佛老、重新确立儒家正统地位的需要。李德裕虽然不属于韩愈古文集团，但他也是反佛的，唐武宗的灭佛实际是把韩愈等人在思想界维护儒家正统地位、反对崇佛风气运动利用政权推广到政治领域，李德裕在其中曾起过积极作用，李德裕《贺废毁诸寺德音表》赞同拆佛寺，令僧尼还俗，除了财政方面的原因，他又历数历史上崇奉佛教之非：“伏以三王之前，皆垂拱而理，不可得而言也。厥后周美成康，汉称文景，至化深厚，大道和平，人自禀于孝慈，俗必臻于仁寿。岂尝有外夷之教，玷中夏之风？东汉楚王英，始盛桑门之馔，沦于左道。桓帝更增犀盖之饰，归于乱政。魏之三祖，西晋太康，虽君非大圣，臣非上哲，然犹祖尚老庄，斯教未行。至东晋因吴人之佻薄，袭孙权之弊政，始建塔庙，乃译梵书。宋齐梁陈，其教浸盛，好大不经之说，陋乃《诗》《书》，因报拔济之谈，隆于仁孝。运祚浮促，篡夺相寻，二百年间，五变朝市。君无殷宗之福，臣靡卫武之年，感验寂寥，斯可明矣。高祖神尧皇帝方欲划除斯弊，扫刷中区，时属宰臣萧瑀，本梁氏之子孙，寻覆车之轨辙，废格明诏，以迄于今。”[2]认为佛教不是中国文化的正统，与稍早的韩愈谏迎佛骨观点近似。李德裕在多篇文章中表达反佛之

[1] 李德裕：《黄冶赋》，《全唐文》卷696，第7142页。
[2] 李德裕：《贺废毁诸寺德音表》，《全唐文》卷700，第7194页。

意，如他替武宗执笔的《武宗改名告天地文》说："释氏之教，兴於戎狄，悖君臣之礼，废父子之亲，耗蠹蒸人，殚竭物命。"[1]《祈祭西岳文》也是为武宗生病向西岳神祈祷而写，其中有："又以释氏之教，出于西夷，弃五常之典，绝三纳之常，殚竭财力，耗蠹生人。黜其异端，以正王度，庶可复古，谅非近名。"[2]之所以反复向神灵述说佛教是外来信仰，非本土固有思想体系，是因为毁佛遭到一些人的反对，需向天地鬼神表明理由。李德裕反佛与其推崇扬雄是一致的，中唐以后扬雄地位的提高，与反佛思潮的兴起需要道统论的支持密不可分。

（三）直接学习扬雄文章的构思

在整个唐朝，都有人模仿扬雄文章的构思方法，初唐岑文本写有《拟剧秦美新》（《全唐文》卷 150），结构同于扬作，但比扬作浅显。徐彦伯《南郊赋》（《全唐文》卷 267）模仿扬雄诸赋，韩愈不单是赞扬雄维护儒家正统地位的功绩，在散文写法上，韩愈也深受扬雄文章的影响，如对动词的锤炼，《曹成王碑》注云："造语法子云也。退之性不喜书，然尝云：'凡为文词，宜略识字。'如此碑中用'剜''鞣''鏺''掀''撇''掇''筴''跐'等字是也。"[3]《送穷文》拟扬雄《逐贫赋》，钱钟书先生谈到扬雄该赋时说："按子云诸赋，吾必以此赋为巨擘焉。创题造境，意不犹人，《解嘲》虽佳，谋篇尚步东方朔后尘，无此诙诡。后世祖构稠叠，强颜自慰，借端

[1]　李德裕：《武宗改名告天地文》，《全唐文》卷 711，第 7302 页。

[2]　李德裕：《祈祭西岳文》，《全唐文》卷 711，第 7303 页。

[3]　韩愈：《曹成王碑》，《韩昌黎文集校注》，第 423 页。

骂世，韩愈《送穷》、柳宗元《乞巧》、孙樵《逐痁鬼》出乎其类。扬逐之而不去：‘贫遂不去，与我游息’；韩送其行，而临去却挽留之，遂进一解：‘上手称谢，烧船与车，延之上座’，段成式《留穷辞》、唐庚《留穷诗》是其遗意。”[1] 段成式《送穷文》曰：“予大和八年作《留穷辞》，词人谓予辞反之胜也。至十三年客汉上，复作《送穷祝》，是年正之晦，童稚戏为送穷船。”[2] 孙樵《逐痁鬼》（《全唐文》卷 795）、皮日休《祝疟疠文》（《全唐文》卷 798）、《反招魂》（《全唐文》卷 798）模仿而又创新，是文学继承和发展的重要渠道。沈亚之《学解嘲对》（《全唐文》卷 737）是用《解嘲》的对话形式，表达的却是现实政治内容，暴露了漕挽的浪费和过程的残酷，这是对《解嘲》的进一步发展。刘熙载评论道：“昌黎屡称子云，柳子厚于《法言》尝为之注。今观两家文，修辞炼字，皆有得于扬子。至意理之多所取资，固矣。”[3] 其实，何尝只是韩柳两家在意理上取资扬雄著作，别的各家也不少，唐诗中对扬雄著作的化用非常多，《法言 · 问明》有“治则见，乱则隐。鸿飞冥冥，弋人何篡焉”之句，唐诗中反复出现“鸿飞冥冥”的意象，尤其是白居易，其《丘中有一士二首》其一结尾“勿矜罗弋巧，鸾鹤在冥冥”（《全唐诗》卷 424），《题赠平泉韦征君拾遗》“笼鸡与梁燕，不信有冥鸿”（《全唐诗》卷 455）都是化用《法言》该意象，《法言 · 问明》用“蜀庄沉冥”指严君平，白居易《江南谪居十韵》有“自哂沉冥客，曾为献纳臣”（《全唐诗》卷 440）句，则是自称“沉冥客”，可见白居易对扬雄著作不仅熟悉，还善于化用其意象进行创作。元稹《酬东川

[1] 钱钟书：《管锥编》第三册，第 961 页。

[2] 段成式：《送穷文》，《全唐文》卷 787，第 8236 页。

[3] 《艺概》卷 1，《刘熙载文集》，江苏古籍出版社 2001 年版，第 74 页。

李相公十六韵》中“弹珠古所讶，此用何太敦”[1]句则来自《太玄》“明珠弹于飞害，其得不复”。唐诗中此类例子不胜枚举。

连珠体是扬雄首创的一种文体，唐人有一些模仿之作，如王维《奉和圣制圣剳赐宰臣连珠词五首应制》（《全唐文》卷325）、司空图《连珠》（《全唐文》卷809）等。

晚唐时期，随着扬雄地位的进一步加强，扬雄著作在文士学习文辞过程中的作用更大，有人写信给陆龟蒙说：“我自小读《六经》，孟轲、杨雄之书，颇有熟者，求文之旨趣规矩，无出于此。”[2]这里已经把孟轲、扬雄之书与六经并列，并认为文章的“旨趣规矩”都在其中，是揣摸的对象，学习扬雄文法之处也就更普遍了。胡小石先生说：“退之志则孟子、文则扬雄，他显然受了子云不少影响。此时皮、陆不惟学到韩的本身为止，反学韩之所学者。如二人所选之字，多取《太玄经》中，那正是从扬雄那里学来的。”[3]

小结

一、扬雄生前人们对其地位与贡献的评价颇为分歧，魏晋南北朝对扬雄著作研究、注释较多。

二、初盛唐时期功利主义文学观否定扬雄的历史地位，认为扬雄应为魏晋以后的浮艳文风负上一定责任。

三、韩愈高扬扬雄地位，把扬雄列入儒家道统，是韩愈对扬雄

[1] 冀勤点校：《元稹集》卷8，中华书局1982年版，第85页。
[2] 陆龟蒙：《复友生论文书》，《全唐文》卷800，第8403页。
[3] 《胡小石论文集续编》，上海古籍出版社1991年版，第157页。

形象的重塑。韩愈从维护儒学正统地位出发，想从前代找寻一位既爱好文学又维护儒学正统的人物作为自己事业的心理支撑，扬雄正符合韩愈的这一需要。受韩愈影响，晚唐扬雄地位明显提高。

四、扬雄文学作品的构思方法、遣词造句等对唐代文学创作有深远影响。

余论

近几十年来，因为哲学上反映论盛行，人们认为文学作品是现实生活的反映，在文学史研究中注重作家所处的时代背景，注重与创作有关的各种中介的研究，把文学放在广阔的文化背景中进行阐释，这样做大大推进了古代文学学科的发展，毕竟过去对文学创作的很多情况是不甚清楚的，文学与史学的结合研究取得不小成绩。作家的创作受现实生活的制约，可作家的创作又是在他们接受的文化传统的基础上进行的，文学史界虽有人研究作家作品对后世的影响、研究作品的接受与文学观念演进、与时代的关系，但一个时代的文学面貌与其继承的文化传统的关系的研究做得还很不够。具体到唐代文学，唐代流行的各文体的渊源学术界进行过梳理，唐代与文学有关的政治制度的渊源也有人进行探讨，但对唐人精神生活影响至钜的汉代文化如何影响唐朝又如何进而影响唐代文学的面貌，文学史界则甚少涉及。究其原因，约有两端：其一，唐朝和汉朝之间隔着魏晋南北朝、隋，和汉朝不直接相接续，人们认为代代相传的才是传统，唐朝继承的主要是魏晋南北朝的传统，唐人接受的汉代文化有些是经过魏晋南北朝人做二传手的，难以准确区分哪些是直接继承自汉人的，哪些是经过魏晋南北朝人改造而间接接受的；

其二，学术界为了自己的成果能够站得住，多选择有形的、看得见的现象进行考述，至于精神方面的传承，觉得说不清楚，无法把握。在这种意识的支配下，对汉唐之间内在精神联系及对文学创作的影响研究不够重视，对唐代文学的很多现象也就无法清楚地解释了。

其实，这些都不应该成为研究汉唐之间精神联系的障碍。汉唐之间固然隔着魏晋南北朝和隋，唐人继承前代文化遗产，最主要的途径是对前代典籍的阅读，如果认为只有相邻的朝代才存在继承关系，唐朝对魏晋南北朝的继承也不可能了，唐朝近三百年的时间里，和隋相接的也只是初唐。因为汉朝是大一统王朝强盛、稳定的范例，经过魏晋南北朝的长期动乱，重新统一的隋王朝又迅速灭亡，唐王朝所处的历史阶段和汉朝有着惊人的相似，为避免重蹈前代短暂王朝的覆辙，以汉代为借鉴就成了必然。正因为汉唐之间间隔几百年时间，唐朝对汉朝缺乏直接承继的机会，更多是在文化精神上继承汉代传统。文化精神虽不像某一制度那样具体，那样看得见、摸得着，但是客观存在的，它影响着唐人的知识结构、行为方式和文学创作，是唐人进行文化创造的重要源泉和基础。说唐代文学创作的文化背景是汉代文化在新的历史条件下的复兴是不过分的。

但是，受笔者学术水平的制约，特别是对汉代历史文化的理解不够全面、深入，在梳理唐人接受的汉文化对唐代文学影响时，偏重于唐人对西汉文化的接受，这不仅因为唐人更重视西汉，也是本书撰写者对西汉历史文化比对东汉更为熟悉，更容易看出西汉与唐代文学的关系所致。对唐代文学面貌的把握也较为肤浅，在本书写作过程中，一直担心在唐代文学和汉代文化之间有更重要的联系没有被认识到。就已经认识到的而言，有些也没来得及论述，如《淮南子》对唐人知识结构的作用、汉代各地风俗对唐人风土知识的作用及其在文学中的表现、谶纬在唐代文学中的表现等，这些只能等以后补充了。本书不是从文化继承的某一种理论出发进行逻辑推演，而是从唐代文学的具体现象入手，发现它与汉文化有什么联系就写什么，因而本书的系统性也有所欠缺。

本书的研究并不否认唐代文学与别的文化门类之间关系的研究，只是为唐代文学的研究提供一种学术界尚未投入很多精力的角度，给唐代文学研究一些启发。先秦诸子是中国原创的思想，唐代作家除了受儒、释、道三家思想影响，对先秦诸子很多派别也有研究和接受，研究唐朝作家如何继承先秦诸子及这种继承对唐代文学的影响，对加深对唐代文学的认识不无意义。若我们对某一具体时代的作家如何继承前代文化遗产都有微观的深入的研究，我们对中国文学基本精神的把握就会更深刻、更具体，不会仅仅局限在空泛的、抽象的议论上。

主要参考书目

彭定求等编：《全唐诗》，中华书局 1960 年版。

董诰等编：《全唐文》，中华书局 1983 年版。

陈贻焮主编：《增订注释全唐诗》，文化艺术出版社 2001 年版。

陈尚君辑校：《全唐诗补编》，中华书局 1992 年版。

李云逸校注：《卢照邻集校注》，中华书局 1998 年版。

佟培基笺注：《孟浩然诗集笺注》，上海古籍出版社 2000 年版。

陶敏、王友胜校注：《韦应物集校注》，上海古籍出版社 1998 年版。

马其昶校注，马茂元整理：《韩昌黎文集校注》，上海古籍出版社 1987 年版。

《韩昌黎全集》，中国书店 1991 年版。

王国安笺释：《柳宗元诗笺释》，上海古籍出版社 1993 年版。

冯集梧集注：《樊川诗集注》，上海古籍出版社 1978 年版。

聂安福笺注：《韦庄集笺注》，上海古籍出版社 2002 年版。

瞿蜕园、朱金城校注：《李白集校注》，上海古籍出版社 1980 年版。

冯浩笺注：《玉谿生诗集笺注》，上海古籍出版社 1998 年版。

刘昫等撰：《旧唐书》，中华书局 1975 年版。

欧阳修等：《新唐书》，中华书局 1975 年版。

司马光：《资治通鉴》，中华书局 1956 年版。

吴兢：《贞观政要》，中华书局 1978 年版。
杜佑：《通典》，中华书局 1988 年版。
长孙无忌等撰、刘俊文点校：《唐律疏议》，中华书局 1983 年版。
王溥：《唐会要》，中华书局 1955 年版。
徐松：《登科记考》，中华书局 1984 年版。
欧阳询撰、汪绍楹校：《艺文类聚》，中华书局 1965 年版。
李昉等：《太平广记》，上海古籍出版社 1990 年版。
王定保：《唐摭言》，上海古籍出版社 1978 年版。
王谠撰，周勋初校证：《唐语林校证》，中华书局 1987 年版。
刘悚、张鷟：《隋唐嘉话朝野佥载》，中华书局 1979 年版。
钱易撰，黄寿成点校：《南部新书》，中华书局 2002 年版。
玄奘、辩机原著，季羡林等校注：《大唐西域记校注》，中华书局 2000 年版。
慧超原著，张毅笺释；杜环原著，张一纯笺注：《往五天竺国传笺释经行记笺注》，中华书局 2000 年合刊本。
真人元开著、汪向荣校注，李言恭、郝杰著，汪向荣、严大中校注：《唐大和上东征传日本考》，中华书局 2000 年合刊本。
慧立、彦悰著，孙毓棠、谢方点校：《大慈恩寺三藏法师传释迦方志》，中华书局 2000 年合刊本。
司马迁：《史记》，中华书局 1975 年版。
泷川资言考证，水泽利忠校补：《史记会注考证》，上海古籍出版社 1986 年版。
班固：《汉书》，中华书局 1962 年版。
范晔：《后汉书》，中华书局 1965 年版。
荀悦、袁宏：《两汉纪》，中华书局 2002 年版。
苏舆：《春秋繁露义证》，中华书局 1992 年版。
金国永校注：《司马相如集校注》，上海古籍出版社 1993 年版。

张震泽校注：《扬雄集校注》，上海古籍出版社 1993 年版。
扬雄撰，司马光集注：《太玄集注》，中华书局 1998 年版。
《诸子集成》，上海书店出版社 1986 年版。
严可均校辑：《全上古秦汉三国六朝文》，中华书局 1958 年版。
逯钦立辑校：《先秦汉魏晋南北朝诗》，中华书局 1983 年版。
陈寿：《三国志》，中华书局 1982 年版。
房玄龄：《晋书》，中华书局 1974 年版。
魏征：《隋书》，中华书局 1973 年版。
何清谷校注：《三辅黄图校注》，三秦出版社 1995 年版。
钱钟书：《管锥编》，中华书局 1986 年版。
向达：《唐代长安与西域文明》，河北教育出版社 2001 年版。
陈寅恪：《隋唐制度渊源略论稿》，三联书店 2001 年版。
陈寅恪：《唐代政治史述论稿》，上海古籍出版社 1997 年版。
史念海：《唐代历史地理研究》，中国社会科学出版社 1998 年版。
戴伟华：《唐代使府与文学研究》，广西师范大学出版社 1998 年版。
傅璇琮、蒋寅主编：《中国古代文学通论·隋唐五代卷》，辽宁人民出版社 2005 年版。
傅璇琮、罗联添主编：《唐代文学研究论著集成》，三秦出版社 2004 年版。
陶敏、李一飞：《隋唐五代文学史料学》，中华书局 2001 年版。
陈飞：《唐代试策考述》，中华书局 2002 年版。
吴承学：《中国古代文体形态研究》，中山大学出版社 2000 年版。
陈尚君：《唐代文学丛考》，中国社会科学出版社 1997 年版。
胡小石：《胡小石论文集续编》，上海古籍出版社 1991 年版。
贺昌群：《贺昌群文集》，商务印书馆 2003 年版。
杨树增：《汉代文化特色及形成》，人民出版社 2008 年版。

后记

本书是在我博士论文的基础上修订而成。

2002 年春天，我考入华南师范大学，跟随戴伟华教授攻读博士学位。这时我硕士毕业已经十年，十年中虽泛览过一些书籍，但仅仅追求阅读过程中的乐趣，没有在某一具体领域用过工夫。入戴师之门，使我的读书方式发生根本转变。戴师有自觉推进学科建设意识，要求论文选题能促进古代文学，尤其是唐代文学的研究。鉴于我硕士阶段主要学习先秦两汉文学，戴师鼓励我进行汉唐文化和文学的比较这一很多人意识到但又从未深入探讨过的课题。这几年我的读书和思考都围绕该课题展开，深切体会到自己理论基础薄弱，学术功力尚浅，把握这一需要高度概括能力与文献辨析能力的课题显得力不从心。

几年来戴师在学业上的悉心指导、在生活上的关心深铭我心，这也是我以后指导学生应该学习的。学术的传承不仅是学术观点和方法，如何对待学生也是可以传承的。

在确定论文选题后，华南师大中文系古代文学教研室诸位老师在开题报告会上曾对论文题目和章节安排进行过深刻犀利的剖析，我根据这些意见又对论文提纲作过调整。我硕士时的老师卞孝萱先生和硕士论文指导老师郭维森先生对该论文提纲都提出过建议，广州大学中文系古代文学专业的诸位同事，尤其是研究方向相关的几位教授，都对论文结构给予磋磨，这些都是应该感谢的。

论文完成后，学校曾寄送国内有关专家进行匿名评审，他们也提出一些很好的意见，其中指出论文的不足及修改建议，对我尤有启发。我虽不知他们的姓名，在此也深表感谢。

论文答辩在 2005 年 12 月举行，答辩委员会由傅璇琮、邓乔彬、吴承学、陈飞几位先生和导师戴伟华教授组成，傅璇琮先生担任主席。傅先生对文中史料的失误多有是正，其对文献的精熟令后学惊叹。陈飞先生也指出论文中对引文的误读，邓乔彬先生、吴承学先生对论文的修改都提出高屋建瓴的意见，令我觉得学无止境。

师弟吴夏平比我晚一年入学，我们同时答辩，他年轻多才，对我也有激励作用。

几年来我的家人给我精神支持甚多。不久前小儿出世，照顾他占用了我很多时间，在他哭声的间隙修改论文，也是一乐。

2007 年 3 月于广州五雷岭下之云山居